中西文学文化关系研究丛书

孙　逊　主编

经典的重构

宗教视阈中的翻译文学研究

宋莉华／主编

上海古籍出版社

本书为国家社会科学基金重大招标项目"中国古典小说西传文献整理与研究"成果（项目编号17ZDA265）。

前　言

宋莉华

　　宗教作为一种独特的文化形态,几乎与人类文化同时产生和发展,并渗透到社会各个方面,是构成中外文学特色的重要方面。翻译是在特定语言文化环境中对原著的改写与重构。近年来在翻译文学研究领域,宗教因素对翻译的影响开始受到翻译学者越来越多的关注,成为学术研究的前沿课题。本书旨在拓展翻译文学的研究领域,通过讨论宗教对翻译文学的介入与影响,推动文学与宗教的跨学科研究。本书力图打破中国文化与西方文化、宗教与文学的界限,主要从以下四个方面展开研究:

一、宗教与翻译文学的兴起

　　从中西方翻译的历史看,翻译的兴起与宗教密不可分,翻译文学发端于宗教典籍的译介,早期重要的笔译活动几乎都是对宗教典籍的翻译。中国历史上,早期大规模的翻译活动大多与宗教传播有关,并对中国文学产生了深远的影响。魏晋南北朝以降,唐诗、宋词、元曲、明清小说,无一不受到汉译佛典的影响。从西方的翻译历史看,哲罗姆(Jerome, 340—420)用拉丁文翻译的《圣经》在很长时间内被奉为典范,以致 1408 年的阿伦德尔法令明确规定:禁止任何人用任何语言再翻译《圣经》。拉丁文成为宗教的

"官方语言"。翻译的历史就是一部文学革新的历史，也是一种文化赋予另一种文化权力的历史。李奭学指出，以往我们只知道近代中国文学始自清末，殊不知清末文学的新气象实发端于明末，可以上溯到明末耶稣会士的翻译活动。在中国出现的第一部欧洲传奇小说，第一本有关欧洲修辞学的专著，第一首译成中文的英诗，第一部译介到中国的欧洲灵修小品文集，全都出自耶稣会士之手。利玛窦的《二十五言》是第一部译介到中国的欧洲宗教经典，其言体和语体，几乎同为晚明盛行的文学体裁，此后以"言"作为书名的文学译述之作迭起。

宗教翻译固然是代圣人立言，但是一旦涉及语言文字，就必然受制于语言活动的规律制约，不可避免地受意识形态、赞助人的利益以及对语言文学的普遍的看法、诗学规范等的影响，其翻译活动又会反过来作用于文学。蒋哲杰对道安的佛典翻译与哲罗姆的《圣经》翻译的比较研究，深化了对宗教翻译活动的认识。早期来华传教士的一个共同特点是，借助文学手段，在中国文化语境中确立基督教信仰的有效性。传教士注意到欧洲与中国在文化上的差异，故而在中国的传道形式更注重依赖叙述故事，重在通过事理而非理论，进行潜移默化的熏陶与和风细雨的教化。传教士认为，适合中国人的福传方式，不是让基督教信仰以欧洲的形式，即以论证的方式或者说是神哲学的形式传播，而是通过对《圣经》原本的叙述。《圣经》一旦借助翻译进入中国人习惯的叙述传统，那就不仅是一次文化的融合，而可能是一种新文化的诞生。顾钧通过考察早期来华的美国传教士与中国文学的关系发现，他们对中国古老的文学表现出兴趣，在译介上也取得了一些成绩，以此作为文化会通的桥梁。其中娄理华（Walter M. Lowrie, 1819—1847）的《诗经》译介与卫三畏（Samuel W. Williams, 1812—1884）的《聊斋》译介尤为值得关注。

二、宗教与文学经典的重构

翻译不仅是语言的转换，还是涉及政治、历史、宗教、伦理、文艺等多个领域的复杂的跨文化交际活动，是一种文化、思想、意识形态在另一种文化、思想、意识形态环境里的改造、变形或再创作。

17—18世纪的耶稣会士来华之后，积极致力于翻译儒学典籍并在欧洲刊行其译著。罗莹考察了清初来华耶稣会士的三个《中庸》译本，揭示了这些译本对中国文化的内在理性表现出肯定和欣赏；同时，在中西礼仪之争的大背景下，加之面临多明我会、方济各会对耶稣会在基督宗教信仰原则以及译名问题上的指责，耶稣会译者基于自身对于中国文化的认识，又努力地证明自身的宗教和文化立场以及传教策略的合理性。如果说耶稣会士凭借着圣保禄式归化异教徒的热情以及对于中国文化"同情之理解"，尚能透过"非理性"的表象，如祭天祭祖、八卦算命等现象，发现中国文化中的内在理性，那么18世纪以后的西方人则更多以外在理性的缺乏，来否定中国文化的内在理性。如何主动面对西方，及时回归传统，通过经验总结及理论反思，建设一个既中国又现代、既有别于西方现代主义模式又具备普世价值的中国学术传统以及现代中国形象，已成为学界当下的重任。在这方面，来华传教士对《孟子》以及其他中国典籍的翻译，从另一个角度提供了有益的借鉴。作为一部儒学经典，《孟子》在西方的译介已经超过400年。《孟子》的徂西之路是由耶稣会士开辟的，但当时仅限于在来华传教士中流传。韩振华对19世纪来华的新教传教士柯大卫、理雅各、花之安等人的《孟子》译本进行梳理，发现了译本中的一些新特点，他们在拉丁文之外，用英、法、德等语言译介《孟子》，使其在西方社会走向大众。作者将重点放在宗教思想史的考察方面，研究并"解码"西人的接受语境、问题意识，以及视域融合的具体表现，并尝试作出自己的价值评判。理雅各作为中国经典翻译的集大成者，自从 20世纪 80 年代以来，一直是典籍翻译研究的主要对象。丁大刚在总结前人研究理雅各典籍翻译的基础上，提出典籍翻译研究的译者话语视角，以及以译本比较分析为基础和以跨文化阐释为指归的方法论。他指出，理雅各的中国经典翻译使基督教与儒家思想在碰撞与融合中，各自产生许多新的意义。理雅各以基督教思想改写儒家思想，重构了中国典籍的意义，同时也对基督教思想自身构成了改写，这与宋明理学"援佛入儒"的诠释策略并无本质的不同。

三、宗教实践与文学翻译

《圣经》本身具有很强的文学性。19 世纪以来，《圣经》研究领域发生的重大变革之一，就是对《圣经》的文学性研究日趋加强。19 世纪英国最重要的文学家和批评家之一马修·阿诺德（Matthew Arnold，1822—1888），就提出了文学性的《圣经》诠释方法。他从《圣经》语言的性质入手，细致探究了《圣经》话语的情感性、想象性和隐喻性品格，确立了与此相应的文学释经方法。同时，西方神学自身处于不断变化之中，随着近代科学的发展，科学理性对宗教产生了巨大压力，文学性的诠释方法成为宗教人士努力的方向之一。西方神学进入中国时又面临文化的隔阂问题，也需要借助文学的手段来传播。本书中《隐喻亦实际：《圣经》"身体"隐喻的解析》一文，着重探讨了《圣经》中神与人的关系，指出透过隐喻系统，《圣经》的读者被引入神人关系的体验中，认识其中隐喻的核心，解析并传递信徒信仰的内涵。

明清之际，伴随白话小说的兴盛，白话在汉语书写系统中逐渐扎稳了阵脚，但相比当时占据主流的文言，仍旧只是细枝末流。几乎同一时期，耶稣会士梯航东来，为此后绵延数世纪之久的中西文化碰撞与融通拉开了大幕。受范礼安影响，耶稣会士入华之初即研习汉语言文字,著书立说,广传教义,耶稣会故此以"书教"闻世。为博取文人士大夫的青睐,早期入华会士著译往往诉诸文言。不过,白话书写作为向平民传教的利器,其便利性并未被传教士忽视。早在明末,葡萄牙耶稣会士罗儒望的《天主圣像略说》(1609)、《天主圣教启蒙》(1619)等文献即用白话编著,首开来华传教士白话书写的源头。及至清代中叶,在华耶稣会内的白话书写仍不绝如缕,冯秉正的《盛世刍荛》、贺清泰的《古新圣经》等巨著不断丰富着白话书写的形式与表现力。迄至清末民初,耶稣会白话书籍与报刊陆续问世,最终与晚清新教传教士的白话书写实践、清末白话文运动、五四白话文运动交汇,合力促成了中国近代书面语系统从文言到白话的重大变革。这一变革并非五四学人振臂一呼的结果,近年来关于清末新教传教士的白话实践研究成果颇多,逐渐丰富了学界对这一问题的认知。值得注意的是,天主教传教士的白话翻译与白话创作实际上远在新教传教士之前,目前的研究却少有论及,郑海娟对晚明至清末天主教传教士的白话书写实践进行了梳理,讨论这一涓涓细流如何蜿蜒不息,为汉语书面语系统的现代变革提供了有效的经验和丰富的语汇资源。

　　李蓓蕾关于黑人灵歌的研究,为考察宗教实践活动与文学写作的关系提供了样本,具有独特的价值。黑人灵歌是美国非裔珍贵的文化遗产和伟大的艺术创造,具有丰富的社会、文化、宗教与艺术价值。由于长期受到主流社会的忽视和贬低,其多方面的价值亟待客观评估和充分发掘。黑人灵歌不仅讲述非裔族群史诗般的生命历程,凝缩其生活的记忆,表达其宗教信仰与情感,同时传承该族群的文化与精神特质、展现其纯善高贵的灵魂世界,并彰显其艺术创作的天赋予能力。黑人灵歌是宗教仪式、民间艺术与非裔族群的生命体验的完美融合,既包含美国非裔对《圣经》的独特阐释,也包含他们对生命、正义、自由、爱、尊严等人类核心价值的解读,不仅是美国非裔艺术家们的生命之歌,更是整个族群的历史之歌。黑人灵歌风格质朴、富含隐喻、凝缩情感，其戏剧性所产生的艺术张力极大地拓展了文本的阐释空间，体现了艺术与宗教的有机互动。

四、宗教、翻译与社会的现代转型

翻译研究不仅是比较文学，更是中西文化交流研究的基础。翻译文学在 20 世纪中国文学转型的关键时期曾经发挥过独特的作用，推动了中国社会的现代转型。本书第四编通过对晚清来华传教士的文学翻译及写作的研究，揭示了中国社会在现代化进程中所受到的异质文化的影响。

左维刚、吴淳邦研究了晚清翻译小说《五更钟》的文学和社会意义。该书译自托尔斯泰的小说《行在光中》（*Xодите в свете, пока есть свет. Беседы язычника и христианина*），由美以美会传教士亮乐月（Laura M. White，1867—1937）与陈春生（1868—?）合译。小说《五更钟》"增润者十有七八"，是对托尔斯泰原著改写的结果，也是该书通过译述实现本土化的过程。与晚清的很多译述小说一样，《五更钟》在成书前有西文底本作为参照，但对原著又不作句对句、节对节、章对章的对应直译。在书写的过程中，该书保留原著中的基本人物，袭用原著的主要故事情节，又在本土化的译述过程中，采用创造性的译述策略，对原作大刀阔斧地进行了扩充改写，增加了不少故事，情节也更加丰富曲折，出场人物人数更多，人物形象更为丰满。《五更钟》"处处均须为华人立言"，使这部"专为传道于华人而作"的基督教宣教小说能更好地为中国读者接受，成为中国的《天路历程》。同时，译著中穿插了清末中国的历史事件，赋予了小说新的内涵，借基督徒之口，抨击了妇女裹足、重男轻女等社会顽疾，表现了试图营造社会新风气、改良社会的意图。

英国维多利亚时期著名女性作家乔治·艾略特（George Eliot, 1819—1880）的两部小说《织工马南》(*Silas Marner*)、《罗慕拉》(*Romola*)，也分别于 1913 年、1917 年由亮乐月译介到中国，题为《马赛勒斯》《乱世女豪》。这两个早期传教士译本带有明显的基督教化倾向。《马赛勒斯》通过删节、概述甚至刻意误读等方式，强化作品的基督教色彩，将小说改造成一部宗教寓言，使其与原著的人本主义思想有很大出入，体现了宗教对文学翻译的操控。译者甚至不惜为抬高自身所属差会地位，进行与原著背道而驰的改写。该译本还对儿童给予了女性特有的关注，显示了性别意识与宗教因素对翻译的双重干预。译著凸显了女婴的形象及其对灵魂的救赎作用，以基督教的儿童观重新定位儿童的社会地位，有助于推动近代中国儿童观念的转变。亮乐月的翻译具有明显的现实指向性，它反映了近代来华传教士试图借助文学翻译传播宗教思想，对处于剧变中的中国近代社会进行基督教的引导，以确立基督教信仰的有效性，促使其被中国社会广泛接受。《乱世女豪》则凸显了基督教内涵与道德训诫意图，译者亮乐月对故事和人物重新进行了演绎，重点展现了女主人公皈依基督教的心路历程，把她塑造成一名凭借上帝的恩典救民于乱世的女中豪杰。同时，译本包含了以古喻今、以佛罗伦萨隐喻近代中国社会的寓意，通过演绎佛罗伦萨作为世俗之城与上帝之城的双城记，试图为近代中国社会的变革提供基督教化的路径。

1895 年英国圣公会传教士傅兰雅（John Fryer, 1839—1928）发起小说征文，"求著时新小说"，率先发出了对新小说的呼唤，以抨击中国社会存在的三种时弊，即鸦片、时文和缠足：

　　窃以感动人心，变易风俗，莫如小说。推行广速，传之不久，辄能家喻户晓，气习不难为之一变。今中华积弊最重大者，计有三端：一鸦片，一时文，一缠足。若不设法更改，终非富强之兆。兹欲请中华人士愿本国兴盛者，撰著新趣小说，合显此三事之大害，并袪各弊之妙法，立案演说，结构成编，贯穿为部。使人阅之心为感动，力为革除。辞句以浅明为要，语意以趣雅为宗。虽妇人幼子，皆能得而明之。述事务取近今易有，切莫抄袭旧套。立意毋尚希奇古怪，免使骇目惊心。[①]

傅兰雅不仅看到了小说"感动人心，变易风俗"的力量，而且进一步延伸了小说的功能，将之作为批评社会弊病的良方，提升了小说的社会地位，被认为是清末第一次小说革命。[②] 应征的小说中有相当一部分由早期华人基督徒作家所写，《道德除害传》便是其中的一部。《道德除害传》在体例上具有中西叙事诗学的特征，内容上带有神魔小说的特点，并体现出的中西宗教、文学的交流与渗透。《道德除害传》对社会时弊的针砭，较之于同时期的其他小说更为犀利，对新小说及清末谴责小说的兴起，具有一定推动作用。

　　本书作者来自比较文学、宗教学、海外中国学等多个研究领域，均为近年来在宗教对翻译文学的影响研究方面有所建树的学者。2014年6月上海师范大学比较文学与世界文学研究中心召开"经典的重构：宗教视阈中的翻译文学研究国际学术研讨会"，本书为此次会议讨论的成果之一，在一定程度上反映了目前这一课题的最新进展。今汇编成册，供学界切磋，以推进此项研究。

---

　　① 傅兰雅：《求著时新小说启》，初载于《申报》1895年5月25日。后刊载于1895年6月《万国公报》第七十七册、1895年7月《中西教会报》复刊第七册。
　　② 孙晖：《傅兰雅与清末第一次小说革命》，《古籍新书报》2011年2月28日第102期；陈大康：《论傅兰雅之"求著时新小说"》，《华东师范大学学报》2013年第3期；潘建国：《小说征文与晚清小说观念的演进》，《文学评论》2001年第6期。

目　录

第一编

宗教与翻译文学的兴起

中译第一本欧洲宗教经典：
浅谈利玛窦的《二十五言》

李奭学

一、《二十五言》成书的时间

在中国宗教思想史上，利玛窦（Matteo Ricci，1552—1610）一生最为人知的著作应属《天主实义》。此书刻于 1603 年，但利玛窦早在广东韶州传教时便已动笔开写了。学界另有一说：书中内容定稿于南昌，多为利氏作客庐山白鹿书院之际，应当地士子——尤其是白鹿书院院长章潢（1527—1608）——之问回答而成①。此所以书中特设"西士"与"中士"的对答。学界此说若然，那么利玛窦起心动念，想要中译爱比克泰德（Epictetus，55—135）的《道德手册》（*Encheiridion*），最晚必然在 1595 年他犹在南昌的时代。我如此立论，绝非信口开河，而是《天主实义》中著名的人生如舞台之喻，早在王肯堂（1549—1613）1602 年（万历壬寅年）所作《郁岗斋

---

① 夏伯嘉：《利玛窦与章潢》，见田浩（Hoyt Tillman）编：《文化与历史的追索：余英时教授八秩寿庆论文集》，台北：联经出版公司 2009 年，第 727—745 页。另见罗光《利玛窦传》，见《罗光全书》（42 册），台北：台湾学生书局 1996 年第 8 册，第 68 页、第 81 页。《罗光全书》以下简称《全书》。

笔麈》中即可一见①。王氏这年镌板之前，应该还有一段不能算短的撰写时期。

《二十五言》原题《近言》，王肯堂言之甚明，而全编由《道德手册》迻为手稿，当然也在《郁岗斋笔麈》刻成之前。王氏谓《近言》系利玛窦所贻，同时获赠者还有利氏另译《交友论》②。《近言》中有十二言，《郁岗斋笔麈》即假此名录之，时距 1604 年《二十五言》正式梓行，至少在五年以上。上及《郁岗斋笔麈》中的《舞台喻》，谨录如下：

> 人生世间，如俳优在场，所为俗业如搬演杂剧，诸帝王、宰官、士人、奴隶、后妃、夫人、婢妾，皆一时妆饰者耳。则其所衣，衣非其衣；所逢利害，不及其躬。搬演既毕，解去装饰，则漫然不复相关矣！故俳优不以分位高卑，境界顺逆为忧喜也。惟随其所克者而肖之，乃至丐子亦无不酷肖，以适主人之意而已。分位在他，充位在我。③

王肯堂何时认识利玛窦，时间待考，但是当在利氏进入北京前的 1595 年至 1660 年间，则为确论。《郁岗斋笔麈》所录的《近言》，乃《二十五言》最早可见的部分。其中之含有《舞台喻》，也可说明此喻应译于滞留南京前，利氏仍在白鹿书院论学之际。王肯堂又称，所谓"近言"，取典乎《孟子·尽心下》，意指书中之言"若浅近而

---

① 《天主实义》中的《舞台喻》，见［明］李之藻辑：《天学初函》(6 册)，台北：台湾学生书店 1965 年第 1 册，第 537—538 页。《天学初函》以下简称"李辑"。王肯堂：《郁岗斋笔麈》，见四库全书存目丛书编纂委员会编：《四库全书存目丛书》，台南：庄严文化公司，1995 年第 107 册，第 684—686 页。《四库全书存目丛书》以下简称《存目》。

② 《存目》，第 107 册，第 684 页、第 682—684 页。

③ 《存目》，第 107 册，第 686 页。

其旨深远"，足堪为人"座右"也①。王氏的说明另称，所录十二言系就利玛窦当时所出而录其"数条"罢了。就总数而言，王氏所见应当不止十二。爱比克泰德《道德手册》的希腊文言则，历来有二说，一为五十三言，一为五十二言，虽则内容大致无殊②。在 1602年之前，利玛窦译得的《道德手册》有多少，我们如今实则懵懂，能确定者唯王肯堂已称之为"编"，或已将《二十五言》已如数囤成。方之 1629 年李之藻(1571—1630)辑《天学初函》中的《二十五言》，《郁冈斋笔麈》所录者颇有异文，而这差异若非利玛窦原译如此，就是曾经王肯堂删润。后者的可能性较高：利玛窦 1595 年刊刻的《交友论》，《郁冈斋笔麈》曾如数收之，就印在《近言》之前，王肯堂在篇首有如下数语评之：使利氏"素熟于中土语言文字，当不止是，乃稍删润，著于篇"③。易言之，王肯堂对利玛窦的译笔颇有微词，稍加"删润"，乃在情理之中。

翻译是种文字"变易"的行为，雅克慎(Roman Jakobson，1896—1982)分之为三，其一称作"语内翻译"(intralingual translation)，系以同一语种"诠释"同一语种④。《郁冈斋笔麈》对《近言》的"删润"，某个意义上可属"语内翻译"。王肯堂是名气不在清人王宏翰(1648—1700)之下的儒医。他出身书香门第，和父亲一样都曾进士及第，又尝入翰林院为庶吉士，官至福建布政司参政。其后因与当朝为东事主张不合，再因早年为母病危而精研医术，遂毅然辞官归隐故里江

① ［宋］朱熹集注：《四书集注》，台北：世界书局 1997 年，第 418 页。《存目》，第107 册，第 686 页。

② 本文中笔者用的 *Encheridion* 是 W. A. Oldfather，*Epictetus II*，Cambridge：Harvard University Press，1996，pp. 479 – 537 所收的五十三言版。*Encheridion* 下文简称"*Enc.*"。

③《存目》，第 107 册，第 682 页。

④ Roman Jakobson，"On Linguistic Aspects of Translation," in Lawrence Venuti, ed., *The Translation Studies Reader*, 2nd ed., New York and London：Routledge，2004，p. 139.

苏金坛，宁可悬壶济世。王氏曾随紫柏真可(1543—1603)习唯智学，有相关著作传世，明末且有中兴之称。但学界另有一说，以为他曾受洗而为天主教徒①。是否如此，尚待查考，总之王肯堂的中文造诣绝非泛泛，而他资格够，可以批评利玛窦的中文译笔。上引《舞台喻》文字简洁精炼，比《天学初函》本中同一言则漂亮许多，最后一句"分位在他，充位在我"，《天学初函》本作"分位全在他，充位亦在我"②，稍显杂沓，高下立判，可以为证。

《二十五言》在 1604 年镌板刊行后，据悉仅神宗一朝，中国不同省份就刻了四版③。我们如今虽仅得见《天学初函》本，其间料无大异。原因下文再详。总之，此地笔者拟强调的是《二十五言》之译也，应当始于利玛窦犹在南昌的时期，而王肯堂所录《近言》，殆经其人删润后的形貌，已非利玛窦原译。译史上，删改本先行，而原本晚出，浅见所及，倒是不多。据《中国开教史》称，《天主实义》的初稿完成于南昌，利玛窦曾传阅于章潢④，白鹿书院诸君倒先有幸，可以与闻爱比克泰德著称于欧洲的《舞台喻》⑤。就本文的关怀而言，《天主实义》此一初稿关系重大。章潢乃阳明后学，系"江右四君子"之一。看在奉天主为教者如利玛窦眼中，阳明心学无异于高一志(Alfonso Vagnone，1566—1640)《王政须臣》中鄙夷称之的所谓"虚学"⑥，而其所对应者，正是李之藻(1571—1630)

① 参见王重民：《王肯堂传》，《医史杂志》1951 年第 3 卷第 2 期，第 41—42；刘元：《明代医学家王肯堂的生平和著作》，《中医杂志》1960 年第 1 期，第 67—70 页。

② 李辑，第 1 册，第 344 页。

③ *FR*，vol.2，p. 300.

④ *FR*，vol.2，pp. 291 - 292.

⑤ Cf. Gilbert Murry, *Stoic*, *Christian and Humanist*, London: George Allen and Unwind, 1940, pp. 108 - 109. Murray 之书，以下简称 *SCH*。

⑥ ［明］高一志：《王政须臣》，见钟鸣旦(Nicholas Standaert)、杜鼎克(Adrian Dudink)与蒙曦 (Nathalie Monnet)编：《法国国家图书馆明清天主教文献》(26 册)，台北：利氏学社 2009 年第 1 册，第 322 页。钟氏等编，以下简称《法国图》。

序《天主实义》时所称的天"实学"①。后书既收《二十五言》中的《舞台喻》，则《天主实义》言及此喻乃欧洲某"师"所撰，读过《天学初函》者当然知悉。此一某"师"，我们今天知道是爱比克泰德，然而《二十五言》刊出当年或利玛窦馈王肯堂以《近言》之时，他可从未吐实，连"师"字都未表出。《二十五言》既成，冯应京（1555—1606）序书，称之为利"作"②。《中国开教史》中，利玛窦曾高谈《二十五言》，且以义文"Vinticinque parole"为之定名。然而相关部分，他从头至尾，一律亦用义文第三人称单数形的过去式称之系其所"作"(fece)③。尔后重印的四刷，此调一弹再弹④。李之藻辑《天学初函》，《二十五言》开卷，同样弁之为利"述"。

　　"述"字在此颇为含糊，是孔子所称"述而不作"，抑或为耶稣会同志来日常用的"译述"？从《中国开教史》的上下文看来，当属前者。或有人代利玛窦捉刀，亦未可知。《天主实义》中，利氏所称这某"师"，要待1632年（崇祯五年）高一志译毕《励学古言》时，我们方见中国首次译出其名："爱比克泰德"者，高一志合以"厄比德笃"音译。高氏所以引述这位斯多葛名士，志在劝人言行合一，亦即勤学不得为举止失措的借口，说来颇合《二十五言》最后一言所论的实用主义："昔人或不洁，攻学甚勤。贤者厄比德笃观之，叹曰：'奇香美液注于秽器。'"⑤高一志此一世说（chreia）的出处，可能是爱比克泰德另一名著《道德论述》(Discourses)，而方之利玛窦初履南昌，与章潢诸人交，"厄比德笃"及其言行之见诸中文，已迟到了近

----

① 李辑，第1册，第355页。

② 同上，321页。

③ Matteo Ricci, *Storia dell'introduzione del Cristianesimo in Cina*, in Pasquale M. D'Elia, ed., *Fonti Ricciane*, 3 vols. Rome: La Libreria dello stato, 1949, vol.2, p.286. *Fonti Ricciane* 以下简称*FR*。

④ *FR*, vol.2, pp.287-288.

⑤ 《法国图》，第4册，第65页。

四十年。

如上所述，徐光启为《二十五言》撰跋，称利玛窦是书乃成于明代留都南京(应天府)。"留都"一称"别都"，常为帝王龙兴后移都他处而对原址的尊称。明代开国，太祖定都南京，靖难之变(1399—1402)后，成祖北迁燕京(北京)，故徐光启以南京为"留都"或"别都"。《中国开教史》描述南京，别有见地，谓其城址近似北京，仍有皇宫耸立，而其南正门唯皇帝可以出入。其他各门，官庶过之，依例得落轿下马，以示崇敬。不过利玛窦早已看出"留都"仅存其名，皇驾从未莅临，南正门经年上锁①。徐光启的跋继而指出，利玛窦从其"国中携来诸经书盈箧"，然而在南京多"未及译"，故"不可得读也"。区区数语，已在暗示《二十五言》乃译籍，系利氏在留都"所译书数种，受而卒业"者之一。1604年夏，冯应京因弹劾太监陈奉(fl. 1599—1600)剥削民膏，反为所诬而身陷囹圄②。冯氏在狱中得窥《二十五言》言，惊为稀觏，乃出资付诸梨枣，使垂诸后世，至是书成，而此际上距江右论学又已达十年以上。《二十五言》成书之曲折，一至于斯。

冯应京为人笃实，《明史》有传，誉之为"志操卓荦"。巡抚湖广时，甚不齿李贽(1527—1602)空言佛老，尝予纠举，甚或打压，可知其人不事空疏浮言，深恶泰州遗绪。利玛窦人在南京那年，与焦竑(1540—1620)及李贽师徒颇有往还③。北上进京之际，又蒙李贽襄助，且得诗文酬赠，还知道李氏最后在通州自杀，而其原因正是

---

　①　FR, vol.1, p. 82。

　②　[清]张廷玉等编撰：《明史》(《四库备要》版)台北：台湾中华书局1981年，第10册，卷237，列传125，第5b页。此外，明末兴南京教案(1616年)的沈一贯及翼护天主教甚力的叶向高，都曾在冯应京两遇灾难之际代为上言，为其脱罪。见《明史》，第5a页、第6a页。

　③　李贽与焦竑(1540—1620)的关系，见松川健二：《李贽と焦竑》，《北海道大学人文科学论集》18,1981年3月，第1—10页。

冯应京入京参奏，义无再辱①。利玛窦乃方外人，中国官宦之间的恩怨，他几乎不曾参与。利玛窦和李贽的信仰，其实有若冰炭。李氏出身左派王学，正是高一志深切讽之的阳明极端。《明史》对冯应京另有褒语，美其"不事空言"，而此语恰可解释得睹《二十五言》之际，他旋以《易经》"天数"说之②。谈到这一点，我们先得一探爱比克泰德《道德手册》的内涵大要。

二、从《道德手册》到《二十五言》

用利玛窦自己的话来说，《二十五言》的内容首在印证天地间只有一位主宰，亦即所谓"天主"，祂化生万物，掌管万物，凡人所有皆为所赐；其次，人有不灭之灵魂，死后天主会审判，赏善罚恶；最后，上述内容和儒家一无扞格，抑且可以调合互济③。此所以史柏拉丁(Christopher A. Spalatin)谓利玛窦认为儒家乃中国的斯多葛学派，而其人也像《四库全书总目》难得正确所评，由《二十五言》出发，传教中国④。在《中国开教史》中，利玛窦对《二十五言》的描述，其实是一经过天主教化后的《道德手册》，这点下文会再详述。这里拟先泛论者，乃斯多葛学派的哲学大要，尤其是爱比克泰德之见。在爱氏之前，斯多葛学派中人，自然以柱廊下讲学的希腊古哲芝诺(Zeno of Citium，前334—前262)为首。他的哲学乃某种宇

---

① *FR*, vol.2, pp. 65 - 69, pp. 103 - 106。

②《易·系辞上》："天数五，地数五，五位相得而各有合。天数二十有五，地数三十；凡天地之数五十有五，此所以成变化而行鬼神也。"见［清］阮元校刻：《十三经注疏》，北京：中华书局1983年，第1册，第80页。

③ *FR*，vol.2。

④ Christopher A. Spalatin, S.J., *Matteo Ricci's Use of Epictetus*（Waegwan, Korea：Pontificia Univesitas Gregoriana，1975），pp. 20 - 21. ［清］永瑢等撰：《四库全书总目提要》(2册)，北京：中华书局1965年第1册，第1080页。谓："西洋人之入中华自利玛窦始，西洋教法传中国亦自此二十五条始。"

宙论与伦理学的混合。芝诺有师承，而影响最大者之一，应属在华耶稣会时常提及的犬儒哲学家第欧根尼（Diogenes of Sinope，前412—前323）。就伦理道德言之，芝诺和第欧根尼都奉素朴的理性生活为圭臬，主静而知足。但芝诺强调教育重要，试图建立某种文化观，第氏则否，宁可街头行乞，给往后天主教的托钵僧（mendicant）树下极为重要的生活典范①。时序进入罗马时代，芝诺的影响更大，而深受启迪者之一，便是《道德手册》内容的讲者爱比克泰德。他和芝诺都信仰罗马宗教的泛神论，但在宇宙观上却另出机杼，以为宇宙就是秩序本身，更是一独特的大而无边的至高神的化身，而凡人虽有一己的灵魂，但命运早为所定②。若宽松言之，后面之见和天主教几乎不谋而合，轻易就可化为《圣经》所示的天主和从中演绎而出的命定之论（pre-destination）。

斯多葛伦理学和宇宙观一旦如上所述合而为一，我们得闻而知者但为某种特异的宗教观③，利玛窦所以把《二十五言》解为天主教理的显现，甚至以教中的内典视之，这是主因；冯应京力主《二十五言》合乎《易经》"天数"之论，又方之以"兰台《四十二章经》"，上述也是原因。总而言之，《道德手册》对利玛窦，对冯应京而言，都是一部宗教经典，扎扎实实，不折不扣。

《道德手册》乃爱比克泰德的授课记录，录之者为爱氏的门弟亚瑞安（Arrian, fl. 108）。他以冉若芬（Xenophon of Athens，前430—前354）的《大事纪》（*Memorabilia*）为范本，把爱比克泰德授课内容的精要分段记下，但其间是否可见内在联系，他并不

---

① *SCH*，p. 57.另见李奭学：《中国晚明与欧洲中世纪——明末耶稣会证道故事考诠》，台北：中研院及联经出版公司 2005 年，第 53—162 页。李著以下简称《晚明》。

② Diogenes Laërtius, *Lives of Eminent Philosophers*, Cambridge：Harvard University Press, vii. 148.

③ *SCH*，pp. 59 - 60。

以为意①。爱比克泰德的时代,地中海沿岸多已纳入罗马帝国的版图,然而时序仍属希腊化时代,而爱比克泰德也在希腊西北的尼柯城(Nicopolis)内讲学,故而所用语言是希腊文,顺理成章之至。亚瑞安录得《道德手册》的希腊文本后,六世纪的新柏拉图主义者辛普里基乌(Simplicius,前490—前560)随即为之评注,近人的英译本题为《论爱比克泰德的手册》(On Epictetus' Handbook)。但不论是亚瑞安所录或辛普里基乌的评注本,十四世纪之前,欧洲殆未得见,可得而知者反而系另一版本:原来《道德手册》成书之后,由于斯多葛学派的宗教性格近似天主教,而《道德手册》又是此派中人的著作最具宗教意味者,故而在修道院的门墙内颇有阅众,甚至和三至五世纪的天主教灵修运动(monasticism)结为一体。

然而苦修僧所读,似非爱比克泰德的原本,而是此一原本经过改编后的所谓天主教化的版本。其中异教思想悉遭抹除,代以天主教的语汇与观念。从罗马帝国到分裂后的拜占庭帝国这千余年间,我们今天所知的天主教改编本《道德手册》共有三种。其一据传为尼罗·安基拉努(Nilus Ancyranus, fl. 430?)所编②,但如此论定不过因稿本夹杂在圣尼罗的著作中,改编者可能另有其人,或为某名唤孔马西乌(Comasius)的天主教僧侣,亦未可知(Boter,156—157)。1673年,圣尼罗本曾由苏瑞芝(J. M. Suarez, dates unknown)编辑成书,传行于世。其二通称《天主教演义本》(Paraphrasis Christiana),1659年由卡少朋(Méric Casaubon,1599—1671)编辑而成,而第三种则发现于梵蒂冈教廷图书馆,二

---

① 见 Gerard Boter, "Preface" to his The Encheiridion of Epictetus and Its Three Christian Adaptations: Transmissions and Critical Editions, Leiden: Brill, 1999, p. xiii. Boter. 此书,下文以其名简称之。

② "尼罗·安基拉图"是个相当可疑的名字,可能是天主教史上的"圣尼罗",参见 Constantine J. Kornarakis, "The Monastic Life According to Saint Nilus," MA Thesis, Durham University, 1991, pp. 6 - 9.

十世纪前尚未有人为之编辑①。这三种"天主教版"的《道德手
册》，有大幅改写者，也有部分增删者，不过全都"出土"于《二十五
言》译成之后，故难以为利玛窦中译所据。尽管如此，天主教版的
《道德手册》如此常见，仍可说明此书书成之后，欧洲基督徒多视之
为宗教典籍，而且是"如假包换"的教中内典。既然如此，"厄比德
笃"当然可以由杏坛走下，登上圣坛，化身为《天主实义》里的
某"师"。

　　尽管《二十五言》难据上述三种天主教版的《道德手册》迻译，
《道德手册》的抄本十五世纪后却逐年增多，终于在 1450 年出现了
第一部的拉丁文译本。译者是意大利人文主义者皮罗第(Niccolò
Perotti, 1429—1480)。他也是拉丁文语法专家，对罗马古典深有
研究。除了皮氏此一利玛窦祖国的先贤外，1479 年，佛罗伦萨文
艺复兴大师保利洽诺(Angelo Poliziano, 1454—1494)又译出了另
一拉丁文本，而据今人波特尔(Gerard Boter)的了解，皮罗第的译
本问津者不多，但保利洽诺的本子虽以手稿的形式流传多年，其排
印的首版(*editio princeps*)在 1497 年刊行后，居然一刷再刷，乃文
艺复兴期间最重要的拉丁文译本。这个译本，直待 1560 年因伍尔
夫(Hieronymus Wolf, 1516—1580)另出同一语言的译本，才逐渐
失势。《二十五言》译于十六世纪 90 年代，是以伍氏译本，利玛窦
在世时就已现身，未必失之交臂。至于《道德手册》的希腊文原本，
1529 年有人足本镌排，和辛普里基乌的《论爱比克泰德的手册》
(1528)几乎同时刊行②。也就是说，在意大利，同一时期就出现了
两种爱比克泰德《道德手册》的希腊文排印本。职是之故，利玛窦
中译《二十五言》所用底本，只有四种可能：一，保利洽诺的拉丁文

　　① Boter, pp. xiv - xv。这里所述三种"天主教版"的《道德手册》的希腊原文，
Boter, pp. 351 - 411 均以评注本(critical edition)的形式收录之。

　　② Boter, p. xv and p. xv, n. 16.

译本；二，1535 年特灵卡唯里（Victor Trincavelli，1496—1568）编定的希腊文本；三，1546 年刊行的辛普利基乌（Simplicius of Cilicia，490—560）的评注版；四，1529 年印行的希腊文足本。此外，卡少朋的《天主教演义本》，我另见有 1595 年刊行的希腊原文与拉丁译文的对照本①，而其时间虽近利玛窦中译《二十五言》之际，但衡之以 1595 年之前《交友论》中译所依的 1590 年版《金言与证道故事集》（Sententiae et exempla）早已抵华，利氏仍可用之②，卡少朋本依旧可能为《二十五言》中译所据，不宜忽视。

利玛窦自里斯本扬航东来，而抵华前夕，他曾在印度卧亚（Goa）的耶稣会神学院教授希腊文。至于拉丁文，则为教会语言，利氏娴熟，自不待言③。两种语言的《道德手册》，利玛窦因此都能读能懂，来华后自然也能译，故而要判断《二十五言》的源本（source text），其实不易。本文中，笔者无意考证利玛窦中译的底本，但爱比克泰德《道德手册》的希腊或拉丁文本，耶稣会士应该熟稔，我们应有清楚认识。据近人唐觉士（Julien-Eymard D'Angers，1902—1971）考悉，耶稣会祖圣依纳爵（Ignatius of Loyola，1491—1556）在 1548 年左右草拟《神操》（Spiritual Exercises）之前，传说早已熟读《道德手册》，并引为参考用书④。就东来会士常选会祖嗜读之作中译观之⑤，《道德手册》变成利玛窦首译的宗教经典，应称顺风使舵，饶富深义。就《二十五言》而言，更具意义的或许是利

---

① Merci Casauboni, *Epicteti Encheridion*, London: Robert Boubont, 1595.

② 李奭学：《译述：明末耶稣会翻译文学论》香港：香港中文大学出版社 2012 年，第 4—5 页。此书以下简称《译述》。

③《全书》，第 28 册，第 21 页。

④ Chris Brooke, *Epictetus in Early Modern Europe: 1453—1758* (Berkeley: University of California Press, 1999), p. 6. 此一问题，笔者因下文而得悉：潘薇绮：《跨文化之友论——论利玛窦〈二十五言〉的翻译修辞与证道艺术》，《辅仁历史学报》2013 年 9 月第 31 期，第 113 页注 74。

⑤《译述》，第 251—252 页。

氏的中译策略，而兹事体大，我眼前却有截稿的时间压力，下文我化繁为简，仅举一、二言为例，试答上述既跨语际，也跨文化的大哉问。

三、"经典重构"之道

言体和语体，几乎同为晚明盛行的文学体裁①，天主教圈内不殊，以"言"为名的文学述译迭有多起。《道德手册》的希腊原文在欧洲上古的际遇，在明末中国依然重演，而且打从《二十五言》犹名《近言》的时代就已揭开序幕。王肯堂抄录的十二言，某些业已经他由理论上的天主教文本改编为儒家化的中式格言，而其手法和《天学初函》本中利氏所用者，几乎如出一辙。下面我引《二十五言》第一言为例说明：

> 物有在我者，有不在我者。欲也，志也，勉也，避也等我事，皆在我矣。财也，爵也，名也，寿也等非我事，皆不在我矣。在我也者易持，不在我也者难致。假以他物为己物，以己物为他物，必且倍(悖)情，必且拂性，必且怨咎世人，又及天主也。若以己为己，以他为他，则气平身泰，无所抵牾。无冤无怨，自无害也。是故，凡有妄想萌于中，尔即察其何事。若是在我者，即曰："吾欲祥则靡不祥，何亟焉？"若是不在我者，便曰："于我无关矣"。②

---

① 其实就中国箴言或格言传统言之，"言体"与"语体"之分意义不大，这里纯为方便而设。相关意见，见合山究著，陈西中译：《心灵的中药——〈明代清言集〉解说》，载合山究选编，陈西中、张明高注释：《明清文人清言集》，北京：中国广播电视出版社1991年，第189—200页。

② 李辑，第1册，第537—538页。

王肯堂的中文造诣，当然比利玛窦高，上引《二十五言》的文则，他在《郁岗斋笔麈》中曾为之删润，而且还删削了不少，而最重要者当在抹除利玛窦沿袭或为圣尼罗，或为卡少朋本等天主教版中的天学色彩。利氏原译中的"必且怨咎世人，又及天主"一句，系希腊文本天主教化后的典型，盖"天主"一词不可能出现在非基督徒爱比克泰德的《道德手册》之中，然而王肯堂在不知情的状况下，居然将《近言》中此句易或译为"必且怨天，必且尤人"，令人讶然不已。就《近言》的时代而言，《郁岗斋笔麈》的翻易，不但中国化了《二十五言》这一言，而且还将之推入文化核心，将之佛家化而——更重要的是——儒家化了。利玛窦可以合儒，上及《二十五言》原句与王肯堂的易句，对利氏而言，意思可能差别不大，因为《天主实义》中，他相信中国古典里的"天"，就是天主教的"上帝"或"天主"，所谓"以天解上帝，得之矣"①。但就常人而言，王肯堂在《郁岗斋笔麈》中置入"怨天尤人"这句古来成语，则完全消解了《二十五言》中的天主教色彩。更易或更译后的"必且怨天"一句，尤为画龙点睛之处，因为怨咎而及于"天主"者，系利玛窦天主教化《道德手册》之处，而"天主"一旦改为"天"，则虽一字之差，"源文"中的天主教色彩，旋即消解而转为中国人熟悉的儒家的"敬天"思想②——尤为《旧约》里有七情六欲（anthropomorphism）的"天主"③，在王肯堂笔下变成了非人格神了！

从时间上衡量，利玛窦似难读过圣尼罗等经人编订后的天主

---

① 李辑，第 1 册，第 417 页。

② 顺治与康熙在位时，都曾为天主教颁发"钦崇天道"与"敬天"的匾额，见钟鸣旦、孙尚扬：《一八四〇年前的中国基督教》，北京：学苑出版社 2004 年，第 327 及 337 页。

③ 《旧约》中天主的"人神同形论"，我所见较精之论述如下：Harold Bloom，"Commentary" on the "Representation of Yahweh" and the "Psychology of Yahweh," in David Rosenberg and Bloom, *The Book of J*, New York: Grove Weidenfeld, 1990, pp. 279 - 306。

教化的《道德手册》，但从天主教上古开启灵修运动以来，爱比克泰德确如前述，风行于苦修僧之间。不管利玛窦是否读过圣尼罗等人的改编本《道德手册》，仅就《二十五言》的第一言观之，他经翻译形成的天主教化文本，却多和圣尼罗等人的改编本"不谋而合"得"不可思议"。《天主教演义本》常为《道德手册》施展"增言"的手法，《二十五言》同样可见。第四言谈以智处世，尤其是以智克服命中劫数之难①，就不见载于《道德手册》，乃利玛窦个人手笔，或为凑足"二十五"这个天数而补入②。即使扣除第四言，据史柏拉丁比对，《二十五言》仍然中译了《道德手册》五十二、三言中的三十言左右③，而各式改编的文句中，天主教化得最明显的，前及第一言即是，尤其表现在其中"天主"这个译词上。凡人在蹭蹬之际，确可能会怨天尤人，怪罪"诸神"不义。圣尼罗等人都把复数形的"诸神"（GK：οι θεοι；Ltn：dii），改成了单数形的"神"（GK：όι θεός；Ltn：Deus）④，而这单、复数之差，当然就令他们的改编本由泛神论的斯多葛文本一跃而变成一神论的天主教善书，亦即令"诸神"变成了"天主"。

王肯堂删去《近言》中的"主"字，句意随之生变。案"怨天尤人"的出典，正是《论语·宪问》或《史记·孔子世家》里孔子的夫子自道："不怨天，不尤人，下学而上达，知我者其天乎！"孔子这里所指之"天"，当然不是《天主实义》所称那"苍苍有形之天"⑤，而是指"天道"或"天命"而言⑥。王肯堂用孔子的话变易利玛窦的译文，

---

① 李辑，第 1 册，第 338—339 页。

② 有趣的是，第四言王肯堂的《郁冈斋笔麈》亦收，而且仍列居第四。王氏还尝为之删润，可证明利玛窦致赠《近言》时，《二十五言》应已如数译毕。王本见《存目》，第 107 册，第 685 页。

③ Spalatin, *Matteo Ricci's Use of Epictetus*, pp. 18 - 19.

④ Boter, p.206.

⑤ 李辑，第 1 册，第 417 页。

⑥ [南宋] 朱熹：《四书集注》，第 162 页；[汉] 司马迁：《史记》（四部备要版），台北：台湾中华书局 1981 年第 5 册，第 21a 页。

其实也得了《近言》的真传，得其置换《道德手册》的改译手法。在此《二十五言》的前情之外，王肯堂的变易之道，其实明代后继有人。利玛窦中译《道德手册》，不仅徐光启或代付剞劂的冯应京欢喜，据利氏在《中国开教史》中自述，此书自 1604 年出版后，中国士人间亦传颂不已①。而窥诸后世，利玛窦此言尚称实在。明思宗年间，浙江平湖士人赵韩（fl. 1612—1635）纂《榄言》，收为所辑善书性套书《日乾初揲》的第一书，其中便如《郁冈斋笔麈》，收录了《二十五言》中的十三言，而其首言，依旧仍为利玛窦的第一言。赵韩因辑名为"揲"，故所收《二十五言》内文，删削处往往更甚于王肯堂的处理。不过这第一言，赵韩倒不废言，唯利玛窦所谓"必且怨咎世人，又及天主也"，他也像王肯堂一样，"天主"一词，他用"以天解上帝"的"上帝"代之了②。

　　《榄言》所揲对象，利玛窦的《二十五言》外，另有利氏的《畸人十篇》和庞迪我（Diego de Pantoja，1571—1618）的《七克》。然而在《榄言》中，赵韩穷尽一切可能，不使人知其揲文的出处，甭谈上书之中的天主教色彩③。是以上述《二十五言》揲文中的"上帝"，使明代人读来，联想所及，恐怕是儒家经籍如《诗经》或《尚书》中的同一神祇。利玛窦的《天主实义》，花了不少篇幅论述中国古典中的自然神学，一再谈及"上帝"与天主教的联系，甚至承认"吾国天主即华言上帝"，又强调"吾天主乃古经书所称上帝也"④。然而这类后人所称的索引派思想，赵韩虽然看过——因为在《天学初函》中，《二十五言》就收在《天主实义》之前——但他显然并不同情。《榄言》抹去天主教色彩，以"上帝"代"天主"，然而事涉"上

---

　　① *FR*，vol.2，pp. 288 - 301。

　　② ［明］赵韩：《榄言》，载《日乾初揲》(5 册)，日本公文馆藏明刊本，第 1 册，第 52a 页。

　　③ 有关赵韩及《榄言》的种种，参见李奭学：《如何制造中国式的善书？——赵韩〈榄言〉及其与明末与西学的关系》，《文贝：比较文学与比较文化专刊》2014 年第 1 辑。

　　④ 李辑，第 1 册，第 415 页。

帝"者,他则一字不改,保存原貌。一个"上帝",看来明代确有天
儒两种表述。在利玛窦是指教中"天主",就王肯堂和赵韩而言,
则仅仅存在于儒门的情境中,和西学或天学毫无瓜葛。上文我
引学界之说,以王肯堂后曾改宗天主,此说看来应予再证,何况
王肯定是晚明慈恩宗振衰起蔽的人物,有《成唯识论证义》等要
籍问世。

　　《中国开教史》中,利玛窦一再声称《二十五言》刊刻后有口
皆碑,中国儒生更是异口同声,无不众口交誉。这点当然和利氏
改译《二十五言》的策略有关:他一面令之变成天主教的内典,一
面又引儒家经、义入书,使得新译而成的中文《道德手册》,变成
两教汇通的宝典。书中第十三言着墨于"仁"、"义"、"礼"、"智"、
"信"等儒家重视的五常,皆为维系人群的五种规矩,不容紊乱①。
此言言末又引《左传》卫庄公蒯聩(前 480—前 478 在位)与卫出公
卫辄(前 493—前 480 在位)"父子争国"的故事警世②,到了第二十
一言则益加不避儒门,公然引入"儒"和《易》诸概念,并以之入替希
腊哲人和荷马的史诗③,也就是拟以孔门为生命的绳墨,直接以实
例印证《中国开教史》中利玛窦的合儒之说④。利氏如此"内化"的
翻译策略,除上述天主教词汇的引入外,奄有"字调的替换"
(substitutions of words)、"时态、字序与数目之变化"(changes of
tense, word order, number)、"省略"(omissions)、"缩言"
(shortened passages)与为澄清句意所做的"增词增句"(additions)

---

①　李辑,第 1 册,第 339—340 页。
②　李辑,第 1 册,第 340 页。从儒家的角度看《二十五言》的改译,参见郑海娟:
《跨文化交流与翻译的文本建构——论利玛窦译〈二十五言〉》,《编译论丛》2012 年 3 月
第 5 卷第 1 期,第 212—216 页。
③　李辑,第 1 册,第 346 页。
④　参见《晚明》,第 315—319 页。斯多葛学派阅读荷马的方式,当然也是原因之
一,参见 Long, *Stoic Studies*, pp. 58-84。

等等①,圣尼罗等早在他们天主教化的《道德手册》中一用再用,毫不避讳。

《道德手册》第五言有如下短训,利玛窦译得甚近爱比克泰德的原文,不但精简凝练,略无辞费,而且古人今人算来应该都不出五十字:

> 有传于尔曰:"某訾尔,指尔某过失。"尔曰:"我犹有别大罪恶,某人所未及知。使知之,何訾我止此欤?"②

此言传达的思想,乃斯多葛学派自抑与谦逊的坚忍典型。莫雷(Gilbert Murry,1866—1957)论类此故事与天主教的联系,道是可比耶稣教人"绛尊迁贵"(resignation)的教义③,笔者以为是。不过这个故事更近《西琴曲意八章》那《肩负双囊》一首:凡人但"以胸囊囊人非,以背囊囊己愆"④。《沙漠圣父传》虽将后一故事置于"明辨"(discretion)项下,不过两者实则异曲同工⑤。上引《二十五言》这第五言里,利玛窦在上述"原文"的中译外,又"效"《天主教演义本》,加了个"结论"而"增词增句"道:"认己之大罪恶,固不暇辩其指他过失者矣!"⑥如此结论,完全契合《西琴曲意八章》那《肩负双囊》曲文的内涵。王肯堂所录《近言》亦含此一结论——虽然其间仍有异文⑦——可见利氏的原译确和《道德手册》有异,增言之

---

① Boter, pp. 206 - 211.

② 李辑,第 1 册,第 334 页。

③ *SCH*, p. 111.

④ 李辑,第 1 册,第 288 页。这个故事有其《伊索寓言》与《沙汉圣父传》中的典故,参见《译述》,第 45 页注 24 及注 25。

⑤ Helen Waddell, trans., *The Desert Fathers*, Ann Arbor: University of Michigan Press, 1994, p. 96.

⑥ 李辑,第 1 册,第 334 页。

⑦ 《存目》,第 107 册,第 685 页。

外，也有语增。"结论"过后，《天学初函》本中，利玛窦益发踵事增华，使《道德手册》的论述愈趋本教教义，他搬出了圣方济（Francesco d'Assisi，1182—1226)的一则故史：

> 芳齐，西邦圣人也。居恒谓己曰："吾，世人之至恶者也。"门人或疑而问之曰："夫子尝言，伪语纵微小，而君子俱弗为之。岂惟以谦己可伪乎？夫世有害杀人者，有偷盗者，有奸淫者，夫子固所未为，胡乃称己如此耶？"曰："吾无谦也，乃寔言也。彼害杀、偷盗、奸淫诸辈，苟得天主佑引之如我，苟得人诲助之如我，其德必盛于我也。则我恶岂非甚于彼哉？"①

利玛窦此地所引圣方济的故事，是圣人以谦自克的生命代表，笔者疑其出自圣文德（St. Bonaventure，1221—1274)著《圣芳济传》(The Life of St. Francis of Assi)②，而圣芳济生命中的此一片段，又系典型的天主教型证道故事（Christian type of exemplum)，和庞迪我《七克》卷一以谦伏傲而同隶圣芳济名下的数条证道故事颇有渊源，乃至互文。讲完此一故事后，利玛窦跳出言中，又替爱比克泰德或他"本人"添加了一句修辞反问（rhetorical question)式的感喟，颇有后设史学的味道："圣人自居于是，余敢自夸无过失而辩訾者乎？"③

《郁冈斋笔麈》中，可想圣芳济的故事，王肯堂阙引，上引那修辞反问的结论中的结论，自然也不会出现。王氏果非天主教徒。

---

① 李辑，第1册，第334—335页。
② 我还来不及细查，但可参见 Bonaventure, *The Life of St. Francis*, in Ewert Cousins, trans., *Bonaventure: The Soul's Journey into God · The Tree of Life · The Life of St. Francis*, New York: Paulist Press, 1978, pp. 177—327.
③ 李辑，第1册，第335页。

就译事而言,利玛窦类似的语增,《二十五言》还有多起。从今人狭义的翻译意识形态衡之,利氏如此移花接木,岂合尤其是"信"译的原则？但我们如果审之以西方自西赛罗(Marcus Tullius Cicero,前106—前43)以降的译史,倒难说利玛窦的翻译手法,非"出以雄辩"(*ut oratoria*)或出以德莱登(John Dryden,1631—1700)式的"仿译"(*mimesis*)译观①。他加译成篇,于理有据。

据利玛窦在《中国开教史》中自道,《二十五言》成书目的在宣讲教理,但为博阅众的兴趣,书中颇添娱人的加插,攻击起佛道来尤其不遗余力,每令偶像崇像崇拜者哑口无言②。是否如此,我们颇难断定,至少《四库全书总目提要》的撰者视之为剽窃释子之作,也就是取《二十五言》并比佛典。利玛窦在《致罗马马塞利神父书》及《致德·法比神父书》中所写,和《中国开教史》所述也有矛盾。这两封信皆称《二十五言》中,利氏"只谈修德养性,如何善用光阴,完全以自然哲学家的口吻论事",而且"不攻击任何宗教",明末与天主教为敌的佛家反而乐见成书,甚而代刻助到,使广流传③。虽然如此,明清两代,《天学初函》的读者确有一些,《二十五言》虽放在辑中《天主实义》前,明清间最重要的反教之作《破邪集》与《辟邪集》里,我们却看不到提及《二十五言》的文字,连攻诘的蛛丝马迹也不见,是以利玛窦的说法恐有夸大之嫌。然而我们倘圈定之于某些开明派的士子,明人确如前及利玛窦之语,是有少数对《二十五言》甚感兴趣。《中国开教史》写

---

① John Dryden, "On Translation," in Rainer Schulte and John Biguenet, eds., *Theories of Translation: An Anthology of Essays from Dryden to Derrida*, Chicago: University of Chicago Press, 1992, p. 17.

② *FR*, vol.2, pp. 287-288.

③ 见1605年2月《利氏致罗马马塞利神父书》,及1605年5月9日《利氏致德·法比神父书》,俱见刘俊余、王玉川译:《利玛窦全集》(4册),台北:辅仁大学出版社及光启出版社1986年第4册,第268页、第276页。

在 1610 年利玛窦去世前夕，所指佛徒助刻，或许便指王肯堂的《郁冈斋笔麈》。此外，赵韩一类开明派士子也属之。所著《榄言》甚重《二十五言》，十三言中头尾俱全，第一言与最后一言俱存①，看待上严肃认真。

谈到《二十五言》的最后一言，我们可以踅回冯应京，盖光看此言，我们就不难了解他何以读到利玛窦的书稿，便义无反顾，即使身陷缧绁，都乐于鼎力资助，刊刻印行。明史尝谓冯氏"学求有用，不事空言"②，而如此问学风格，其内容可不是爱比克泰德有求于哲学者？爱氏的哲学在出世中有入世；对他而言，知识得具实用价值，而这点和罗马斯多葛哲人承袭的希腊思潮有关，乃启之于此派伦理学和亚里士多德逻辑学的紧密结合③。隆恩（A. A. Long）说得好："斯多葛哲人物同意亚里士多德之见，以为人生而有'目的'（telos），而此一目的因人系理性动物故，因而可藉美德之修而臻于完美，又可从智慧出发，盱衡环境而成其为'有德之人'。"对爱比克泰德而言，所谓"目的"仅止于"自然"与"功能"，而后者所涉，乃指"社会中要活得好"。职是之故，"美德"便系一切的基桩，因为"有美德者"即可从逻辑出发，具备判断事物的智慧，凡人皆应觅之，不遗余力。希腊传统中的常谈"认识自己"（know thyself），以故遂变成人生的首要之务！人类因有逻辑概念，故生"理性能力"（faculty of reason），亦系其有别其他动物之处，皆须善用④。

爱比克泰德所传，因而不是无根游谈，而是深具实用价值的哲

---

① 《初撰》，第 1 册，第 52a—55a 页。

② 张廷玉等编撰：《明史》第 10 册卷 237 列传 125，第 5b 页。

③ Cf. Jonathan Barnes, "Aristotle and Stoic Logic," in Katerina Lerodiakonou, ed., *Topics in Stoic Philosophy*, Oxford: Clarendon Press, 1999, pp. 23 - 53.

④ A. A. Long, *Stoic Studies*, Cambridge: Cambridge University Press, 1996, pp. 161 - 162.

学与知识,已近明史描述冯应京的"学求有用"的"用"字。《二十五言》的最后一言所示,无非便以逻辑在印证类似的概念:

> 学之要处,第一在乎作用,若行事之不为非也。第二在乎讨论,以征非之不可为也。第三在乎明辩是非也。则第三所以为第二,第二所以为第一,所宜为主,为止极乃在第一耳。我曹反焉,终身泥濡乎第三而莫顾其第一矣! 所为悉非也,而口谭非之不可为,"反却"高声满堂,妙议满篇。①

上引"在乎作用"之"学",爱比克泰德指"哲学"(φιλοσοφα)而言,笔者尝从辛普里基乌的评注,说明其中所强调者乃凡人皆有的"理性知识"(rational knowledge),亦即凡人都不可执着世相,为之蒙瞽。辛普里基乌的评注渗入了不少柏拉图的精神,故冯应京讲"学求有用",而爱比克泰德则曰:"学重实用"。他要以《道德手册》所谓"原理的应用"(χρήσεως τῶν θεωρημάτων)处世,以辛普里基乌评注的"理性的知识"观世,又以"科学的知识"(scientific knowledge)察世②。如此方称"实学",而其基础必因爱氏所称之"讨论"或"证明"(ἀποδείξεων)而奠下,因其"确认与解释"(βεβαιωτικὸς καὶ διαρθρωτικός)而得知③。吾人处世,轻忽不得。

上文最后一句"吾人处世,轻忽不得",笔者其实敷衍自《榄言》书末赵韩以文言自述的收场白④。爱比克泰德浓墨强调的坚忍精

---

① 李辑,第1册,第349页。

② 李奭学:《如何制造中国式的善书?——赵韩〈榄言〉与西学》,即将发表于《文贝:比较文学与比较文化专刊》第1辑。另见 Simplicius, *On Epictetus' Handbook 1 - 26*, trans. Charles Brittain and Tad Brennan, Ithaca: Cornell University Press, 2002, pp. 40 - 41; Simplicius, *On Epictetus' Handbook 27 -53*, p. 124。

③ *Enc.*, p. 536。

④ 《初揲》,第1册,第55a页。这一句如次:"观者毋忽诸!"

神,赵韩丝毫也不敢大意。《揽言》所摽超过半数的《二十五言》言则中,我们另可举下面一例,以概利玛窦中译《道德手册》的主旨,也可藉以窥探明代士子挪用《二十五言》的方法:

> 遇诸不美事,即谛思何以应之。如遇恶事,君子必有善以应;遇劳事,以力应;遇货贿事,以廉应;遇怨谤事,以忍应。犹以铁钺加我,我设干盾以备之,又何惧乎?①

较诸《天学初函》本《二十五言》中的此言②,赵韩摽来仍有异文,因为"源文"伊始乃时间副词"尝",其后还加了复数的"诸"字,首二句遂作如次:"尝有所遇诸不美事,尔即谛思何以应之。"(Ἐφ᾽ ἑκάστου τῶν προσπιπτόντων μέμνησο ἐπιστρέφων ἐπὶ σεαυτὸν ζητεῖν)③ 利玛窦的中译,其实颇合希腊原文的句意,不过赵韩摽来另有特色:他把"叙述"(narrative)改为"陈述"(statement),全句乃至整条言则,因此就变成了传统定义下的格言,有类《朱子治家格言》,深富四海共通的普遍性。如此擅改,倒无妨于爱比克泰德的精神,因为他绝不许人感情用事。有不平,应以理性,以科学的态度面对之;有所失,也应以理性,以平常心调整自己的心绪,哪怕是赀财匮乏,痛失至爱。职是之故,前引"遇怨谤事,以忍应"中的"忍"字,在《二十五言》中就变成了全书的关键钥字,我们仿佛重访苏格拉底面对不义的襟怀,了解"坚忍"——或许还应添上"不拔",凑成中文惯用的四字成语——乃面对逆境与挫折的良方④。

---

① 《初摽》,第 1 册,第 53b 页。
② 李辑,第 1 册,第 338 页。
③ *Enc.*, p. 536.
④ Cf. *SCH*, pp. 36 - 37.

四、真实与再现

要以"坚忍"处世，心理上的调适必不可少。这方面爱比克泰德的宗教感远比苏格拉底强。苏氏面对的是个真实的世界，爱氏却要我们把"真实"当"再现"（representation）。我们居处的世间，故此就变成了某个本体的"幻影"（illusion），而本文开头所引的《舞台喻》就此奠下，在《道德论述》（*Discourses*）中还曾大加发挥①。《舞台喻》由是一路贯穿，从《二十五言》犹为稿本时就先声夺人，继而面对试炼，在王肯堂本的《近言》中扮演要角。时迄《天学初函》本，重量益增，最后连赵韩也不得不加正视。《榄言》之摤也，已视之为《二十五言》紧要至极的处世诤言。下面权且引赵韩的本子，再审《二十五言》成书的过程，顺便窥探利玛窦初译欧洲经典，何以打一开头就是爱比克泰德的《道德手册》：

> 人生世间，如俳优在戏场上；所为俗业如搬演杂剧，诸帝王、公卿、大夫、士庶、奴隶、后妃、妇婢，皆一时妆饰者耳。则其所衣，衣非其衣；所逢利害，不及其躬。搬演既毕，解去妆饰，即漫然不相关矣。故俳优不以分位高卑长短为忧喜也，惟扮其所承脚色，则虽丐子，亦当真切为之，以称主人之意焉。分位全在他，充位亦在我。②

方之《天学初函》本中的《二十五言》，上引《榄言》的摤文，说来竟然只有只字之差，亦即第三行中的"即漫然不相关矣"中的"即"。

---

① Arrian, *Discourses of Epictetus*, in W. A. Oldfather, trans., *Epictetus II* , Cambridge：Harvard University Press，1952，1.28.10. Also see Long, *Stoic Studies*, pp. 275-278.

② 《榄言》，第54a页。

此字《天学初函》本作"则"，全句因成"则漫然不相关矣"①。理论上应属最早译成的《天主实义》本中，"即"或"则"字，则一概消失不见，整句话反而似从《郁冈斋笔麈》而得其文理上的灵感："漫然不复相关矣！"不论利玛窦此句在自己或他人的手上如何变化，上引《舞台喻》无疑都是《道德手册》观照人世的重点。其中有世有主宰之说，而我们日子还得过得称其心意，也是我们认识斯多葛学派和天主教打一照面，彼此即意气相投，浃洽无间的主因。

隆恩认为爱比克泰德固然承认柏拉图式的本体说，但从其《道德论述》看来，爱氏似乎从未反对本体的再现有其价值，谈论希腊悲剧时他看法如此，而且还更加因此而看重宇宙（自然）宰制人类的力量②。谈到这一点，曲终奏雅，请容我调出旧译，让我们从欧法德（W. A. Oldfather）的希腊、英文对照本再窥爱比克泰德《舞台喻》的原文，以见"真实"遇上"幻影"时，凡人究应如何自处：

> 请牢记在心：你不过是一出戏里的角色，为"剧家"编排决定。"祂"要把戏写短，就写短。"祂"要你扮演行脚乞者，记住，你甚至要演得更为绝妙。同理，"祂"要你演的角色若为跛脚之人，是个官员或是个方内之人，你就只能这么好好的演出！你的职责是把"剧家"派定的角色扮得令人赞叹不迭，不过，"你也应牢记"角色的编派，乃是"祂"的事情。③

所谓"角色"，希腊原文乃"演员"或"俳优"（ὑποκριτής），而"剧家"（διδάσκαλος），自是《二十五言》中的"主人"。"他"（ἄλλου）有权分派

---

① 李辑，第 1 册，第 343 页。
② Long, *Stoic Studies*, pp. 278 - 279.
③ *Enc.*, pp. 496 - 497；《译述》，第 43 页。

"职位"，而后者乃"角色"(πρόσωπον)的另一说法①。至于"主人"，爱比克泰德此地所喻，自是斯多葛思想中那独特的"自然"、"宇宙"或"神"的概念。除了王肯堂在《郁冈斋笔麈》所改的"天"字较显模糊外，《舞台喻》从《天主实义》的初译本经《近言》的手稿本，再到《天学初函》中的《二十五言》刻本，利玛窦口口声声所称者，无不就像第一言中他的改译，质变已生，早也已经挪用而变成天主教的"天主"或"上帝"了②。此所以上引把"原文"中的"他者"，全都再加改译，使变成现代中文为"天主"新造的"祂"字。《二十五言》的中译比《道德手册》复杂了许多，然而爱比克泰德对于"再现"的看法，利玛窦可牢牢掌握：笔底春秋，他译得分毫不爽。利氏的语增——所谓"解去妆饰，则漫然不相关矣"一句——无疑也在劝人认清人世的本质乃舞台，我们应像布莱希特（Bertolt Brecht，1898—1956）论史诗剧场（episches theater）一样，与之保有心理与实体上的距离，切莫融入其中，错认角色就是自己，甚至混为一谈③。

从上面我所译的〈舞台喻〉看来，《二十五言》中"搬演既毕，解去妆饰，即漫然不相关"数句，实乃利玛窦中译语增，而此喻的宗教感部分也因此而神理毕现。尽管如此，我仍要吁请注意原文中的"你甚至要演得更为绝妙"和"扮得令人赞叹不迭"二句。《二十五言》中，这两句话若非没有明白译出，就是衍为"真切为之"而隐含在《舞台喻》通篇之中，尤可因"充位"二字表出。利玛窦译来，不啻在警醒世人世界纵为"舞台"，人生即使是"再现"，我们或"你"都不能像《哈姆雷特》(Hamlet)消极看待这"舞台"。我们反得更积极，

① *Enc.*, p. 536.

② Keith Seddon, *Epictetus' Handbook and The Tablet of Cebes: Guides to Stoic Living*, London：Routledge, 2005, p. 83.

③ Long, *Stoic Studies*, p. 279.

卖力演出我们所扮的角色，进而像卡尔德隆（Pedro Calderón de la Barca，1600—1681）的名剧《人生如梦》（*La vida es sueño*）所示：人生纵使为梦，我们在梦中也要演好我们的角色，不可造次轻率。《道德手册》最后一言从学理劝人"行事之不为非也"，而利玛窦俯仰于斯，倒是从第一言起就化《二十五言》为天主的训示，苦苦训诫我们——用王肯堂的语内改译说——不应"怨天"，也不应"尤人"。

"中心文本和中心文化"：论《圣经直解》对福音书的节译和"直解"

高胜兵

一、引言

一般来说，传教士最重要的任务就是传播福音，使异教徒皈依天主，所以他们在传教的同时理应翻译四福音书，使福音在民众中得到更快的传播。因此，学界对晚明耶稣会士未能完整翻译四福音书(或《圣经》)时有关注，对此有系统论述的有比利时汉学家钟鸣旦和中国学者任东升，前者认为未有完整的翻译主要是因为传教士遵循"欧洲(天主教)传统"和"教牧实用"的原则①，后者归纳了三个原因：一、"听命于罗马传信部"，二、"对中国汉字望而生畏"，三、"担心""冒犯中国经典和中国文化"②。他们的分析应该说都是有理有据，并且都承认晚明之际其实有不同形式的四福音书译介，而且他们都认为这些算不上"真正翻译"的四福音书的译本体现了传教士的"适应"策略。晚明传教士在很多方面固然遵循着"适应策略"，但是就《圣经直解》对四福音书的译介而言，本文试

---

① ［比］钟鸣旦著，孙尚杨译：《圣经在十七世纪的中国》，《神学论集》2000 年第 126 期，第 564 页。

② 任东升：《圣经汉译文化研究》，武汉：湖北教育出版社 2007 年，第 122—123 页。

图说明：它更多的是体现了传教士们具有"天主教中心主义"的宗教虔诚，严格遵守教廷或教会的旨意，也不敢"陨越经旨"，它符合勒菲弗尔所论的"中心文本和中心文化"的翻译特点。① 如果我们以文化学派的翻译理论为视角来考察《圣经直解》，我们会质疑耶稣会士在译经方面也遵循"适应策略"，同时会发现他们缺乏的是多元文化共存的理念。

二、《圣经直解》成书的历史背景

首先，天主教的《圣经》传统影响了耶稣会士在晚明对《圣经》的翻译。普通天主教教士不像我们今天可以如此广泛地接触到圣经，那时在欧洲教士和信徒们通常都是通过弥撒书这类关于礼仪的书籍，才得以接近圣经②，即使是耶稣会创始人依纳爵立志效法圣人耶稣，并皈依了天主教的人，他最初也不是因为接触了《圣经》，而是"在重伤卧床期间，由于得不到喜爱的骑士小说，便接受了虔诚的嫂子玛格达莱娜的引导，研读了卡尔特会修士萨克森的鲁道夫撰写的《基督生平》和肯普的托马斯撰写的《效法基督》两部书"，而正是"对这两部书的研读和体验，促成了身为骑士的依纳爵

---

① 勒菲弗尔引证了 1611 年钦定本《圣经》的序言和莫尔谴责廷代尔的《圣经》翻译的史实而论述了"中心文本"，他认为"如果一个文本被认为包含了一个文化的核心价值，如果它发挥着那个文化的中心文本的作用，那么对它的翻译将会受到极其仔细的审查，因为'不可接受'的翻译很可能被看作能颠覆那个文化自身的基础"。接着，勒菲弗尔从赫尔德对荷马作品的法译的指责和菲茨杰拉德对自己翻译波斯作品的心态进一步论述了"中心文化"，他指出"如果某个文化自认为相对于其他文化来说是'中心'的话，那么这个文化很可能会相当傲慢地对待其他文化中的文本"。最后勒菲弗尔断言：对中心文本的翻译以及中心文化对其他文化中文本的翻译"最明显地揭示了诸如意识形态、诗学和语域等因素的重要性"。参见：Andre Lefevere, *Translation / History / Culture: A Sourcebook*, Shanghai: Shanghai Foreign Language Education Press, 2004, p. 70.

② ［比］钟鸣旦：《圣经在十七世纪的中国》，第 542 页。

的内在转变"，同时导致他见到了"异象"并制定了《神操》的纲领①。因此，在天主教的传统中，《圣经》并不是用来使人们接受宗教思想的入门读物，人们接受宗教思想主要是通过接受教会里的其他教礼教义类的书，或者关于耶稣生平介绍的书。教会的这种传统导致了晚明传教士来到中国后并不急于翻译《圣经》而忙于译介诸多的教礼、教义类的书，以及关于耶稣的生平的书籍。

其次，天主教教会关于《圣经》的敕令很大程度上限制了耶稣会士在晚明对《圣经》的翻译。天主教会在特兰特会议期间（1545—1563）特别制定了关于《圣经》方面的决议，在第四次会议（1546）上首先确定了哲罗姆翻译的"武大加本《圣经》"为唯一的正统《圣经》，然后特别敕令："任何人均不得依仗自己的判断，不得对《圣经》进行歪曲以符合自己的观念；在对前述《圣经》（武加大本《圣经》——笔者注）的解释上，即使（他们）从未打算在未来某个时候将自己的解释公之于众，那也不得与神圣的母教会（罗马天主教廷——笔者注）一直坚持且如今仍在坚持的观念相悖，真理判别权和《圣经》解释权归神圣的母教会所有；而且，其解释也不得与教父们的共识相悖。"同时也规定了《圣经》印刷和发行必须事先经过教区首长的审查与批准②。

耶稣会的"服从"会律保证了耶稣会士在华贯彻特兰特会规。当很多中国人请求利玛窦着手翻译《圣经》时，利玛窦通常以翻译《圣经》前要得到教宗的批准为一个理由而加以拒绝，③利玛窦在宣讲教义时往往向听众说明大主教和教士为了保持教义的完整，要对出版书进行审查，以防任何有害于宗教信仰和道德的东西得

① ［德］彼得·C·哈特曼：《耶稣会简史》，谷裕译，北京：宗教文化出版社2003年，第2—3页。

② ［英］J·沃特沃斯（英译）：《特兰特圣公会议教规教令集》，陈文海译注，北京：商务印书馆2012年，第27—28页。

③ ［比］钟鸣旦：《圣经在十七世纪的中国》，第544页。

到传播。① 因此我们可以说，耶稣会的"服从"会律使特兰特的会规对翻译和出版《圣经》带来了很大的困难，而且来华的耶稣会士非常清楚欧洲本土因为翻译《圣经》而带来了众多问题，甚至一些当事人受到了宗教裁判所的严厉惩罚以致丢了性命，所以翻译《圣经》本身也是非常危险的事。因此，耶稣会史学家巴托利(D. Bartoll)在分析尽管耶稣会士在 1615 年得到教宗准许翻译《圣经》的敕令但从未着手翻译的原因时认为：虽然神父们精于中文文言写作和谈话，但由于翻译《圣经》是一件艰难、危险、非常漫长、而又是很难说是必要的工程，所以教务负责人便不允许做这项工作。② 这里教务负责人认为翻译《圣经》很难说是必要的工程那是与上文提到的欧洲教会对《圣经》的传统态度有很大的关系。

总之，就教会"中心文本"《圣经》的翻译而言，耶稣会士不得不固守教会传统，贯彻教会敕令，不敢擅自做主冒教会之不韪，这样就导致了《圣经》全译的阙如。然而"愈显主荣"还是需要教义的传播，所以耶稣会士们既要因循教会传统和敕令，又要宣讲《圣经》来传播教义。《圣经直解》就是在这样的背景下产生的，它既是沿袭了天主教会对待《圣经》的传统，也是严格经过教会的审查和批准，同时也满足了中国耶稣会士主日和瞻礼日做礼拜的现实需要。

三、《圣经直解》对福音书的节译和"直解"

《圣经直解》是译作还是创作曾经引起学界的讨论。有人认为

① ［意］利玛窦、［法］金尼阁：《利玛窦中国札记》，何高济、王遵仲、李申译，北京：中华书局出版社 1983 年，第 381 页。
② ［比］钟鸣旦：《圣经在十七世纪的中国》，第 544 页。

它的原本是巴拉达(Sebastian Barradas，1542—1615)的《福音史义笺注》(Commentaria in Concordiam et Historiam Evangelicam)，但是很多学者发现它们之间有诸多差别。李奭学将两者比较，发现阳玛诺在《圣经直解》中用来"解经"的神话在巴拉达的著作中阙如；①钟鸣旦在将两者进行比较后发现了更多的不同，其中最为明显的是巴拉达是按照耶稣的生平，以编年纪的方式来编排《圣经》中的段落的，而阳玛诺则以主日和瞻礼节的顺序为依据的②。本文并不打算致力于对他们的著作进行比较，而是从文化互动的角度探究《圣经直解》对四福音书的节译和"直解"情况——当然，他们作品的差别确实有助于本文探究阳玛诺节译中的诸多问题。

(一) "中心文本"的节译

1. 节译与全译

我们要探究的第一个问题便是：为什么是节译而不是全译四福音书或《圣经》？上文我们分析了：四福音书是天主教的"中心文本"，耶稣会严格遵循天主教的书籍传统，严防对福音书的随意阐发和翻译，但是有几本对福音书的阐释或改编在天主教内部却为教会和教士们所接受，并大为流行。

巴拉达是一位受人欢迎的耶稣会宣教士，他这本对福音书的"笺注"在欧洲就非常流行，闻名遐迩，而且可能于 1619 年已由金

---

① 李奭学：《中国晚明与欧洲文学》，北京：三联书店 2010 年，第 204 页。
② 其他的不同点为：1. 巴拉达的著作更为广泛，而且更为详细；2. 巴拉达的著作中所注解的各节不一定与阳玛诺的著作中所注解的相同；3. 巴拉达在引用福音书读经时，并未收入那些简注，而阳玛诺则有大量间杂在经文中的简注；4. 阳玛诺和巴拉达两人都广泛地征引了教父著作，但引文不一定相同。钟鸣旦：《圣经在十七世纪的中国》，第 554 页。

尼阁带到中国，并且它出现在北堂图书馆的目录中，①所以面对天主教教廷对《圣经》出版的严格审查，我们不难想象阳玛诺为了书籍的顺利发行，他在写作时至少是借鉴了——或者深深受影响于——巴拉达的作品，因为借鉴在欧洲广泛发行的书籍容易通过天主教教会的审查；同时这部著作对于传教的阳玛诺或其他传教士来说，明显可以用于主日和瞻礼节在教堂里布道所用，有助于他们宣讲和传播天主教教义——这点集中体现在《圣经直解》在编排节译福音书章节的顺序与《福音史义笺注》的不同上。

阳玛诺在本书的自序中就本书的旨意指明为："大率欲人知崇天主，从其至真至正之教，无汩灵性，务使人尽和睦，世跻雍熙，共享福报"。因此，对于阳玛诺及其他的传教士而言，《圣经直解》既顺应了天主教的传统而容易得到出版许可，又能达到传播教义并为传教士们常常使用的目的，所以他们就没有全译福音书的必要。

2. 节译与忠实

我们要探究的第二个问题是：节译福音书是不是意味着断章取义、少了些忠实？

一般来说，译者往往在节译中根据自身的喜好或者为了迎合读者的价值取向对原文进行选择性翻译而"操纵"和"改写"原文，从而往往不能忠实于原文。然而，如上文所论，阳玛诺身为耶稣会会士，他要绝对服从梵蒂冈教宗，要"僵尸般服从"耶稣会的旨意，所以他主观上不会、也不敢借节译福音书而"改写"福音书。实际上，《圣经直解》的刊行就是按照特兰特会议的敕令而经过了严格审查的，此书共分十四卷，每卷都有专门一页特别注明该卷的译者、校订者以及核准者，并在右上角印有"耶稣会"的字样。十四卷的译者都注明为阳玛诺，但校订者和核准者各卷

---

① ［比］钟鸣旦：《圣经在十七世纪的中国》，第554页。

会有所不同①。

　　这十四卷两两装订在一起而且校订者和核准者有所变化,有两位圣史作者的译名在不同卷中也不统一,"路加"在第一、二卷中写为"路嘉",而同在第三卷或第四卷中都出现了"路加"和"路嘉"两种译法,在第六卷以后就统一为"路加"的译法;"马尔谷"的译法更复杂,有"马尔各"(第五卷),"玛尔诩"(第六、七、九卷)和"玛尔各"(第七卷)。所以我们可以认为《圣经直解》前后应该花很长时间完成的,并有多人参与翻译的笔录和统稿工作。译名的混乱固然说明《圣经直解》在成书过程中违背了教会对宗教书籍审慎的精神,但是"天主"的译名却贯穿于长长的十四卷中,整部书没有用"上帝"或"天"来翻译"Deus",也只字未提成书之前的嘉定会议中的"译名之争"。嘉定会议是于1628年1月应龙华民的坚持而在嘉定召开的会议,折中了龙华民和高一志等人的方案,决定放弃使用"天"或"上帝"翻译 Deus,也不采用音译"陡斯",而是保留最初传教士们常用的"天主"译名。不过这一决议后来并没有得到严格执行,有人还继续使用"上帝"译名,译名之争还在继续,龙华民后来甚至要取消"天主"译名而只用音译②,卷入此次争论的传教士同时也参与了《圣经直解》的校对或核准工作的有龙华民、费奇规、艾儒略、傅汎际等。但是很明显《圣经直解》面对争议性的译名时

――――――――――

　　① 第一、二卷校订者与核准者为相同的人,所以放在一起,校订者为同会的郭居静、傅汎际和伏若望,而傅汎际同时又是当时任值会的核准者;第三、四卷校订者与核准者为相同的人,所以放在一起,校订者为同会的费奇规、郭居静和孟如望,而核准者为任值会的傅汎际;第五、六卷也放在一起,校订者为同会的孟儒望、费奇规和贾宜睦,核准者为任值会的艾儒略;第七、八卷放在一起,校订者和核准者与第一、二卷相同;第九、十卷放在一起,校订者和核准者与第三、四卷相同,只是此处"孟如望"写成了"孟儒望";第十一、十二卷放在一起,校订者和核准者与第五、六卷相同;第十三、十四卷放在一起,校订者为同会的罗雅谷、龙华民和汤若望,核准者为任值会的傅汎际。

　　② 程晓娟:《God 的汉译史——争论、接受与启示》,北京:社会科学文献出版社2013年,第19页。

坚持服从了嘉定会议的决议，这应该是他们集体讨论的结果，但是我们从这点可以看出《圣经直解》体现了译者的审慎态度和耶稣会的整体意志。

《圣经直解》也是汉语版的第一个福音书的"直译"，这里所谓的"直译"是指《圣经直解》对选取的福音书经文进行了语言层面的亦步亦趋的"对等"翻译，不同于过去众多宗教著作对福音书经文的转述或阐释。此书共"直译"95段福音书的经文，并且每段经文都注明了经文来源于某个福音书的第几章，但没有注明节数。例如第一卷中翻译的第一段经文及其出处：

> 经　圣路嘉第二十一篇
>
> 维时，耶稣语门弟子曰：日月诸星，时将有兆，地人危迫，海浪猛闃。是故厥容憔悴，为惧且偊所将加于普世，诸天之德悉动。乃见人子乘云来降，威严至极。始显是事，尔皆举目翘首，盖尔等真福已近。又指喻曰："视无花果等树始结实时，即知夏日非遥，尔辈亦然，见行兹兆，则知天国已近。肆予确说，于人类未灭前，必金验之。天地可毁，予言不能不行。"①

对比思高本《圣经》，此段经文就是路加福音的第二十一章的25—33节，现录下拉丁文本和思高本相应部分的经文以便我们认识此处的"直译"情况：

> St. Luke 21：25 - 33
>
> et erunt signa in sole et luna et stellis et in terris pressura gentium prae confusione sonitus maris et fluctuum /

---

① ［葡］阳玛诺：《圣经直解》，影印版收录于吴相湘编的《天主教东传文献三编》，台北：台湾学生书局1984年，第1571—1573页。

arescentibus hominibus prae timore et expectatione quae
supervenient universo orbi nam virtutes caelorum
movebuntur et tunc / videbunt Filium hominis venientem in
nube cum potestate magna et maiestate / his autem fieri
incipientibus respicite et levate capita vestra quoniam
adpropinquat redemptio vestra / et dixit illis similitudinem videte
ficulneam et omnes arbores / cum producunt iam ex se
fructum scitis quoniam prope est aestas / ita et vos cum
videritis haec fieri scitote quoniam prope est regnum Dei
amen dico vobis quia non praeteribit generatio haec
donec omnia fiant / caelum et terra transibunt verba
autem mea non transient.

路 21：25－33

"在日月星辰上，将有异兆出现；在地上，万国要因海洋波
涛的怒号而惊惶失措。众人要因恐惧，等待即将临于天下的
事而昏绝，因为诸天的万象将要动摇。那时，他们要看见人
子，带着威能及莫大光荣乘云降来。这些事开始发生时，你们
应当挺起身来，抬起你们的头，因为你们的救援近了。"

耶稣又给他们设了一个比喻："你们看看无花果树及各种
树木，几时，你们看见它们已经发芽，就知道：夏天已经近了。
同样，几时你们看见这些事发生了，也应知道：天主的国近
了。我实在告诉你们：非等一切事发生了，这一代绝不过去。
天地要过去，但是，我的话绝不过去。"

《圣经直解》只是在经文前加了"维时，耶稣语门弟子曰"。因
为是节译，所以这句话加上去是必要的，否则经文缺少了语境。事
实上，本书在绝大多数翻译的经文前都加了"维时"来引出经文，以
避免经文显得唐突。

经文的比较，我们能看出它们在语言格调方面有别，因为时代的差距，前者语言古雅，四字句较多①，而后者是白话。有些学者认为晚明没有全译本的福音书(《圣经》)是因为当时传教士有限的汉语语言能力，不过我们这里可以看出，此段经文不仅完整地表达出了经文内容，而且语言简约、古雅和流畅，看不出那种因为语言能力不够而表现出语言啰嗦累赘的现象。另外，虽然此段经文是节译的，但是明显它是完整地翻译了选取的那段经文，中间没有一点儿的漏译情况，它是一种"全译"。

然而，所有翻译都是对源文的改写，并且不管译者意图如何，所有改写都反映了某种意识形态和诗学。如果说经文"改写"成《尚书》的"谟诰"体反映了译者"服从教宗"②的意识，那么经文的一处意义"改写"该如何解读呢？仔细比较经文，我们会发现经文"于人类未灭前，必盒验之"和"非等一切事发生了，这一代绝不过去"在语义上的差别。比照拉丁文源文，我们发现前者对意义进行了"改写"处理，即：将"一代不过去"改写成了"人类未灭前"。从语言层面来说，"generatio"(一代)一般就是理解成"一代人"，根据上下文语境可以理解为："同耶稣生活在同时代的人"，"一代人"当然不能等同于"人类"的。但是，如此理解必然导致另一更重要的问题，即：耶稣和他的一代人早已远离了晚明时代，但是耶稣预言的一切事并没有"应验"，这样的史实难免会动摇天主教信仰的大厦。因此，此处"改写"实为"适应"信徒或准信徒的通常认知能力，

---

①　不少学者认为《圣经直解》模仿中国先秦典籍中的《尚书》文体，目的是适应中国"经"的传统，使《圣经》给中国读者一种"经"的效果。但笔者认为，这种"适应"的策略是以"服从教宗"为前提的，因为教宗保罗五世在1615年的敕令中准许把《圣经》翻译成中文，但同时明确强调要把《圣经》译成"适合于士大夫的学者语言"。[比]钟鸣旦：《圣经在十七世纪的中国》，第544页。所以笔者在此想强调的是：《圣经直解》经文的文体特征应该理解为它首先是服从了或者说贯彻了教宗的敕令，其次是同时也适应了中国的"经"的传统。

②　同上。

同时维护了天主教的信仰，但是这事实上已违背了"任何人均不得依仗自己的判断，不得对《圣经》进行歪曲以符合自己的观念"的特兰特救令。

翻译是个非常复杂的事情，韦努蒂认为"翻译总是包含着归化（domestication）过程，即由源语可理解性向目的语可理解性转变的过程，但是，归化并不等于同化（assimilation），同化是把外语文本转化为本土主流价值观（dominant domestic values）的一种极为保守的方式，归化也可能意味着阻抗（resistance）"。① 这里，"归化"是为了接受者理解译文而采取的策略，而"同化"与"阻抗"是译文要达到与本土主流价值观有关的效果或目的，策略与效果有时不是必然的因果关系，也就是说，"归化"策略不是必然会导致"同化"或"阻抗"的效果，有些"归化"其实与"价值"无关只是翻译过程中的内在需要。就上文涉及的"改写"来说，"适应"本土接受者一般的认知能力也就是韦努蒂所说的"归化"策略，而"改写"的内容其实和"价值"没有直接关系，它只是改写了世界末日到来的具体时间而不影响世界末日这个宗教概念的内在价值取向。世界末日这一概念的内在价值取向就是：人的灵魂不灭，人世间的一切善恶都要在世界末日之时得到天主的审判，善者进天堂享受永生永福，恶者进地狱遭受永远的痛苦。因此，上文的那段经文翻译之中的"改写"只是某种意义上的"归化"策略，它没有改变原文中要表达的世界末日的内在价值观念，但是它符合天主教会的利益。况且，梵蒂冈教会声称《圣经》的解释权只属于天主教会的，所以身为传教士的译者阳玛诺对于符合天主教会利益的如此解释也就不能说是"歪曲"了《圣经》。归根到底，是否忠于《圣经》的旨意实质上取决于是否忠诚于或服从于教会的旨意。

① Lawrence Venuti, *The Translator's Invisibility—A History of Translation*, Shanghai: Shanghai Foreign Language Education Press, 2004, p. 203.

　　其实，我们应该注意到的是，这段经文的旨意是传播天主教教义中的世界末日的观念，这是与本土主流观念是"阻抗"的。在三教合流的晚明人们的观念中，灵魂是可以转世再生的，善恶是因果报应的，不存在世界末日之说。其次，有专章讲述世界末日的经文在四福音书中也只有玛窦福音和路加福音，而且都是在福音书的后半部分，但是此段经文的翻译却成为《圣经直解》的首篇，它对应的主日是"吾主圣诞前第三主日"，这种安排不能说一定是特意而为，但是我们可以肯定的是：译者作为熟悉中国语言文化的传教士应该清楚它与中国人的观念相冲突，但是他并没有特意回避这种冲突。其实福音书中有很多经文与中国伦理道德相一致，特别是劝人为善的内容，如《圣经直解》索引部分列举的"谦德"、"忍德"、"和睦"、"节德"、"克己"等等，而这些内容在此书中都有相对应的经文的。这些经文没有被安排在开篇而是把与中国思想观念迥然不同的世界末日的经文放在开篇，表明了《圣经直解》没有从整体上"适应"本土中国的思想观念，而是大力彰显福音书中体现的身为"他者"的天主教教义，服从教会和《圣经》的旨意。

　　就经文的翻译而言，这第一段经文的翻译堪称全书其他经文翻译的典范。其一，全译被选取的经文，本书中的经文节译并不是简单地根据译者的需要随意"断章取句"而中译，而是完整选取某段进行亦步亦趋的翻译，忠于原文，据笔者观察，几乎没有中间漏译情况。其二，译文中几乎没有用非常明显的中国化的儒释道的术语来翻译福音书的经文①（如上文提及的没有使用"天"或"上帝"翻译"Deus"），音译的地方比较多，并配有一定的文中注，如对若望福音的第一句经文的翻译便是："厥始物尔朋已有，斯物尔朋

---

　　① 纵观所有节译经文，发现偶尔也有使用中国固有概念翻译经文的情况，如在经文中使用了儒家概念"仁"和民俗性概念"龙"，但是这种形式上的"归化"翻译不是使天主教"中国化"而是为了翻译经文的需要把它们作为普通的词而使用，甚至改变了这些词在中国文化中的固有含义，具体论述见下文。

实在天主，实即天主，"①源文中的"Verbum"音译为"物尔朋"。这句经文现在的思高本翻译成"在起初已有圣言，圣言与天主同在，圣言就是天主"，而和合本翻译成"太初有道，道与神同在，道就是神"。现代的这两版本分别用了"圣言"和"道"意译了"Verbum"，前者容易使人联想到儒家中"古代圣贤人之言"而后者就往往让人联想到道家的术语"道"。相比之下，《圣经直解》为了忠实源文而故意避免借用明显本土化的"归化"译法，从而放弃了"适应"的策略但采取了"文中注"的方法，注解为："物尔朋，内言也，内像也……今举喻略推：人想某物，内生某物像，谓之物尔朋。"②其三，除了译文中有一定量的文中注，译文后还有内容丰富的"箴"部分，这部分经常对经文中重要的句子进行注解和诠释，有时"微言大义"、阐发教义，往往与主日或瞻礼日的主题有关。

　　总而言之，《圣经直解》的经文翻译既是经过严格的审查，也是从技术上——运用音译与注解——尽力忠于源文和忠于天主教教义，这一切正是与《福音书》在天主教中具有的"中心文本"地位相符。

（二）"直解"中的"中心文化"

　　《圣经直解》除了节译的福音书经文外还有大量文字的"直解"内容，我们可以宽泛地理解："直解"包括了译者的自序，篇首名词解释，文中注以及"箴"部分。这部分的内容虽然不是直接的福音书翻译——尽管很多地方对福音书的内容进行了只言片语的意译和转述——但是"文中注"简单的注解和"箴"部分结合教义的阐释都是以翻译的经文为对象或基础，自序和篇首的名词解释也可以视为是提供理解被翻译的经文的背景知识。虽然在总体上，它们

---

① ［葡］阳玛诺：《圣经直解》，第 2320—2423 页。
② 同上，第 2420 页。

几乎诠释了全部基督教教义，一定程度上传递了包括旧约在内的整部《圣经》的内容，但是本文无意详细论述它们的所有内容，也不关注它们到底传递了多少整部《圣经》的内容和传递的教义有哪些，本文将视"直解"内容为福音书经文节译活动的有机组成部分，主要关注这部分中对源语文化与译入语文化的比较，从而进一步探讨福音书经文节译活动中参与者的文化心态。

译者比较源语文化和译入语文化往往有三种目的：有时是让本土读者更加清楚理解源语文化，有时是为了在译入语中选择源文词语的对等词，有时却通过比较来评价两个文化的优劣。这三种比较在《圣经直解》中都有体现，下文分别给予论述：

1. 比较为了理解

中西两大文化长时间都是彼此相互独立发展起来的，在晚明初次正面相遇时传教士首先需要统一时间认识。在《圣经直解》中为了让中国人对《圣经》中的历史事件发生的时间有切实的感受，译者多次比照中国相应的事件（纪年）时间，并在玛窦福音中"雇工的比喻"的节译经文的"文中注"中以比较中国历史时间而较为清楚地说明了《圣经》中人类的历史时间：

> "自亚党最初万民之祖，至诺阤洪水……约一千五十六年"；"自诺阤至亚巴浪……约九百二十二年，依中历为夏王槐十七年丁丑"；"自亚巴浪至每瑟……约四百廿五年，依中历为商王太戍三十九年壬午"；"自每瑟至吾主降生……约一千五百九十七年，依中历为西汉哀帝元寿二年庚申"。①

其次，《圣经直解》在比较中国典籍中的事理的基础上类比天主教中的教义，使他们的说理更具说服力。在论述天堂和四圣史

---

①《圣经直解》，第1730页。

的真实性时，书中分别都用了内容基本一样的事理：

> 人信其所视，不信肉目之不击，非理人也！中史记上古有洪水，尧舜禹三帝，今人无一而视，乃无一而不信，倘有，人人必叱其愚矣。嗟嗟！中人不视惟□（信）人书以为真是，安不据圣书圣言以为真信，而信天堂不视之真实乎？①

> 设四史所录不出于天主默启而独出于私臆，犹可无疑而信。不然，并不可信万国诸史之所记。使吾初入华境，而闻古时有尧舜等帝，有洪水等事，而云难信，华人皆嗤，曰：某经记之，某史录之，某儒书之，安用猜疑而不信乎？今右述之圣迹，圣经有记，圣史有录，圣人有书，何不信乎？②

在论述耶稣虽然受辱而死但意义重大时，译者用了"唐太宗割髭疗臣"的故事：

> 噫，忠臣为国受死，可重其死。设国主受死，为国保民，何当重其死者乎？史记：唐太宗割髭以疗其臣李世勣之病，人皆大美其情。设有甚焉，又何如美之哉？尔今可先明主死之故，后便可知，可贱可贵也。其故，无本身之罪也，乃求世患也，赎人罪也，开天门也，免人永苦也，可贱乎？可重乎？③

另外，在《圣经直解》中，大禹治水的故事也被用于证明门徒应耶稣

---

① 《圣经直解》，第 1872—1873 页。
② 同上，第 2036—2037 页。
③ 同上，第 2013—2014 页。

召唤立刻放下俗务、离家而跟从他的合理性：

> 圣贤曰：德善愈公，愈致众善，愈美也。会中之友，在家
> 惟安双亲之身，离亲广游以益众灵，不愈美哉？如禹得舜命，
> 弗前告亲，无俟亲许。八年于外，三过门不入。忘亲何欤？为
> 利于众也。中人异乎褒乎！又，其利，身利也，吾利，神利也，
> 人异乎而贬，不亦过乎？①

再次，因为中西都有着悠久的历史，人们都逐渐形成了对天地
人鬼神等的观念，但是因为相隔遥远而各自文化独立发展，所以这
些观念差别也很明显。在《圣经直解》中，用比较来显示个中差别
的地方也不少。在篇首解释"天主"时就特别强调天主"非释氏诸
天各一天主之谓也，观者辨之"；②在正文中介绍"魔鬼"③和"天
神"④时，都特别强调了它们"非人死而变成的"，这是明显针对中
国普遍的"人死后有灵魂，灵魂可以变鬼或神仙"的观念；在说明天
主教中"爱有等级"时，墨翟的"兼爱"思想被用来做了比较，认为天
主之爱更合乎于"道"，更合理⑤；并通过对比中国的"圣人"来诠释
天主教的"圣人"，言语之中认为天主教中的"圣人"标准更高，既圣
贤又神圣。⑥

以上的中西文化比较主观上是为了使中国读者更能理解经文
和教义而便于传教的目的，但客观上也反映了译者对中国历史文
化的精通，有着"东海西海，心同理同"的文化理念，也说明译者具

① 《圣经直解》，第 2666—2667 页。
② 同上，第 1555 页。
③ 同上，第 1801 页。
④ 同上，第 2600 页。
⑤ 同上，第 2665 页。
⑥ 同上，第 2777—2778 页。

备了翻译《圣经》所需的文化知识基础。但是，就《圣经直解》而言，译者在译词的选择和中西文化优劣的认识上似乎显得"知识不够"和"文化偏执"。

2. 译词中的比较

从语言层面来说，翻译的任务就是要找对应词，然而传教士面对独立发展的中西文化，寻找对应词并不容易，往往会遇见"词汇空缺"的情况。如前文所论，《圣经直解》为了忠于《圣经》往往采用音译加注解。不过偶尔也有"借用"中文固有的概念"仁"和"龙"。借用中文固有概念实质上是进行了中西相关概念比较之后的选择。

"仁"在中文世界里广泛使用，从儒家的典籍中可以了解它的基本含义：它是与外在规范性的礼相待与补充的内在反思性的道德品质，既可以指整体性的理想人格境界，也可以指个人具体的优良道德品质，其道德实践的根本价值趋向是政治性的，但是，其社会功能基本上是指向"人事"关系而不是"人神"关系。① 因此，我们可以把它归纳为"仁心"和"仁政"两个方面，具体表现为"仁慈"与"仁爱"的人文情怀。利玛窦在《天主实义》中用天主教的"爱"比附儒家的"仁"②，实际上是在"解构"儒家的"仁"，把"仁"扩大到"爱天主"的层面，同时消解了"仁"的政治性内涵，从而使中国文化中的"仁"的概念"天主教化"。《圣经直解》在"直解"中多次使用"仁"字，在注解天主教"爱德"时把"仁"等同于"爱人"，并视为"人本德"和"人本性"：

> 故汝不爱人，何爱哉？汝爱之司空虚也，白受之也。汝可思人仁二字，同名之字也，其名之合无偶也。盖仁，人本德也，

---

① 刘耘华：《诠释的圆环——明末清初传教士对儒家经典的解释及其本土回应》，北京：北京大学出版社 2005 年，第 147—148 页。

② 利玛窦认为：夫仁之说，可约而以二言穷之，曰爱天主，为天主无以尚；而为天主者，爱人如己也。行斯两者，百行全备矣。［意］利玛窦：《天主实义》，载朱维铮主编：《利玛窦中文著译集》，上海：复旦大学出版社 2012 年，第 72 页。

出于人性，如热于火，如光于日。火无热，无火也，日无光，无日也，人无仁，无人也。汝思我论，则知爱人者诚，人本性之诚也，自然之理之诚也。①

这里《圣经直解》在天主教"爱德"的框架下，只是把"仁"等同于"爱人犹己"的范畴，而不像利玛窦那样追求"仁"和"爱"的完全统一性，这一方面说明阳玛诺并没有坚持所谓利玛窦的"合儒"策略，另一方面也说明了阳玛诺的策略是坚持天主教的独特性的前提下灵活应用儒家概念"仁"为自己所用。此种策略在《圣经直解》的一处经文翻译时也有所体现。译者把"仁"作为了"misericordiam"（怜悯，mercy）的对等词，将经文"est misericordiam volo et non sacrificium"翻译为：吾尚仁弗尚祭。② 这句话是耶稣回应法利塞人嘲笑他与税吏和罪人同席而坐，用来支持他认为税吏和罪人更需要"拯救"的观点。《圣经直解》借用了奥斯定的理解对这句经文作了"直解"：

> 经意较拟仁德于祭，示吾天主何尚。犹云：吾主尚祭也，惟愈尚仁也。吾主引经，责仇不法主心，而不尚仁德，若言：吾近罪人，同交同席。引之改非，皆仁也，天主重而尚之，而辈乃诬吾以罪，良不达圣经之意，良不体天主仁心！③

由此得知，译词"仁"在此有着具体的意指，即"引之改非"，指皈依

---

① 《圣经直解》，第 2281 页。

② 思高本译为"我喜欢仁爱胜过祭献"；（玛窦 9：13）简化字现代标点和合本中英译文分别为："我喜爱怜恤，不喜爱祭祀"和"I desire mercy, not sacrifice"。（马可 9：13）Lawrence Venuti, *The Translator's Invisibility—A History of Translation*, p. 2738.

③ 《圣经直解》，第 2738 页。

了天主的人(也包括耶稣自己)对异教徒(税吏和罪人)的"怜悯"之举,尽力引导他们皈依天主,回归"正道"从而得到"拯救"。而且此处还认为"尚仁弗尚祭"也是天主"仁心"的体现。这些"直解"一方面保证了译文能准确传递教义,另一方面客观上使"仁"固有的内涵有所扩大,应用到了"人神关系"。

《圣经直解》用"仁"翻译和注解经文,可以说是恰到好处地诠释了经文和天主教的教义,但是它没有像利玛窦那样基于"仁"乃是儒家的一个完整体系的学说("仁之说")的意识,它只是基于自己翻译和诠释的需要把"仁"作为普通的词语而使用。本书中对"龙"的使用更是突出地体现了这点。

我们知道,中国文化中的"龙"在西方是"空缺"的,今天翻译中习以为常地把"龙"与"dragon"对应实属是因为翻译史上的"误解"所致。有学者所论,"严格说来,今义所称之'欧龙'(dragon),在历史上得迟至《新约》集成,方才见重于世,而且……关乎《若望默示录》中那胁迫玛利亚的'古龙'、'蛇'、'魔鬼'或'撒旦'等邪恶的概念与力量(12:1—13:18)……"[1]艾儒略在《口铎日抄》中曾明确声称不敢用欧洲某种事物来对应中国的龙,然而在《圣经直解》中,"龙"不仅被用来翻译经文,而且大量出现在"直解"中。翻译的经文有两句:

1. 信者,依予名,便行多奇,能驱恶神,能谈异语,命龙及蛇远人藏林,应命远藏;食药味无被其毒;抚病人立痊。[2]

---

[1] 据李奭学在上海师范大学的讲义。其初稿《龙的翻译》发表于《联合报》E7版(联合副刊),2007年3月14日。

[2] 拉丁文本: signa autem eos qui crediderint haec sequentur in nomine meo daemonia eicient linguis loquentur novis serpentes tollent et si mortiferum quid biberint non eos nocebit super aegrotos manus inponent et bene habebunt;思高本:信的人必有这些奇迹随着他们:因我的名驱逐魔鬼,说新语言,手拿毒蛇,甚或喝了什么致死的毒物,也绝不受害;按手在病人身上,可使人痊愈。(谷16:17—18)[葡]阳玛诺《圣经直解》,第2489页。

2. 且若每瑟举铜龙于旷野，予当然被举。①

其实这两句经文"龙"对应的词是"serpens"（不同的变位形式），第一句与源文相比，语义变化较大，不过更能表现了"信者"具有神迹的神奇。此句使用"龙和蛇"对译了"serpentes"，译者似乎觉得"龙蛇"同类，一丘之貉；而第二句语义与源语句子基本吻合，只是用"铜龙"对译了"serpentem"，"铜"是译者根据《旧约》的记载补充的信息，更能符合《圣经》的原意，所以这里译者只是用"龙"对译了"serpentem"。如果说阳玛诺把"serpens"翻译成"龙"受利玛窦和罗明坚撰写的《葡华字典》的影响，但是在他之前的龙华民因为把"龙"冠为自己的姓却往往把"serpens"翻译成"毒龙"或"猛龙"，②说明到了龙华民时代的传教士应该很清楚在中国语言中"龙"是"吉祥"而无毒无邪的，阳玛诺不可能对此毫无知觉的——何况龙华民也参与了此书的校订工作。更让人难以理解的是，似乎译者认定龙蛇同类，均为邪恶之物，此种认识表现在"直解"的大量叙述中，现列举一二：

　　1. 圣经示人力辞魔宴云：酒在玻璃瓶，其色莹然有光，尔勿观其色，勿贪其怡；入口虽美，后蜇如蛇，毒如龙者，以肆害人也。③

---

① 拉丁文本：Moses exaltavit serpentem in deserto ita exaltari oportet Filium hominis；思高本：正如梅瑟曾在旷野里高举了蛇，人子也应照样子被举起来。（谷 3：14）[葡] 阳玛诺：《圣经直解》，第 2523 页。

② 据李奭学在上海师范大学的讲义。其初稿《龙的翻译》发表于《联合报》E7 版（联合副刊），2007 年 3 月 14 日。

③《圣经直解》，第 1670 页。

2. 夫今世有毒蛇猛兽、恶龙秽虫，则诸物之美更著。①

3. 犹云：世人未信之前（无信德之前——笔者注），即暴如虎狼，凶如貔貅，傲如狮，触人如犊，残害人如蛇如龙，小民悉不敢近而与之交。②

4. 其（诽谤——笔者注）害，竟不能尽罄，经比之毒蛇曰：隐诽他人，如蛇啮旅人；圣热落解曰：谤人，毒龙其害相似，毒龙肆毒毒人，谤人肆舍辱人。③

5. 魔鬼如龙如蛇，藏于人心，广肆其毒……恶神，毒龙也，其窝，人心也。④

以上所有的"龙"只具有《圣经》中"draco"、"serpens"及"Satanas"的邪恶形象，而毫无中国文化中龙应该具有的"神圣"、"高贵"与"无所不能"的内涵，而且据笔者翻阅，没有找到一处使用的"龙"符合中国文化的内涵。《圣经直解》在中西接触初期如此频繁使用"龙"而忽视它在译入语中的文化内涵，这说明了译者（包括校订者和核准者）对中国的龙文化没有足够的重视。这里我们看到的是：在传教士看来，天主教是神圣的，是不可曲解的，而中国文化似乎并不是那么"神圣不可侵犯"。

3. 优劣之比较

天主教是一神教，对其他宗教具有很强的排斥性，晚明的传教士自然不例外。阳玛诺的自序首先强调了天主创造和主宰万物，但是"人灵"迷误不知崇敬天主，所以耶稣降世传教，"宗徒传之，后圣衍之，名曰'圣经'"，然后简单介绍《圣经直解》成书的缘由和目

---

① 《圣经直解》，第1711页。
② 同上，第1722页。
③ 同上，第1746页。
④ 同上，第1892页。

的，最后重点阐述了用"四种试石"①可以验证天主教为唯一真道，而这"四种试石皆可详《直解》内矣，盖《圣经》载吾主之圣德，述吾主之圣行，并纪从主诸圣之奇节"。通观《圣经直解》我们不难看出，阳玛诺的这段序文比较真实地道出了《圣经直解》意欲达到的目标：说服读者相信，与佛教、道教甚至儒教相比，天主教是"唯一真道"。

《圣经直解》在比较中西葬礼诸多礼仪时，用虚和实表达了它们的优劣，"圣教弃虚尊实"而中国葬礼"俱虚礼"，"其谬不一"，所以"略设数端以辨其妄"。此段文字充满激情，言辞严厉，现录如下：

> 或疑：天主圣教，严戒丧葬诸仪，则葬死如何？曰：礼有实有虚，圣教弃虚尊实。盖殓尸、敛死、夅棺、送殡等等斯礼，俱实实，圣教所遵。至于楮钱、冥金、堪舆、择日等法，俱虚礼，圣教所弃。楮钱、冥钱等，释道以为先人之魂所需。惜哉，其谬不一，略设数端以辨其妄。
>
> 其一，死后无田无桑，魂何有得市食味币帛以养之……无稽之谈，不必辨也。使到彼得真，亦仅有以救几时之需？灵性不减常存，其资既罄，灵性何食何衣？必云：不食不衣。余曰：不食不衣犹不减，何必楮钱冥金以救之哉？
>
> 其二，食饮以养形体，是也；衣服以蔽形体，是也。灵性之体，本类乎神，不用形资。释道不达灵性情状，自立臆说耳！盖或善而升天国，在彼常享天主神福，安须兹尘世之资？或恶

---

① "第一试石为细审经言"，《圣经》之言为至纯至精，无懈可击；"第二试石为教宗之圣"，此处"教宗"是指耶稣，身为圣子，而其他宗教"宗主悉为人类尔"；第三试石为教宗之行，耶稣之行是拯救世人，其他宗教教宗无法比；"第四试石为受从之圣"，加入耶稣创立的宗教的教众，品行超众，其他宗教的教徒无法相比。

而下地狱，在彼恒当极至苦楚，永无穷期，今世之货宝，虽广布目前，亦何益之有？矧楮钱纸锭之灰乎！

堪舆之术，其谬更甚……

至于择日，其谬同等……①

此段文字对释道指名道姓地加以批判，其实仔细一想，它何尝不也是批判了儒家的"事死如事生"的葬礼观？下面一段文字表面上是批判"日多"（埃及）国人"人乎？兽乎？"，但是内容所指明显是批判儒道释的"拜天、拜神和拜魔"，应该说此段文字严厉程度绝不亚于上面的文字：

圣贤皆云：当时吾主独本国知认真主，从导圣教，其余甚迷，惟日多（埃及——笔者注）迷愈甚也，到处多庙多刹，多庵，多观。基所圣人异问曰：多处之内供养何物？答曰：国人弗羞礼拜，吾实羞说其何拜，安得确称以称国人？称之无合灵之禽犹不及，矧称之灵人耶？拜魔，拜天，拜神，皆如天下等国，另且拜走兽，拜飞鸟，拜水族，拜草木，行时仅遇世物而无不拜，人乎？兽乎？②

晚明传教士对释道往往是公开批评和鄙视，对儒家似乎具有较大的包容性，所谓"援儒易佛"之说也许正是由此而发。但是无法回避的是，儒家的"家庭伦理"与天主教的"神学伦理"具有极大的冲突性。为了解决这一冲突，利玛窦曾创立"大父母"的概念来化解儒家的"孝"道，这种思想在《圣经直解》中得到了完整的继承，并明确指出：当父母之命与天主（大父母）之命相违时，尊天主之

① 《圣经直解》，第2048—2051页。

② 同上，第2855页。

命而违父母之命，乃为"大孝"，其等级之别，一目了然。其具体论述如下：

> 或曰：设亲教吾非理，从之可乎？曰：从之，非理也。圣伯尔纳曰：下之人可奉其上之命，盖命出于上者，犹之出于天主也。因可视其命如天主命而奉之。如或所命非理，则不出于天主。明矣，可妄从乎？不从，正所为孝矣！盖天主，大父、公父也，其命在先；世父，小父、私父也，其命在后。二命相反，尊彼违此，孝乃大矣！①

这里阳玛诺论述得振振有辞，大言不惭，这种"信仰自信"不能说是他执迷不悟，只能说明他对天主教的虔诚和忠实，坚信天主教的普世性。在《圣经直解》的另一处他由衷地诉说："吾主之宝死，正为普世价值，可赎万民之罪，可市天主圣宠，可买天堂真福也"。② 可以说，这里的"普世价值观"和序言中论证天主教为"唯一真道"奠定了晚明传教士的"天主教文化中心主义"的世界文化观。

　　总之，"服从"是耶稣会士铁的纪律，传播福音使普世大众皈依天主是他们最终目标，由他们翻译、撰写、校对和核准的《圣经直解》也正是如他们所愿，"服从"并彰显了天主教教义和《圣经》的旨意，却无意"适应"三教合流的中国文化。

---

① 《圣经直解》，第 1653 页。
② 同上，第 1879 页。

从文化会通看宗教经本意译合法性的论争：以道安与哲罗姆为例

蒋哲杰

宗教经本是宗教活动必不可少的部分。在跨语言的传教中，文本与宗教之间却存在着一个无法回避的矛盾，即经本的宗教神圣性决定了语言的理解与表达应尽量忠实于原本，而经本的语言和文化属性又意味着人们在跨界传播中一定程度上不得不脱离原本。这种矛盾在宗教经本的大规模翻译时代，即公元四世纪、五世纪的中西方，就显得尤为突出。无论是魏晋六朝的佛教，还是晚期罗马的基督教，都身处多元文化交汇与整合的环境。复杂的思想文化发展与翻译问题息息相关，使译经者围绕着翻译问题开展了激烈的讨论，其中高僧道安与教父圣哲罗姆就是突出的代表。两人针对当时的宗教发展、宗教语言文学和翻译问题进行了深入的思考，并与周围人形成了良好的互动和争鸣。以两人的翻译观为切入点，对我们深入认识宗教的跨文化传播规律、文学与翻译文学的问题，以及翻译中的直译与意译之争等问题都不无裨益。

从整个翻译史的发展来看，早期的宗教翻译中人们囿于宗教信仰和翻译经验的不足，一般都更倾向于直译。即便是如今的学术界，对道安与哲罗姆的翻译观也多持此论。比如对前者提出的"五失本、三不易"，众多论者认为"五失本"就是有五种情况不得脱离原本。① 对于后者,则多认为哲罗姆区分文学翻译与宗教翻译,分别用意译和直译法。② 然而不少研究并未认识到,首先,论者的立场是有变化的,比如道安在不同场合有过相反的表态、有态度不明确之处,提出"五失本"时对五条内容的认同度也不一致。因而无论说他赞成还是反对"失本"都有原话为证,以致争议不断。其次,言论和实际行动是可以不一致的。道安和哲罗姆都是僧侣,对上要与执政者、赞助人或权贵打交道,对中要说服与自己平级的僧侣或翻译同行,对下要为传教事业负责。他们本人除了是译者,也有许多其他身份,并具有多元的思想文化和教育背景。可以说,在各种因素的制约与影响下出现言行不一的情况是非常自然的。因此,要分析两者的翻译思想,研究者应做到以下三点:首先是结合

---

① 如梁启超:《梁启超全集》,北京:北京出版社 1999 年,第 3839 页;钱锺书:《管锥篇》,北京:中华书局 1999 年,第 263—264 页;马祖毅:《中国翻译简史——五四以前部分》,北京:中国对外翻译出版公司 1984 年,第 29—33 页;罗新璋:《翻译论集》,北京:商务印书馆 1984 年,第 2 页、陈福康:《中国译学理论史稿》,上海:上海外语教育出版社 1992 年,第 13 页;周裕锴:《中国佛教阐释学研究:佛经的汉译》,《四川大学学报》(哲学社会科学版)2002 年第 3 期;王宏印:《中国传统译论诠释——从道安到傅雷》,湖北:湖北教育出版社 2003 年,第 15 页;王铁钧:《中国佛教翻译史稿》,北京:中央编译出版社 2006 年,第 107 页等。亦参见蒋哲杰:《道安"五失本"本义考》,《宗教学研究》2011 年第 4 期。

② 如威尔斯 Wolfram Wilss, *The Science of Translation: Problems and Methods*, Shanghai: Shanghai Foreign Language Education Press, 2001, p. 30;芒迪 Jeremy Munday, *Introducing Translation Studies: Theories and Applications*, London: Routledge, 2001, p. 20;谭载喜:《西方翻译简史》(增订版),北京:商务印书馆 2004 年,第 26 页。以及一些最新研究亦持此论,如李小川:《论哲罗姆的翻译思想——〈致帕玛丘信〉解读》,《中国科技翻译》2011 年第 4 期。勒菲弗尔(Andre Lefevere & Susan Bassnett, *Where are we in Translation Studies* // Susan Bassnett & Andre Lefevere. *Constructing Cultures: Essays on Literary Translation*. Shanghai: Shanghai Foreign Language Education Press, 2001/2005, p. 2)还就此提出"哲罗姆模式"。对此,笔者默认提出了新的看法,参见蒋哲杰:《文学翻译用意译,宗教翻译用直译?——哲罗姆翻译观之辨析》,《解放军外国语学院学报》2013 年第 5 期。

材料背景分析原话，弄清原话原意和讨论的具体对象，不能在误解材料的基础上得出结论。其次，进而把他们说过的话联系起来作整体考察，不能仅凭少数材料就下结论。最后，如果其中有态度的变化或不一致处，应理清其中的发展线索，深入挖掘背后的深层原因，这也是本文努力达到的目的。

一、前后有变的道安翻译观

道安出生于四世纪初，年少出家和游学，长期研习佛经并进行讲学。由于不通梵文，研读时经常受困于翻译，因此一直努力收集和整理各种佛经译本。在此过程中他对不同佛经的内容与语言进行了比较。由于很多佛经是译自同一原本的不同译本，道安的工作实际上也可视为一种译本比较，因而解经工作是道安翻译观的源头。

比如道安早年研读东汉支谶翻译的《道行经》，并将其与西晋无叉罗和竺叔兰译的《放光般若经》（以下简称《放光》）进行比较研究。[1] 道安认为《道行经》"因本顺旨，转音如已，敬顺圣言，了不加饰"，是忠于原本的，但由于节抄合并导致译本内容不完整，给后人造成很多理解的困难。《放光》也"斥重省删"，但效果却不错，认为支谶译《道行经》也应该像《放光》一样把原书内容都翻过来。道安批评支谶的"抄经删削"，认为应"委本从圣"。之后，他又得到西晋竺法护翻译的《光赞般若经》（以下简称《光赞》），他将其与《放光》作为两部同本异译进行合本校勘[2]，并提出了一些对翻译的看法，而这些看法与他日后提出的"五失本"思想非常相似，体现了道安

---

① （梁）释僧祐：《出三藏记集》，苏晋仁、萧炼子校注，北京：中华书局1995年，第263—264页。

② 同上，第265—266页。

思想不断发展的过程。

　　需要注意的是，道安早年没有实际从事翻译工作，而是以读者身份进行译本比较研究。之后他前往长安参与译场翻译工作，通过实践活动以及与他人的争论而逐步改变和调整了自己的想法。在他主持译场工作的初期，曾翻译过一部戒律，道安提出原文某些部分有重复叙述而要删减的想法，由此引出一段争论。① 道安认为自己读过的有关戒律的经书中，有的存在很多错误、有的表达不准确只翻出大意、也有的"言烦直意"，对此他很不满意，认为是翻译问题。而这次看到自己译场译出来的东西才认识到戒律语言似乎本来就是那么淡而无味的。道安对佛经语言文质问题的看法由此受到冲击。而对另一个问题，即经文中的繁杂重复部分，道安仍然"嫌其丁宁，文多反复"，并明确提出让慧常把它们都删了。慧常却表示反对，他将戒律与礼法做比较，认为文本语言并不是原则性问题。他说佛教的戒律就好像儒家的礼法，礼法是用来执行的，不是用来阅读的，所以语言是否繁冗拖沓并无大碍，佛经也同样如此。既然《尚书》这些典籍都没人要去改，那么对尊贵的佛经，就更不应该改了。况且，只关注语言而不关注佛经内容不是学习佛法应有的态度，现在让人阅读译本都有人会觉得不妥，恨不得能读原著，遑论主动改动译本文字了，因此请求严格按原本翻译。最后的结果是："众咸称善。于是按胡文书，唯有言倒，时从顺耳。"②道安的意见并未得到认同。

　　至于道安为什么最初会有要精简语句的想法，我们认为可能有两点原因。首先，道安刚开始主持翻译工作，还没实际的翻译经验，他对译本语言繁简和文质的看法，可能还是早年阅读《放光》和《光赞》这些经本时的体会，是独立研究后产生的想法，因而在这次

---

①《出三藏记集》，第 413 页。
② 同上。

翻译时就提出来与众人交流，未料却是一片反对声。其次，《比丘大戒》的内容是戒律，是应用文而不是普通经文或研究文本。当时尽管佛经译本数量众多，但律典类的译本却严重缺乏，因为没有可行的戒律，僧人和僧团的活动都无法可依，造成极大混乱。① 道安作为僧团领袖，很可能要考虑译本的实用性和可操作性，因而会考虑删去重复部分。

不过道安在此进行的妥协不能就此证明他是反"失本"的。这次论争会对道安产生影响，意识到自己认识上的不足，但作为弟子的慧常的反对恐怕不足以立即改变道安多年的观点，更何况众人认可的直译在道安看来是很成问题的。佛经汉译史早期的僧人在翻译时唯恐背离经意，加之双语水平和翻译经验有限，译本多逐字硬译和音译而不加润饰，也不符合汉语习惯，梁启超将这种翻译称为"未熟的直译"，其代表是安世高、支谶等；后来的无叉罗、支谦（越）等属于"未熟的意译"，两者产生文质之争，结果是质派占了上风。② 但语言文化的差异是客观存在的，一味迁就原作的译本语言显得过于直质，影响阅读和传播。与道安同时代的支敏度就指出语序上"辞句出入，先后不同"、内容上"有无离合，多少各异"、文体上"方言训古，字乖趣同"等问题。③ "五失本"的内容恰好与这三个问题——对应，说明道安的思考并非无的放矢，而有明确所指。再者，早期翻译多个体行为，道安主持的翻译却是在译场制度下进行，这也迫使他要给出一个指导方案。最后，就道安本人而言，多年从事译本研读与比较研究，晚年又有大量实践和理论上的交流论争。上述种种主客观条件的成熟，是道安能提出"五失本"的可能性和必要性。

---

① 方广锠：《道安评传》，北京：昆仑出版社 2004 年，第 195 页。

② 梁启超：《翻译文学与佛典》，《梁启超全集》，北京：北京出版社 1999 年，第3797—3798 页。

③《出三藏记集》，第 310 页。

　　道安没有因为与慧常的那次讨论而放弃对自己的思考，他也一直坚持对《放光》和《光赞》两部经书的研究。之后他从西域得到新的《大品经》，他将上述三者进行对比，并参考前两个译本将新经本译出，即《摩诃钵罗若波罗蜜经抄》（以下简称《摩诃》）。由于早年研读《放光》和《光赞》时就有心得体会，这次轮到自己翻译时就难免有想法。两个译本或有删节，或有语言精简，风格上一个重质、一个重文，再加上道安读过的其他佛经，使他对各种翻译策略的得失有了较为完整的看法。同时道安在长安还积累了实际翻译的经验，从而提出了"五失本、三不易"。① 需要注意的是，道安"有"五失本，而没说"可以"或"不可以"失本，其表述是描述性的而非明确的价值判断，它更像是在与人探讨能否在五种情况下允许"失本"并期待得到肯定回答，而不是给出定论。尤其是第二条文质之争的内容，情况最为复杂。虽然五条"失本"是同时提出的，但道安对其中三方面问题的态度不完全一致，对语序和繁简问题的立场较为坚定，对文质问题则留有较大商榷余地。

　　道安提出"五失本"是以《摩诃》为基础的，允许失本是针对此经而言的，并不具有普遍意义。之后的其他翻译中，他就没完全实施这一原则。《摩诃》完成后一年，道安组织翻译《鞞婆沙经》时，就有人针对道安"五失本"中关于删减的几条提出质疑。② 当时的译场赞助人赵政认为把外语翻译为汉语只是了解内容，不必管语言形式的文雅或质朴。原文的语言形式是质也好、雅也好，都是原文写作的时代背景造成的，现在没必要去改。结果众人都同意赵政的意见。道安的"五失本"中除第一条改倒装句的原则得以贯彻外，其余都遭到了否定。道安是否会屈服于赞助人的观点，我们不

---

① 《出三藏记集》，第 290—291 页。
② 同上，第 382 页。

得而知①。之前与慧常争论后遭受"众咸称善"的打击，这次面对作为赞助人的赵政，又是一次"众咸称善"，而没人赞同道安的观点。因而他的态度可能是从这次开始有所变化而趋向于妥协的。而翻译《摩诃经》后的又一次争论②则明确指出删繁就简的做法是"安公赵郎之所深疾"，并有"许其五失胡本"的说法，说明一般情况下是不再允许"失本"了。因为既然这次明确提到"许"，可见之前一定有过"不许"；相反如果每次都默认能够"五失本"，就不必在这次特意提到"许"字了。

　　通过上述分析我们可以看到，道安提出"五失本"时并没绝对地说都要或都能"失本"，这一想法是在《摩诃》中提出和实践的。之后的翻译中，道安根据僧众的意见又改变了自己的想法。总体上来看，他反对支谶译《道行经》中对内容进行节译的行为，反对僧迦禘婆翻译《阿毗昙八犍度论》时擅自在译本中添加自己的内容；他认可的是有理有据地对译本进行操作，这个依据就是"五失本"，因此在《摩诃》和《僧迦罗刹所集经》中以"五失本"为限，"出此以外，毫不可差"。在其他情况下，如《比丘大戒》、《鞞婆沙经》和《阿毗昙八犍度论》中，也许除了第一条倒装众人是可以接收的，第二到五条都遭到了反对，道安最终也顺从了众人的意见。

　　从影响道安翻译思考的因素来看，他早年青睐《放光》那样简明易读的译风，原因在于佛法传播的目的。道安政治上主张"不依国主，则法事难立"③，思想上以老庄释般若，翻译上则考虑读者的接受度，三者的共同点都是以主体文化为重。再加上言意之辨风气的影响，道安认为"然凡谕之者，考文以征其理者，昏其趣者也；

<hr/>

① 余淑慧认为就是赞助人的态度起到了决定性作用，见：《中古译场的翻译与政治——以道安译论之转变为例》，台湾《编译论丛》2010年第3期。
②《出三藏记集》，第374—375页。
③（梁）慧皎：《高僧传》，汤用彤校注，北京：中华书局1992年，第178页。

察句以验其义者,迷其旨者也"①,突显经义而不拘泥于文字。他还认为,"若率初以要其终,或忘文以全其质者,则大智玄通,居可知也"②。因此,道安才会倾向于"足令大智焕尔阐幽"③的《放光》,并且他在长安每年两次宣讲般若经时所用的也是这个版本。④ 然而,在参与译场工作后,道安的态度却发生了变化,再加上占主流的传统翻译观的反对,尤其是译场赞助人赵政等人的意见,实际翻译时采取的策略基本是不失本的,连道安自己也最终转而"案本",尽管他从早年到晚年始终没有放弃探索如何摆脱直译困扰的方法并一直纠结于"失本"问题。

道安翻译观的进步之处在于,他从语言角度理性地思考了翻译问题,通过两种语言和文化的差异揭示和解释翻译矛盾,归纳为"五失本"。可惜最终未能获得众人的认可,最后自己也转变了态度,其根本原因在于历史局限性。与之后的鸠摩罗什和玄奘相比,道安在梵语水平、个人经历(包括域外经历与年龄)、译场人员与硬件、个人声望与权力等方面都相形见绌,因此提出问题后并无力去解决。更何况要使一直占主流的直译观向意译观转变,不可能是一蹴而就的。但道安通过译本比较研究归纳出的"五失本"为后人指明了前进的方向,为鸠摩罗什等后来者做好了铺垫工作,很好地完成了他的历史角色。

二、表里不一的哲罗姆翻译观

哲罗姆是早期拉丁教会的四大神学家之一,懂希伯来语、希腊

---

① 《出三藏记集》,第263页。
② 同上。
③ 同上,第264页。
④ 同上,第263页。

语和拉丁语，接受过良好的传统希腊式教育。他主持翻译的《通俗本圣经》(Vulgate)最终成为教会认可的权威版本并沿用千年，具有深远的历史影响。哲罗姆的翻译思想与道安一样散见于书信和译本的序文中。如将其联系起来作整体考察，就能勾勒出哲罗姆的翻译观。

就当时的历史背景而言，公元前三世纪左右由希伯来文《旧约》译为希腊文的"七十士本"(Septuagint)被认为是神启的产物，其准确性容不得争议。但实际上该本多逐字对译乃至死译，并且当时也缺乏翻译经验，存在各种缺点是显而易见的。后来随着基督教的发展，人们在根据七十士本翻译《旧约》的同时又把希腊文的《新约》译成拉丁文，语言与文本环境日趋复杂，翻译也更为混乱。由于七十士本自身的缺陷以及翻译策略、译者素质等方面难以保障，一时间各种《圣经》流行于世，其中多有脱漏、混乱和擅自改动的情况。因此，公元 383 年，罗马教皇授命哲罗姆整理出一个善本。

哲罗姆在编译过程中逐渐认清七十士本的缺陷，因而开始反思翻译问题，最后下定决心推翻旧译，回到希伯来语原文重新翻译。他在《尤西比乌教会史序》①中谈到了"译事三难"，第一，语言形式上不可能与原文保持一致；第二，文采方面，如何在译文中体现；第三，如何准确表达原文的意义。关于第二个问题，哲罗姆谈到有的人读《圣经》时并未意识到他们读的只是翻译，他们往往忽视内容而只看语言形式，根据读到的译本而认为《圣经》的语言不够雅致，实际上希伯来原文中音韵优美的《诗篇》、迷人的《圣歌》、庄严的《约伯记》等都是文质兼备的文学作品，但按希腊语或拉丁

---

① Jerome, *Preface to the Chronicle of Eusebius*, CCEL, 1892a：1. Jerome 著作除转引自 Rebenich *"Jerome"* 一书标该书页码外，其他均按 CCEL 段落标注。

语直译之后自然不可能再有原文形式的美感了。① 关于第三个问题,哲罗姆着重谈了专名和异文化内容的翻译。他认为历史是多元的,像《教会史》这样的历史书涉及很多拉丁语读者一无所知的蛮族名称、理不清的日期、事件和数字等。"事实是,我部分是译者,部分是作者。我已经尽可能地忠实于希腊原本,但与此同时也添加了一些我认为受忽视的内容,尤其是一些作者尤西比乌顺笔带过的罗马史内容。这些部分之所以在原作中被忽略,不是因为作者的无知,而是因为作者是写给希腊语读者看的,因而认为这部分不重要。"②因此,他必须保留某些内容并又省去某些内容。由此可见,哲罗姆能清醒地意识到自己作为改写者的角色。

然而我们绝不能因为哲罗姆的改写而怀疑他的翻译质量,或者说他对自己所采取的翻译策略是有认真思考和抉择的,因而是有理论意识的。实际上他为了翻译《圣经》做了大量细致的准备工作。除了努力提高语言水平,他还深入研究了希伯来语人名、地名及其他一些专题,并写出《希伯来人名书》、《希伯来地名书》、《希伯来问题》等专著。

哲罗姆采取的翻译策略出于各种因素的考量,总体而言是偏向读者的意译观。《圣经》不是普通的文本,所以不能完全靠语言学理论来解释。哲罗姆认为"就翻译而言(《圣经》除外,因为在此即使词序也是神秘的),我是义对义而非词对词地翻译"③,因此要师法西塞罗。他在自己的著述中多次引用西塞罗对翻译的看法,认为应该通过采用符合拉丁语习惯的比喻与惯用语的方法来保留意义、更改形式;不能生硬地词对词,而要突出和努力再现原文的

---

① Jerome, *Preface to the Chronicle of Eusebius*, CCEL, 1892a: 2.

② Ibid. 1892a: 3.

③ Jerome, *Letter LVII: To Pammachius on the Best Method of Translating*, CCEL, 1892b: 5.

整体风格；不要把原文逐词呈现给读者，而要给出与原文等价的译文。① 比如《约拿书》(iv.6)有一句话说耶和华安排一棵蓖麻，使其高过约拿，影子遮盖他的头从而救他脱离苦楚。这里的"蓖麻"，七十士本译为"gourd"，阿奎拉等其他版本译为"ivy"，而这个词在希伯来原文是一个借自古叙利亚语的词语，表示一种植物，其特征与"gourd"和"ivy"都有一些类似之处，但又不完全相同。哲罗姆认为如果翻译时用希伯来原文，没人能理解说的到底是什么东西；如果用"gourd"，说的又不是希伯来原文所指的那个东西；因此最终采用"ivy"一词，以保持与其他译本的一致。② 通过上述两例可以看出，哲罗姆直接回到希伯来原典，不囿于《七十士本》的权威；在表达上充分考虑翻译的自身规律，而不是死守原文。除了西塞罗，在《致帕丘马书》中哲罗姆还引用若干历史人物的翻译观来维护其观点，包括贺拉斯、泰伦斯(Terence)、普劳图斯(Plautus)、翻译《圣安东尼传》的一位未知名译者，等等。而关于语言风格的问题。哲罗姆同样崇尚西塞罗式的语言，具有明确的修辞意识。

　　然而，宗教政治因素始终是《圣经》翻译中不可忽视的一个因素。宗教内部的激烈教义争端决定了任何一种对《圣经》的重新阐释都是宗教政治行为。不同的翻译版本体现了对教义的不同理解，一旦教会或统治者认定某个版本为权威，那么其他版本的信奉者，包括其解经者、布道者等等都会受到影响，轻则失去话语权，重则遭受排斥打压乃至迫害。翻译实际上就是以另一种语言进行释经，因而没人会承认自己的翻译是脱离原本按个人意愿发挥的，都

---

　　① Jerome, *Letter LVII: To Pammachius on the Best Method of Translating*, CCEL, 1892b: 5.

　　② 因为是与奥古斯丁的书信来往，故该文收录于奥古斯丁书信集，参见 Augustine, *Letter LXXV*, VII, 22. Philip Schaff, ed. *The Confessions and Letters of St. Augustin. Nicene and post-Nicene Fathers: First Series*. CCEL, 1886.另可参见 Stefan Rebenich, *Jerome*, London: Routledge, 2002. p. 56 - 57.

声称自己忠于原本。由于哲罗姆重新翻译《圣经》，反对流传已久、具有重大影响力的七十士本的译法，因而引起很多争议，其中奥古斯丁就因为翻译问题与哲罗姆多次通信，捍卫自己的观点。

关于哲罗姆的翻译观，最大的争议就在于他明确说过"就翻译而言（《圣经》除外，因为在此即使词序也是神秘的），我是义对义而非词对词地翻译"①。这又如何解释呢？我们认为，这只是一种应付反对意见的话语策略，以保护后面说的"义对义而非词对词地翻译"。这种反对意见可以从两个方面来分析。一方面仅就翻译而言，当时的主流翻译策略偏向于"质"而非"文"。其原因在于七十士本翻译策略的影响、译者素质和翻译认知水平的低下、传教对象多为下层民众而求通俗易懂以及类似于佛经翻译中质派"信言不美，美言不信"的观点。而教会保守势力消极地对待古典文化，以异教文化对之。

哲罗姆坚持不同的翻译观，体现了"说什么"的问题要涵盖"怎么说"的问题，也体现了他在忠实的背后同时追求内容与风格。② 从主体身份来看，以哲罗姆为代表的一批教父在皈依基督教前都长期浸淫于古典文化，属于文人型教徒。他们认识到，当时的基督教已贵为罗马的国教，其进一步发展方向应该是提升文化内涵与层次；积极学习吸收希腊、罗马文明的精髓而不是对其一味排斥才是正确的发展方向。因而基督教的语言也要摆脱早期朴素而粗糙的状态，向古典文学靠拢以提高其文化层次。对此他们已经做了很多努力，而《圣经》重译则是一个重要契机。因而以译文为中心、学习典雅的拉丁语，这不但是种翻译策略，更事关对古典文化的态度，关系着基督教的文化品位和发展前景。从这个角度来说，哲罗姆选择意译是顺应历史发展需求的。

---

① Jerome, *Letter LVII: To Pammachius on the Best Method of Translating*, CCEL, 1892b: 5.

② L. G. Kelly, *The True Interpreter: a History of Translation Theory and Practice in the West*, New York: St. Martin's Press 1979, p. 113.

三、译法之争的分析：道安与哲罗姆的同与异

我们可以把哲罗姆与道安对"失本"问题的纠结做一个比较。道安对于翻译的总体态度是"案本"的，其原因有多种。首先，作为佛教徒而尊崇佛经，因而要"委本从圣"，不能随便删削。第二，原本得之不易，很多情况下都是靠西域带来新的版本，才使研究和翻译工作有新的突破。因此，好不容易得到一部佛经，当然希望能尽量忠实地把它翻译出来并传承下去。第三，道安自己不懂外语，自然希望能读到尽量忠实于原本的译本，以免为翻译所制。第四，作为研习者，肯定更希望研究不加修饰的忠实译本，而不是经过译者加工的材料。第五，道安早年在飞龙山时就看到以玄解佛的格义法的流弊，因而提出"先旧格义，于理多违"①，从而在翻译中也尽量贴近原本，不多作阐发，这种逻辑也是很自然的。

与此相比，哲罗姆首先也尊重《圣经》，但从他一生积极进取功名和当时的宗教政治情况来看，他不会把《圣经》尊重到一词不改的地步。事实上哲罗姆一生积极追求教会功名，又面临较为残酷的宗教政治斗争，这决定了他必须敢作敢为，注重实效。这样的性格与经历使得他在翻译操纵中的负罪感可能相对会减轻一些。第二，哲罗姆不存在因为珍惜经本而求忠实的问题，因为他有足够多的译本可资借鉴。基督教的问题在于很多原始资料由于种种原因而缺失，而翻译本却有留存，基督教的复杂语言环境使得二手翻译的问题很早就存在了，有时候搞不清一份文档到底是原文还是翻译件。② 再者各种伪经、次经也相当多。在这种情况下往往无本

① 《高僧传》，第 195 页。

② L. G. Kelly, *The True Interpreter: A History of Translation Theory and Practice in the West*, p. 110.

可依，而必须按照教义来顶端哪些是正统的、哪些是要摒除的。也就是说，翻译的标准其实是教义，是教会的得益与否。这也是上文提到哲罗姆在翻译奥利金时会删改的一大原因。第三，哲罗姆懂多种语言，尽管其希伯来语水平也有争议①，但比道安完全不懂外语要好得多。正如梁启超对道安与鸠摩罗什的评论，说"吾以为安之与什，易地皆然。安惟不通梵文，故就就于失实，什既华梵两晓，则游刃有余也也"②。由此，哲罗姆是更接近于罗什的。第四，哲罗姆的解经是要为他的翻译提供支持，而道安解经是只求弄通原经原意。哲罗姆尽管有教皇的支持，但其译本并未立即就得到广泛支持。新译与旧译的差异和各种舆论批评使哲罗姆不得不以注释来支持他的译法，使读者能够加以接受，因此他进行了大量释经工作，不仅是出于基督教学术研究的需要，也是为他自己的译本进行辩护。③ 同样，第五条的情况并不适用于哲罗姆，相反，他所尊崇的西塞罗等罗马学者持有与原作竞争、以罗马格义希腊的观点。总之，道安一生追求佛教原义，不断争取得到真经并对其进行研究，试图弄明白原文到底说的是什么，这种状态决定了他对翻译的总体态度最终是偏向作者的。相比之下，哲罗姆的种种境遇决定了他会在翻译上更倾向于读者。

而道安与哲罗姆在尊崇原文的同时，却也在各自的翻译思考或实践中体现出意译倾向。道安"五失本"是一种摆脱不成熟直译的努力，尽管他自己在世时未能彻底贯彻这一主张。而哲罗姆则在其明示的直译观背后隐藏了较为坚决的意译策略。两者何以作出这种选择，又何以有所不同，需要我们进一步思考其"译者"之外

---

① Michael Graves, *Jerome's Hebrew Philology: A Study Based on his Commentary on Jeremiah: A Study Based on His Commentary on Jeremiah*, Leiden, Boston：Brill 2007.可参见该书导论部分的综述。

② 《翻译文学与佛典》，第 3799 页。

③ Stefan Rebenich, *Jerome*, p. 54.

的多重身份。①

第一，道安是佛学研究者。他有多年的译本对比研究经验，也常苦于译本不佳对解读造成的影响，因而渴望得到好的版本。由于他自己的佛学修养较高，也认为某些过于直质的译本确实影响阅读和理解，因此会产生要改动译本的想法。第二，道安是佛教传播者。出于传播便利之需，就要考虑如何让译本被国人接受，其语言应该是可读、易读而耐读的。由此，质派过于忠实的语言和繁冗复杂的叙述就显得不那么合适了。第三，作为译场的领导者，翻译工作的带头人，道安需要从全局考虑，希望能提高工作效率，在有限时间内多出译本。"五失本"中第三到五条的删繁就简，就可能是最直接、最方便而又不过于有损原本的策略。实际上，道安参与译场工作时已年届七十。他一生坎坷，既有能安心于佛学研究的阶段，也曾颠沛流离。晚年安顿于长安并得到当权者的支持，使他产生时不我待的感觉，自然希望能尽量提升译经效率。第四，魏晋风行的言意之辨，多少也对曾经深陷般若研究的道安造成一定影响。与此相比，哲罗姆在第一点上与道安是一致的，而且他不存在版本缺失、要通过几个本子的比较去猜测原文的情况。当时能获得的如奥利金《六经本合参》等不同版本足以为他的解经与译经提供良好条件。第二点上也是类似的，哲罗姆的译本阅读对象是拉丁语文化精英，是要服务于作为国教的基督教，也需要以读者为中心。第三点则不适合于哲罗姆。而在第四点上，也有可比性。因为哲罗姆对奥利金有很深的研究，在解经和译经时对奥氏都多有参考甚至依赖②，那么受到其寓意解经思想的影响，从而在翻译中

---

① Anthony Pym, *Method in Translation History*, Beijing: Foreign Language Teaching and Research Press 2007, p. 162.

② Manlio Simonetti, *Biblical Interpretation in the Early Church: An Historical Introduction to Patristic Exegesis*, John Hughes, (tr.), Edinburgh: T&T Clark Ltd. 1994, p. 99.

也以意为重也是很自然的了。

　　那么道安何以无法坚持自己对失本问题的探索，而哲罗姆却可以坚持己见呢？这就必须考虑各种内外因素了。

　　首先，角色的不同导致思考问题时的立场不同。道安不能亲自翻译，只是参与译场工作。他大半生都更多是一个解经者，其翻译观则在不断交流中磨砺变化。可以想见，如果不是晚年去长安译场，那么佛教史上留下来的很可能是一个从读者角度出发、倾向于意译的道安，甚至都未必会提出"五失本、三不易"思想。也正是在译场中的一些关于失本与不失本的争论，使我们看到了道安的谨慎态度和探索的艰难。当时对翻译的认识还是拘泥于佛经的地位而不敢擅动字句，除语序外一律"案本而传"。道安虽然看出了问题，但其威望和影响无法与后世的鸠摩罗什或玄奘相比，一再遭到自己的学生和译场赞助人的反对；再加上历史局限，道安也误认为佛经语言都是直质没有文采的，因而对于文质问题的立场就很矛盾，以致后来自己都否定了自己的观点。与道安相比，哲罗姆是在教皇支持下对《圣经》进行编辑和翻译的。尽管他的意译要面临很多挑战，但相对而言更敢于坚持己见。比如他对于《圣经》也经历了翻译、流传、反馈再翻译的过程，并留下了和奥古斯丁、鲁费努斯（Rufinus）等人的论战。相比之下，道安缺乏话语权，就只能把论争停留于自己的记录中。另外，哲罗姆也解经，但主要是为自己的翻译服务，并最终为自己的宗教观服务。在他看来，语言只是工具而已，所以其唯一标准是增益教义，意译和直译都只是从属的手段。因此，哲罗姆是比较坚决并敢于坚持己见的。这从他敢于公开尊崇西塞罗的文笔和奥利金的观点就可以看出来。

　　其次，兴趣与任务的不同，使讨论问题的范围不同。道安有丰富的佛经研究经验，研究过不同的佛经，之后又亲身参与译场翻译，与同道有交流讨论。这种特殊经历使他能够总结出各种译本的得失。道安的研究生涯使他能冷静思考，从语言学角度分析翻译问题，洞穿整个佛经汉译史的种种得失，看到早期"未熟的直译"和"未熟的意译"的优缺点。他一针见血地指出语言文化的差异是客观存在的，不能一味迁就原作，并从语序、内容和文体等方面出发归纳出"五失本、三不易"，这完全是从语言出发，通过梵汉对比探索得出的科学规律。相比之下，哲罗姆尽管也研究过各种版本的《圣经》，包括奥利金的《六经本合参》，但他没有太多理论思考。或许是现实的任务使得哲罗姆要抓紧时间翻译《圣经》，而无法像道安一度能享有长时段的研究生涯。哲罗姆更多是一个实践派，拥有深厚的古典教育功底，在拉丁文上有很大造诣，并且学习了希伯来语。也许，两人各自不同的优势和弱点一定程度上也决定了他们不同的工作重点。

第三，诗学问题的不同。道安提出的"胡经尚质，秦人好文"问题以及对冗余语言删与不删的纠结，都是在思考如何解决文章传统的差异。佛经翻译的文质之争由来已久，因为早期佛经翻译时采用的原本有很多不是梵文原本，而是经胡僧转译过的本子，其语言经过一层过滤，辞藻文采就有所削弱，重在传达语义而不重文采。中国人拿到这样本子与自己的文学传统相比，就难免觉得淡而无味，而有"胡经尚质"的看法。而且佛教最初传播只是在知识分子层面，阅读和翻译佛经的都是文化精英，自然更为"好文"，因而希望佛经译文也能遵照汉语的书写习惯，由此引发文质之争。与此相比，哲罗姆所思考的诗学问题更多的不是语言差异，而是文化和意识形态的问题。在当时人看来，修辞和古典文学是异教徒的文化，基督教不需要这些东西。对此，哲罗姆也是心知肚明的。面对反对派对其学习异教的文笔玷污了宗教圣洁的指责，哲罗姆竭力为文学辩护，提出要把世俗智慧当作俘虏和女仆来为宗教服务①，并认为当时"整个世界都在讲我

---

① Jerome, *Letter LXX: To Magnus an Orator of Rome*, CCEL, 1892c: 2.

们的农民基督徒和渔夫基督徒的语言"①。不过哲罗姆在理论上并无太多建树，倒是奥古斯丁尽管由于各种原因而反对前者的翻译，却著有《论基督教教义》一书，努力将传统修辞纳入基督教范围，与哲罗姆形成了互补。

而哲罗姆能坚持意译还有其他因素。第一，他面临需要结束混乱翻译状况的局面。《圣经》的二手翻译问题早就存在，各种伪经、次经也相当多，有时候甚至搞不清一份文档到底是原文还是翻译件。② 在无本可依的情况下，只能按教义断定哪些是正统的、哪些是要摒除的。而翻译又与解经从而与宗教政治有紧密联系，这决定了哲罗姆无论采取哪种翻译策略，都必须坚持自己的方法，从而强调译者的主体性。因此，翻译的最高标准其实是教义，也即意义。在此情况下，自然不可能像早期译者那样硬译和死译了。而道安翻译时，类似的问题还不凸显。他既无法读懂原文，对经文的理解也有历史局限。从佛学水平与双语水平上来说，类似的工作还需要留待后来的鸠摩罗什。第二，宗教传播阶段与思想背景的关系。道安时刚开始清算格义之弊，就亲身体会到曲解附会之苦，因此，自然更容易融通直译法。而哲罗姆时的基督教正是蒸蒸日上，却遭遇缺乏高质量拉丁文经本之苦。如果《圣经》语言与希腊罗马的古典文学相比显得过于直质、朴拙，显然不利于吸引更多社会中上层人士和文化精英，从而影响基督教的全面发展。新的译本要服务于作为罗马国教的基督教，其语言必然是倾向于社会文化精英，也就必须倾向于典雅的拉丁文，这是哲罗姆意译策略的根本原因。

---

① Jerome, *Preface to Commentary on Glatians*, Megan Hale Williams, *The Monk and the Book: Jerome and the Making of Christian Scholarship*, Chicago and London: The University of Chicago Press 2006, p. 206.

② L. G. Kelly, *The True Interpreter: a History of Translation Theory and Practice in the West*, New York: St. Martin's Press 1979, p. 1101.

四、结语

宗教翻译的特殊性在于译者主体性的不可回避性。早期的译者完全被宗教经本的宗教性所笼罩，深感人神差异之巨大，在翻译中拼命想"隐身"（借 Venuti 语），却很难真正隐去，原因在于他们既没有良好的双语水平，又没有翻译经验，其态度之虔诚并不能掩盖译技之拙。后来随着宗教发展和翻译经验的积累，人们意识到译者根本无法隐身时，才能直面问题。尽管从宗教与文学的区别来说，宗教翻译肯定比文学翻译更排斥译者的主体性，因而才有哲罗姆那句"就翻译而言（《圣经》除外，因为在此即使词序也是神秘的），我是义对义而非词对词地翻译"，这句话出自推崇意译的哲罗姆而非他人之口，恰恰体现了历史的吊诡性。哲罗姆的这句话体现出他对整个宗教发展与翻译活动的深刻认识。宗教译者固然是代圣人立言，可一旦涉及语言文字，则必然要受制于语言活动的规律。由此，译者实际上还是无法隐身的。只不过，译者们在言论上还得强调自己的隐身，始终以忠实为尺杆。

另一方面，宗教翻译又始终要受制于思想文化和社会政治因素。借用布尔迪厄的理论来说，宗教译者都是宗教场域中的知识分子。他们拥有一定权力，因占有文化资本而有某种特权，并对其具有一定影响，但相对于占据政治和经济权力的人来说又是被统治者。[1] 在特定的历史语境中，意识形态、赞助人的利益以及普遍的对语言文学的看法（诗学规范）等因素，都左右了语言活动者，从而左右他们的翻译决策。由此，译者的角色也得到界定。因此，主体性的发挥始终是有掣肘的。

---

① ［法］布尔迪厄：《文化资本与社会炼金术——布尔迪厄访谈录》，包亚明译，上海：上海人民出版社 1997 年，第 85 页。

　　归根结底，翻译是服务于思想文化和历史发展的。译者可以选择自己的翻译观，但历史可以选择译者。因此，成功的译本与翻译策略不是顺应（借 Verschueren 语）于原本，而实际上是顺应于历史。在公元四、五世纪，佛教汉化和基督教拉丁化都进入了攻坚阶段。宗教发展需要文化与语言的融合，而理论水平和双语能力兼备的译者也开始出现，那么充分发挥译者的主体作用，发挥好主体的能动性和改写者的职责，就是必然的选择。借用霍米·巴巴的"杂交身份"理论来说，翻译就是杂交而混杂的，其结果是异质的、变动的、不断建构中的，既不属于原本文化、也不属于译本文化，它在一定程度上是非本质的。即便是宗教翻译，也无法脱离这个主体间的杂交。由此，当佛教与基督教的跨文化移植发展达到本土化的攻坚阶段后，种子就开始在异质的土壤中生发出杂交性的花朵和果实，其经本最终体现的是不同群体的主体间性。

美国传教士与中国文学的最初接触

顾　钧

1830 年初,美国最早的两位来华传教士裨治文(Elijah C. Bridgman)和雅裨理(David Abeel)抵达广州,美国在华传教事业从此开始。鸦片战争前在广州、澳门长期居住的美国传教士只有三四个人。鸦片战争后,美国来华传教士的人数迅速增加,截至 1847 年,来华新教传教士总共是 112 人,其中英国 35 人,而美国是 73 人。[①] 考察这批早期美国传教士与中国文学的关系,我们发现,他们对这一古老的文学表现出了一些兴趣,在译介上也取得了一些成绩。其中两项成就最值得关注:一是娄理华(Walter M. Lowrie)的《诗经》译介,二是卫三畏(Samuel W. Williams)的《聊斋》译介。

一

娄理华是美国北长老会第一位派往中国的传教士,1842 年来华,1847 年在从上海前往宁波的途中遇海盗落水溺死。就在他去世的这一年,他在裨治文创办的《中国丛报》(*Chinese Repository*,

---

① S. W. Williams, *The Middle Kingdom*, Vol. 2 (New York: Wiley & Putnam, 1848), p. 374.

1832—1851)第 16 卷第 9 期(1847 年 9 月)上发表了一篇题为
"Readings in Chinese Poetry: translations of two odes from the
Shi King"的文章。在这篇文章中他全文翻译了《诗经·周南》中
的《关雎》《卷耳》并对两首诗作了简要的说明。查阅目前国内出版
的有关中国典籍外译史和《诗经》英译史论著,如马祖毅、任荣珍
《汉籍外译史》(修订版,湖北教育出版社,2003)、吴结评《英语世界
里的〈诗经〉研究》(四川大学出版社,2008)等,发现均未提及这篇
译文。据笔者初步判断,此本应该是美国人最早的《诗经》英译,也
是英语世界最早从中文直接翻译的《关雎》《卷耳》文本。篇幅所
限,这里仅以《关雎》为例进行分析。

为了便于分析,现将原文和译文对照抄录如下:

> 关关雎鸠,在河之洲。窈窕淑女,君子好逑。
> The harmonious voices of the sacred water-birds,
> Are heard from their river island home.
> This excellent damsel, retiring and mild,
> Is a lovely mate for our virtuous prince.

> 参差荇菜,左右流之。窈窕淑女,寤寐求之。
> 求之不得,寤寐思服。悠哉悠哉,辗转反侧。
> On the waves of the river's running stream,
> The Hang plant's stalks uneven stems,
> Are swaying to and fro.
> This excellent damsel retiring and mild,
> When waking and sleeping, our prince was seeking.
> While seeking, but not having found,
> His troubled thoughts waking and sleeping exclaimed,
> How long! Oh how long!

He turns him around on his bed, and turns back,

He turns him all around, and returns.

参差荇菜,左右采之。窈窕淑女,琴瑟友之。

参差荇菜,左右芼之。窈窕淑女,钟鼓乐之。

The Hang plant's stalks uneven stems,

Are swaying to and fro, he gathers them now.

This excellent damsel retiring and mild,

With lutes and guitars he welcomes her home.

The Hang plant's stalks uneven stems,

Are swaying to and fro, they are fit for offering now.

This excellent damsel retiring and mild,

With music of bells and of drums come welcome her home.①

　　总体来说,译文传达了原文的意思。但由于是初次尝试,误解也在所难免。先看两个名词。在第一章中娄理华将"雎鸠"翻译成"water-bird"(水鸟)是不够精确的。在译文后的解说中,他说第一句如果直译是这样的: Mandarin ducks quack-quack。可见他将雎鸠理解成了鸳鸯(Mandarin duck),所以在 water-bird 前加了一个形容词 sacred(神圣的、受崇敬的),说明不是一般的水鸟,而是鸳鸯。其实雎鸠是一种鱼鹰,《尔雅·释鸟》:"雎鸠,王鴡。"郭璞注:"雕类,今江东呼之为鹗,好在江渚山边食鱼。"相传这种鸟雌雄情意专一,非常鸟可比。当然鸳鸯也是著名的"匹鸟",但和雎鸠不是一回事,《诗经》中也写到鸳鸯,如"鸳鸯于飞,毕之罗之。"(《小雅·

---

　　① Walter M. Lowrie, "Readings in Chinese Poetry; translations of two odes from the Shi King", *Chinese Repository*, Vol. 16(1847), pp. 454 – 455.

鸳鸯》)令人高兴的是，后来的译者避免了这个错误，理雅各(James Legge)和魏理(Arthur Waley)均将雎鸠翻译成 osprey，庞德(Ezra Pound)则译成 fish hawk。①

除了水鸟之外，诗中还提到了一种水中的植物——荇菜，它可以食用，很像莼菜，"叶径一二寸，有一缺口而形圆如马蹄者，莼也；叶似莼而稍锐长者，荇也。"(李时珍《本草纲目》)娄理华将之译成 Hang plant，显然是采用了音译，但荇的正确读音是 xìng，不是 háng。这种植物最准确的英译名应该是 nymphoides peltatum，但对于诗歌来说显然太过于技术性了。诗歌不是科学论文，后来的译者一般都选取一个意思靠近且通俗易懂的词来翻译荇菜，如 duckweed(水萍)，water mallow(水锦葵)，cress(水田芥)等。②

与词语相比，句子是更为重要的。原诗中"参差荇菜"之后，是三个结构相同的句子——左右流之，左右采之，左右芼之。这三句的意思也大致相近，流、芼都有采摘、选择的意思。但我们发现译者只翻译了后两句，没有翻译第一句"左右流之"，而后两句的翻译——"he gathers them now"和"they are fit for offering now"——从结构上看又完全不同。这当然就不是个别字句的问题了，而是牵涉对整首诗的理解。根据译文后的解说，我们知道娄理华认为"参差荇菜，左右流之"属于起兴(suggestive)，以荇菜在水中的上下浮动来预示后面君子的辗转反侧。所以"swaying to and fro"就已经表达出"左右流之"的意思了。如果事情是这样的话，那么后面的"参差荇菜，左右采之"、"参差荇菜，左右芼之"是

---

① James Legge, *The She-king* (Hongkong, 1871), p. 1; Arthur Waley, *The Book of Songs* (New York: Grove Press, 1996), p. 5; Ezra Pound, *Shih-ching*, *The Classic Anthology Defined by Confucius* (Harvard University Press, 1954) p. 2.

② James Legge, *The She-king* (Hongkong, 1871), p. 1; Arthur Waley, *The Book of Songs* (New York: Grove Press, 1996), p. 5; Clement Francis Romilly Allen, *The Book of Chinese Poetry* (London, 1891), p. 6.

否也是起兴呢？娄理华没有给予说明，但从译文看显然不是。这时的荇菜已经成为采集和食用的对象。换句话说，这后两句是描写，是"赋"，而不再是"兴"。这样的理解虽然很有新意，也不能说完全没有道理，但相当牵强。传统的看法是认为《关雎》中起兴的是头两句，后面的内容都是"赋"。

尤其值得注意的是，娄理华把"左右采之"翻译成"he gathers them now"，那么这个"he"（他）是谁呢？根据译文的上下文，显然是诗中的男主人公"君子"。从娄氏的解说，我们知道他对全诗理解的根据是朱熹的《诗集传》："周之文王，生有圣德，又得圣女姒氏以为之配，宫中之人于其始至，见其有幽闲贞静之德，故作是诗。"所以他把第一章中的"君子"翻译成 virtuous prince（有德之君）。此后译文中的 he 均指文王，这倒也说得过去，但到了"左右采之"这句就来问题了。以文王之尊，去到水面采摘荇菜，虽然并非绝不可能，但毕竟有失体统。而且就整个《诗经》来看，其中无论是采蘩、采蘋，还是采卷耳的，都是妇女，没有男子干这件事，更不用说君王了。

朱熹的《诗集传》自宋代以来一直是权威的解释，影响实在太大。娄理华以后的翻译家都没有能够走出这一解释框架。所以他们在翻译"左右流之"、"左右采之"、"左右芼之"这三句时都有些含糊，要么干脆省略主语，如果有主语，那主语要么是 one（某人），要么是 we（我们），①让人弄不清采摘的人到底是文王、太姒，还是宫人（或多位宫人）。

朱熹的解释比毛传、郑笺无疑前进了一大步，但偏颇乃至荒唐的地方还是不少。就《关雎》一首而言，清人方玉润就大胆否定了前人的权威解释：

---

① James Legge, *The She-king* (Hongkong, 1871), p. 4; Arthur Waley, *The Book of Songs* (New York: Grove Press, 1996), p. 6.

> 《小序》以为"后妃之德"，《集传》又谓"宫人之咏大（太）姒、文王"，皆无确证。诗中亦无一语及宫闱，况文王、（太）姒耶？窃谓风者，皆采自民间者也，若君妃，则以颂体为宜。（《诗经原始》）

近人关于这首诗的解读，笔者以为余冠英先生的最为合情合理：

> 这诗写男恋女之情。大意是：河边一个采荇菜的姑娘引起一个男子的思慕。那"左右采之"的窈窕形象使他寤寐不忘，而"琴瑟友之"、"钟鼓乐之"便成为他寤寐求其实现的愿望。①

根据余先生的解读，采荇菜的人就完全不用再模糊其词了，这位姑娘不仅面容姣好，而且还勤于劳作，这更增加了小伙子梦寐以求的动因。更重要的是，就诗歌的章法来看，这样的描写动静结合，比光写姑娘的娴静漂亮（窈窕）要有味道得多。只写美貌并不足以动人，必须化静为动，动静结合。"手如柔荑，肤如凝脂，领如蝤蛴，齿如瓠犀，螓首蛾眉"是《诗经》中描写美人的名句，但在这些静态描写之后，作者极其高明地加上了关键性的两句——"巧笑倩兮，美目盼兮"（《卫风·硕人》），遂能成为千古绝唱。

《关雎》被置于《诗经》之首，除了它最好地体现了"乐而不淫，哀而不伤"（《论语·八佾》）的儒家精神，其高超的艺术技巧或许也是原因之一。可惜的是，娄理华对这首诗的意蕴和技巧理解尚不够到位。但是他的首译之功是应予肯定的。

---

① 余冠英：《诗经选》，北京：中华书局 2012 年，第 3 页。

二

关于《聊斋志异》在国外的传播，长期以来国内学界普遍采用王丽娜女士的研究成果；①关于《聊斋》在西方语言中的最早译介，王丽娜认为："最早发表《聊斋志异》单篇译文的译者是卫三畏。他的两篇英译文《种梨》和《骂鸭》，收在他1848年编著的两卷本《中国总论》第一卷中（693—694页）。"②这一结论在2008年受到了挑战，王燕女士在该年《明清小说研究》第2期上发表了《试论〈聊斋志异〉在西方的最早译介》一文，认为德国传教士郭实猎（Karl Gutzlaff，1803—1851）才是最早的译介者，因为他1842年就在《中国丛报》第11卷第4期上"简介了《聊斋志异》的9篇小说，比卫三畏翻译的两篇作品早6年，当为目前所知《聊斋志异》西传第一文。"③这9篇故事是：《祝翁》、《张诚》、《曾友于》、《续黄粱》、《瞳人语》、《宫梦弼》、《章阿端》、《云萝公主》、《武孝廉》。王燕的论文无疑很有价值。但根据笔者看到的材料，卫三畏与《聊斋》的关系并不局限于《中国总论》，他在更早的时候已经翻译过《聊斋志异》中的作品。到底谁是西方世界《聊斋》的最早译者，还值得继续探讨。

《聊斋志异》是中国古代文言短篇小说的代表作。19世纪以后，它逐渐进入了西方人的视野。美国来华传教士卫三畏（Samuel W. Williams，1812—1884）是最早接触这部著作的西方人士之一。

① 如许多高校使用的袁行霈先生主编的"面向21世纪课程教材"《中国文学史》有关《聊斋》的章节就是如此，详见该书第四卷，北京：高等教育出版社1999年，第333页。
② 王丽娜：《中国古典小说戏曲名著在国外》，上海：学林出版社1988年，第214页。
③ 王燕：《试论〈聊斋志异〉在西方的最早译介》，《明清小说研究》2008年第2期，第215页。

卫三畏于 1833 年来华,在广州、澳门、北京工作 43 年后于 1876 年回到美国,是 19 世纪美国最资深的中国通。

1842 年,卫三畏编写的《拾级大成》(*Easy Lessons in Chinese*)一书在澳门出版,这是一部汉语教材,"是为刚刚开始学习汉语的人编写的,读者对象不仅包括已经在中国的外国人,也包括还在本国或正在来中国途中的外国人。"①全书的内容如下：(1) 部首；(2) 字根；(3) 汉语的读写方式介绍；(4) 阅读练习；(5) 对话练习(与老师、买办、侍者)；(6) 阅读文选；(7) 量词；(8) 汉译英练习；(9) 英译汉练习；(10) 阅读和翻译练习。在这 10 个章节当中,有 3 个章节采用了《聊斋志异》中的 17 个故事,具体情况如下：第 4 章阅读练习选用了《种梨》、《曹操冢》、《骂鸭》；第 8 章汉译英练习选用了《鸟语》、《红毛毡》、《妾击贼》、《义犬》、《地震》；第 10 章阅读和翻译练习选用了《鸲鹆》、《黑兽》、《牛飞》、《橘树》、《义鼠》、《象》、《赵城虎》、《鸿》、《牧竖》。由于这 17 个故事分布在不同的章节,服务于不同的教学目的,所以为它们作注解和翻译的情况也就相应地各有不同。

对于第 4 章中的 3 个故事,作者的编排是先给出中文,然后是拼音,然后是逐字的英译,最后是符合英语习惯的翻译,如《种梨》的第一句话：

> 有乡人货梨于市颇甘芳价腾贵
>
> yau heung yan fo li u shi po kom fong ka tang kwai
>
> was village man peddled plums in market rather sweet fragrant price rise dear
>
> Once there was a villager selling plums in the market which were rather sweet and fragrant, and the price was

---

① S. W. Williams, *Easy Lessons in Chinese* (Macao, 1842), p. i.

high. ①

　　到了第 8 章中的 5 个故事，情况发生了一些变化：卫三畏在
给出中文后，只提供了拼音和逐字的英译，不再提供符合英语习惯
的翻译，显然他是将这一工作留给读者去做练习。而到了最后的
第 10 章，则连拼音和逐字的英译也不再提供，卫三畏只列出了中
文原文让读者进行阅读和翻译。

　　这样的安排显示了此书由易而难、循序渐进、逐级提升的编写
宗旨。从一开始提供示范译文到最后不再提供任何译文，卫三畏
显然希望通过这些练习能够使学习者比较快地掌握汉语。如果像
卫三畏所设想的那样，一个学习者通过前面的操练最终能够完成
书末成段的中译英练习，那么他就算已经"大成"了。

　　《拾级大成》虽然选取了 17 个《聊斋》故事，但真正翻译成
英文且符合英语习惯的，只有《种梨》、《曹操冢》、《骂鸭》3 篇。
这其中的《种梨》、《骂鸭》2 篇后来又被他收入了《中国总论》一
书之中。

　　《中国总论》(*The Middle Kingdom*)出版于 1848 年，全书凡
23 章，全面地介绍了中国的政治、经济、文化和社会状况。在第 12
章《雅文学》中卫三畏比较全面地介绍了中国的诗歌、戏剧和小说
的发展历史。在讲到短篇小说时，他这样写道：

　　　　许多小说都是用纯粹的风格来写作的，特别是 16 卷的
　　《聊斋志异》，其内容的多样性和语言的表现力都是很突出的，
　　值得那些想研究博大精深的汉语的人仔细研读。②

---

① S. W. Williams, *Easy Lessons in Chinese* (Macao, 1842), p. 117.
② S. W. Williams, *The Middle Kingdom*, Vol. 1 (New York: Wiley & Putnam,
1848), p. 561.

接着他摘抄了《种梨》、《骂鸭》两个故事，以此来说明作者蒲松龄的奇思妙想和道德劝诫。

除了《种梨》、《曹操冢》、《骂鸭》之外，卫三畏完整翻译的第四个故事是《商三官》，译文刊登在《中国丛报》第 18 卷第 8 期（1849年 8 月）。在《译后小记》中卫三畏写道：

> 商三官的这种复仇行为在中国的道德家看来是值得称赞的，否则由于官员的疏漏或不公正就会使罪犯逍遥法外而不受应有的惩罚。不管这件事是真是假，这个故事说明中国人普遍认为父母之仇是必须要报的，在这一点上完全可以和希伯来人以血还血的观点相比较。①

从上文可以看出，卫三畏曾经在三种书刊上译介过《聊斋》中的故事，其中最早也最多的是 1842 年出版的《拾级大成》；由此可以修正王丽娜的结论，而且除了《种梨》和《骂鸭》外，最早被卫三畏完整翻译成英文的还有《曹操冢》。另外，王丽娜所记《种梨》和《骂鸭》之译文在 1848 年版《中国总论》中的页码（693—694 页）颇可存疑，据笔者看到的版本是在 561—562 页。

《中国总论》是 19 世纪美国传教士汉学的代表作，所以比较容易受到关注。2003 年，程章灿教授在《也说〈聊斋志异〉"被洋人盗用"》一文中提到的第一部著作也是《中国总论》（其依据也是王丽娜），他在考察了《聊斋》在西方的多种翻译后发现，"《种梨》在欧美译文中出现的频率几乎可以与最有名的《劳山道士》等篇相媲美。从这一点来看，说《种梨》是在欧美国家（这里主要指英、美、法、德）中最为流行的《聊斋志异》篇目之一，应该是不过分的。"②《种梨》

---

① *The Chinese Repository*，Vol. 18, pp. 400 - 401.

② 程章灿：《也说〈聊斋志异〉"被洋人盗用"》，《中华读书报》2003 年 9 月 24 日。

构思奇妙、语言生动,确实是《聊斋志异》中的精品;《骂鸭》、《曹操冢》、《商三官》也都是《聊斋》中文学性比较高的篇章,卫三畏选择这几篇进行全文翻译颇足以表明他的文学眼光。

《拾级大成》出版于1842年,郭实猎的文章也发表在1842年,要确定谁是西文中最早的《聊斋》译介者有相当的难度。从王燕的论述中我们知道,郭实猎的文章"没有标题,每段介绍一篇,大致粗陈梗概,可谓错漏百出。我们只能从其叙述中大致猜测译介的究竟是哪一篇"①。由此可知郭实猎的重点在"介",而不在"译"。所以如果说最早的"译"者,应该还是非卫三畏莫属。另外王燕认为,卫三畏之所以关注《聊斋》是受到了郭实猎的影响,卫三畏"对于《聊斋志异》,乃至中国小说的看法,也在很大程度上继承了郭实猎的观点。"②这显然是把卫三畏最早翻译《聊斋》的时间误系于1848年而得出的结论。现在我们知道,卫三畏翻译《聊斋》的时间并不晚于郭实猎,两者之间有无影响,以及谁影响谁,就很难确定了。更值得指出的是,卫三畏对《聊斋》的文学价值有比较深入的体认,而根据王燕的看法,郭实猎"对于《聊斋志异》的文学成就视而不见、闭口不谈"③。所以这种影响即使存在,也不可能是卫三畏"在很大程度上继承了"郭实猎。

《拾级大成》是卫三畏编写的第一部著作,虽然是一部汉语教材,书中的很多例句,特别是阅读和翻译部分的例句有不少都采自《三国演义》、《子不语》等文学著作,很值得引起关注。

《聊斋志异》的版本情况非常复杂,卫三畏在《中国总论》中提到的是16卷本,在更早的《拾级大成》中介绍蒲松龄的一段文字中也提到了该书的版本:

---

① 王燕:《试论〈聊斋志异〉在西方的最早译介》,《明清小说研究》2008年第2期,第220页。

② 同上,第225页。

③ 同上,第222页。

　　《聊斋志异》是短篇小说集,常见的是 16 卷本,作者蒲松龄是一位山东的杰出学者,他生活于康熙年间,他的序言系于 1679 年。这是一部具有完美风格的高超的作品,用纯正的汉语写成。①

　　据此我们推测卫三畏使用的翻译底本应该是青柯亭本或其翻刻本,即乾隆三十一年(1766)赵起杲刻本,或称赵本,该本此后有过许多翻刻本和重印本,在传播《聊斋》的过程中起过很大的作用。后来发现了更近于原本的铸雪斋抄本是 12 卷,蒲松龄的稿本存世者已有残缺,大约也是 12 卷,所以近人整理的会校会注会评本《聊斋志异》(张友鹤辑校,上海古籍出版社 1962 年第一版,1978 年新一版,凡四册,简称"三会本")仍作 12 卷。青柯亭 16 卷本与现在通行的 12 卷本之间篇目对应的关系很混乱,但就卫三畏翻译的几篇的内容来看,它们之间在文字上并没有什么差异。

　　尽管美国早期传教士在中国文学的译介上做了一些工作,但工作量有限,特别是与他们在其他领域的中国研究工作相比更是如此。裨治文编《中国丛报》最后一卷附有内容索引,共分 30 类,列各类文章标题近 1 400 篇。其中在第 9 类索引《语言、文学及其他》(Language, Literature, &c.)中列出的有关中国文学的文章才十几篇,而其中好几篇还是书评。除了上文提到的娄理华的《诗经》译文和卫三畏的《商三官》译文外,另外一篇可以算是纯文学译介的是一位美国商人 F. A. King 完成的《子不语》摘译(Extracts from a story-book called *Not the Sayings of Confucius*,见《中国丛报》第 6 卷)。另外,和同时代的英、法两国的中国文学译介相比,美国人的工作也显得逊色。卫三畏在《中国丛报》第 18 卷上发

---

① S. W. Williams, *Easy Lessons in Chinese* (Macao, 1842), p. 157.

表过一份以英语、法语出版物为主的中国研究书目（List of Works unpon China，principally in the English and French Languages），其中在中国文学类中列出的《赵氏孤儿》、《灰阑记》、《琵琶记》、《玉娇梨》、《好逑传》等大部头的译作都是由法国的儒莲（Stanislas Julien）、巴赞（Antoine Bazin）、雷慕沙（Abel Rémusat）和英国的德庇时（John F. Davis）完成的，在整个这一类中看不到一个美国人的名字。

就中国研究来说，美国早期传教士关注的重点是中国语言，他们出版的最早的著作都是汉语教材，如 1841 年裨治文主编的《广东方言读本》（*Chinese Chrestomathy in the Canton Dialect*）、1842 年卫三畏的《拾级大成》，此后帮助汉语学习的各类字典、词典、教材等大量涌现，成为 19 世纪美国汉学研究数量最多的作品。[①] 值得注意的是，有些教材含有对中国文学的译介内容，尚待我们作出进一步的研究，这一研究必将使美国传教士与中国文学的关系更加清晰地展现出来。

① 参见 Laurence G. Thompson，" American Sinology 1830—1920：A Bibliographical Survey"，*Tsing Hua Journal of Chinese Studies*，Vol. 2，No. 2 (1961).

第二编

宗教何以重构经典

十七、十八世纪来华耶稣会士对于
《中庸》的译介及出版

罗 莹

一、明末清初来华耶稣会士译介"四书"的活动

(一) 译介缘起及其早期代表作

1624 年,时任耶稣会中国副会省会长的李玛诺(Manual Dias,1559—1639)制定了来华传教士在语言文化训练方面的四年"研习计划"(Ratio Studiorum),其中明确规定来华传教士都必须学习"四书"、《尚书》等著作。① 因应这一学习活动的需

① Liam Brockey, *Journey to the East*, Massachusetts:Harvard University Press,2007, p. 266. "Ratio Studiorum (Ratio atque Institutio Studiorum Societatis Jesu)"是耶稣会在 16 世纪正式制定的教育培养耶稣会士的方案,旨在为受教育者提供理性而实用的向导。教育方案的内容包括:为期 5—6 年的人文中学阶段的学习、3 年哲学以及 4 年神学的学习。其中,人文中学的学习主要集中于古典语言方面的训练,包括了语法、人文和修辞学方面的课程(耶稣会特别重视拉丁文训练);哲学阶段的学习则明显打上了亚里士多德思想体系的烙印,主要学习逻辑学、自然哲学、形而上学以及伦理学;而最后神学阶段的学习则以托马斯·阿奎那的经院哲学思想为主。耶稣会的教育方案采取"社会阶层中立"的态度,接纳来自不同阶层的受教育者;强调灵修经验的同时采取军人训练模式,着重培养受教育者针对具体情况进行独立分析、快速反应并作出综合判断的能力,其最终目标是要培养教会内部的领导精英。这一教育方案的制定也为罗马天主教内部的改革提供了一个积极范例,详见:W. Kasper (hg.), (转下页)

要，早期来华传教士开始翻译"四书"，以便为新来华传教士提供研习中国经典所需的教科书。据利玛窦与耶稣会内部的通信记载，为了给刚来华的耶稣会神父石方西（Francesco de Petris，1562—1593）教授汉语，他从 1591 年 12 月到 1593 年 11 月在韶州翻译了"四书"并打算将它们寄回意大利的耶稣会总会①，德礼贤神父（Pasquale D'Elia，S. J.）和孟德卫（David E. Mungello）都认为利氏的"四书"翻译可能成为后来几代耶稣会士集体译介"四书"的底本，并最终被润色、完善成《中国哲学家孔子》（*Confucius Sinarum Philosophus*，Paris

---

（接上页）　*Lexikon für Theologie und Kirche*，Freiburg im Breisgau：Herder，1993—2001，pp. 842 - 843。另外，南怀仁神父在其信中提到：耶稣会在澳门创办的圣保罗学校沿袭的是耶稣会在欧洲的教育制度，来华耶稣会曾设想对此进行改革，用中文经典的学习取代对西文经典的学习，但从未实现过，详见：Noël Golvers，"An unobserved letter of Prospero Intorcetta S. J. to Godefridus Henschens S. J. and the printing of the Jesuit translations of the Confucian classics（Rome-Antwerp，2 June 1672）"，in *Syntagmatia Essays on Neo-Latin Literature in Honour of Monique Mund-Dopchie and Gilbert Tournoy*，Leuven：Leuven University Press，2009，p. 679.

①　利玛窦最早使用"Tetrabiblion"（希腊语 BIBΛAIΩNIATPIKΩN，原指托勒密在公元 2 世纪完成的四卷本占星学著作《占星四书》）一词作为"四书"的译名，在其书信中他也曾多次使用意大利语的"Quattro Libri"来指称"四书"，参见 Francesco D'Arelli（ed.）：*Matteo Ricci Lettere*（*1580—1609*），Macerata：Quodlibet，2001，pp. 184，192n，315n，337n，349，364n，518n；孟德卫在其《奇异的国度：耶稣会适应政策及汉学的起源》（*Curious Land. Jesuit Accommodation and the Origins of Sinology*）一书第 8 章有关《中国哲学家孔子》所作介绍中提到：在利玛窦、金尼阁所著的《基督教远征中国史》（Ricci-Trigault，*De Christiana Expeditione apud Sinas*）第 344 页和德礼贤神父（Pasquale D'Elia）的《利玛窦全集》（*Fonti Ricciane*）第一册第 330 页和第二册第 33 页都提到利玛窦翻译了"四书"。费赖之《在华耶稣会士列传及书目》一书第 46 页也谈到"一五九三年（利玛窦）曾将中国《四书》转为拉丁文，微加注释（金尼阁《基督教远征中国史》，五七八页）。凡传教师入中国者，皆应取此书译写而研究之。此书是否印行，抑尚存有写本，未详"。

1687)一书。①有关"利玛窦译本"藏于何处学界迄今还没有最终定论,但很可能它只以手稿形式传世,后来经他人多方传抄得以留存并为新来华传教士所用。伦贝克(Knud Lundbaek)则提出"四书"翻译最早可能始于罗明坚(Michele Ruggieri, 1543—1607)翻译的《大学》开篇部分并收录在 1593 年波塞维诺(Antonio Possevino, 1533—1611)在罗马出版的《选集文库》(*Bibliotheca Selecta*)一书中。②无论如何,在十七、十八世纪的欧洲影响较大的拉丁文儒学译著主要有三部:一是《中国政治道德学说》

①　孟德卫和德礼贤神父都根据自身对文献的熟悉程度,各自推论出利玛窦所翻译的"四书"是 1687 年出版的《中国哲学家孔子》的底本,但是德礼贤比孟德卫更早提出来这一点,详见: Pasquale D'Elia, *Fonti Ricciane II*, Roma: Libreria dello Stato, 1942—1949, p. 33; D. E. Mungello, *Curious Land: Jesuit Accommodation and the Origins of Sinology*, p. 250; D. E. Mungello, "The Seventeenth-Century Jesuit Translation Project of the Confucian Four Books", in *East meets West: The Jesuits in China, 1528—1773*, Chicago: Loyola University Press, 1988, p. 252.

②　Knud Lundbaek, "The First Translation from a Confucian Classic in Europe", in *China Mission Studies (1550—1800) Bulletin I 1979*, pp. 1 - 11. 笔者在罗马耶稣会档案馆找到了 Antonio Possevino 1593 年在罗马出版的 *Bibliotheca Selecta* 一书,书中第九章确实发表了一段来自罗明坚关于德行教诲的文字,文中所引的拉丁译文来自一本中文书("Liber Sinensium"),据内容可以明确判断是《大学》的开头部分。有意思的是文中并没有明确说是罗明坚翻译了这段文字,但屡次提到罗明坚通过多年对于中国文化的深入学习,最终编成了一本中文的教义手册。此外,伦贝克的看法可能或多或少受到德礼贤神父在《利玛窦全集》中所表露观点的影响。值得注意的还有:德礼贤神父本人在 1936 年曾经对罗明坚翻译过"四书"提出过异议,认为以罗明坚当时的汉学修养还无法达到翻译"四书"的水平,进而推测是罗明坚将利玛窦所译的"四书"以及他抄写该作品的日期一同抄录下来带回了意大利。参见罗马·伊曼努尔二世国家图书馆(Fondo Gesuitico＝FG)手稿(3314)1185 封面上正反两面的笔记。可是后来,当他于 1942 年出版《利玛窦全集》时却又坚定地指出罗明坚曾用拉丁文翻译过"四书",参见:《利玛窦全集》(FR)第一册,第 43 页,注释 2。意大利学者达莱利(Francesco D'Arelli)认为现藏于意大利国家图书馆、编者署名罗明坚的 FG(3314)1185 拉丁文"四书"翻译手稿原作者是利玛窦,至少该手稿中的一至三部分和第五部分的作者是利玛窦。对该手稿的真正作者究竟是利玛窦还是罗明坚的探讨,迄今还未有最终结论。

(*Sinarum Scientia Politico-Moralis*，Guamcheu-Goa 1667/1669，
该书是《中庸》的首个拉丁文译本）；二是《中国哲学家孔子》（该书
包括《大学》、《中庸》、《论语》三书的拉丁文译本）；三是《中华帝国
六经》(*Sinensis Imperii Libri Classici Sex*，Pragae 1711)，作为
首个"四书"拉丁文全译本，在"礼仪之争"的时代背景下，因其内容
的争议性及其隐含的"挑衅性"，传闻耶稣会内部在其出版后曾下
令查封，以致后世流传下来的藏本甚少①，但它仍因深入影响德国
启蒙思想家沃尔夫(Christian Wolff，1679—1754)，使其写下《关
于中国实践哲学的讲话》(*Oratio de Sinarum philosophia
practica*，1721)一文而为后世所知。②

（二）译介儒学典籍的动机

　　来华耶稣会士积极致力于西译儒学典籍并在欧洲刊行其译
著，主要是将其作为在华传教的成果，展示给罗马教会，也时常将
之作为礼物，回赠那些给予耶稣会东方传道团资助的捐赠人，或者
用于向某些曾经抑或将来可能给予传道团某种形式援助的王公贵

---

　　① 法国汉学家鲍狄埃(M. G. Pauthier)和雷慕莎(Abel Rémusat)都持这一观点，
而澳大利亚当代汉学家鲁保禄则认为尚无充分的证据说明这一点，参见 Paul Rule,
"François Noël SJ and the Chinese Rites Controversy", in *The History of the Relations
between the Low Countries & China in the Qing Era* (1644—1911)，Leuven：Leuven
University Press，2003，p. 159. 笔者在捷克国家图书馆逐一查阅过卫氏的三部专著：
皆为四开本，书页为普通的牛皮纸，封面封底皆为普通软皮革并有卷边装订，书脊上标
注有各书标题中的关键词及作者名，以便于查找。与卫氏著作在装订上的朴素低调形
成鲜明对比，《中国哲学家孔子》则采用大一倍的对开本设计，同样是软皮革封面并有卷
边装订，且页边刷红（该书大部分藏本的设计都如此，唯独奥地利国家图书馆的藏本为
金色书边，更显珍贵)。
　　② 此外，耶稣会士郭纳爵(Inácio da Costa，1603—1666)和殷铎泽亦曾于 1662 年
在江西建昌，以中拉双语刻印《中国的智慧》(*Sapientia Sinica*)一书。作为现今可见
《大学》最早刊印出版的拉丁文译本，该书印数甚少，在欧洲的流传范围及影响也很小，
在此暂且不予讨论。

族示好。例如来华耶稣会士殷铎泽（Prospero Intorcetta，1626—1696）曾向维也纳哈布斯堡王朝的利奥波德一世（Leopold I，1640—1705）赠送自己的《中庸》译本，另一位来华耶稣会士柏应理（Philippe Couplet，1624—1692）也在其欧洲之行先后向法王路易十四、英王詹姆斯二世赠书。另外，考虑到来华耶稣会士的拉丁文著述，其受众不仅包括当时欧洲众多耶稣会会院中的神职人员及初学生，也包括那些对遥远而神秘的东方充满好奇的欧洲知识分子，其翻译动机结合具体历史背景来看，可归纳为下述三点：

1. 上文提及的殷铎泽、柏应理二人，不仅是儒学西译活动的积极参与者，也是建立中国本土教会的积极倡议者。他们先后作为"中国副会省的差会代理人"（Sinensis missionis procurator），前往罗马向教皇汇报教区工作。他们在旅行中都携带了大量中文书信，其中也包括耶稣会士翻译的"四书"刊印本，其目的在于：请求教宗批准在华耶稣会可以吸纳、培养中国的本土神父并用中文做弥撒，只有这样，耶稣会才能长久地保存在华福音传播的成果，不至于因为此起彼伏的教案以及外国神父被驱逐出境，致使福音工作中断。而通过拉丁译文来展现儒家的丰富思想也可以有力地证明：归化如此一个有着悠久深厚的文化、注重伦理道德修养并且有丰富政治智慧的民族，将会对基督宗教的弘扬有莫大的光耀作用。

2. 通过翻译和著述向西方民众介绍中国儒家的"政治道德"思想，一方面是借此显示耶稣会在华传教的成果、对中国文化的深入了解，并在欧洲为在华耶稣会士的传教方针，尤其是为耶稣会在"礼仪之争"中①受到的责难辩护，显示耶稣会宽容中国民众祭祖

---

① "礼仪之争"主要涉及三方面内容：祭祖、祭孔的礼仪以及"译名之争"。尤其关于基督宗教中的最高神 Deus 一词如何汉译的问题，来华修会之间长期争执不休，大致分裂为主张音译（主要以托钵修会为代表）以及主张意译（以耶稣会为代表） （转下页）

祭孔的依据以争取欧洲舆论的支持；另一方面也为激励更多的年轻人加入耶稣会，以招募更多来华宣扬福音的耶稣会士。此外，在"礼仪之争"白热化阶段，为了确保有关中国文化及礼仪的重要文献及证词能获得正确翻译，使它们不会受到耶稣会对手们的有意误读并被"错误引用"，此时有大量的中文典籍、证词及其译文由耶稣会中国会省的"代理人"带回欧洲，例如现存于罗马耶稣会档案馆的大批中文典籍，其中将近 70% 可能都是由卫方济（François Noël，1651—1729）与庞嘉宾（Kaspar Castner，1665—1709）带回罗马的。他们二人在 1701 年奉中国副会省会长安多（Antoine

---

（接上页） 两派。而耶稣会内部在译名问题上也并未达成一致意见，比如利玛窦使用过的 Deus 译名就有"上主"、"主"、"主耶稣"、"天主"和"上帝"，其继任者龙华民则与来自日本会省的耶稣会传教士陆若汉（João Rodrigues，1561—1634）一同反对使用"天主"和"上帝"这两个译名，坚持要用 Deus 的音译。为解决耶稣会内部的意见分歧，当时担任视察员的班安德（André Palmeiro，1569—1635）于 1629 年裁定采用"天主"作为唯一译名，禁用"上帝"、"天"等其他译名的使用，但《中国哲学家孔子》的译者柏应理等人却再次表露出他们更倾向于使用"上帝"这一译名。教廷代牧主教颜珰（Charles Maigrot，1652—1730）于 1693 年发布严禁中国礼仪的命令，明令禁止使用"上帝"和"天"，只能用"天主"这一译名，该用法沿用至今。"译名之争"影响深远，包括后来来华的新教传教士围绕该问题也产生严重的意见分歧并展开更为激烈的论战。有趣的是，龙华民与陆若汉在 1627 年"嘉定会议"上提出的音译原则，实属来华耶稣会传教政策中的"断裂"，因为在华耶稣会内部的主流观点一直是本着"适应"政策，主张用"上帝""天主"这样的中国典籍本土化词汇来翻译 Deus。导致这一突变的诱因是在日本会省发生的"大日如来误译"事件：当年沙勿略在日本教友池瑞弥次郎的帮助下一起翻译教理手册，结果在译词选择上出现了失误，将"上主"误译成为佛教真言宗里的大日如来。这一误译事件给沙勿略以及后来日本会省的几代耶稣会士都带来很大的震撼和忧虑。为了避免再次出现类似的失误，沙勿略决定采取音译的形式来表述重要的神学概念。陆若汉将日本会省的这一做法也带到中国，他不仅在 1616 年 1 月从澳门写给耶稣会总会长的信中点名批评了利玛窦，另外据 Michael Cooper 考证，当时他还将自己认为翻译有误的中文译词，比如"天主""天使""灵魂"等制成表格交给龙华民。龙华民基于自己在乡下平民阶层中丰富的传教经验——这与利玛窦致力于在士绅中传教有重大差别——与陆氏观点相合，遂共同反对利玛窦的译名，主张音译。详见戚印平：《远东耶稣会史研究》，第 114—165 页；[美] 夏伯嘉：《天主教与明末社会——崇祯朝龙华民山东传教的几个问题》，《历史研究》2009 年第 2 期。

Thomas，1644—1709）的指示，同为"代理人"前往罗马就中国"礼仪之争"问题向教宗进行报告并从耶稣会的立场进行辩解，此行他们带回了大量的中文典籍藏书，其扉页上大多附有二人的题注。①

3. 继续吸引欧洲贵族以及知识分子对其在华传教事业的关注，从而为在华传教活动筹集更多的资金援助和社会支持。值得注意的是：上述三个拉丁文译本译介的时代背景，尤其是后两个译本出版的时机皆为中西"礼仪之争"愈演愈烈的时期，而三部译作的译者皆是利玛窦"适应"路线的积极拥护者，因而无论就其出版时机，抑或基于此时耶稣会士在教廷内部备受质疑的处境，都使这些译作具有自我辩护的色彩。同时，面临多明我会、方济各会对耶稣会在基督宗教信仰原则以及译名问题上的指责，耶稣会的译者也需要基于自身对于中国文化的认识，借助更为坚实有力的论据，小心谨慎地证明自身立场及传教方针的合理性。因这三部译作皆包含《中庸》译文，下文拟将这三个《中庸》译文作为早期"儒学西传"的阶段性成果，系统梳理清中期来华耶稣会士译述儒学典籍的具体情况。

二、十七、十八世纪欧洲主要的《中庸》拉丁文译本

（一）*Sinarum Scientia Politico-Moralis*②（《中国政治道德学说》）

这是现今可见《中庸》在欧洲最早刊印出版的拉丁文译本。此

---

① Nicolas Standaert, *Chinese Voices in the Rites Controversy*, Rome：Institutum Historicum Societatis Iesu, 2012, pp. 84 - 87.

② 关于该书的版本，笔者亲见的有两个：一个是罗马耶稣会档案馆的藏本，1667年、1669年分别刻印于广州及果阿，该书被归于《西文四书直解》卷中（*Jap-Sin* Ⅲ，3.3a，3b）。关于此版本的详情，参见：Albert Chan, *Chinese Books and Documents in the Jesuit Archives in Rome: A Descriptive Catalogue*, pp. 477 - 479；另一个则收录于英国伦敦大学亚非学院的藏书胶片，1672年在巴黎出版，该版本在版式、体例乃至内容上，都与耶稣会档案馆所藏的版本完全相同，只在《中庸》译文之后多收录了 （转下页）

《中国政治道德学说》封面（罗马
耶稣会档案馆 Jap-Sin III, 3b）

译本共有 31 页：封面首先标注译者的姓名及身份：殷铎泽，耶稣会士，来自意大利西西里；第 2 页则注明当时耶稣会中国第五会省有 4 位资深神父共同担任该书书稿审核工作的主要负责人（"值会"），同时还有 12 名来华耶稣会士亦对译文进行集体审订①；第 3 页则刊出时任耶稣会中国副会省会长成际理（Feliciano Pacheco, 1622—1687）出版的许可信，强调该书"已获本人的同意以及会中众人的认可，认为该书值得出版"（[...] meis approbatum, & à duodecim aliis Patribus Societatis

---

（接上页）　8 页的拉丁文《孔子传》，而在《孔子传》末页还加盖了殷铎泽的私人印章并刻有"1669 年 10 月 1 日于果阿再度审定并获准出版"的字样。参见 John Lust, *Western Books on China Published up to 1850. In the library of the School of Oriental and African Studies*, University of London, London：Bamboo Publishing, 1987, No. 732。综上所述，可以断定罗马耶稣会档案馆所藏《中国政治道德学说》是一个残本。

　①　本页从上到下、从左到右依次标注了 4 名批准此书发行的耶稣会士的姓名：郭纳爵、刘迪我、利玛弟（Matias da Maia, 1616—1667）、成际理，以及对该书同时进行集体鉴定的 12 名会士的名字：何大化、聂伯多、潘国光、李方西（Gianfrancesco De Ferrari, 1609—1671）、洪度贞（Humbert Augery, 1616—1673）、聂仲迁（Adrien Greslon, 1618—1696）、穆迪我（Jacques Motel, 1619—1692）、毕嘉（Giandomenico Gabiani, 1623—1694）、张玛诺（Manuel Jorge, 1621—1677）、柏应理、鲁日满和恩理格（Christian Wolfgang Henriques Herdtrich, 1625—1684）。每个人名字的下方亦标出各人的国籍。

nostrae in Sinis recognitum, & publica luce dignum judicatum fuit.)①,声明最后的日期落款是"1667 年 7 月 31 日,在广东省的省会城市广州"(In urbe Quamcheu metropolis Sinensis provinciae Quamtum die 31. mensis Iulii. Anni 1667.)。值得注意的是: 据荣振华(Joseph Dehergne, S.J.)的记载,1666—1669 年成际理神父是在南京担任副中国会省的会长(《在华耶稣会士列传及书目补编·下》,第 474 页),此外,参与该书译文鉴定工作的 12 名传教士分属在华多个传教区域,其人数之多亦超过此前耶稣会其他出版物的鉴定规模。个中原因是: 1664 年底因杨光先所起教案,不同修会的在华传教士都遭到拘留软禁。他们先被押送到北京接受审讯,继而集体流放广州直至 1671 年。②值此共同生活的机会,不同修会的来华传教士亦共同召开"广州会议"(1667 年 12 月 18 日—

① Prospero Intorcetta, "FACVLTAS R. P. Viceprovincialis", in *Sinarum Scientia Politico-Moralis*.

② 关于软禁在广州来华传教士的人数学界有两种说法:一说有二十三人,具体名单参见 Josef Metzler, *Die Synoden in China*, *Japan und Korea*, *1570—1931*, Paderborn: Ferdinand Schöningh, 1980, p. 23;另一说则认为有二十五人,其中包括二十一个耶稣会士、三个多明我会士和一个方济各会士,参见 Albert Chan, S. J., "Towards a Chinese Church: the Contribution of Philippe Couplet S. J. (1622—1693)", in *Philippe Couplet*, S. J. (*1623—1693*) *The Man Who Brought China to Europe*, Sankt Augustin: Steyler Verlag, 1990, p. 60.笔者在阅读法国国家图书馆所藏钞本《泰西殷觉斯先生行略》(CHINOIS 1096,作者不详)时,文中提到"诏旨命先生及同会诸友进都。随奉旨恩养广东共二十五位";殷铎泽作为"代理人"前往罗马汇报中国教务时,曾呈递教廷一份报告. *Compendiosa Narratio de statu Missionis Chinensis ab anno 1581. Usque ad annum 1669*(《1581—1669 年中国教务情况简述》),文中详细介绍了被押送到北京接受审判的三十位神父的名单(25 名耶稣会士、4 名多明我会士以及 1 名方济各会士)。其中汤若望和多明我会士 Domenico Maria Coronado Spanuolo 在北京受审期间去世,此后除了利类思、安文思、南怀仁留京,其余传教士都被流放广州;流放期间,郭纳爵和金尼阁先后于 1666 年、1667 年去世,由此笔者判断: 当时参见广州会议的外国传教士应该有 25 名,具体为二十一名耶稣会士、一名方济各会士和三名多明我会士,正如陈伦绪神父所言。

1668 年 1 月 26 日）讨论中国礼仪问题。会后，殷铎泽被指派为前往罗马向教宗报告会务的"中国差会代理人"（Sinensis missionis procurator）并于 1669 年 1 月 21 日离开澳门。另据费赖之（Louis Pfister, S. J.）考证，殷铎泽的《中庸》译本是他在 1667 年"先刻一部分于广州，后二年续刻于果阿，故亦称为果阿本，后附《孔子传》"。即该书前半部分是在广州历狱期间刻印，后因获选"代理人"匆忙上路，该书的后半部分是殷铎泽在返回回罗马的航行中、途经果阿并于此地完成的。这部分的信息亦可从该书最后《孔子传》（Confucii Vita）结尾、殷铎泽的私人印章以及"1669 年 10 月 1 日于果阿再度审订该书并获准出版"（Goae Iterum Recognitum, ac in lucem editum. Die. 1. Octobris. Anno 1669. SUPERIORUM PERMISSU.）的字样获得证实。

第 4 页是译者殷铎泽撰写的序言（AD LECTOREM，即"致读者"），提及他翻译该书的目的在于"更方便、更快速地使在华的传教工作得到接纳"（ut scilicet publico Missionis bono propius ac citius consuleretur），并对《中庸》原书的作者、主旨及其译文编排的体例进行说明，他也明确指出自己翻译时的中文底本是朱熹的《四书集注》（iuxta ordinem impressionis Nan-kim editae, Authore Chu-Hi, qui liber ulgo dicitur Su Xu çie chu.）。

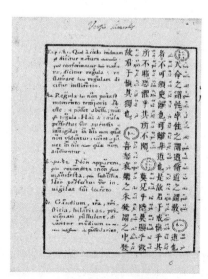

《中国政治道德学说》
广州刻印部分的版面

该书正文部分采取中拉双语合刻，作为殷氏来华的早期作品,译文使用简洁明了的直译风格(书眉中央标注有"Versio Literalis",即直译之意)。每半叶左侧为西式排版的拉丁译文,右侧为中式排版的《中庸》原文;原文每个汉字都标有注音及数字标号,可与左侧的拉丁译文逐一对应。除逐字直译的部分,译者也添加了一些辅助性的虚词,据笔者查阅统计:这些增译部分都是因应西方语法以及西方人惯用的表达方式,为使拉丁文句意完整、通顺而进行的增补,包括:关系代词(quod)、指示代词(huic, haec, id)、人称代词(ego, sibi, ipso, eum)、物主代词(sua)、连词(si, ubi, nec, ut, sed, et, atque, ac, nam)、介词(de, in, ad, inter)、副词(etiam, tam, tantam, deinde, ibi)、系动词(esset)等。可以看出,这些都是在西方语法中极为常用而在汉语语法中功能较为模糊的部分。此外,为了理顺篇章中上下句之间关联,殷铎泽也在个别译文中补充过一些实词以解释汉语的句意,以解决逐字直译带来字词零落句意破碎的问题。①

　　殷氏译本传入欧洲,不仅使《中庸》一书始为西人所知,他借助中国传统的木板刻印技术以及身边中国教友的协助②,创造性地将

---

　　① 例如将"小人之中庸也。小人而无忌惮也"一句译为 Improbus etiam habet medium quod reneat;sed quia improbus, ideo non veretur illud preuaricari. 其中画下划线部分是殷铎泽增译的部分,可以看出这些是在逐字直译的基础上,将从古汉语译得的多个单词贯通成句而加入,包括了:谓语动词 habet(有)及修饰它的副词 etiam(已经);quod renaet 是修饰 medium(中的状态)定语从句,而该从句的主语仍为主句的主语 improbus(道德低下的人),西方读者由此可知"小人之中庸"一句的完整意思是:道德低下的人对待"持中之道"的态度;之后补充转折连词 sed(但是)以及用 quia(因为)表示之后导出一个原因从句:"因为他道德低下",这两处添加都是为了将原本古汉语中因句读点开而独立成句的两句话,变成是符合西方人阅读习惯的复句形式。句末添加的指示代词 illud(它)仍指代前文的 medium,增加的动词 preuaricari 意为被违反、被侵犯,是为了补充说明古汉语"小人而无忌惮也"(道德低下的人毫无顾忌)一句"无忌惮"的对象是指违背"中道"这样的行径。

　　② 根据 C. R. Boxer 的记载,协助殷铎泽在果阿刻印其《中庸》译本的是一名他从中国带去、洗名为保禄(Paul)的信徒,在帮助殷铎泽完成刻印之后,保禄又独自返回了中国。这位教友应该就是与殷铎泽一直保持着密切关系的万其渊,他也是后来在南京获得罗文藻主教祝圣的三位中国司铎之一。参见 Nicolas Standaert, *Handbook of Christianity in China*, Volume One: 635–1800, p. 463.

中式竖行排版及西文横向排版相结合，亦成功实现了中拉双语文本
的刊行，在中外双语刻印出版史上堪称技术革新的先驱；而在直译
的基础上，他还按照耶稣会内部使用的罗马字母注音系统为每个汉
字标注了发音，系统地将汉字的"音形义"介绍到欧洲，使其译著具
备教科书乃至双语字典的功能，成为儒学西传史上的重要著作。

（二）*Confucius Sinarum Philosophus*①（《中国哲学家孔子》）

《中国哲学家孔子，或者说用拉丁文来展现中国的智慧》

---

① Lust 目录第 724 号。该书的原始手稿现藏于法国巴黎国家图书馆西文手稿部
(Ms. Lat., 6277/1 et 2)，此外该书还有同一时间出版的多个印刷本，现藏于欧洲多个图
书馆。笔者亲见的印刷本有五个，分别藏于罗马国家图书馆、法国国家图书馆、奥地利国
家图书馆、埃尔兰根大学图书馆和 HAB Wolfenbüttel 图书馆，另外也阅读了瑞士日内瓦
大学图书馆藏本在 Google Books 上的扫描文档，在出版的时间地点(1667，巴黎)以及书
中的内容上，各个印刷本都保持一致。此处笔者是以罗马国家图书馆所藏印刷本
(Collocazione：13. 11.F.27)为例，该书使用米黄色软皮革作封皮，书脊上有墨水书写的标
题 Confucius Sinarum Philosophus(已褪色)，页边刷红；此对开本使用那个时代的上等牛皮
纸印刷而成，书页大小为 341 毫米×225 毫米，全书页码编排为：CXXIV，108，21，[3]，
159，[1]；XX，108 [即 110]，[10]，书中还附有铜版画孔子像一幅以及折叠起来的铜版印
刷的中国地图一张。此外笔者经比较发现，虽同为 1687 年在巴黎印刷出版的《中国哲学家
孔子》，奥地利国家图书馆的藏本(BE.4.G.7)与罗马的藏本内容一致，但内容上各部分的排
列顺序却略有不同，而且奥地利的藏本为红色软皮封面，页边刷金，在装订上更为精美。另
外，书中还出现多种类型的页码形式并存、部分页码排序重叠以及前后页码不相衔接的现
象，笔者据此推测：书中各部分内容应该是各自独立排版印刷，之后才又将各部分拼合成书
出版的。此后，通过比较欧洲五家图书馆所藏《中国哲学家孔子》的版本，以及与比利时汉学
家高华士的通信讨论，笔者也发现在十七世纪的欧洲存在着这样不成文的惯例：当时的"书
籍"是以散页的方式(即处于无装订的状态)出售给买家，售出之后买家可以自己选择封皮的
样式并按照自己喜好的顺序安排书中各部分内容的顺序，然后才进行装订。这也是现在欧
洲多家图书馆所藏的《中国哲学家孔子》书中各部分内容在顺序安排上各有不同的原因。另
外，丹麦汉学家伦贝克曾出版《汉字的传统历史》(*The Traditional History of the Chinese
Script. From a Seventeenth Century Jesuit Manuscript.* Denmark：1988.)一书，书中收录了他
在法国国家图书馆发现的《中国哲学家孔子》的部分手稿(Bibliothèque Nationale, Fonds Latin
6277)，经他翻译考对认为这些手稿是由殷铎泽所作、论述了中国象形文字的发展历史，后来
因礼仪之争的缘故，最终没有被允许收录进《中国哲学家孔子》一书中而遗留下来的残篇。

（CONFUCIUS SINARUM PHILOSOPHUS, SIVE SCIENTIA SINENSIS LATINE EXPOSITA）一书为西式精装对开本，1687年在巴黎经活版印刷而成（Parisiis：ex typographia Andreae Cramoisy Parisiensis typographi）。封面上标注的四位耶稣会译者，姓名依次为：殷铎泽、恩理格、鲁日满和柏应理。此外，封面上还指出该书是奉法国国王路易十四之命（JUSSU LUDOVICI MAGNI），于法国宫廷图书馆面世（E BIBLIOTHECA REGIA IN

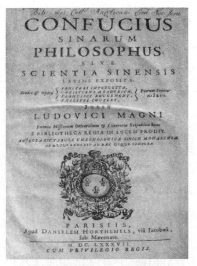

《中国哲学家孔子》一书封面
（北京中国学研究中心藏本）

LUCEM PRODIT）。或许由于该书出版的资助方是法国皇室，因而与在华耶稣会通常的出版惯例不同，书中以一封署名柏应理、以个人名义撰写的致法王路易十四的感谢信，取代了通常耶稣会在出版物扉页需标注的"值会"及集体鉴定者的名单，亦无会省负责人撰写并署名的出版批准声明。

　　该书的主要内容包括：柏应理所写的《致伟大虔诚的基督教君主路易十四函》（*Ludovico Magno Regi Christianissimo Epistola*）、殷铎泽与柏应理合著的《初序》（*Proëmialis Declaratio*）、殷铎泽所作《孔子传》（*Confucii Vita*）并附孔子像、《大学》（*Liber Primus*）《中庸》（*Liber Secundus*）《论语》（*Liber Tertius*）"三书"的拉丁文全译本、柏应理所作的《中华君主统治历史年表》（*Tabula Chronologica Monarchiae Sinicae*）和《中华帝国及其大事纪》（*Imperii Sinarum et Rerum In Eo Notabilium*

Synopsis），并附柏应理绘制的中国地图。由于受到当时欧洲刻印技术水平的限制，"三书"手稿译文中所有的汉字在印刷出版时都被取消，只保留了拉丁译文部分，所以最终的成书中没有出现任何汉字。此外，"三书"译本亦无具体译者署名。笔者依据查证到的线索，基本确定书中的《中庸》译文出自殷铎泽笔下，依据有二：一是从手稿字迹判断。现藏于巴黎国家图书馆的《中国哲学家孔子》原始手稿分上下两部，第一部（其中包括了《中庸》一书的原始译文手稿）字迹，笔者通过与藏于罗马耶稣会档案馆殷铎泽的亲笔信比照，不管是在字母书写形态还是缩写习惯上都保持高度一致，基本可以确定是殷铎泽本人的字迹；二是从译文内容的一致性进行判断。通过与殷铎泽 1667 年、1669 年所出版的《中国政治道德学说》一书进行比照，殷氏早期译文在《中国哲学家孔子》一书中得到充分保留，尤其是译词的选择以及句式安排上都与他之前的译文保持一致。

　　但当殷氏的《中庸》译本再度被收录到《中国哲学家孔子》一书时，译者一方面在正文翻译之后加入大段的斜体字注释，公开表明译者对于这一文段的个人看法；另一方面在这些个人阐释的部分，殷铎泽对于自己曾使用朱熹的《四书集注》作为翻译底本一事闭口不提①，转而声称自己翻译时参照的是张居正《四书直解》（"Nos hic eam verbis Cham-colai, sed in compendium redactis explicabimus"）——实际上张居正的《四书直解》只是用浅易明了的白话，对朱熹《四书章句集注》加以解释，初衷是用简单易懂的语言向小皇帝讲解四书，故取名为《四书章句直解》——参与《中国哲学家孔子》翻译工作的另一译者柏

---

　　① 如上文所述，殷铎泽在《中国政治道德学说》的译者手记中明确指出他翻译时使用的中文底本是《中庸》的南京版本，作者是朱熹，这本书一般被称为《四书集注》（"iuxta ordinem impressionis Nan-kim editae, Authore Chu-Hi, qui liber vulgo dicitur Su. Xu çie chu."）。

应理也在《序言》部分解释了为何要选取张本作为他们阅读和
翻译时参考的底本：因为张居正的注疏不仅是较为新近且可
信的解释，而且流传很广；此外，他注释中的谜团较少，言下之
意即张本较为平实易懂。①除引用张居正的注释，耶稣会士在
翻译《中庸》时也表明自己借鉴了张侗初②的注释（"Mirificè
favet huic Interpreti Interpres alter，paris cum Colao authoritatis；
et ipse Cham dictus，cognomento tum-ço：hic autem in vigesima
circiter editione Commentariorum suorum in modo explanatam
Confucii sententiam sic scribit"）。另外，安文思在《中国新史》关
于"中国的文字和语言"一章末尾，抄录了耶稣会士翻译的《大
学》译文的开篇并提到"文字的顺序，及经文的阐释，摘自两位
中国的诠释者，其中一个大约生于三百年前，叫作朱熹，另一个

---

① *Proëmialis Declaratio*，*Conclusio*，p. cxiv. 孟德卫和龙伯格曾分别专门撰文详
细探讨翻译《中国哲学家孔子》的耶稣会士当时参考的是张居正哪一个版本的《四书直
解》，详见 David E. Mungello，"The Jesuits' Use of Chang Chü-cheng's Commentary in
their Translation of the Confucian Four Books（1687）"，in *China Mission Studies*
（*1550—1800*）*Bulletin III*，1981，pp. 12 - 22；Knud Lundbaed，"Chief Grand
Secretary Chang Chü-cheng & the early China Jesuits"，in *China Mission Studies*
（*1550—1800*）*Bulletin III*，1981，pp. 2 - 11.罗马耶稣会档案馆仍藏有 1635 年版《张
阁老正字四书直解》（Japonica-Sinica，I - 14），此外巴黎国家图书馆也藏有张居正《四书
直解》的多个刻本，详见孟德卫考证张注版本的文章。另外，张居正研究专家 Robert
Crawford 在仔细比较过张居住的注本与朱熹注疏之后，得出结论：张本是对朱本注解
在文体上进一步简化，而且张注更侧重于从自身的治理经验出发，进行道德上的规训。
参见 Robert Crawford，"Chang Chü-cheng's Confucian Legalism"，in *Self and Society
in Ming Thought*. New York and London：Columbia University Press，1970，pp. 391 -
392.
② 张萧（生卒年不详），字世调，又字侗初。万历三十二年（1604）进士，松江华亭人
（今属上海市），官至吏部右侍郎。现在罗马耶稣会档案馆还藏有他的四书注解：《新刻
张侗初先生永思斋四书演》（*JAP-SIN* I,3）。

是阁老，叫作张居正"①，指出张居正为孔子的书籍所作注释是
"中国人对这一题目所作的最优良的作品……它是我们神父学习
中国语言使用甚多的一部书"②。由此可见张居正注本对于十七
世纪在华耶稣会士的重要性，已然成为他们理解儒家经典时最重
要的辅助。

　　但极具讽刺性的是：殷铎泽无论是在他所作序言的第一部
分，还是他重新修订过的《中庸》译文中，不仅只字不提自己曾经
以朱熹《四书集注》为底本翻译过《中庸》，甚至对二程、朱熹以及
《性理大全》中追随程朱之流的"新阐释者"（"in Neotericorum"）
提出批评，认为他们偏离、扭曲了古老典籍的含义③——这里对
《性理大全》的贬低，似乎是对龙华民观点的影射及反驳，因为在
《关于上帝争论的简短回应》（*Responsio brevis super controversias
de Xam-ti*）一文中，龙华民将《性理大全》列为他心目中四类儒家
正统著作中的第三类④——而迫使耶稣会翻译团体如此"言行
不一"的导火索，正是他们在"礼仪之争"中所遭受的批评和
压力。

---

　　① ［葡］安文思著，何高济、李申译：《中国新史》，河南：大象出版社 2004 年，第
52—53 页。

　　② ［葡］安文思著，何高济、李申译：《中国新史》，河南：大象出版社 2004 年，第
128 页。

　　③ *Proëmialis Declaratio*, *Pars Prima*, *Paragraphus Quintus*, p. xxxvij.

　　④ "Los libros autenticos de esta Secta se reduzen a quatro ordenes, el primero es,
de las doctrinas antiguas, Ie King, Xi King, &c. [...] El Segundo es, el Comento de
estas doctrinas [...] El tercero orden de libros es, los que contiene la Suma de su
Philosophia moral, y natural, que llaman Sing Li. [...] El quarto orden, son los libros
originales de estos Autores, que florecieron despues de la quema universal, los quales se
emplearon, parte en explicar las doctrinas de los primeros Philosophos, y parte en
componer diversas materias ex proprio marte [...]" Domingo Fernandez Navarret,
Tratados históricos, *éticos y religiosos del Gran Imperio Chino. Tratado Quinto*, *y
especial de la Secta Literaria*, Madrid, 1676, p. 256.

　　除了刻意隐去朱熹的《四书集注》对于来华传教士理解儒学典籍过程中的深入影响,殷在其个人的主观阐释中①,亦就此时有关中国礼仪性质的争论发表自身的看法,乃至回应耶稣会士所受到的批评。在其早期译本《中国政治道德学说》一书中,殷铎泽从未将中国之"天"等同于基督宗教的唯一真神(Deus),多处径直译为"自然之天"(caelum);在翻译"郊社之礼,所以事上帝也"一句时,他也只是将"上帝"译为 supremus Imperator(最高的帝王)。但在《中国哲学家孔子·中庸》译文中,他却在原文之后的阐释部分明确指出此处的"上帝"即Deus。②另外,结合殷铎泽参与撰写用以介绍中国文化的《初序》部分,亦可清晰地看到译者致力于在中国典籍中搜集古人已经信仰真神的痕迹,以此证明从伏羲到孔子,中国人凭借其出色的理性已经认识到真神,只是后来由于"释"、"道"的兴起以及"新阐释者"("Neoterici Interpretes",指理学家,耶稣会士有时也称之为"atheo-politicus",无神论政客)的错误理解,中国

---

　　① 从现藏于法国国家图书馆《中国哲学家孔子》一书的手稿判断,《中庸》部分虽无译者署名,但主要有两种字迹。其中主体的字迹为殷铎泽。笔者做此判断的依据有二:一是从手稿字迹判断,译文字迹通过与藏于罗马耶稣会档案馆殷铎泽的亲笔信比照,不管是在字母书写形态还是在缩写习惯上都保持高度一致,基本可以确定是殷铎泽本人的字迹;二是从译文内容的一致性进行判断。殷铎泽 1667 年、1669 年所出版的《中国政治道德学说》书中的译文在《中国哲学家孔子》一书中得到充分保留,尤其是从译词的选择以及句式安排上都与他之前的译文保持一致,但在直译的基础上,殷铎泽又增添了许多个人的补充以及八篇关于中国文化的专题小论文。另一字迹出自比利时来华耶稣会士柏应理,1687 年他借助法国皇室的资助于巴黎出版《中国哲学家孔子》,在出版前柏应理对殷铎泽的译文又进行了删减和修改。

　　② "*Hic locus illustris est ad probandum ex* Confucii *sententia unum esse primum principium; nam cum dixisset esse duo sacrificia, caeli et terrae, non dixit, ad serviendum caelo et terrae, nec ad serviendum coeli et terrae distinctis numinibus, sed ad serviendum superno seu supremo Imperatori qui est Deus* [...]", Confucius Sinarum Philosophus, p. 59.

人原初的纯真信仰才会受到"玷污"（"obscurassent ac foede
contaminassent"），导致迷信及堕落。耶稣会士此举实为利玛
窦首创，在其《天主实义》一书第二章，利氏借助亚里士多德哲
学中关于本质与偶然的划分，明确反对宋代理学家将"太极"或
"理"这种物质性本源作为世界开端，并大量征引《尚书》及"五
经"中的话来印证自己的观点，批评驳斥朱熹的注解。《中国哲
学家孔子》的译者皆为利玛窦适应政策的拥护者，他们沿用利氏
区分原儒新儒、厚古薄今的做法，在译文中用亚里士多德的"四
因说"来理解古代中国哲学（用质料因来定性"太极"，用"形式
因"来认识"理"，以典籍中出现过的"上帝"来对应"动力因"）；以
西方人的视角及其价值判断来描绘中国的情况，比如称理学家
为"无神论政客"、称中国为"君主国"（"monarchia"）而伏羲则是
这一"君主政体的创始人"（"monarchiae sinicae conditor"）；用
"Lex naturae"（自然律法时期）这样的西方神学话语来描述中国
上古史，试图将信奉"上帝"、未受佛、道思想影响的古代中国人
划入自然律法时期，从而使之纳入基督教史学观以及基督宗教
神学讨论的范畴。经由西方经院哲学式的阐释及改造，《中国哲
学家孔子》译本证明中国先民所认识的"天"及他们崇拜的"上
帝"亦即西方的 Deus。尽管事实证明，这样的做法未能给来华耶
稣会在"礼仪之争"中争取到更多的支持，但译文中所透露的看
法却直接影响莱布尼茨（Gottfried Wilhelm Leibniz, 1646—
1716)有关中国"自然神学"的思考。①而参阅过该书的伏尔泰、孟
德斯鸠等欧洲启蒙思想家也将耶稣会士介绍到欧洲的儒家思想，
作为自己反观、审视欧洲文化，建构自身思想学说的重要"他者"
形象。

----

① 李文潮：《"自然神性"问题——莱布尼茨与沃尔夫》，载于《莱布尼茨与中国》，
北京：科学出版社 2002 年，第 280—284 页。

(三) *Sinensis Imperii Libri Classici Sex*①(《中华帝国六经》)

该书于 1711 年在布拉格出版,译者是比利时来华耶稣会士卫方济(François Noël, 1651—1729),原书手稿现藏于布鲁塞尔皇家图书馆。书中收录了"四书"以及《孝经》、《小学》的全部拉丁译文,是欧洲现今可见最全的"四书"西文刊印本。在翻译底本及体例上,卫方济的"四书"译文同时参照了朱熹及张居正的注解。以《中庸》的译文为例:卫氏先是全文翻译了朱熹的《中庸章句序》,之后将朱熹《中庸章句》所定 33 章的内容、依据朱熹的断句逐句翻译;其译文同时参照朱熹及张居正的注解,除开篇一段在正文之后有明确说明(sic hujus textum fusius explicat *Cham Kiu Chim*,意为"此处将张居正的解释补注在后")②,其余各处都是将朱注及张注直接融解在自己的译文中。此外手稿中有一段被删去的译文其出处标注为明朝著名理学家蔡清(1453—1508)的《四书蒙引》(Su Xu mum in)。

尽管在后来正式出版的《六经》中没有出现任何汉字,但卫氏的《中庸》译文手稿实际上是采取中拉双语对照排版。译本中《中庸》原文部分(包括朱熹所作《中庸章句序》及正文全文)用黑

---

① Lust 目录第 742 号。笔者在这里阅读的是 Google Books 上的扫描文档 http://books.google.com.hk/books? id = tdhCAAAAcAAJ&printsec = frontcover&dq = sinensis + libri + classici + sex&hl = zh-CN&sa = X&ei = Q2epUvLMFsLjoASl9ICADQ&ved = 0CE0Q6AEwAQ♯v = onepage&q = sinensis%20libri%20classici%20sex&f=false,2013/12/12/2013.

② 孟德卫在其研究中指出卫氏《六经》兼用朱注与张居正的直解,并明确提及朱熹及其他理学家的名字,却唯独"没有明确指出张居正的名字",参见 David E. Mungello, "The First Complete Translation of the Confucian Four Books in the West", p. 529.据笔者查证,卫氏《大学》《论语》及《孟子》译文中,确有多处明确参考张氏直解但未点出处,唯独在《中庸》译文中译者明确表明自己参考了张居正的注解,详见 François Noël, *Sinensis Imperii Libri Classici Sex*, Pragae 1711, p. 41.

卫方济《中庸》拉丁文译本手稿

现藏于布鲁塞尔皇家图书馆

色毛笔抄录（手稿中的汉字似出自两位中国人笔下：大部分章节的字迹统一端正并有红色句读；中间有两处出现另一人的娟秀笔迹，这两部分无句读圈读，且与前文分开单独装订，似是后来补入抑或更替的部分），各个章节前方的序号都是卫方济依据朱熹集注的章节划分及断句自行标注的。拉丁译文部分，经与耶稣会档案馆所藏卫方济亲笔书信比对，可以确认手稿前半部分并非卫方济本人的字迹。该部分字体工整娟秀，而且删改调整的篇幅颇大（删改者的字迹为卫方济本人），可能是由他人主笔翻译抑或抄录卫氏早期译文——也可能是由卫氏口述译文，他人笔录而成——卫氏本人明显对于该部分译文不甚满意,故出版前进行了大幅度的修改;后半部分的译文字迹则出自卫方济笔下,该部分修改甚少,似是经过深思熟虑之后一气呵成。进一步比对《中庸》手稿与之后《六经》中的正式出版物,可以发现出版前被删节的部分多是译者对原文所做的注释。①此外,为使译文更为简练准确,卫氏在出版前也删去一部分修饰性、重复性的衍文,增添一些语气词、连词或根据上下文补充实词以贯通句意,一并订正译文中出现的错误②;行文中多处出现句式调整以及同义词更替,也体现出译者在用词上的斟酌以及修辞、文采方面的考量。

卫氏译文的特点,主要体现在两个方面:

---

① 例如手稿翻译完《中庸》开篇"天命之谓性"一句后,译者直接借用张居正注释中的举例,以"在天为元亨利贞,在人为仁义礼智"来说明上天赋"理"于万物并成就其本性,出版时该例被删;翻译"致中和,天地位焉,万物育焉"一句时,手稿一方面借用托马斯·阿奎那《神学大全》(Summa Theologiae)中的术语"appetites rationalis"(指意愿)和"appetites sensitiuus"(指感觉)分别比喻"天"和"地"的属性;另一方面也使用"天为父""地为母"这一中式比喻来说明天、地与万物之间的关系,出版时也被删。

② 譬如手稿中"性"一词的翻译有时用 natura,有时用 natura rationalis,为了统一词义出版时都改为 natura;手稿中《中庸章句序》开篇将《中庸》的书名另译为 immutabile rectae rationis medium(不被改变的正确理性"中"),出版时为使它与标题译文相一致,改为 Immutabile Medium(不被改变的"中");将 vivendi modo absolutis(借助完善的生活方式)改为 vivendi regula illustribus(借助卓越生活准则)、将 verborum forma(言辞的形式)改为 verborum formula(言辞的方式)、将 et sui successorem(和他的继承人)改为 suique successorem(以及他的继承人)等也都属同义替换。此外,手稿中删去多处 etiam, igitur, id 等不具实意的副词、连词,也是为了使语言简洁。手稿中增词的例子有:将 illi enim Sapientes(那些智者)改为 Prisci illi Sapientes(那些古代的智者)、刻印"天命之谓性"时,根据上文在指示代词 huius(这个)后面增添 rationis(理性)、in infusio(倾注)后面增添 receptio(接受),通过补充实词来方便读者的理解;刻印"国有道,不变塞焉,强哉矫"一句加上表示感叹的 proh(啊、噢)以及连词 dum(当……时),这些增补都是为了使句意表达及指向更为明确。卫方济订正手稿译文错误例子则有:翻译"子曰。武王周公。其达孝矣乎"一句,原本是将周公译为武王的孙子(nepotes),后又改为兄弟(fratris)。

1. 译词的确定性及体系化

十六、十七世纪来华耶稣会士在处理儒学典籍中概念的西译时，往往会结合具体的上下文选择不同的拉丁词汇来翻译同一个儒学概念，例如《中国哲学家孔子·中庸》(*Confucius Sinarum Philosophus · Liber Secundus*，Paris，1687)一书"道"的拉丁文译词包括：regula（准则）、via（道路）、virtus ＆ leges ＆ ipse Magistratum gerat(美德、律法以及借助地方官员进行管理)和 ratio(理性/道理)等。且不论耶稣会士在主观上是否深入了解儒学概念内涵多层次性的特征——抑或是充当他们汉语老师的中国文人对此进行详细的分梳解说——客观上一词多译的做法确实有效体现了儒学概念内涵的丰富性，但也会给西方读者留下儒学概念的所指含混、定义多变的印象，不利于借助概念建构起清晰明确的哲学体系。有别于修会前辈译本中充斥着丰富的一词多译现象，卫方济更倾向于一词一义的做法①，只在个别篇章会根据朱注或张注对既定的译词加以调整。

2. 沿用前人中西文化意象比附的译介手法

例如在翻译《中庸》开篇"天命之谓性"时，卫氏引用张居正的观点注解道：

> 上天在造人时，用气息[aer，直译为"空气"]或是能被感知的质料来塑造(人的)身体，继而注入理性使人性完整。这里所说的理性，当它位于上天时，它被称为"第一原理"，这一原理是伟大而完善的，它为万物所共享并具备指导性；当它存在于人的身上时，它被称为仁慈[pietas，"仁"]、公正

---

① 十九世纪之后儒学经典的外文译本都采取了"一词一义"的做法，例如：理雅各译本中"道"统一翻译为 way，辜鸿铭的《中庸》英译本统一译"道"为 the moral law；当代美国汉学家安乐哲的《中庸》译本也统一译"道"为 way，保持术语译名的统一及其内涵的固定明显符合近代"哲学"学科构建自身理论体系的需要。

[aequitas，"义"]、尊敬 [honestas，"礼"]、睿智 [prudentia，"智"]或者说与生俱来的理智,这一理性的注入和接纳就相当于上天将律法及其教导下达给众人。因此说:本性是上天的律法(自然也包括在第一推动力之中)。①

此处,卫氏译文"名义上"遵循张居正注解的相关论述,但他所选择的核心译词实则具有鲜明的神学色彩,举隅如下:

倘若用拉丁文中表示"气息、空气"的 aer 一词来对应理学中的"气"说尚可接受,那么卫氏借用亚里士多德,尤其是在托马斯阿奎纳神学思想中的重要术语 ratio(原义为理性)来翻译程朱学派的"理"一词,则有望文生义,乃至刻意模糊抑或调和两者之间思想差异之嫌。其实这一做法早在殷铎泽的早期译本中已经多次出现,但其始作俑者则是利玛窦,从他用希腊语拉丁化的名词"Tetrabiblion"(原指托勒密在公元 2 世纪完成的四卷本占星学著作《占星四书》)来对译儒家"四书"一词即可见其端倪。②本质上这

---

① "Coelum in producendo homine, post quam illiae rem seu materiam sensibilem indidit ad formandum corpus, tum eidem rationem ad perficiendam naturam infundit; haec ratio, quatenus in Coelo residet, dicitur principium primum seu magnum, communicatiuum, directiuum, perfectiuum. Quatenus autem in homine existit, dicitur pietas, aequitas, honestas, prudentia, seu intelligentia congenita. Hujus rationis infusio & receptio est instar legis ac praecepti a Coelo imposti. Id circo dicitur: natura est Coeli lex; (scilicet in actu primo.) [...]", 参见 François Noël, *Sinensis Imperii Libri Classici Sex*, p. 41;此段对应的是张居正在《中庸直解》中引用子思所说的一席话:"盖天之生人,既与之气以成形,必赋之理以成性,在天为元亨利贞,在人为仁义礼智,其禀受付畀,就如天命令他一般,所以说,天命之谓性。"详见陈生玺译解:《张居正讲评〈大学中庸〉》,上海:上海辞书出版社 2007 年,第 55 页。

② 利玛窦最早使用"Tetrabiblion"(希腊语 ΒΙΒΛΑΙΩΝΙΑΤΡΙΚΩΝ)一词作为"四书"的译名,在其书信中他多次提到这点,此外他也使用意大利语的"Quattro Libri"来指称"四书"。参见 Francesco D'Arelli (ed.): *Matteo Ricci Lettere*（1580—1609）, Macerata: Quodlibet, 2001, pp. 184, 192n, 315n, 337n, 349, 364n, 518n.

是来华耶稣会士试图调和中西文化差异、为方便西方人理解中国经典，借用西方神哲学术语来对应、注解儒学术语的一种翻译技巧以及积极尝试，只是后来这种手法被以白晋（Joachim Bouvet，1656—1730）为代表的"索隐派"发扬光大，将中西文化意象的附会视作神学阐释的例证乃至依据时，这就触及天主教神学阐释正统的底线，严令禁止其发表观点，著述亦被封存。有趣的是虽无明确证据表明白晋与卫方济有过直解接触，而马若瑟（Joseph Henry-Marie de Prémare，1666—1736）及傅圣泽（Jean-François Foucquet，1665—1741）等索隐派成员也只在来华初始与卫方济有过短暂的接触，但卫氏确曾被视为索隐派思想的积极推动者。[①]

此处张居正注解中的"理"沿袭自朱熹在集注中的看法，是指上天（确切地说是指太极）映照在万物包括人身上的一种完美至善的存在。在朱子的理论中，理气是一体中的两分，两者处于一种相互依存的关系。其中，"理"为本，绝无不善且无偏差。正是由于人、物禀之于天的"理"堕于俗世形气之中交混而形成的"性"，亦即张注所言"盖天之生人，既与之气以成形，必赋之理以成性"。而耶稣会士用以翻译"理"的 Ratio 一词，其本义是指人与生俱来所具备的一种主动认知能力，依靠这种能力每个人都能够认识事物的意义并理解其原因[②]，这与"理"的儒学意指可谓相差甚远。

此外，用 principium primum 亦即"第一原理"——阿奎纳在《神学大全》（Summa Theologiae，Ia，Q4，a.1.）中曾指出"上帝是

① 参见 David E. Mungello, "The First Complete Translation of the Confucian Four Books in the West", pp. 525 - 526；费赖之在卫氏列传中也强调"方济谙练中国语文，昔有传教师若干人，以为曾在中国古籍中发现基督教网，而为热烈辩护者，方济盖为其中一人也"，详见费赖之：《在华耶稣会士列传及书目》，第 419 页；Fernando Bortone 在其书中也指出卫方济明确的索隐派倾向，致力于在中国典籍中重新发现基督教的真理，详见 Fernando Bortone, I Gesuiti alla corte di Pechino, Roma: Desclée, 1969, p. 139.

② 参见 W. Kasper (hg.), Lexikon für Theologie und Kirche, Freiburg im Breisgau: Herder, 1993—2001, p. 842.

第一原理"——指代"理";将原文的"天命"(主谓结构,此处"命"是动词,解作令)转译为 lex coeli("上天的律法");以及卫氏译文最后"包括在第一推动力之中"这样的补充说明,都带有鲜明的神学阐释色彩,亦是中西文化意象附会的明确例证。

三、总结

纵观清初来华耶稣会士的三个《中庸》译本,无一不透露着他们对于中国文化内在理性的肯定和欣赏。1667—1669 年的《中国政治道德学说》(*Sinarum Scientia Politico-Moralis*)采取逐字注音——对译的"直译"手法(Versio Literalis),似欲仿效朱熹在其集注中,将文字、音韵及其义理一以贯通的思路,尽管偶有字义上的误解,但这一译本信实度颇高,明显具有教科书乃至双语字典的功能;1687 年《中国哲学家孔子》的译者则旁征博引,采取注经式译法,在《中庸》译文的基础上加入大段神哲学阐释,极力在中国典籍中搜集古人已经信仰真神的痕迹,乃至公然宣称《中庸》原文出现的"上帝"亦即基督宗教的最高神 Deus;1711 年《中华帝国六经》书中的《中庸》译本重回直译路线,无比忠实地再现了朱熹为《中庸》所划定 33 章的顺序,甚至将译文与原文逐句逐段标号对译,但在译文信实流畅的基础上,由卫氏译词的选择,仍能看到他延续着前人以耶释儒、寻求两种文化共通之处的一贯手法。

耶稣会士的"四书"译本之所以能够对当时的欧洲启蒙思想家产生如此深远的影响——尽管跨文化译介及推广儒家文化并非他们的目的所在,但他们的"中译外"活动对于儒家文化在欧洲的传播并使孔子的学说广为人知,无疑起到开创性的作用——一方面固然是与启蒙时代的精神需求、文化氛围,亦即"时机"有关;另一方面则是因为承担其译介工作的耶稣会士自身兼通中西的深厚文化修养,因此他们才能基于西方的主流价值观(即前文所说的"以耶释儒"，借助中西文化意象的附会将异质文化吸纳到自身文化框架的解释之中），借助当时西方的学术语言（借助亚里士多德哲学、圣保禄的神学观以及阿奎纳神学思想体系中的关键术语概念，来转译、套用儒学概念）灵活纯熟地改写他们所需要的儒学文本。假如说明清来华的耶稣会译者，他们凭借着圣保禄式归化异教徒的热情以及对于中国文化"同情之理解"，尚能够透过"非理性"的躯壳（祭天祭祖、八卦算命等文化现象）发现并欣赏中国文化中的内在理性，那么 18 世纪以后的西方人则更多是以外在理性的缺乏——亦即不符合西方世界为现代社会所制订的各种范式，大至法律法规，小至学术论文的引文格式——来否定中国文化的内在理性。如何主动面对西方，及时回归传统，通过结合经验研究及理论反思，经由它们之间的反复连接来思考如何建设一个既是中国的又是现代的、一个有别于西方现代主义模式却又具备普世性价值的中国学术传统乃至现代中国形象，这已然成为当下学界之重任。

"他乡有夫子"：十九世纪新教
传教士的《孟子》诠释[*]

韩振华

作为一部儒家经典，《孟子》在西方的译介、传播已经度过了400多年的漫长历程。十六世纪初，伴随着宗教改革的风起云涌，欧洲文化的全球扩张开始了。"大航海时代"的发展，最终将那些发愿献身上帝的耶稣会士(Jesuits)带到了东方和中国。《孟子》最初的徂西之路就是借助耶稣会士之手开辟的。然而，在整个十七、十八世纪，"孟子"的名字主要仍是在罗明坚(Michael Ruggieri，1543—1607)、利玛窦(Matteo Ricci，1552—1610)、卫方济(Francis Noël，1651—1729)等来华传教士之间提起①，还远没有抵达欧罗巴的大众那里。

进入十九世纪，西方译介《孟子》的主体转移到了新教传教士身上。他们的译介活动，既有跟之前耶稣会士一脉相承的地方，亦有随时代发展而产生的一些新特点。本文以新教传教士柯大卫(David Collie)、理雅各(James Legge)、花之安(Ernst Faber)等人

* 本文为教育部人文社会科学研究一般项目"他乡有夫子：欧美的《孟子》译介与诠释研究"(批准号 10YJC720013)、国家社科基金后期资助项目"西方《孟子》研究与儒家伦理建构"(批准号 13FZX016)之阶段性成果。

① 参考拙文：《夫子徂西初记——〈孟子〉在西方的早期接受(1593—1754)》，《国际汉学》第26辑。

为例,考察十九世纪《孟子》在西方的译介与接受情况。在充分占
有材料的基础上,本文将重点放在宗教思想史的考察方面,研究并
"解码"西人的接受语境、问题意识,以及视域融合的具体表现,并
尝试作出自己的价值评判。尽管《孟子》在西方的这段接受史已经
成为过去,但梳理并厘清这段历史,对于我们认识西方在二十世纪
专业汉学(学院派汉学)之前对于《孟子》乃至整个儒学的理解方
式,探究学院派汉学与传教士汉学之间在思想和思维上的深刻关
联,无疑有着重要意义。

一、新教传教士之《孟子》译介——走向大众

十八、十九世纪之交,伴随着早期耶稣会士在中国传教使命的
衰落,以及新教的传入中国,欧洲译介《孟子》的语言也从古老的学
术语言拉丁语转向英、法、德等普通人使用的语种。

1814 年伦敦出版的一本英文童蒙读物——《东方故事》中收
录了一则"孟子的故事(Story of Mencius)"①,讲的是追寻智慧的
"孟子"到一个八十岁的老隐士家中借宿,老隐士因施舍财富给别
人而没有得到预期的回报,落得穷困潦倒,而痛诋人类"前恭后
倨"、忘恩负义。孟子跟他说:"你既然并不是出于求回报之心而施
舍他人,则不能指责他人忘恩负义。他人是否感激是他人的事,谁
站出来承认自己有偿报的义务,那么其他人就会赞美他;而你于此
不应再期待什么。"隐士听了此话,心中大为佩服,于是拜孟子为
师,学习智慧。这个故事未见于《孟子》,亦未见于其他古典文献,
当是《东方故事》一书的编者借孟子之名敷衍故事、宣化德行,但亦
可见,经过耶稣会士两个多世纪的努力,孟子在十九世纪初期的欧

---

① 原题 *Oriental Tales: For the Entertainment of Youth—Selected from the Most Eminent English Writers*, London：R. Harrild, 1814. "孟子的故事"见该书第5—7页。

洲已经开始小有名气。

　　1828 年，英国新教牧师柯大卫(1791—1828)翻译的《中国经典四书》①出版。柯大卫时任马六甲英华书院(Anglo-Chinese College)院长，他曾从英华书院创办人、第一位来华的新教传教士马礼逊(Robert Morrison，1782—1834)学习中文。柯大卫认为，较之"四书"中的其他三种，《孟子》在风格上"更富想象力，更有活力，更重修饰"("前言"第 4 页)。而孟子本人"是一个有独立原则之人"，"就他的本然能力而言似乎已经超越了著名的孔子"("孟子传"第 5 页)。出于传教士的卫教立场，特别是新教的启示观②，柯大卫认为孟子跟那些未受到神圣启示(divine revelation)引导的大众一样，偏离了道德或德性的纯粹原则；"他频繁地向三教九流的人反复灌输那些众所周知的道理，由此自然就跟由无限智慧开出的真理相敌对"。不过，跟孔子一样，"他并不是用来说明神圣启示非关紧要的合适例子"("孟子传"第 6 页)。至于说孟子编定《诗经》、《尚书》，死于 94 岁高龄，则显系无稽之谈。柯大卫译《孟子》时曾读到过汉学家儒莲(Stanislas Julien，1797—1873)用拉丁文翻译的《孟子》上卷③，亦参考了一些后世注疏；他在译文中也加入一些脚注解释中国文史知识，偶尔点题式地比较中、西之礼俗，借古喻今，讽喻十九世纪初的世界政治。

　　作为传教牧师，柯大卫显然十分困惑于《孟子》中的宗教信仰问题。《孟子·梁惠王下》第三章引《尚书》"天降下民，作之君，作

　　① David Collie tr.：*The Chinese Classical Work Commonly Called the Four Books*，Malacca：The Mission Press，1828.

　　② 张庆熊对新教的启示观有晓畅的阐述，参看张庆熊：《道、生命与责任》，第五章"宗教改革运动时期新教的启示观及其引发的问题"，上海：上海三联出版社 2009 年。

　　③ Stanislas Julien tr.：*Men Tseu: vel Mencium inter Sinenses Philosophos*，*Ingenio*，*Doctrina*，*Nominisque Claritate Confucio Proximum*，Vol. 1，Paris：Dondey-Dupré，1824.

之师。惟曰其助上帝，宠之四方。有罪无罪，惟我在，天下曷敢有越厥志？"（按，《孟子》引文与《尚书·泰誓》原文不尽相同）柯大卫将"上帝"译为"High Ruler"，并加注释云：

> "上帝"（也有人将其迻译为"Most High God"）被一些中国学者视为表达基督教"真天主（true God）"名称的最佳中文词。不管"上帝"究竟为何方神圣，中国人确实对他表现出相当的敬畏。但经过细细思量，我们更倾向于认为，"天"在表达"上帝造物主"（the Deity）意涵时要比其他中文词更为合适。然而，必须承认，至少就此处而言，同样的最高力量归功于"上帝"，而"上帝"又一致地归功于"天"……值得追问的是，"上帝"究竟是中国人所谓"理（principle）"的人格化（这 principle 即是"天"），还是"天"就是"理"。如果这确乎属实，那么"上帝"和"天"就是同样的东西，即天主。（《孟子》"上"，第 19 页脚注）

柯大卫认为，"儒家似乎对那种盛行于东方哲学中的关乎神圣天命的荒谬观念（将尘世所有的善恶、自然皆归因于一种至高无上的力量）一无所知，与之相反，他们一致而明确地认为，人的罪过和不幸完全是咎由自取。同时，他们又声称坚信天命和隐秘的天意"（《孟子》"下"，第 102 页注）。《孟子·滕文公上》第四章提到"当尧之时……洪水横流，泛滥于天下"，某些早期耶稣会士推测这次洪水就是《旧约·创世纪》中提到的挪亚洪水，柯大卫对此持一种含糊的态度：一方面强调二者之异，一方面又不否认二者有相同之可能，认为更值得关注的是《创世纪》编者摩西（Mose）和中国历史学家们借洪水事件而宣扬的教导（《孟子》"上"，第 80 页注）；在另一处，他又说，挪亚（Noah）的某个后人很有可能在洪水时来过中国（《孟子》"上"，第 92 页注）。柯大卫并没有如白晋（Joachim

Bouvet，1656—1730)等索隐派（Figurists）耶稣会士那样遽下结论，这显示了他的谨慎。

不过，跟启蒙主义者沃尔夫（Christian Wolff，1679—1754)①毕竟不同，柯大卫始终认为，强调人类自身的道德本能而不谈神圣启示是根本错误的：在注解《孟子·公孙丑上》第六章的"四端"、"推恩"学说时，柯大卫认识到，孟子以为"将德性原则发挥到完美的极致，这完全依靠自己"，"这些人类自身功德和道德能力的推崇者可以获得天国圣人的温和赞许，但与之相比，(宗教)人性和神圣启示学徒的专注与精确毫无疑问更为杰出；前者的理论基础包含了一个根本谬误。"(《孟子》"上"，第47页注)

对于儒家所宣扬的孝道，柯大卫也有所指摘：《孟子·离娄上》第十九章讲曾子、曾元事亲，柯大卫特别指出，"我们必须警告那些追慕孟子的人，不能因为受了他的误导，而为了取悦父母或其他人就违背了上帝的神圣律令。"(《孟子》"下"，第106页注)在祭礼问题上，柯大卫也表现出困惑。《孟子·滕文公上》第二章讲滕文公听孟子话后服三年之丧，柯大卫议论道："一个人如果受到德性原则的影响，当然会深悲于严父慈母的去世，但是，我们怎么可以想象，一个真正有德的人会那样崇敬他故去的双亲？每个真正文明的人都知道，那种崇拜和敬爱只应隶属于至高无上的上帝。"(《孟子》"上"，第74页注)

柯大卫《孟子》译本是《孟子》的第一个英语译本，在理雅各的译本后来居上之前，它在英语学界产生了一些影响。例如，美国汉学家卫三畏（Samuel Wells Williams，1812—1884)在

_____

① 沃尔夫倡导自然理性（natural reason），主要从伦理学角度理解儒学，因而具有极强的无神论倾向。参考拙文《夫子徂西初记——〈孟子〉在西方的早期接受(1593—1754)》，《国际汉学》第26辑。

《中国总论》①一书初版中对孟子的介绍，就以柯大卫译本为基础。他认为孟子"表现出思想的独创性，目标的坚定性，观点的广泛性，在许多方面还超过孔子，因此必须看作亚洲国家所产生的最伟大人物之一"②，这也参考了柯大卫对孟子的评价。

二、朝觐东方？——理雅各的《孟子》译介及其影响

至十九世纪四十年代，英、法、德三种语言中都有了《孟子》译本，但经过时间的淘洗，它们仍无法称得上是各自语言中的经典译本。真正经典的译本，是通过汉籍欧译的三位大师级翻译家英国新教传教士理雅各（1815—1897）、法国耶稣会士顾赛芬（Séraphin Couvreur, 1835—1919）和德国新教传教士卫礼贤（Richard Wilhelm, 1873—1930）之手完成的。限于题旨③，笔者在本文中仅介绍理雅各的英译本。

跟马礼逊一样，理雅各也是伦敦布道会（London Missionary Society）传教士。相比于"传教士"身份，理雅各更为世人所知的其实是"中国古代典籍的翻译者"这一身份。由他翻译的多卷本"中国经典"，至今仍被许多西方汉学家和读者视为标准译本之一。杰出的翻译成就为他在专业学术领域赢得了巨大的肯定——他成为西方汉学界最高学术奖——"儒莲奖"（Prix Stanislas Julien）的首位获奖者（1875），并在返回英国后担任牛津大学第一任汉学教授

---

① 原书题为 *The Middle Kingdom: A Survey of the Geography, Government, Literature, Social Life, Arts, and History of the Chinese Empire and its Inhabitants*, New York: Wiley & Putnam, 1848. 在1883年Scribner's修订版中，卫三畏提到修订时参考的才是理雅各的译本。
② ［美］卫三畏：《中国总论》，陈俱译，陈绛校，上海：上海古籍出版社2005年，第462—463页。
③ 顾赛芬不是新教徒，而卫礼贤的《孟子》德译本出版于二十世纪初（1916）。

直至去世(1876—1897)。

　　理雅各翻译儒家经典，仍然服务于传教的目的。不过，这位"朝觐东方"①的新教传教士主张，儒学与东方宗教中的无神论（如佛教）和泛神论（如婆罗门教）并不相同，它跟基督教之间并非敌对关系。要让西人深入地了解在中国影响既深且巨的儒学思想，则必须从翻译开始。理雅各长年在香港译书，其间曾从一些中国人那里得到过译事上的帮助（如王韬、黄胜等），后在英国鸦片商人 Joseph Jardine 及 Robert Jardine 的资助下出版"中国经典"系列。

　　理雅各所译《孟子》初版于 1861 年②，之后又有多个不同版本。1870 年纽约重排本③书前有编者"导论"④，借用理雅各的话介绍孟子生平，以及东汉赵岐（约 108—201）对《孟子》的编排、注释，南宋朱熹(1130—1200)《四书章句集注》对孟子的注解，以及明初钱唐(1314—1394)对孟子地位的捍卫；讨论赵岐较多，似有较多同情。"导论"称孟子是一个"共和主义者"(Republican)，但在引述《孟子·尽心下》第十四章"民为贵……君为轻"时，误将理雅各"the sovereign the lightest"末词印成"highest"，语意遂为"民为贵，君最高"（页 XII），差可引人发噱。此版未附中文原文，亦无注释，但书后有完整的术语及主题索引。

---

　　① ［美］吉瑞德(Norman J. Girardot)：《朝觐东方——理雅各评传》，段怀清、周俐玲译，南宁：广西师范大学出版社 2011 年。

　　② James Legge tr.：*The Chinese Classics*，Vol. 2，*Works of Mencius*，Hong Kong，London：Trübner & Co.，1861；Reprinted in 1875.

　　③ James Legge tr.：*The Chinese Classics*，New York：Hurd and Houghton，1870；Reprinted in 1875，1883.

　　④ 理雅各此时尚未完成 1875 年后附于通行译本前的长篇"绪论"，故此"导论"应不是理雅各本人所作；但"导论"中编者引用的某些理雅各句子，却可在"绪论"见到，此点堪疑。

　　1875 年出版的《孟子其人其书》①是一个普及性读本，书前有长篇(共 121 页)"绪论"(Prolegomena)，详述《孟子》其书的历代诠释与地位升降、孟子其人及思想，并与杨朱、墨子、荀子、韩愈等人展开比较。此版仍未附中文原文，但有详细注释及术语、主题索引。理雅各对孟子多有推崇，他认为，孟子完全可以跟他的同时代人柏拉图(Plato，约前 427—前 347)、亚里士多德(Aristotle，约前 384—前 322)、芝诺(Zeno，约前 490—前 425)、伊壁鸠鲁(Epicurus，约前 341—前 270)、狄摩西尼(Demosthenes，前 384—322)平起平坐，而不必妄自菲薄("绪论"第 16 页)。他对孟子的正面评价集中表现在"绪论"第 43 页：

　　　　然而，当我们不打算从孟子那里找寻新的真理时，他天性中的特异面却比他的老师(按，指孔子)更引人注目，在他身上有股"英气"。而且他还是一位辩论大师；当他不"好辩"(他曾解释说自己不好辩)而不得不辩时，他确实表现出辩论大师的风采。我们情不自禁地欣赏他在推理过程中的精巧微妙之处。比起孔子，我们对孟子更多同情，他离我们更近。他并不是那样令人望而生畏，而是更让人钦佩赞叹。圣人们的教诲传到孟子这里，便从他的心灵中浸染上他的色彩；而这些教诲正是因为赋予了孟子的特色，才在今天的智识阶层和读者那里获得广泛的笃信。

　　当然，理雅各亦十分强调《孟子》与基督教教义之间的冲突之处，特别是孟子的"性善"论与基督教正统的"原罪"说②之间的对立

――――――――――

　　① James Legge tr.：*The Life and Works of Mencius*，Philadelphia：J. B. Lippincott and Co.，1875.
　　② 基督教思想史上亦有关于人性善恶的激烈辩论，但占据正统的是"原罪"说。参看张庆熊：《基督教和儒家思想传统中的人性问题再思》，收录于张庆熊：《道、生命与责任》第 4 章，上海：上海三联书店，2009 年。

尤难弥合。针对这个难题，理雅各借道十八世纪英国著名神学家巴特勒(Joseph Butler，1692—1752)主教①的道德主体理论，通过强调其与《孟子》之同，就可以实现为《孟子》辩护的目的了。② 理雅各的这种做法，自然有其特殊情境之下的实际考虑，但细绎其用心，却跟早期来华耶稣会士的"适应"路线若合符节。

当然，理雅各对孟子亦有较多非议，主要表现于：

1. 孟子自称为"师"(人师、帝王师)，但缺乏"灵魂的谦卑"("绪论"第52页)，而"缺乏谦卑自然就伴随着缺乏同情心；他的说教是生硬的"("绪论"第71页)。基督教认为人人都有为恶的倾向(原罪)，就此而言，神圣全善的基督是无法企及的，人与上帝之间的距离如何夸大都不为过。然而，孟子却对人的"原罪"毫无认识。孟子为尧、舜、孔子建构了一幅完美无比的形象，但是，孔子自称七十岁方能做到"从心所欲不逾矩"(《论语·为政》第四章)，这本身就推翻了孟子关于孔子的完美想象。孟子认为"人皆可以为尧舜"，这在理雅各看来也是言过其实，强不能以为能。总之，孟子"关于上帝言之甚少"，整部《孟子》中也没有对上帝表现出"自然的虔敬"，"其理想的人性中并没有包含对上帝的义务"("绪论"第71页)。

2. 在政治事务上，孟子跟孔子一样，对除中国之外的其他伟大而独立发展的民族缺乏认识，他的华夷思想给后世的中国统治者和普通人以很坏的影响，使得他们狂傲自大，自以为优越于外国人。理雅各小心地为殖民者的行为辩护："他们(按，指基督教国家)不想征服中国的领土，尽管他们攻击并打破了中国人的防御工

---

① 巴特勒是英国圣公会(Church of England)神学家，护教论者。其《罗尔斯教堂的十五场布道》(*Fifteen Sermons Preached at Rolls Chapel*，1726)的前三场布道围绕人性问题而展开，宣示人为道德主体(moral agent)之观念。

② 详细论述，可参考拙文：《从宗教辩难到哲学论争——西方汉学界围绕孟子"性善"说的两场论战》，《中山大学学报》(社会科学版)，2012年第6期。

事。"他认为，对于新兴起的一代懂得平视并学习西方的中国思想家而言，"孟子将作为一个研究对象而非指导原则"（"绪论"第76页）。

3. 孟子不应该激烈地攻击墨子，并将墨子和杨朱视为同类。理雅各认为，墨子是中国古代最高贵的人之一，其"兼爱"思想立基正确，其缺憾仅在于——墨子以众人皆有的利己考虑为权宜之计来论证"兼爱"的价值，这易授人以柄。孟子攻击墨子，使墨子"体无完肤"，"这只是在他（按，指孟子）和我们之间制造障碍"；孟子这样做，也违背了孔子"己所不欲，勿施于人"的金律。理雅各认为，儒墨之间的差别并没有孟子所攻击的那么大；他引用韩愈（768—824）《读墨子》，来说明孔、墨相用的道理。理雅各扬墨贬孟，当然并非仅仅出于学术的客观性考虑；个中关键在于，墨子的"兼爱"思想跟基督教所宣扬的"爱"（上帝的慈爱，以及对上帝的敬爱）若合符节。当然，理雅各也没有忘记特别指出："跟中国圣哲的心灵所能意识到的相比，（基督教）'爱'的范围是多么宽广！"（"绪论"第119—120页）

这篇"绪论"虽有文字及时间记述等错误（估计有部分错误是手民误植），但其博赡与细致，却远非之前译者及同时代其他译者之能及。至于理雅各的译文，因为追求形、神兼备，要在英语中复制汉语的某些句式，所以直译偏多，译文中增加的词和短语皆以斜体标出。这种处理方式好处在于可以带给英文读者一些汉语表达方式上的"生料"，增加其直感；缺点也很明显，即使得译文太过僵直，可读性降低。但1875年《爱丁堡评论》上的一篇书评认为，比起之前理雅各翻译的《论语》，《孟子》的译文"让人更满意，包含很多精彩之处"；"很明显，比起孔子来，我们这位饱学的博士（按，指理雅各）对孟子有更多偏爱"[1]。英国汉学家韦利（Arthur Waley,

---

[1] *Edinburgh Review*，142：289（1875：July），第66页。作者不详。此文篇幅较长（第65—86页），文笔活泼，多参照欧洲古今哲人。文中说，与欧洲人对　　（转下页）

1889—1966)曾从理雅各翻译的《孟子》中找出 108 处误译，并指出，之所以有这么多误译，部分原因是理雅各过于倚重朱熹而忽视了赵岐的注释①。而美国汉学家倪德卫（David S. Nivison，1923—2014)认为，理雅各译文给很多读者的印象是"老式而笨拙的"，"不过在很大程度上这源自一种非凡的认真——译者拒绝掩饰文本中那些难以确定含义之处。所以理雅各的笨拙实际上是一种美德"②。国内学者近年对理雅各的"中国经典"翻译也有一些研究③，但往往只从翻译学中的信息及功能等值性角度评骘译文优劣，虽有参考价值，但多数论著难免琐碎，亦有吹毛求疵之嫌。

理雅各的"中国经典"译本甫一出版，便广为传播，迅速成为英语世界的标准译本。其较早影响所及者，如 1867 年美国长老会（Presbyterian）传教士露密士（Augustus Ward Loomis，1816—

（接上页）　孟子的陌生形成对照的是，"考虑到孟子哲学在中国土地上产生了两千多年的巨大影响，我们确信，他的有些理论对于理解中国人的特性和中国制度是至为关键的。他就统治术阐述的格言至今仍然是绝对权威的，这可从宗教、政治以及商业等各个领域中看出来"（第 65 页）。其中引用了威廉姆森博士（Dr. Williamson）《北中国游记》（*Journeys in North China*）中对邹县孟子墓及塑像的描写："塑像中的人中等身材，矮胖敦实，一副急切地去做什么的模样；脸圆扑扑的，薄嘴唇紧闭着，鼻子大而扁。雕像塑造出这样一个人：深思而果决，心直口快，富有经验，然而却身处失望与悲伤之中。"（第 74 页）

①　Arthur Waley：Notes on *Mencius*，in *Asia Major* 1(1949)，pp. 99 - 108。后来，韦利这篇纠错文章成为多佛平装（Dover Paperback）1970 年版理雅各"中国经典"中孟子卷以及香港大学 1960 年版、台北南天书局（SMC）1991 年版的卷前说明或附录。

②　David S. Nivison：*The Ways of Confucianism—Investigations in Chinese Philosophy*，Chicago：Open Court，1996，p. 177.

③　余敏的硕士论文《从理雅各英译〈孟子〉看散文风格的传译》（华中师范大学 2001 年）、陈琳琳的硕士论文《理雅各英译〈孟子〉研究》（福建师范大学 2006 年）可视为从翻译角度剖析理雅各《孟子》译文的长篇论文。而关于理雅各翻译"中国经典"的综合研究，则数岳峰的专著《架设东西方的桥梁：英国汉学家理雅各研究》（福州：福建人民出版社 2004 年）最为详切深入。但"附录四：理雅各译著《中国经典》与《东方圣书》部分卷本主要内容表解"却将理雅各"绪论"中 Mi Teih（墨翟）回译为"穆帝"（第 366 页），是"门修斯第二"乎？

1891)出版的《孔子与中国经典：中国文献读本》①，其介绍《孟子》的部分（第 158—263 页）分五个方面摘引《孟子》（分别是：论统治、形而上学与道德学说、圣贤理想、伦常礼仪、其余种种），依据的便是理雅各的译本。1939 年 Robert O. Ballou 等人所编的《世界圣典》②，第 428 页至 463 页从七个方面摘译了《孟子》，编者自称所选《孟子》的译文出自 Charles A. Wong 的"四书"英译，后者"在中国出版，但没有标明出版社和出版日期"（第 1358、1382 页）。不过，正如倪德卫所指出的，它们实际上取自理雅各 1861 年的译本，因此应为理氏所译③。而其他直接或间接引述理雅各译文及"绪论"内容的论著更是难以计数。

三、花之安：人性、伦理学与国家学说

德国传教士花之安(1839—1899)的《中国哲学家孟子的思想，或一种以伦理为基础的国家学说》④(1877)堪称理雅各之后的《孟子》译介代表作。1882 年此书以《孟子之心，或基于道德哲学之上的政治经济学：中国哲学家孟子思想的分类摘编》⑤为题出版英文修订版。花之安初为新教信义宗礼贤会(Rhenish Missionary

---

① Augustus W. Loomis: *Confucius and the Chinese Classics*, *or*, *Readings in Chinese Literature*, San Francisco: A. Roman & Company, 1867.

② Robert O. Ballou, Friedrich Spiegelberg & Horace L. Fries ed.: *The Bible of the World*, New York: Viking Press, 1939.

③ David S. Nivison: *The Ways of Confucianism—Investigations in Chinese Philosophy*, Chicago: Open Court, 1996, p. 178.

④ Ernst Faber: *Eine Staatslehre auf ethischer Grundlage oder Lehrbegriff des chinesisch Philosophen Menzius*, Elberfeld: R. L. Friderichs, 1877.

⑤ Ernst Faber: *The Mind of Mencius*; *or*, *Political Economy Founded upon Moral Philosophy: A Systematic Digest of the Doctrines of the Chinese Philosopher Mencius*, tr. by Arthur B. Hutchinson, London: Trübner & Co., Ludgate Hill, 1882.

Society)的修士，之后独立传教，并在上海成为同善会（又称魏玛传教会，General Evangelical Protestant Mission Society)传教士。花氏中外文著述丰硕，在中译西方面，除译介《孟子》外，还向德语世界译介了《论语》(1873)、《墨子》(1877)和《列子》(1877)。① 《孟子之心》其实是一部摘译和评论相结合的著作，分三大部分摘评《孟子》中的章节。第一部分"道德科学的因素"，包括"道德科学之属性""德性及其相应义务"两章；第二部分"道德科学之践履"，包括"一己之个性"、"伦理—社会关系"两章；第三部分为"修身意在治国"。

此书"前言"(Preface)称《孟子》已译为好几种欧洲语言，但孟子的理论却仍然几乎不为人所知，原因在于，中国哲人的著作普遍缺乏现代意义上的系统性。不过，"孟子要比其他中国人更适合作为基础去说明福音书与中国人心灵的和谐一致"(第 10 页)，所以，花之安从 1872 年起就计划将一个系统化的孟子介绍给西方。他称理雅各的译本毫无疑问是当时已有译本中最好的，不过他却时常不得不或多或少地偏离理雅各，原因在于理雅各只沿用朱熹的解释，而花之安本人依照的却是"最新最好的诠释著作"——焦循(1763—1820)的《孟子正义》。他认为焦著虽然后出，但却采用赵岐的古老注释，这一点正与朱熹相反(朱熹将佛教哲学引入了他对孟子的解读中)。花之安自己的翻译略去了某些章节，以便于大众理解。他认为理雅各《孟子》译本加注解太少，而理雅各所译其他经书就好多了，个中原因只是因为理雅各对孟子哲学之同情太少。花之安确信，任何一个细心读《孟子》的人都会在其中发现巨大的吸引力。而且，依照他在广东十二年的实际生活经历，他认为"孟子哲学最能代表中国心灵的一般情形"(第 12 页)；而拥有这份独

---

① 关于花之安的生平及著述，可参考张硕的博士论文《花之安在华传教活动及其思想研究》(北京大学 2007 年)。

特的履历，他自认为已经正确而完满地领会了孟子哲学的真意。

"导论"（Introduction）始自对亚洲殖民形势和中国周边局势的分析。花之安认为，中国已被强大而多样的列强所包围，本身成为欧洲事务的一部分；各个民族独立走自己道路的时代已经结束。中国在理解西方方面并不成功，因此，就需要一种源自西方的交流媒介在西方和中国的文明原则之间提供比较解读，以铺设沟通的道路。为此，西方人必须首先深入了解中国。因为中国人一直保守好古，最爱援古证今，古人和古代经典仍然是中国的权威和道德法则，所以，准确地理解中国经典的内容，不仅具有古典学或科学求真的价值，而且也具有巨大的实际重要性——据此，外国人可以在中国的日常生活中如鱼得水，应付裕如（"导论"第5—6页）。可以说，《孟子之心》就是这样一部以通古化今、比勘中西为意图的比较哲学/宗教学著作。

书中纵论孟子所处的时代氛围及其隔世影响，时时与其他中国思想家比照：

> 孔子死后，墨家学说占了上风，而反对墨家的学说中便有走到另一个极端的肉欲论（sensationalism；按，指杨朱）和出自儒家（或政治保守主义）阵营的勇敢斗士孟子……我们可以确定地说，孟子现在确实是中国人中的"宠儿"（darling）。在中国人的著作中，没有哪一部著作像《孟子》这样直接就是活生生的现实……现代中国伦理学及政治学最重要的格言大部分源自孟子或他的教诲，甚至古代经书中引述孟子教诲的数量要多过孔子。孟子的风格生动有趣，大部分在形式上采用对话和叙述手法。在很多地方，他谈话时表现得十分辛辣（racy），同时又是神秘或深奥难解的。不过，在这方面，他毫无疑问比当时最重要的思想家庄子来得要浅易一些。（"导论"，第16—17页）

有意思的是，花之安在讨论孟子的伦理学思想时，始终跟现代学术意义上的"政治经济学"（political economy）联系起来谈：

> 简单说来，孟子跟他的老师孔子一样，都是政治经济学导师。在他看来，国家是所有人自然活动和教化活动的总和；人们一起劳作，结成一个联合组织。孟子针锋相对地反对社会主义者（按，指墨子），同时贬斥肉欲论者，（在这个过程中，）他意识到应将政治经济学建基于伦理学之上，同时应将伦理学建基于人性学说之上。对他来说，伦理问题是人之本性所有善好因素的极致发展。国家组织的难题是，在何种条件下（伦理发展的）最高目标才会被置于首要地位，以及政府应该如何有意识地争取实现那些条件。（"导论"，第 17 页）

这也是花之安对孟子的总体看法。从政治经济学到伦理学，最终归结到人性学说，花之安把握住了孟子思想的关键。《孟子之心》正文就以讨论孟子的人性学说这一理论根基开始，进而讨论伦理学问题，最后抵达国家治理问题，延续的正是孟子由性善向外"推恩"的逻辑理路。

当然，书中更多的是以孟子思想为媒介展开中西比较。有对孟子的推崇：孟子言"学问之道无他，求其放心而已"（《孟子·告子上》第十一章），花之安大为感佩，称"很多所谓的基督教信仰者可以从孟子这里得到教益"（第 60 页）。不过，对孟子思想之推崇并不等于推崇中国人之德性："没有必要像某些浅薄的学者那样，将中国人的德性置于基督教道德之上"；原因就在于中国人缺乏"完美德性和纯洁信仰的真挚"，这使"今日中国人的谦恭和礼貌变得十分虚伪矫饰"（第 249 页）。

在宗教问题上，花之安一方面说"孟子要比其他中国人更适合作为基础去说明福音书与中国人心灵的和谐一致"，同时又强调孟子"性善"说"甚合于生初之性，而未及犯罪之后"①，而《孟子·告子上》第七章"圣人与我同类"之说乃不知圣之为圣(《孟子之心》第98页)；比较中西殡葬礼仪，认为中国式的哀悼乃是不知永生的表现(第63、157页)；孟子言遵天道以"弑君"的正当性，花氏则反其道而行之，引述福音派思想反对任何形式的杀人(第208页)。儒家式的修身，被花之安说成最终目的是服事上帝，而现代中国人对此显然已经过于陌生，所以中国人需要基督教福音的再启蒙(第81—82页)。在花氏其他著作中，对此问题也有大量论列。《十三经考理·人卷》第一章"尽己性"中讨论孟子的以志为气之帅，花之安补充道：

> 　　然志必宜契性，而后可以为帅，而后可以驱遣其气。且志尤宜与赋性之本默契，然后可屹然特立，以为心之帅也。所谓赋性之本者何？即於穆上帝是也。惜世人不能存心养性以事天，失其昭事之本，而志即不能契合乎性。志遂颓然不振，失其帅之权，气因之得以纵肆，而志反次之矣。则心中之颠倒错乱，莫此为甚。

这里表面上是对《诗经·周颂·维天之命》中"维天之命，於穆不已"的呼应，但把"天命"坐实为"上帝"，于是"事天"也就成了"事上帝"，而此"上帝"显系基督教之至高神。如此一来，终归偏离了《孟子》之旨。

《孟子之心》出版于欧洲殖民主义的扩张时期，尽管花之安服事的同善会提倡理性立教和宗教宽容，但他仍沾染了弥漫于时代

---

① ［德］花之安：《经学不厌精·十三经考理》，"人卷"第一章，上海：美华书馆，1898年。花之安批评了孟子之后，复言"荀子所论者，甚合于犯罪后之性，而昧然于生初之本。必合二说以参观互证，然后得性之真谛也。"不过，他仍然强调，"孟子之失小，荀子之失大"(《性海渊源·荀子原篇》，1893)。

之中的殖民气息。前引"导论"中的言论已见一斑，而其欲以基督教福音再启蒙中国人之心愿，亦为欧洲中心主义和"西方优越论"之一例证。而此书英译者哈钦森（Arthur B. Hutchinson）自述其翻译目的曰："转化中国人，使他们不再徘徊摇摆于'孟子之心'，而追随简易而正确的'基督之心'之役使。"（第 vii 页）其实亦可作为花氏著述用心之剖白。

四、辩异与求同：宗教比较视域

理雅各、花之安等新教传教士在华度过的岁月，正好是鸦片战争（或西人所谓"第一次英中战争"、"通商战争"）之后中西不断摩擦、冲突的年代。与两百多年前耶稣会士来华时的情境相比，此时的传教事务已得到《中英南京条约》（1842）、《中英天津条约》（1858）、《中法天津条约》、《中法北京条约》（1860）等不平等条约的制度性保护。但是，传教士的角色本身并没有太大的变化，而故事的情节也依稀可以看到"利玛窦们"的行止与身影。

耶稣会士在中国的传教始终伴随着"礼仪之争"的鼓噪，争论的核心之一便是"God"的译名问题。历史行进到十九世纪中叶，这一问题因为《圣经》中译的契机再次成为聚讼纷纭的话题。1667 年 12 月至 1668 年 1 月，在华耶稣会士曾就适应政策的正当性召开过著名的"广州会议"；时隔近两百年后，1843 年 8 月末到 9 月初，英美来华新教传教士在香港讨论马礼逊、米怜（William Milne，1785—1822）《圣经》译本的修订及筹备翻译《圣经》"委办本"（Delegates' version）的会议，"God"译名问题重起争端。1847 年 7 月，旧版本修订工作一开始，这一问题便成为严重的分歧点，并演变为旷日持久的译名之争。这次论争的双方代表人物，一为理雅各，一为美国圣公会（Episcopal Church of USA）主教文惠廉（William Jones Boone，1811—1864）；前者主张将"God"译为"上帝"，后者则主张译为"神"。

汉语学界关于这场争论已有一些研究①,本文不敢掠美,况且对这场争论作详细介绍也超出本文的题旨。笔者想强调的是,"译名之争"实际上是"礼仪之争"的延续;"礼仪之争"是欧洲大陆天主教各修会的雾里看"华","译名之争"则主要是英美新教教会的一次"温故知新"。然而,不同的是,十九世纪中期经济、政治利益对西人了解中国文化、历史、宗教之热情的推动力远远超过"礼仪之争"风起云涌的十七世纪。其重要表现即是,从十九世纪后期到二十世纪初,西人撰写了大量以介绍中国全貌(尤其以儒教、道教为中心)、探讨中西宗教之别为主要内容,并试图从宗教差异分析中西发展路径差异的著作。而借由这次充满经济/政治功利色彩的"中国热"(Sinomania),孟子这位所谓"中央王国"(Middle Kingdom)的儒家"亚圣"得以快速地进入西方大众的视野。

当然,这一时期西人的中国论述并不一定都沾染上殖民气息,有些论者于中国在政治经济、军事上处于巨大劣势时,仍能对中国表现出难得的敬意与同情。举一个例子,美国宗教学者约翰逊(Samuel Johnson, 1822—1882)所著《东方宗教及其与普世宗教的关系:中国》②,虽以儒莲和理雅各译本为基础来绍述孟子,但针对理雅各对孟子的批评,作者却时有驳议,认为孟子之仁爱、墨子之兼爱其实跟基督教所宣扬的博爱无等级高下之分,"中国伦理道德的推动力可能跟《圣经》对教众的启示力量一样深刻,它们都是对(人类)基本权利的敬畏"(第661页)。作者视野宏阔,落笔多与古希腊罗马学说及基督教理论比较。例如,《孟子·尽心下》第三十七章细述

---

① 可参考龚道运:《理雅各与基督教至高神译名之争》,收录于其《近世基督教和儒教的接触》一书,上海:上海人民出版社2009年。

② Samuel Johnson: *Oriental Religions and Their Relation to Universal Religion—China*, Boston: Houghton, Osgood and Co. & Cambridge: The Riverside Press, 1878. Samuel Johnson是美国比较宗教学者(另著有关于印度和波斯宗教的两部书),是书第637—664页论述孟子较详。

"乡愿,德之贼也"(《论语·阳货》第十三章)之缘由,而约翰逊则将"乡愿"比诸《新约》中所批评的法利塞人(Pharisees)似的伪君子;而涉及孟子式的自我反思("自反"),则又与佛教及斯多噶派(Stoics)哲学相比照。在中西比较中,约翰逊认为,孟子及其他儒家的最突出特征是家长制理念(Patriarchal Idea)和政治关切:

> 尽管他们作为伦理—政治导师(ethico-political teacher)的局限性是明显的,但如果他们的学说并不是要根除他们人民的根本品性,而是以人们最好的品质来指导他们,那么孔孟之道自然就是正确的。他们回顾逝去的黄金岁月并不是要倒退到最初的进步那儿去,而是切切实实地将他们的理想置于将来,这正可以跟我们对于将来的直接关切等量齐观。唯一的差别是,在中国,任何"将来"都认为跟"过去"有关;进化是永恒的律法,只不过结果之"终"总植根于肇端之"始"。因此,事物之根源远非处于较低的层面,而是关系重大。能够解释人之起源的并不是微小的"原生质"(plasm),而是宇宙本身。(第662页)
>
> 我们的赞美要献给这些专心笃志的导师……他们始终沉着、严肃,兼顾所有因素和需求,积极而和蔼,总能依随人性和道义的逻辑而动。在民族处于困境之际,他们汲取并总结了其民族信仰和情感的精华。他们向人们证明,理性主义(Rationalism)可以成为宗教的一种确认,它就像生活需求那样具有普世性。他们的伟大之处就表现在敬老上——这是中国人对于那些明了其心灵之人的感恩。(第663—664页)

此书第四部分"信仰"单列一章(第三章)介绍传教使命的失败,以及传教过程的成果。回顾了基督教在中国传教的三段历史:最初是从唐代(远至781年)至十三世纪进入中国的异教徒(景教);其次是十七至十九世纪中叶罗马天主教会派往中国的耶稣会等修会传教士，他们在 4 亿中国人中发展了至多 50 万教徒，且大部分是妇幼、老弱等非精英人士；最后是十九世纪初来华的新教各派，并提及很多传教士人名。作者指出，虽然传教使命并不成功，但传教士在医疗、科技、文献研究方面却积累了很多成果。

约翰逊的论著体现了一种泛宗教意识，但是，其立场和观点则建基于具有客观性、严谨性的学理基础之上，这显示西人对《孟子》和儒学的论述正在向现代专业汉学迈进。

小结

与十七、十八世纪的耶稣会士相比，十九世纪欧洲新教传教士的《孟子》译介展现出更具学理性的面向。尽管他们的主要目的仍是传播宗教，但是，他们在讨论儒学与《孟子》时达到的深切程度，却初步具有了比较宗教学、比较哲学或比较伦理学的理论水平。像花之安的孟子研究能贯彻"政治经济学"的关注视角，以及像理雅各这样的新教传教士，在返回欧洲后能够在欧洲现代大学中获得专业教席，本身也说明其论著之学术性得到了较广泛的承认。他们讨论过的一些比较宗教学/哲学/伦理学问题，之后能成为学院派汉学的关切对象，由此亦可得到说明。

十九、二十世纪之交，西方汉学完成了从传教士汉学向学院派汉学的华丽转身，在孟子研究领域，研究的专业化倾向日益显著。如果说之前的孟子译介主要是泛宗教意义上的，那么到了此时，摆脱了猎奇趣味之后的真正意义上的"研究"才正式出现。学术的发展和进步迫切需要细致的对话和交流。了解《孟子》西传的文脉历程和各个阶段的问题意识，不仅能够丰富我们对于《孟子》、对于西学的认识，加强中国学人与国际学界交流、对话的针对性和有效性，也能促进我们自身的理论反思和方法自觉，对我们自身哲学、思想和学术的建构与创新发挥镜鉴和启示之功。

理雅各中国典籍翻译研究的几个
维度和方法论思考^①

理雅各中国典籍翻译研究的几个
维度和方法论思考[①]

丁大刚

一、引言

近些年,随着中国文化"走出去"的内在要求和西方对"他者"文化的兴趣,引发了中国典籍对外翻译的热潮。然而,重译中国经典,应建立在认真研究已有的历代译本的基础上,特别是那些对中西文化交流有重要影响的译本。回顾"中学西传"和中国典籍西译的历史,特别是在中国国力衰弱的年代,为中国文化在西方传播作出重大贡献的当属那些来华的传教士。

在这些翻译中国典籍的传教士中,理雅各(James Legge,1815—1897)可谓前无古人,后人也很难超越。理雅各的翻译活动几乎涵盖了先秦时期所有重要的儒家和道家典籍。其中最重要的有他于 1861 年至 1872 年作为"传教士译者"(missionary-translator)在香港出版的"中国经典"(*The Chinese Classics*)五卷本,包括《论语》《大学》《中庸》《孟子》《书经》《诗经》《春秋左传》,之后还在美国和英国出版过"四书"的"普及版"(popular

---

① 本文为国家社科基金一般项目"理雅各汉学文献整理与研究"(18BZJ005)的阶段性成果。

version)和《诗经》的"韵体版"（metrical version），又于 1893 年至
1895 年出版"中国经典"的修订版；以及于 1879 年至 1891 年作为
"汉学家译者"（sinologist-translator）在牛津出版的"中国圣书"
(*The Sacred Books of China*)六卷本，包括《书经》、《诗经》、《孝
经》、《易经》、《礼记》等"儒家文本"和《道德经》、《庄子》、《太上感应
篇》等"道家文本"；期间他还翻译了法显的《佛国记》(1886)；以及
1895 年对《离骚》的译介。理雅各还参加了中文《圣经》"委办本"
的翻译。此外，理雅各还有十几部汉文著作，包括 11 部阐释基督
教教义的中文著作和 1 部语文教育读本《智环启蒙塾课初步》（译
自英文）。

　　理雅各的中国典籍翻译绝非一般的文字转换，而是在研读中
国传统注疏的基础上，附有详尽注释和长篇导论的"丰厚翻译"
(thick translation)，有的注释甚至有数页之多，包括文字的训诂、
历史文献的考证和不同注疏家的解释；而且他还为每部译作写有
长篇导论和编写汉字索引。理雅各不仅在中国人"睁眼看世界"引
进西学的时候，看到了中国传统文化的价值，而且他能以批判的眼
光看待中国文化。他的译文基本采用异化手法，凸显中西文化的
差异，能使"他者"（中国）文化散发出特有的吸引力。这不仅符合
十九世纪英国翻译的趋势，即"强调他异性"①，也呼应了当今中国
文化对外翻译与传播的学术思潮和海外汉学的发展趋势。因此，
理雅各的翻译才会在中国、英国、美国、印度、日本不断重印，或被
转译为其他语种。

　　综合来看，理雅各前后近 60 年的翻译和著述本身也构成了
"西学东渐"和"中学西传"的互动，因此是国学典籍翻译研究最理
想的对象之一。对理雅各的翻译进行研究，是我们今天重读理氏

---

　　① Peter France & Kenneth Haynes（ed.），*The Oxford History of Literary Translation in English* Vol. 4，Oxford：Oxford University Press 2006，p. xiii.

译著,反观当下中国文化对外翻译与传播,重新体认中国经典价值的意义所在,而且对于重译中国经典也有直接的现实意义。

二、"他者"的维度:理雅各典籍翻译研究的历史与现状

由于理雅各在中国典籍外译史和海外汉学史上的重要地位,对他的翻译和著述的讨论和研究从来就没有停止过,而且在中国当前"文化热"的大潮下,引起了越来越多不同领域学者的关注。这些研究大致可分为以下几个方面。

(一) 以原文为中心的译文指瑕

1861 年至 1895 年间,理雅各每有译著出版,西方学者便在《英国评论季刊》(*The British Quarterly Review*)、《爱丁堡评论》(*The Edinburg Review*)、《中国评论》(*The China Review*)、《教务杂志》(*The Chinese Recorder*)、《北美评论》(*The North American Review*)等杂志上发表评论,褒奖者有之,批评者亦有之,但多为介绍性的书评,没有过多涉及翻译问题。进入 20 世纪,随着理雅各汉学时代的结束,对理雅各的翻译批评偶尔有之,但多为中国经典重译者在译序中对理氏译文的片面指责,或对其译文风格的批评。如辜鸿铭在"《论语》译英文序"中说理雅各"完全缺乏批判的眼光和文学的感知力"①,而韦利更是从训诂学的角度根据理氏所未见的焦循《孟子正义》列举了理氏《孟子》译文的 104 处错误②。这也是当今许多从纯语言文字转换角度研究理雅各译文者常常陷入的泥淖。例如台湾学者阎振瀛根据朱熹的注解指出理雅各《论

----

① Ku Hung-ming, *The Discourses and Sayings of Confucius*, Shanghai: Kelly and Wash Ltd. 1898, p. vii.

② 参见 Arthur Waley, "Notes on Mencius", in *Asia Major*, New Series, Vol. 1 · 1, pp. 99 – 108.

语》译文中的"错误"①，以及国内一些相关的硕士和博士论文对理雅各的"误译"和"误读"现象的批评。这些研究多以原文为中心，停留于译文正确与否的层面，忽略了中国经书丰富、开放的注疏传统。

（二）以译文为中心的"后学"批评

相对于以上从语言转换角度的研究，还有从东方主义、后殖民主义、后现代主义等角度的研究。例如，美国学者欧阳桢从理雅各的基督教立场对理氏《论语》翻译中的"格义"现象提出了批评②。在这方面真正具有突破性研究的学者是王辉。他有许多这方面的文章见诸《中国翻译》、《世界宗教研究》、《孔子研究》等，但他采取的多是后殖民主义视角，对理雅各的批评较多，这尤其体现于他对理雅各两个《中庸》英译本的比较研究③。对于这种"后学"的视角，张西平认为应"保持警觉"④。

（三）以译者为中心的历史考辨

皮姆指出"翻译史研究的主要对象……应该是作为人的译者"⑤，因此从宏观和微观社会学的角度对译者的研究是分析翻译文本成因的重要环节。关于理雅各生平及学术生涯的研究，国内

---

① 参见阎振瀛：理雅各氏英译《论语》之研究，台北：商务印书馆 1971 年版。

② 参见 Eugene Chen Eoyang, *The Transparent Eye: Reflections on Translation, Chinese Literature, and Comparative Poetics*, Honolulu: University of Hawaii Press 1991.

③ 参见 Wang Hui, *Translating Chinese Classics in a Colonial Context*, Bern: Peter Lang 2008.

④ 张西平：《中西文化交流史研究三论：文献、视野、方法》，《国际汉学》2012 年第 22 辑。

⑤ Anthony Pym, *Method in Translation History*, Beijing: Foreign Language Teaching and Research Press 2007, p. xxiii.

较为著名的有岳峰,从书后的参考文献和附录可见,作者对理雅各的著作和研究文献做了较为详尽的梳理①,但它没有国外的两部理雅各传记详尽和深入。一部为费乐仁(Lauren F. Pfister)所撰,另一部为吉瑞德(Norman Girardot)所撰,此书已由另一位国内对理雅各颇有研究的学者段怀清翻译为中文,可惜的是这个译本略去了与理雅各翻译活动有关的大量章节和注释②。

费乐仁认为自己"首先是历史学家",所以他对理雅各的翻译研究基本上采取的是历史的路向,在充分挖掘理雅各的思想文化背景和世界观之后,"以一种历史的、动态的发展观去理解或评价理雅各的译本"③。

吉瑞德通过文献史料的详尽考证,以宏阔的学术视野和缜密理性的推论,将理雅各置于19世纪传教士传统、汉学东方主义和比较宗教科学的理论语境之中,重点论述了理雅各作为"传教士"、"朝圣者"、"中文教授"、"异端者"、"阐释者"、"比较学者"、"译者"、"开拓者"等8个不同但又紧密相关的身份或侧面。其中虽辟有专章探讨作为译者的理雅各,但他所依据的材料仅限于"副文本",没有对译文本身作出阐释。

除此之外,理雅各的传记作品还有他的女儿海伦·莱格(Helen E. Legge)所撰写的《理雅各:传教士与学者》,以及赖廉士(Lindsay Ride)为1960年香港大学版《中国经典》第一卷撰写的"理雅各小传"(Biographical Note)。这些传记性作品对于动态地、以历史批判的眼光来研究理雅各的翻译思想和他译本的发展变

① 参见岳峰:《架设东西方的桥梁——英国汉学家理雅各研究》,福州:福建人民出版社2004年版。
② 参见吉瑞德:《朝觐东方:理雅各评传》,段怀清、周俐玲译,桂林:广西师范大学出版社2011年版。
③ 可凡、姚珺玲:《费乐仁谈典籍翻译与中西文化交流》,《国际汉学》2012年第22辑,第13页。

化，有重要的文献意义。

（四）以"经文辩读"为方法的中西思想对话

杨慧林在"中国古代经典英译本汇释汇校"的基础上，以"经文辩读"为方法，以译文为研究的重心，通过对理雅各等传教士译介的中国经典从跨文化、跨语言、跨学科的角度，"直接切入西方学术对中国文化的理解和接受，使经典翻译不仅仅是提供新的译本，而是形成真正的思想对话"①。例如，通过理雅各在老子之"道"与基督教"圣言"（the Word）之间的"辩读"，说明理雅各的翻译"为中西之间的思想对话提供了更直接的线索"；通过诠释理雅各对"韬光"一词的译注，表明理雅各的翻译是会通中西概念系统的一条可能的通道。尤其值得一提的是杨慧林的话语策略，即在中外刊物同时发表文章的双语写作策略，本身就是一种中西思想的对话。

从中西思想文化交流的视角肯定理氏译注所蕴含的思想价值，比较著名的还有刘家和、邵东方和龚道运分别对理雅各翻译的《春秋及左传》、《书经及竹书纪年》、《论语》、《大学》等的析论。②

综合以上研究，我们认为，与其无谓地批判理雅各的基督教偏见，或他的文化帝国主义、殖民主义倾向，不如以一种开放的心态，阐释其翻译选择背后的原因和其中的意义，以及其译本于当今的价值；正如吉瑞德在《朝觐东方：理雅各评传》中文版序中所说，理雅各的经验，对于今日中国人与西方人"所面临的生活之相互理解学习来说……依然为一典范"③。

---

① 杨慧林：《中西"经文辩读"的可能性及其价值》，中国社会科学 2011 年第 1 期，第 203 页。

② 参见刘家和：《史学、经学与思想》，北京：北京师范大学出版社 2005 年。龚道运：《近世基督教和儒教的接触》，上海：上海人民出版社 2009 年。

③ 吉瑞德：《朝觐东方：理雅各评传》，段怀清、周俐玲译，桂林：广西师范大学出版社 2011 年，第 3 页。

三、我们的维度：译者话语观照下的译本分析

"译者话语"这个概念启发自傅柯的"话语"思想和热奈特的"副文本"理论；但把文学批评的"副文本"概念移植到翻译研究，容易割裂副文本与译文之间的联系，陷入"本末倒置"的误区，而运用"译者话语"的概念，则能在有所侧重的情况下，将二者统一起来，作为一个有机的整体来对待。简而言之，译者话语是指译者在翻译文本内外，翻译行为发生之前、之时或之后，与目标语读者进行有意或无意沟通的具体言语行为。

在本文中，译者话语有两层含义，一是指译者于序言、跋语、导论、注释等译本之内论述翻译的"副文本"和译本之外发表的论述翻译的文章、著作、通信等"超文本"(extratext)，我们称之为"翻译话语"(translation discourse)。二是指把翻译文本本身也视为话语，可以称为"翻译即话语"(translation as discourse)；从分析研究的方法讲，就是"不从对错或好坏的角度品评译文，而是通过原文与译文的比较……寻绎出译文对原文意识形态、知识领域及其背后的认知模式是否有所抗拒、如何抗拒(例如使用删减、增益、浓缩、改写等有迹可循的手法)，然后再分析译文的意义及话语功能"[1]。翻译话语与翻译即话语共同构成了一个巨大的话语场域，与原文产生古与今的思想对话，无论是译文还是原典在此场域里都不再是静态的、死的历史文献，而是投射了译者思想、活生生的文本。因此，只有将两者结合起来研究，才能真正使翻译研究对翻译实践发挥指导作用，而这正是当前语境下中国典籍翻译研究的迫切任务所在。

---

[1] 张佩瑶：《传统与现代之间：中国译学研究新途径》，长沙：湖南人民出版社 2012 年，第 185 页。

　　翻译话语是译者对自己作品的反思，对这些话语进行批判分析，可以发现译者的翻译意图（intentionality）、观念（ideology）和倾向（tendency），了解翻译文本的生产过程，为文本的分析奠定理论基础。长期从事翻译实践的译者，往往没有对翻译的系统论述，但他们偶尔于译序或译注中谈及翻译的话语应受到翻译研究者的重视，因为这些话语都是他们一生翻译实践的反思与总结。尤其是理雅各的序言，往往写于译文和导论全部完成之后，其中包含他的翻译目的、对翻译的看法和对翻译策略的论述等。

　　由于理雅各从事中国经典翻译前后有 50 多年的时间跨度，而且涉及儒、道、释等多部经典，所以考察他翻译思想的演变，历史地看待他的译本，对我们今天重译中国典籍大有裨益。例如在《书经》的序言中他明确地表达自己阐释中国典籍的原则，说"只要有可能，他都倾向于遵循本土学者的观点，而非开创自己的新解"①。这对于当今某些国内译者不进行文字考据、不研读历代注疏，而仅仅根据白话今译就对外翻译，或对有疑问的地方提出哗众取宠的"新解"或"别解"，不啻是一个讽刺。所以我们主张，中国典籍的翻译应"与时俱退"，应充分重视汉代以降古代和近代经学大师的注疏，尽可能回到那个历史的现场去理解作品。实际上，这都呼应了理雅各在"中国经典"五卷本扉页所题的孟子的"以意逆志"的解经原则，以及在"中国圣书"中多次提到的"以心见心"（seeing mind-to-mind）或"同情"（*en rapport*）的阐释原则。

　　在表达方面，理雅各在前期"中国经典"的翻译中奉行"忠实"（faithful）的直译原则，结果他的译文缺乏可读性，但由于有中文对照和大量注释，所以并不影响读者的理解，但在后期"中国圣书"的翻译中，由于没有了中文的对照，他便提出了"象征"（symbolic）翻译法，即"当译者通过表征作者所思的汉字与作者的思想达成同

---

　　① James Legge, *The Shoo King*，上海：华东师范大学出版社 2011 年，第 vii 页。

情之时,他就可以自由地用自己所能想到的最佳表达方式来迻译作者的思想"。而且译者"有必要在译文中增加一两个单词以表明作者真正的想法"。这是因为理雅各认为,"汉字不是词语的表征,而是思想的符号,由汉字组合而成的句子不表征作者所言,而是表征作者所思"①。实际上,理雅各已经把翻译从词语中解放了出来,翻译已不再是简单的文字转换,而是一种能动的文化阐释;但寓于当时学者对翻译活动的传统观念,当有人批评理雅各的《易经》是"释译"(paraphrase),而不是翻译②时,理雅各辩解说自己"是在翻译,而不是给出个人的阐释(interpretation)"③。至于"释译"的问题,从1680年德莱顿(John Dryden)在《奥维德书简》序言中提出以来,一直是17至18世纪西方翻译理论所关注的问题。

四、理雅各中国典籍翻译研究的方法论

对"副文本"和"超文本"的分析并非翻译研究的最终目的,因为这些外围资料有时与译者的实际翻译行为可能有不一致之处,所以我们还要关照译者的译文,观察译者实际的翻译操作,也就是对翻译文本从"话语"的视角进行分析,解读它的文本意义和话语功能。其分析途径可以是多样的,在本文中我们提出以多语种多译本比较分析法为基础和以跨文化阐释为指归的方法论。

(一)多语种多译本比较分析

一本多译是中国典籍对外翻译的一大特征,大部分中国典籍

---

① James Legge, *The Yi King*, Oxford: Clarendon Press 1882, p. xv.

② Terrien de. Lacouperie, "The Oldest Book of the Chinese (the Yh-King) and Its Authors (Continued)", in *Journal of the Royal Asiatic Society of Great Britain and Ireland* 1883, (3), p. 251.

③ James Legge, *The Yi King*, Oxford: Clarendon Press 1882, p. xx.

都有多个译本。对这些译本的比较研究，一方面有助于我们考察翻译的文化意义，能让我们挖掘原文文本所固有但未明确表达出来的语义，以及因"过度翻译"而向原文添加的新义；另一方面能让我们了解在一定的历史时期内翻译风格的变化。罗斯称这种研究方法为"立体阅读"（stereoscopic reading）。她认为，某些意义只有在原文与多个译文的跨阈限空间中才能被发现，而且"对一部作品在一段时间内的多个译本的多元系统研究，能够让我们透过词汇和句法的层面看到风格和意识形态的变化"①。

多译本比较研究可以细分为以下几个方面。一是考察一个译者的多个译本。例如理雅各对一部经典往往都会多次重译，甚至出版之后还会重译或修订；他的"中国经典"第一卷（包括《论语》、《大学》、《中庸》）有1861年初版、1875年普及版、1893年修订版，《孟子》也是如此，《诗经》有1871年散体版、1876年韵体版。二是考察一种目的语中不同译者的译本。这是目前国内最常见的一种多译本比较研究形式。三是考察不同目的语中不同译者的译本。这是一种从全球化的视野探究中国文化经由翻译在世界的传播和接受，但由于它要求研究者具有多语言多文化的背景，所以开展这一研究有很大的困难，是中国典籍翻译研究有待深入的一个领域。近年来，费乐仁曾对理雅各、顾赛芬、尉（卫）礼贤这三位汉籍欧译大师做过比较研究，他不仅解释了三位大师的"翻译成就，也展示了复杂和有趣的诠释学问题"②。最后一种比较少见的多译本比较研究是一个译者的多语种译本。这又可以分为两个方面，一个是译者自己分别译出两种文字的版本，例如法国耶稣会士顾赛芬

---

① Marilyn G. Rose, *Translation and Literary Criticism: Translation as Analysis*, Manchester: St. Jerome Publishing 1997, p. 53.

② 参见费乐仁：《攀登汉学中喜马拉雅山的巨擘——从比较理雅各（1815—1897）和尉礼贤（1873—1930）翻译及诠释儒教古典经文中所得之启迪》，《中研院中国文哲研究所通讯》2005年第15期，第21—57页。

通常用法语和拉丁语同时翻译中国经典，译本也采用三种文字对照的方式排印。另一个是译者的译本被转译为另一种语言，例如尉礼贤的《易经》德译本被转译为英文。由于是转译，所以被许多翻译研究者所忽略，这是一大损失，因为对这一转译过程的考察，也有助于我们了解原文所包含的思想价值和美学价值在不同目标语文化中的"旅行"情况，而且转译本来就是翻译实践中非常普遍的现象——中国经典在小语种国家的传播，大多通过转译完成。

　　需要说明的是，这几个方面并非相互独立，而是有可能互为融合的。例如，理雅各翻译时常参照拉丁文、法文、德文等译本，并在译序、导论、注释中常对这些译本作评断；苏慧廉的《论语》译本更是在注释中列举了理雅各和辜鸿铭的英译文、晁德莅的拉丁译文和顾赛芬的法语译文。因为这些译者在翻译之时就参照了多个语种的译本，所以透过他们的译本，我们可以理解同一部中国经典在不同语言中的翻译，进而做深入的比较研究，揭示经文所固有但仅在一种语言中所无法全部表达的意义，弥补经文在翻译和诠释过程中的"耗散"，使它在另一种文化空间里得以重构，达到新的平衡。

　　不同译本之间可供比较的内容很多，但就"立体阅读"的方法、目的和意义而言，我们应透过语言转换的层面，分析不同文化语境中各个译者/译本如何重构原文的意义或添加新的意义，以及对原文风格和意识形态的改变，最终透视文本经由翻译而获得的多重生命。由于篇幅的限制，这里我们仅用斯洛伐克翻译学家和文本理论家波波维奇（Anton Popovič）提出的"表达偏移"（shift of expression）的翻译文本分析概念，来着重论述"后学"于中国盛行的今天，很少受人关注的翻译中的表达问题，希望引起翻译研究者对文本细读与分析的重新重视。

　　波波维奇把"表达偏移"概括为以下 5 种：（1）由于两种语言体系的差别而造成的"形构偏移"（constitutive shift）；（2）改变原

文文本特征而生成一种新的体裁类型的"风格偏移"（generic shift）；(3) 译者个人表达喜好和语言风格在翻译文本中体现的"个体偏移"（individual shift）；(4) 翻译文本相对于原文文本的"主题偏移"（topical shift）；(5) 由于误读而引起的"负向偏移"（negative shift of misunderstandings）。① 后两种偏移实际上都与译者作为翻译主体的因素有关，译者的自我表达手法和语言风格会影响到他对文本的总体感知，也可以解释"误读"和主题改变的问题，其分析常常需要结合译者所处的文学、文化、政治等规范。

汉语与西方语言分属不同的体系，其语义和句法差异可以在翻译文本与原文文本的对比分析中得以揭示。例如古汉语简洁、隐晦和意合的句法特征，必然导致"意译"的翻译文本出现"过度翻译"，才能符合译入语的表达习惯，或"直译"的翻译文本借助大量注释来弥补翻译的损失，从而在目标语文化中构建一种新的文本的平衡和阅读体验上的自足——即物理学上所谓的"耗散结构"。

如同创作一样，一个时代有一个时代的风格，翻译风格也会受到时代的影响。理雅各所处的维多利亚时代，是英国大量翻译古希腊、古罗马和德国古典文学的时期，对东方作品也有系统的翻译，包括翻译世俗作品的"东方翻译基金"（Oriental Translation Fund）和翻译宗教典籍的"东方圣书"（The Sacred Books of the East）。翻译古典作品一个流行的做法就是"拟古"（archaism），从而产生"时代色彩"②，这就是为什么总有人批评理雅各的翻译风格"僵硬"，给人一种"稀奇古怪的感觉"③。

---

① 参见 Anton Popovič, "The Concept 'Shift of Expression' in Translation Analysis", In James S. Holmes (ed.), *The Nature of Translation: Essays on the Theory and Practice of Literary Translation*, Paris: Mouton 1970, pp. 78 - 87.

② Susan Bassnett, *Translation Studies*, London: Routledge 2002, p. 20.

③ Ku Hung-ming, *The Discourses and Sayings of Confucius*, Shanghai: Kelly and Wash Ltd. 1898, p. viii.

如今的翻译研究者基本已形成这样一个共识,即"翻译并非在真空中进行"①。因此,对译本的比较分析不能仅仅停留在"技术"层面,而应联系到译文生成的社会、政治、文化背景,考察影响译者选择的因素,这就要求我们要有一种跨文化比较的意识。

(二) 跨文化阐释

"翻译",无论是《礼记》"达其志,通其欲……北方曰译"的定义,还是拉丁语里意指"carry across"(带过),都呼应了"翻译即跨文化交流"(Translation as Intercultural Communication)这个2012 年国际翻译日的主题。就其名而言,翻译活动本身就带有某种难以言表的隐喻,暗含一种移动,从此地移向彼处,是一种跨越语言和文化的行为。因此从事翻译研究,尤其是研究具有浓厚"文化间性"(interculturality)的典籍翻译文本,就必须抱持跨文化的比较视角。因为翻译文本是对原作跨时空的文化回应和互文参照,所以只有把译文与译者处境化的文化意义关联起来,才能充分理解译本在另一个文化语境中的意义,才能在"让他者成为他者"的前提下,真正切入西方学术对中国文化的理解和接受,形成真正的思想对话。

具体到理雅各而言,由于他具有苏格兰常识哲学、古典学、基督教新教等文化背景,而且他的翻译活动本身具有双向的特征,译文具有明显的文化间性,因此我们应关注理雅各翻译话语对中西文化在比较哲学或比较宗教学视角下的诠释。只有这样,才能正确对待理雅各等传教士译者或汉学家译者对中国文化的"误译"或"误读"。例如,理雅各把《论语》标题翻译为 *Confucian Analects*。

---

① André Lefevere, *Translation*, *Rewriting and the Manipulation of Literary Frame*, London: Routledg, 1992, 14.

Confucian 一词借自早期耶稣会士的拉丁文，Analects 一词对于 19 世纪深受古希腊文化影响的英国人来说，很容易联想到柏拉图的《对话录》，尤其是广为流行的牛津大学著名教授乔伊特（Benjamin Jowett，1817—1893）所翻译的柏拉图的《对话录》（*Dialogues of Plato*）。然而，由于理雅各的这一翻译，150 年后的今天提到 Analects，对中国文化有所了解的英美读者所能联想的无一不是《论语》。再比如理雅各在翻译《论语》中"仁"这一概念时，有时译作 perfect virtue，有时译作 benevolence；翻译"道"这一概念则显得更为灵活，有 road，course，path，principles，way，doctrines，truth 等，但在《道德经》中，理雅各则是以"Tâo"一以贯之，然而在翻译《圣经》的 Logos 时，理雅各则用"道"译之。理雅各对这些概念的处理绝非随意为之，而是有其深刻的文化用心，有着"处境化"（contextualization）的考量。因此我们在研究这些关键概念的翻译时，不能仅从语言文字层面讨论对等、正确与否，而是应该一方面从中国经书的历代注疏中寻找译者理解的依据，另一方面结合理雅各的教育背景，尤其是他接受的苏格兰常识哲学、古典学、解经学、基督教神学的训练，在西方的概念系统内对这些关键词的译文提供界说，从而真正揭示理雅各对中国思想的理解和诠释，透视他如何让中国古典文化穿越时空的界限，使"他者"得以"投射"。

这样看来，无论是从现代翻译理论对影响翻译选择的社会文化因素的强调而言，还是理雅各从传教士译者到汉学家译者复杂的译者身份转变，只有从跨文化比较的视角来认识理雅各对中国经典的阐释，才能体会其语言文字背后的真意，才能给他的翻译提供一个相对合理的解释，也为中国经籍在他者文化中的诠释打开一条新的通道。通过阐释他者的阐释这么一个"阐释的循环"，以一种较为迂回的方法重新解读或发现中国经典的价值和意义。

结语

通过对理雅各译本的初步研究,我们发现他的译文基本上依据的是某一位或几位中国注疏家的注解而进行"忠实"的直译,例如他的《论语》译文基本上是照搬了朱熹的《论语集注》,但他会利用导论、注释等"副文本"提出自己的理解。如他在"中国经典"每卷副标题中所言,他的注释是"批判和解经式的注释"(critical and exegetical notes),这体现了他的经文校勘(textual criticism)的工夫,这与他接受过古典学和解经学的训练有关,也是受了当时清代朴学的影响。从这层意义上讲,理雅各对中国经书的再诠释可以被看作是中国注疏传统在英文世界跨时空的延续,甚至可以把理雅各的阐释看成中国典籍的英文注疏。但问题是,理雅各是以什么样的身份参与到中国注疏传统的?他的评注反映了他对儒家经典持什么态度?这些是我们在深入研究理雅各译本的基础上有待回答的问题。

托尔斯泰经典的重构改编：陈春生《五更钟》的本土化译述策略研究

左维刚　吴淳邦

一、前言

在晚清之前，中国小说多为"创作"，但是到了中国近代，除了"创作"之外，又有了"翻译小说"。不过，在晚清小说的研究中，研究者注意到另一种方式产生的小说，它既非创作，亦不同于翻译，即使注明原作者，译者的主观随意译著，使得小说篇幅变长，而不是严格意义上的翻译。郭延礼教授也注意到这些小说"并非严格意义上的意译"①，这种于创作与翻译之间的小说制作方式就是译述。这种用"译述"方法制作出的小说，谓之"译述小说"。译述小说是根据外文小说大意，经译述者敷衍成文，反映作者主观愿望，适合于汉民族风俗语言文学习惯的一种小说形式。

《五更钟》也是一部译述小说。原著是俄罗斯作家列夫托尔斯泰（Leo Tolstoy，1828—1910）的中篇小说 *Ходите в свете，пока есть свет. Беседы язычника и христианина*，篇幅不过六七十页，共分为十章。1902 年开始经过美国女传教士亮乐月（Laura

---

① 郭延礼：《中国近代翻译文学概论》，湖北教育出版社 1998 年，第 33 页。

White，1867—1939)和华人陈春生(1868—?)合作译述成长篇章回体小说《五更钟》。原著篇幅"不及是书十之二三"，陈春生对"造屋之支架"，"重新编辑，芟除者十无一二，增润者十有七八"。① 中文本《五更钟》在篇幅上大大增加，分为上、下两册，共二十四章，字数也多达十万字左右。

　　小说《五更钟》"增润者十有七八"的过程是进行改写、添加的过程，也是一个译述本土化的过程。与晚清的很多其他译述小说一样，《五更钟》在成书前有可以参照的外文本，但对原著又不作句对句、节对节、章对章的对照直译。在书写的过程中，保存原著中的基本人物，袭用原著的主要故事情节，又在本土化的译述过程中，采用创造性的译述策略，对原作进行了大刀阔斧地添加改写，增加了不少故事，情节也更加丰富曲折，出场人物人数更多，人物形象也更加丰满。为了做到"处处均须为华人立言"，使这部"专为传道于华人而作"的基督教宣教小说能更好地为中国读者接受②，译述者作了这些改写、添加等工作，使得中译本《五更钟》相比原著而言，充满了译述者大量的"创造性劳动"，使读者对照原著阅读，常有脱胎换骨之感。

　　晚清民国的很多读者给了《五更钟》很高的评价。其中传教士季理斐(Donald MacGillivray)为此书作序，对《五更钟》译述过程中的本土化书写赞誉甚高：

　　　　我很高兴《五更钟》的问世。原因有二：首先是它的主旨。该书最先连载于吴板桥的《通问报》，后在一年里竟销售多达两千部。第二，它为中国的基督教教徒所写。相比西方

────────────

① 陈春生：《〈五更钟〉再版自序》，《五更钟》，宣统元年上海美华书馆铅印本，《晚清四部丛刊》第八编，子部，第90册，文听阁图书有限公司2012年，第5页。

② 陈春生：《〈五更钟〉大凡八则》，《五更钟》，《晚清四部丛刊》第90册，第7页。

作品而言，该书更符合中国风格，所以我觉得有可能取得更大的成功……我并不能把它们（原著内容和改写内容）单独分开，反正结果就是，一个不附有外国背景，也无深刻的西方经典论述的中国《天路历程》的作品诞生。①

他指出，此书是由中国教人所写，书中所呈现的中国风格，应该更能被中国读者接受，并预言该书比西洋传教士书写的作品，会取得更大成功，并视其为"中国的《天路历程》"。

迄今为止，对《五更钟》的研究多侧重文献的考证，从笔者开始，才展开对文本的深入研究，并且也注意到《五更钟》译述上的特征，给予其很高的评价："尽管陈春生视其为翻案小说，但是其彻底的中国化书写方式，使其很难找到翻译小说的影子。小说取旨于基督教，结构安排合理，表现技巧熟练，并适当穿插清末历史事件，无疑是第一部由华人作家主导成书并公开出版的基督教中文小说，也是二十世纪第一部基督教中文小说。"②

---

① 原文为："I welcome this book, 1. Because of the excellence of its substance. 'the proof of the pudding is in the eating', and after it had appeared serially in Mr. Woodbridge's paper, the Tung Wen Pao, it found two thousand purchasers in book form within a year. 2. Because it is by a Chinese Christian. We seem to see in it the promise of an indigenous literature which will suit the Chinese taste better than our Western work. ... the result is some thing like a Chinese "Pilgrim's Progress", without the foreign atmosphere and profound experiential conversations of the English classic." Donald. Mac Gillivray, An Appreciation of the Book.《五更钟》,《晚清四部丛刊》第 90 册，第 1 页。

② 原文为："작가 陈春生이 翻案小说임을 천명하였지만 완전히 중국화된 개작 정도는 이 작품이 번역소설에서 출발했다는 사실을 찾기 어렵게 만들었다. 적절한 작품 구도의 설정과 표현기교의 운용, 清末 상황에 합당한 사건의 전개와 기독교 선교의 창작취지는 이 작품이 중국인 작가의 의해 주도적으로 저술되고 출판된 첫 번째 중문기독교소설이자 20 세기 최초의 중문기독교소설 이라 일컬어지기에 손색이 없다." 吴淳邦：《清末基督教小说〈五更钟〉研究》,《中国语文论语丛刊》2010 年第 26 辑，第 204—205 页。

本文要探讨的小说《五更钟》是译述之作。因此，笔者从译述的角度出发，对小说《五更钟》的原著及中文译本做了考证。对其俄语原著、英文译本都进行考证，并探讨译述者可能参考的译本。又结合《五更钟》的原著，以先学业绩为基础，使用文本对照分析的方法，探讨译述者如何在继承原著的基础上，采取本土化译述策略，使作品在依附于原著的同时又独立于原著，成为富有"个性"的译述之作。

二、《五更钟》的原本考

从《五更钟》的成书过程来看，"原文乃俄罗斯人之手"。之后经过亮乐月和陈春生翻译、演化，书写成中文的长篇章回体小说。虽然有学者并不视《五更钟》为翻译小说，①但亮乐月与陈春生共同完成了《五更钟》中文写作过程，确实有底本可寻。不过《五更钟》与晚清的其他很多译述小说一样，并未直接表明原著篇名和作者，也没有说明二人在译述过程中直接参考的是哪个语种的哪个版本。陈春生是华人，并不懂外文。那么从外文到汉语的过程，是如何进行的呢？"壬寅之春，亮女士又嘱予共译是书"，所以二人可能采用的方式就算是亮乐月直接由外语大概口述成汉语，然后陈春生落笔书写，"草稿甫毕"②。那么由外语大概翻译成汉语过程中，俄语是否为他们直接参考的底本呢？如果不是，那么参考的底本可能是哪个语种的哪一个版本呢？为弄清楚这些问题，下面先看一下《五更钟》的俄语原本和英文译本，以及他们与中文本《五更

---

① 《中国通俗小说总目提要》由于不收录译著，这里只收录了《五更钟》一种，这就可以看出编者视陈春生对《五更钟》非译作而是创作的认可。

② 有关《五更钟》译述者陈春生及小说的成书过程、流传版本考证，主要参考拙著：《晚清小说陈春生的〈五更钟〉考究》，《中国语文论译丛刊》第35辑，第174—207页。

钟》的差异。①

（一）俄语原著与英文译本考

1. J.C.Garritt 在《五更钟》的 Preface 中提到小说的原文：②

Marchez que vors avez la lumiere——Walk While the Day Lasts

2. 俄语原著（1892）③

Ходите в свете пока есть свет. Беседы язычника и христианина.

3. 英语译本

英文译本较多，且不同出版社在不同时期又进行再版。但目前能找到的版本中，主要出自 E.J.Dillon、Leo Wiener、Louise and Aymer Maud、Nathan Haskell Dole 等译者的译本。下面对这些不同译者的英文译本及与俄语原本进行简单比较，见下表：

---

① 另有韩文译本可供参考：톨스토이 著，조병준 译，《톨스토이단편집：빛이 있는 동안 빛 가운데로 걸으라》，캠븟는 기쁨，2013。该版本以 Walk In The Light and Twenty-Three Tales（Leo Tolstoy，Orbis Books）作为底本翻译。

② "Doubtless it was for this reason that Miss White, while reading Tolstoi's 'Marchez que vors avez la lumiere—*Walk While the Day Lasts*' felt impressed with the great value of many portions of it to the church in China." J. C. Garritt. Preface.《五更钟》,《晚清四部丛刊》第 90 册，第 88 页。

③ Толстой Л.Н, *Ходите в свете пока есть свет. Беседы язычника и христианина*，M. ELPIDINE，1892.资料来源：http：//www.knigafund.ru/books/119227/read#page1。

不同英文译本与俄语原著比较

版本 \ 类别	题　目	小说引子		小说正文	
		基督徒和非基督徒的对话	《马太福音》21章33—41节	内容	结构
俄语原本	*Ходите в свете, пока есть свет. Беседы язычника и христианина*	有	有	直译	相同
1891 年 E. J. Dillon 译本①	*Walk While Ye Have The Light*	待考证	待考证	待考证	待考证
1905 年 Leo Wiener 译本②	*Walk In The Light While Ye Have Light*	有	有	直译	相同
1928 年 Louise and Aymer Maud 译本③	*Walk In The Light While There Is Light*	有	有	直译	相同
Nathan Haskell Dole 译本④	*Walk In The Light While There Is Light*	无	无	直译	相同

　　比较以上四个英文译本与俄语原著后发现，四个英文译本，在翻译原著正文内容的时候，虽然具体的英文表述上有所差别，但是

---

　　① Lyof Tolstoi，E. J. Dillon 译，*Walk While Ye Have The Light*（1890），William Heinemann，1891。

　　② Lyof Tolstoi，Leo Wiener 译，*The Complete Works Of Count Tolstoy*，Volume XIX，*Walk In The Light Whele Ye Have Light*，*Thoughts And Aphorisms Letters Miscellanies By Count Leo Tolstoi*，Dana Estes And Company，1905。Leo Wiener 是哈佛大学斯拉夫语系的教授，该译本后经其他出版社多次再版。

　　③ Lyof Tolstoi，Louise and Aymer Maude，*Walk In The Light and Twenty-Three Tales*，Oxford University Press，1928 and 1934。

　　④ Lyof Tolstoi，Nathan Haskell Dole，*Walk in the Light While There is Light*，翻译出版年度待查，资料来源：http：//en.wikisource.org/wiki/Walk_in_the_Light_While_There_is_Light。

基本上都采取了直译的方式。在小说的结构上，正文之前，有一段基督徒和非基督徒在一个家庭聚会上关于幸福、基督教教义展开讨论的一个小序曲。另外正文也保持了原著小说十章的面貌，且同原文一样，没有另附小标题，只用数字标记了章节。但是，原著在标题下附有"古代基督教时代的故事"①，各英文译本，只有在1905 年 Leo Wiener 英文译本有所说明，其他译本都没有将其翻译说明注解。② 在小说正文前面部分的内容，稍稍有所不同，俄语原文有《圣经·马太福音》21 章 33—41 节的内容作为引子③，但是英文译作中，除 Nathan Haskell Dole 译本，其他译本均有出现这一部分。

比较英文译本与原著的差异，主要是为了考察翻译原作时，可能参考的版本问题。目前能找到的英语译本，如上所述，共有

---

① ПОВЕСТЬ ИЗ ВРЕМЕН ДРЕВНИХ ХРИСТИАН。

② 笔者尚未查阅到 1891 年 E. J. Dillon 的英文本，该译本标题下，是否标有"古代基督教时代的故事"话语尚待确定。

③ 33. Выслушайте другую притчу. Был некоторыйхозяин дома, который насадил виноградник, обнес его оградою, выкопал в нем точило, построил башню, и, отдав его виноградарям, отлу чился.

34. Когда же приблизилось время плодов, он послал своих слуг к виноградарям, взять свои плоды.

35. Виноградари, схвативши слуг его, иного прибили, иного убили, а иного побили камнями.

36. Опять послал он других слуг, больше прежнего: и с ними поступили так же.

37. Наконец послал он к ним своего сына, говоря: постыдятся сына моего.

38. Но виноградари, увидевши сына, сказали друг другу: это наследник; пойдем, убьем его и завладеем наследством его.

39. И схвативши его, вывели вон из виноградника и убили.

40. Итак, когда придет хозяин виноградника, что сделает он с этими виноградарями?

41. Говорят Ему: злодеев сих предаст злой смерти, а виноградник отдаст другим виноградарям, которые будут отд авать ему плоды во времена свои (Матф. XXI, 33 - 41).

四种。《五更钟》成书的初期，陈春生表明"壬寅之春，亮女士又属予共译是书"的翻译时间是壬寅之春，即1902年春天，当时基本完成草稿。结合各译本的出版时间来看，亮乐月在翻译时，可能是参考了1891年 E. J. Dillon 译本，或者是于原著发表的时间1890年到1902间其他英文译本或其他语种的译本。① 当然，也有可能亮乐月和陈春生将列夫托尔斯泰小说，直接由俄罗斯语翻译成中文。②

是否有可能从法文译本译成中文呢？ J. C. Garritt 在《五更钟》的 Preface 中提到小说的原文为 *Marchez que vors avez la lumiere —Walk While the Day Lasts*。*Marchez que vors avez la lumiere* 为法文，大意为"行在光中"。在《五更钟》的 Preface 中，J. C. Garritt 为什么只提到了小说的法语题目，而不是俄语题目？是否表明参考底本为法语呢？ 另外，我们结合亮乐月和陈春生经历来看，他们共译过法国散颠氏（Xavier Saintine，1798—1865年）的小说《小英雄》。这表明如果当时有托尔斯泰该小说的法文译本，他们二人是有可能直接将法文小说 *Marchez que vors avez la lumiere* 译成中文的。这里有一种推测就是，亮乐月和陈春生直接将法文译本 *Marchez que vors avez la lumiere* 译述成

---

① 在《五更钟》的 Preface 中，J. C. Garritt 写到，"Doubtless it was for this reason that Miss White, while reading Tolstoi's 'Marchez que vors avez la lumiere—Walk While the Day Lasts'—felt impressed with the great value of many portions of it to the church in China."小说原来的题目 *Marchez que vors avez la lumiere* 为法语，意思大概为"走向光明"，英文为 Walk While the Day Lasts。

② 朱静在《清末民初外国文学翻译中的女译者研究》中谈到，按原语种类划分，目前可以查明国籍、语种的译作有96种，其中俄语小说翻译了6部，其中有3部托尔斯泰的作品，并说明托尔斯泰的短篇小说《神在爱中》（*Where Love Is，God Is*）先后被袁玉英和亮乐月译为中文，都刊登在《女铎》上。这表明，她们也是有可能将俄语作品直接翻译成中文。朱静：《清末民初外国文学翻译中的女译者研究》，《外国文学》2007年第3期，第67页。

中文。

　　上面都是一些推测，但不管采用了上面哪个底本进行译述，考虑到英译本基本上是采用直译的方式，对原来的小说，进行从头到尾翻译，并且原著相比陈春生之后大量改写而成的《五更钟》而言，篇幅短小，"原文……不及是书十之二三"①。因此，后文会参考俄文底本或英文译本，试图探究中文本《五更钟》译述上采用的本土化策略。

（二）原著主要内容及"五次警醒"

　　小说《五更钟》的原著为中篇小说，从篇幅来看，全文共十章，约为 70 页。内容上取旨宣扬基督教义，故事情节比较简单。考虑到以上几个英文译本在主体上都是采取了直译方式，且 1905 年 Leo Wiener 英译本在全书的结构上与原著更接近，为研究的方便，本文参考 1905 年 Leo Wiener 英译本对原著与《五更钟》进行比较分析。

　　小说讲的是主人公 Julius 的起起伏伏、经历众多的一生。在他人生的每一次重要时期，都有心灵的警示和上帝的召唤，但这些警醒都会被各种因素冲淡。这样反复，直到第五次警醒，主人公最终踏上"天路"，信奉耶稣。

　　小说正文前面有一个引子。一群客人聚在一个有钱人家里讨论人生。在座没有人说他们自己是幸福的，他们承认自己生活是为了自己或自己的家人，他们过着世俗的生活。一个年轻人认为人们为了更加富有或者更有地位，而不能做自己想做的事情，因此应该改变自己的生活方式。但是他的父亲认为他的想法太天真，因为他的一切来得太容易，他根本不懂生活。他应该充分利用前人的经验，开创自己的生活。但是另外一位中年的已婚男士则结

---

　　① 陈春生：《〈五更钟〉再版自序》，《五更钟》，《晚清四部丛刊》第 90 册，第 5 页。

合自己的经验谈到,自己已不再年轻,但自己有着很多的生活经验,然而现实生活似乎并不能给让自己内心平安。一生努力,但家庭并没有好起来。所以是不是该改变现在的生活状况,来停止关爱的妻子和孩子,来思考一下自己的心灵。之后,这位已婚男士的话,又遭到了一群女士的批驳。她们认为,上帝要求我们彼此相爱,按照上帝的旨意,没有人有权对家庭成员施以武力。之后又有几位,纷纷发表了各自的看法。

第一章,先简单介绍 Julius 父亲 Juvenalis 的身世背景。Julius 小时候与 Pamphylius 一起学习,后来分开,然后相遇,面对展开基督教相关讨论。内容上主要结合前面提到的《使徒行传》第 4 章 32—35 节的内容,讨论按照上帝的话语与他人分享自己一切的话语。儿时的好友久别重逢,并第一次听到了好友关于上帝的话语,这是对主人公 Julius 的第一次警示。

然而,这次见面谈话后的结果是:Julius 听了 Pamphylius 的话,有点感动,但并不能完全理解。并且怀疑 Pamphylius 是在骗自己,但看到 Pamphylius 真诚的眼神,且想到 Pamphylius 的一片好心时,Julius 认为 Pamphylius 可能是在自欺欺人。后来 Pamphylius 邀请 Julius 去看他的生活方式,Julius 口头答应,但后来因专注自己的事情,把 Pamphylius 给忘记。第二章,Julius 开始花天酒地,生活放荡。有一次醉酒,和他人争吵后,把人杀死,结果父亲花大量钱财勉强让其获自由身。后又结交女人,但女人要买珍珠项链,欲望无限,Julius 难以让她满足,于是该女人随了更有钱的富家少爷。Julius 花钱无度,被父亲教训。母亲说情,结果母亲也被挨训。Julius 不服父亲教训,还责备父亲把自己变成这样,结果被父亲捆绑起来,挨打后,在母亲的劝说下,Julius 认错,并承诺好好做人,但心里另有算盘。一天,母亲让 Julius 卖掉她自己的金银珠宝给他用,Julius 顿感羞愧,空手离家出走。一路上抱怨自己及父母,又不知前面路在何方,忽然想到早年好友

Pamphylius,并向着 Pamphylius 生活的地方走去。人生的困惑及对未来的迷茫,唤起了对儿时朋友的记忆,这是对主人公 Julius 的第二次警示。

　　第三章,Julius 在去找 Pamphylius 途中,遇到一中年陌生男子。简单打招呼后,Julius 讲述了自己的身世,道出了自己的苦恼。之后,该男子针对 Julius 的苦恼,展开了自己大篇幅的论说。最终 Julius 被说服,重新回到家中,受到父母的欢迎,自己也承诺会结婚重新做人。所以第二次警示的结果是 Julius 在陌生男子的劝说下,去找 Pamphylius 的念头,烟消云散。第四、第五章,Julius 结婚后,继承了父亲的部分生意。在去附近的一座城市后,偶遇也到这座城市来卖葡萄的 Pamphylius。两人再次相聚,各谈自己的近况,并对耶稣基督的话题再次展开讨论,讨论主要为男女爱情、欲望、婚姻等话题。此为第三次警示。

　　二人聊天时,Julius 甚至对之前没有追随好友信主而有悔意,但分开之后,便忙碌于自己的生活,将之抛于脑后。第六章,与 Pamphylius 一别,又过了十年。十年间,Julius 父亲去世,自己全面接管父亲的生意,并开始公职生活。这也使得 Julius 赢得了很多尊重。但是,这十年间,家庭的不幸始终萦绕着自己。妻子生了三个孩子,使得妻子倾力于孩子,而忽视了自己。孩子在他眼里不过是招人厌烦的东西。他忙于生意和公务,虽然没有再过放荡的生活,但总感觉生活不够充实。而这时 Julius 妻子接触了一名信耶稣基督的奴隶少女,并逐步信了上帝。而 Julius 又和别的女人厮混。后来,由于一次奥运会电车比赛场上的车祸,Julius 身受重伤。祸不单行,一位老仆把宝石偷走逃掉,另外,一直跟自己鬼混的女人也随了别的男人。官场上不顺,自己期待的官职也没有弄到手。躺在床上,回首过去,再次想起了他的好友 Pamphylius 及他信奉的基督教。这是第四次警示。

　　第七章,Julius 伤病期间,以前说服自己别去 Pamphylius 所住之处的那个陌生男子来到 Julius 家中给他看病，并和 Julius 展开了讨论，努力试图说服 Julius 放弃信耶稣，去找 Pamphylius 的念头。第八章，Julius 第四次警示后的结果是：不知是听了那个陌生男子一番话，还是吃了他给的药，Julius 马上恢复健康，之后便按那个陌生男子建议的方式开始新的生活，这样又把自己试图过基督教生活的想法抛到九霄云外。一年后，罗马帝国的总督采取压制基督徒的措施，并来到 Cilicia 审判基督徒。Julius 也参与其中，但他从来没有想过，这会与他的好友 Pamphylius 有什么关联。一天，他再次偶遇 Pamphylius，好友久别重逢，相见甚欢。交谈中，Pamphylius 说了自己已经结婚生子的近况，也道出自己的请求，希望 Julius 能帮忙，让那些被审判的基督徒，能在众人面前说出自己的信仰。出于朋友情谊，Julius 答应帮助，但Julius 对 Pamphylius 信奉的教义不以为然。二人再次就有关教义展开讨论。结果是，Julius 打断 Pamphylius 的话，认为基督徒是骄傲的狂人，是社会秩序的破坏者。Pamphylius 则表情痛苦，不作对答。

第九章，二人接着议论，话题则转为孩子教育。两人分开后，那些被审判的基督徒被执行死刑。Pamphylius 为这些殉教者整理尸身，但 Julius 担心被牵连，没有走向 Pamphylius，也未能招待他到自己家中。第十章，又过了二十年。期间，妻子已经逝世，官场上起起伏伏，财富与日俱增，孩子们一个个成长，而第二个儿子，则开始了花天酒地。Julius 年轻时自己的各种不良习惯在儿子身上重演。这时，地方新官上任，Julius 一下子沦落到被流放的地步。虽然自己一度到罗马说明情况，但仍然没有改变被流放老家的命运。回到家，Julius 看到儿子正与一群狐朋狗友饮酒作欢。Cilicia 还流传着自己已经死去的传言，儿子们正在庆祝自己的死亡。心情复杂的 Julius 来到妻子房间，拿出《圣经》阅读，又回想自己的过去和 Pamphylius 的话语。于是再次下决心，走向

Pamphylius 所住之处。这是第五次警示。

　　第五次警示的结果是，Julius 在决定归信耶稣的过程中，虽又遇到阻力，但最后义无反顾，走上信主的路。途中，Julius 在一个村庄休息的时候，再次碰到那个陌生男子，他再次试图说服 Julius 放弃去找 Pamphylius 归信耶稣的念头。但是，这次 Julius 根本没有听他多说，直奔 Pamphylius 而去。到 Pamphylius 所在地后，Pamphylius 很高兴地接待了 Julius，并引 Julius 去了一个葡萄园。面对渐渐枯老的树枝，Julius 不禁感慨自己一无是处。这时葡萄园一老者出现，并安慰 Julius 说，一切百姓都是神所爱的儿女，所作之事，不管大小，都将为神所喜悦。Pamphylius 倍感安慰，之后每天都和那里的兄弟们一起劳动耕作。这样又过了二十年，直到去世。

三、《五更钟》主题内容的本土化译述策略

　　《五更钟》的出版非个人完成，传教士亮乐月能理解原书大意，但又无力独自用中文完成全书，而华人笔述者陈春生又不懂外语，于是两人通力合作，以使作品既有原作之大意，又有新添加部分，致使全书既不能称为"翻译"，又不能称为"创作"，因而谓之"译述"。《五更钟》体现了译述策略上的创造性，并得到早期读者的高度评价。1909 年 1 月 1 日，美国长老会中国地区委员会副主席甘路得（J. C. Garritt）在《五更钟》的序言中写道：

　　　　该书原起名为"五次召"，并非托尔斯泰著作的直译。但是很多素材取之于此，并融入上帝的话语，努力引导一颗不情愿的心通向光明。另外生活的道理也融入小说，整个故事为便于读者的理解，穿上了中国式的外衣……它强调中国的基督教生活环境，而且描写了一颗逐步变为基督教徒的人纠结

的心理。①

　　这里甘路得也认可《五更钟》为一部非直译的作品，并强调小说"穿上中国式的外衣"之中国因素，从内容上，强调对本土基督教环境的关注，这都是对《五更钟》一书本土化特色这一成功之处的肯定。

　　《五更钟》作为译述小说的特色就在于它不再拘泥于对原作的单纯摹写，而是通过许多改变和新的描写，使作品体现出中国的社会风情和生活时代气息，使原本基于西方背景的故事，转化为一篇具有中国特色的小说。下面主要通过原著与《五更钟》的具体文本比较，来考察陈春生采用译述本土化的策略，如何在忠实于原作基本故事框架基础上，对原著故事替换、改写等问题。

（一）题名的本土化：从"Five Calls"到"五更钟"

　　托尔斯泰原著的题名为 *Ходите в свете, пока есть свет. Беседы язычника и христианина*，直译为"随您走向光明"。英文题名 Walk In The Light While There Is Light 或韩文题名 빛이있는동안빛가운데로걸으라 也都大意相同。但中文本《五更钟》相比"直译"而言，则更侧重极具中国本土化的改编。

　　五更，本为中国古代时间计算单位。中国古代把夜晚分成五

────────────

① 原文为："The present book, well named the Five Calls, is not strictly a translation of Tolstoi's work, but so much is taken from it as suffice to set forth the great lesson of God's repeated providences in leading a reluctant soul into the light. Lessons of life were welcomed from many other quarters and woven into the story. The whole was, for the easier comprehension of the readers, clothed in Chinese form, … it is fitting to tell of its inception and to emphasize its wonderful adaptation to the conditions of religious life in China and its illuminating portrayal of the conflicts of a soul almost persuaded to be a Christian." J. C. Garritt, Preface,《五更钟》,《晚清四部丛刊》第 90 册, 第 88 页。

个时段,用鼓打更报时,所以叫作五更、五鼓,或称五夜,大概在早上3至5点。就钟声而言,一般认为寺院作息皆以钟板等法器为讯号。钟,晓击则破长夜。在中国传统文化里,除报时以外,还有着更为重要的意义:

> 惟动之以声,则足以激发其天良,而唤醒其梦寐,盖声之为用大矣。昔夏后氏以五声听治,曰:"导以道者挝鼓,告以事者振铎,语以忧者击磬,讼以冤者挥鞀,而喻以义者则鼓钟。"是以八音之中,钟为金,金曰从革,有革面洗心之义焉。五声之内钟属宫,宫为君象,有上行下效之义焉。十二律之次,黄钟为冬至子夜之半,一阳复生有万物回春之义焉。故声之感人也甚深,而钟之为声也最正,古圣王取之以教天下,信不诬也。①

"八音""五声""十二律"中,"钟声"是有着催人警醒、激发人的良心,有让人洗心革面之功效。又因为其最能感动人,古代圣王甚至用钟声来"听治","教天下"。因此,钟声的文化内涵,也不断为一些文人用不同的形式表现出来。如杜甫在《游龙门奉先寺》中写到:"已从招提游,更宿招提境。阴壑生虚籁,月林散清影……欲觉闻晨钟,令人发深省。"韩愈在《谒衡岳庙遂宿岳寺题门楼》中写到"猿鸣钟动不知曙,杲杲寒日升于东"等。而中国的劝善小说,先于《五更钟》之前便有用"某某钟"为名的传统。如明末清初薇园主人有十六回本小说《清夜钟》。作者在《小说大凡八则》中对将"五次召"改为"五更钟"的原因进行了说明,指出"五次召"就是"上帝五次召人回头之意。"《小说大凡八则》第一则如下:

---

① 邵宝亮:《五更钟序》,《五更钟》,《晚清四部丛刊》第90册,第3页。

是书原名《五次召》，盖书中寓有上帝五次召人回头之意，故名。惟此名用在中国，未免深晦，人不易明，故改为今名。盖五夜清钟，寓有警醒世俗之意，与原名虽微有不同，而意实一也。其浅显易明，较之原名多多矣。①

以上可见陈春生为了使此小说更能让中国读者接受而作出的努力。从题名确立的过程来看，最初美国传教士亮乐月拟定的题名为 *Five Calls*，即"五次召"，在《五更钟》单行本初版的封皮上，也都标记有 *Five Calls*，较之原著而言，显然更能大致反应作品的故事情节，上帝的五次召唤，主人公林九如五次心理的挣扎，也显示了凡人进入基督天国的曲折历程。不过较之中国读者而言，"五次召"与中国读者还是有点距离，"五更钟"则蕴含让人警醒之意，较之 *Five Calls* 更加揭示主题，浅显易懂，更容易为中国读者接受。

小说题目"五更钟"的确定，其实体现了"西学东进"似的一次文化登陆。*Five Calls*，呈现的原著宗教色彩，这应该是西方文化在宗教领域上显现。但是就宗教而言，这是有别于东方的中国。而名称的改变，则更考虑到中国读者的阅读心理，使异国文化在本土化过程中实现本土读者阻力的最小化。

（二）主题内容的本土化：《五更钟》的"改良社会"倾向

托尔斯泰的原著是一部纯粹的宗教小说。小说充满了基督徒与非信徒间的辩论性对话，主要是围绕《圣经》或基督教的基本教义展开，讲述了一个非信徒经过人生的起起伏伏，最终皈依基督教的过程。小说篇幅不长，其内容也缺乏广阔的社会层面。但是《五更钟》取其传道目的的同时，又赋予小说新的内涵，将原著发展为

_____

① 陈春生：《小说大凡八则》，《五更钟》，《晚清四部丛刊》第 90 册，第 7 页。

一部既注重基督教内容，又强调"改良社会"的晚清社会倾向。

　　其实晚清小说理论已非常明确地提出小说的制作可以追求新道德、新宗教、新政治、新风俗、新学艺，是为了改良群治，借鉴其思想意义。而译述小说的译者看重原作的精神内容，而不是其叙述方式或遣词造句，艺术欣赏和文学意识薄弱。因此，他们在翻译域外小说时，便采取了译述的方法，《五更钟》也如此，译述者"译述"以表达作者的思想。陈春生在《〈五更钟〉再版自序》的第一句中强调了小说改良社会的意义：

　　　　今日改良社会之利器，除学堂为根本着手外，曰"报章"，曰"演说"，曰"小说"。大概"报章"便于已识字之人，"演说"便于未识字之人。其能雅俗共赏，上下交便者，其惟小说乎？盖小说之性质，意既显豁，词亦畅达，能于吐人心之欲吐，言人情之欲言。故世人无论智、愚、贤、不肖，未有不喜阅小说与喜闻小说者。《圣经》贤传，非不足以移风易俗，导人于善也。然其词旨深奥，读之殊费脑力，往往手未终卷，已入睡乡，何如小说之情致缠绵，有声有色令人久读不厌乎？①

　　陈春生将小说题目"五更钟"上标注"改良社会小说"，这与他视小说为改良社会之利器的观点紧密联系在一起。新式学堂、近代报刊、演说、小说，在关注社会、改良社会方面，都有着各自的特点。报刊用文字书写，面对识字之人，演说侧重用讲话来传达。较之而言，小说可谓雅俗共赏，更为大众所接受。而相比难懂的《圣经》而言，小说的趣味性，使得小说在传教方面有"润物细无声"的功效。由此可知《五更钟》的译述，不再仅仅是为了消遣，也非纯粹的宗教说教，而是有其明确的"改良社会"目的，而这一社会功能是

---

　　①　陈春生：《〈五更钟〉再版自序》，《晚清四部丛刊》第90册，第5页。

原著所没有的，是对原著的超越。陈春生在《〈五更钟〉再版自序》中还谈到了小说对改良社会的作用和改良社会小说的必要性：

> 惜我国小说，每多杂而不纯。如《水浒》尚义，而实为诲盗之媒；《红楼》言情，而实为宣淫之具；《三国》则言多诡谲，其流弊乃导人无信；《封神》则事多怪诞，其流弊乃引人信邪。故我国道学之士，每每严戒子弟，不看小说良有以也……自庚子以还，我国士夫，稍知小说之有功于社会也。爰《云从水集》，争译泰西各种小说，或历史，或言情，或侦探，或政治，光怪陆离，不胜枚举。然独于改良社会之小说，尚不多觏，岂非大憾事耶？①

在诗、文为主的中国古代文学中，小说在很长时间内是供认休闲娱乐的"小道"，为士大夫阶层所不齿，包括现在评价极高的一些经典名著。直到晚清，小说地位和作用方逐步为人认可。各种题材的西方小说纷纷被介绍到中国。用小说来传教，可以说也是极大地丰富了传统小说的题材。当然，陈春生用小说传教绝非首创，但是积极提倡小说关注当下社会，从而达到改良社会的目的，这一点在晚清小说发展史上，是有很大意义的。《五更钟》注重小说改良社会的意义，也得到了读者的认可。1908年暮春之初，读者王士瑛写道：

> 仆回忆生平有三乐焉……至第三乐，其惟读改良社会小说《五更钟》书一部乎。仆当一二年前，阅《通问报》，每期见有小说《五更钟》一段，为之心醉，与二三友叙谈，辄言念及之，以未得窥全貌为憾……迩来因看此书而望道者，有二三十人，异

---

① 陈春生：《〈五更钟〉再版自序》，《晚清四部丛刊》第90册，第5页。

哉！斯真生命粮之二膳……挑灯翻案得此书，异彩奇光耀双睇，喜笑怒骂成文章。仿佛前朝苏东坡实事教胜托空言，尼父春秋即此意，又如禹鼎铸牧金，恶俗针砭痛且挚。山上造城台上灯，此真光永不踬，奉劝吾华有心人，念我宗社累卵同奋起。①

王士瑛视读《五更钟》为人生三乐之一。这里他把《五更钟》比作孔子、苏轼的文章虽有夸张之嫌，但是他看到了《五更钟》对不良社会现象的痛斥，"念我宗社累卵同奋起"，激起"有心人"变革社会的作用。这里充分认可了其改良社会的教化功能。

在小说《五更钟》中，陈春生就对妇女"裹足"、"重男轻女"等社会顽疾，借基督徒之口，抨击了这些不良社会风气，表达了对社会现象的不满，试图建立一种新风气，展现其改良社会小说的主旨。例如小说中妓女李春玉的命运遭遇，就是对社会女性地位低下的一种批判。

　　却说这杏花馆的妓女李春玉，他本来是一官宦之女，因为父母，在任双双亡故，其时他只有三四岁，后落到婶母之手，抚养他到六七岁，婶母却又病故，春玉乃落到一乡人之手，作为义女。过不多时，又因乡间，大大饥荒，那乡人自己一家命也不保，遂将春玉卖给一水客（人贩子的别名）。后又过了好几道手，遂落在这杏花馆老鸨之手。当春玉初来之时，老鸨见他面目清秀，聪颖过人，晓得他后来必成奇货，乃就多多用钱，在他身上培植。日间送他攻书上学，夜晚着人教他弹唱。到了十一二岁，便能出局。他学这弹唱等事，因他很为聪明，一学就会，并未十分吃苦。至于裹脚一事，也因他的面貌可人，老

---

① 陈春生：《读〈五更钟〉后书并题》，《五更钟》，《晚清四部丛刊》第 90 册，第 87 页。

鸨也是十分仔细，所以也未十分吃苦。但到后来，知识既开，晓得是非，好像记得自己小时是一官家之女，被人贩卖到这老鸨之手，也晓得这老鸨如此花言蜜语，不过要哄他作那无耻的贱事，为他得钱。所以春玉曾有好几次想要逃跑，却是均被老鸨捉着，均被打得要死。有一次竟被打死，好久才活转过来①。

李春玉原本是官宦之女，但从小丧父丧母，后又经多次寄养或被拐卖，最终落入妓院老鸨之手。译述者陈春生对李春玉的悲惨命运是充满同情的，倾注笔墨，详细介绍，也向读者展现了妓女所代表的弱小女性的命运悲惨和不平等、堕落的社会现象。

另外，小说的其他章节中，又表达了女性争取平等权利的渴望。例如《五更钟》第十四回九如舅舅李牧师及女儿掌珠一同去参观掌珠所上的新式学堂，这部分为原著没有的内容，但这里女性同样可以上学，并借学堂王教习之口，针对"男子主动、女子主静"一说，引用《诗经》《论语》论述了女子学习体操的道理。掌珠作为新式女性的代表，在女子学校接受教育，这其实是表达对女性平等权利的呼唤。

尽管1895年传教士傅兰雅针对危害中国社会、妨碍进步的"三弊"——鸦片、时文和缠足，发表《求著时新小说启》，举办有奖征文的新小说竞赛，提倡书写救治良方的小说，但是这些小说，在当时并未正式发表，也未能取得影响。陈春生提倡改良社会小说，并在《五更钟》标题前明确标注为"改良社会小说"，这里并不排除这是陈春生有意用这种形式，减少中国读者对基督教小说排斥的一种策略的可能性，但从小说的内容来看，在传扬基督教的宗旨下，显现了原著所没有的"改良社会"倾向。他对"改良社会小说"

① 陈春生：《五更钟》，《晚清四部丛刊》第90册，第44—45页。

的倡导，可以看出是对傅兰雅主张的一次回应，小说《五更钟》则是这一主张下的有力实践。《五更钟》虽然正式发表在《通问报》的时间可能是在 1904 年到 1906 年"秋九月"之间①，但早在 1902 年，陈春生就开始着手该小说的编写了，而与梁启超 1902 年发起的新小说运动几乎是同步，可以看出陈春生提倡改良社会小说观念在近代小说上有着重要的地位。

四、《五更钟》改装重编的本土化译述特点

（一）环境背景与人物塑造的本土化特点

原著共 10 章，小说开篇便介绍了故事发生的背景："本故事发生在罗马帝国 Trajan 国王时期，公元 100 年左右。当时耶稣使徒的门徒还活着，他们还坚守着《使徒行传》所写的话语。"②并在小说正文进一步介绍了故事发生的地点，在一个叫 Cilicia 的小城（今土耳其南部，当时属于罗马帝国）。这个地方，虽远离罗马，但是被罗马高官直接统治，这里的统治者学习模仿罗马的方式，使得罗马的秩序也在这里建立。

《五更钟》则以章回体为庞大的叙事载体，一改原著在耶稣诞生一百年后的古罗马帝国大背景，将完全中国式人物穿梭在武昌—南京—北京—山东德州—直隶—保定—山西—保定这片从太平天国到 1900 年庚子事变的晚清中国，在叙述主人公近百

---

① 鉴于《通问报》资料的欠缺，笔者只能对其最先在报刊上发表的日期作推测。

② 原文为"This happened in the reign of the Roman Emperor Trajan, 100 Anno Domini. It was at a time when the disciples of Christ's disciples were still alive, and the Christians held firmly to the law of the teachers, as it says in the Acts." Lyof Tolstoi, Leo Wiener 译, *The Complete Works Of Count Tolstoy*, *Volume XIX*, *Walk In The Light While Ye Have Light Thoughts And Aphorisms Letters Miscellanies By Count Lev N. Tolstor*, Dana Estes And Company, 1905, p. 9.

年人生的同时，又插入太平天国起义、英法联军共犯北京、山西灭教惨案、义和团起义等重大历史事件，使得个人命运变化与时代的变迁相交织，让中国读者通过小说读到了社会的真实。与托尔斯泰的原作相比，小说主要登场人物既保持了与原著的一致性，又呈现出本土化的特色。下面是《五更钟》登场人物与原著人物的对照表：

《五更钟》登场人物与原著人物对照表

《五更钟》中人物名	原著是否有对应人物	原 著 人 物
林九如	有	主人公 Julius
林九如的父亲 林逢源	有	Julius 的爸爸 Juvernalis
林九如的母亲 李氏	有	Julius 的妈妈（无名）
林九如的老师 孝廉先生	有	Julius 的老师一个哲学家（无名）
林九如的朋友 庞凤兮	有	Julius 的朋友 Pamphylius
林九如的妻子 杨氏	有	Julius 的妻子 Eulampia（无名）
林九如的情人 妓女李春玉	有	一个基督教奴隶少女（无名）
归信基督后改名的李春玉 更生女士	无	
掌珠	有	基督徒寡妇的女儿，后成为 Pamphylius 的妻子（无名）
赛半仙	有	三次试图说服 Julius 别信基督教的陌生男子（无名）
老鸨	无	
怀教士	无	
关东强盗 王明	无	
庞凤兮母舅 李道生牧师	无	

《五更钟》中人物名	原著是否有对应人物	原 著 人 物
学堂 王教习	无	
王二老	无	
毓抚台	无	
赵信士	无	

由上表可见,《五更钟》中出现了原著中没有的人物。在译述的过程中,根据故事情节展开的需要,陈春生添加了不少人物。但是原著的主要人物,在《五更钟》中都有对应。如原著的主人公Julius,在《五更钟》中以林九如的身份出现;另一个重要人物,Julius 的朋友 Pamphylius 则以庞凤兮的面貌出场,原著的其他登场人物也都能在《五更钟》中找到相对应的人物。这就使得陈春生在译述的过程中,尽量保持小说的整体框架与原著的一致性。但是,原著中的人物在《五更钟》中登场后,完全穿上了"中国的外衣"。

原著像西方的其他宗教小说一样,人物为一般性人物名字如 Julius、Pamphylius,都只是一个名字符号,并无特别意思。并且原著中除了主要人物以外,其他人物几乎只是介绍与他人的关系或职业,连姓氏、名字都没有说明。人物的登场,完全处于故事情节的需要,其名字本身的意义,不在原作者的考虑之中。如 Julius 的妈妈,还有基督徒某寡妇的女儿,后成为 Pamphylius 妻子的那个女人,都是无姓无名。可见原著中的人物名字并无特别所指,这样使得这些登场人物代表了某类人物的普遍性。

但是在《五更钟》中,出场人物已经完全找不出任何西式名字的特点,完全以中式名字命名。并且译述者煞费苦心,像中国传统小说中的人物一样，给每个出场人物的名字都附上一定的寓意。九如父亲，姓林，名明道，字逢源，寄寓通晓社会道理，左右逢源，表达了传统儒家社会的普遍情愫，意味深长。九如，名天宝，在《诗经·小雅·天保》中：

> 天保定尔，亦孔之固。俾尔单厚，何福不除？俾尔多益，以莫不庶。
>
> 天保定尔，俾尔戬谷。罄无不宜，受天百禄。降尔遐福，维日不足。
>
> 天保定尔，以莫不兴。如山如阜，如冈如陵，如川之方至，以莫不增。
>
> 吉蠲为饎，是用孝享。禴祠烝尝，于公先王。君曰卜尔，万寿无疆。
>
> 神之吊矣，诒尔多福。民之质矣，日用饮食。群黎百姓，遍为尔德。
>
> 如月之恒，如日之升。如南山之寿，不骞不崩。如松柏之茂，无不尔或承。①

《诗经》中的"九如"，本为祝颂人君之语，后推而广之，泛指为祝寿之辞。小说为主人公特起一个中国名字，表达了普罗民众共同的愿望。九如朋友庞凤兮，名圣叹，字凤兮。明末清初有评点水浒的金圣叹，《红楼梦》小说人物有王熙凤，这些都是耳熟能详、为大众所知的名字，作者取相似的名或字，能让中国读者倍感亲近，毫无距离感。

九如情人妓女李春玉，后改名更生。"花""玉"，都是美好象征，但将这个名字放在妓女身上，就有了风情的意味，并且中国古

---

① 参考汉典古籍网：http://gj.zdic.net/archive.php? aid=2644。

代妓女名字多取"花""香""兰""玉"，这与现实构成一种对比，作者在这里其实也暗示了此角色悲惨的命运。后来，她脱离妓院，后又结信基督教，并改名为"更生"。这一名字，明显是赋有重新做人，开启新人生的意义。

《五更钟》中赛半仙这个人物，小说中三次都在主人公林九如试图寻找好友庞凤兮走基督之路时，作为反基督徒试图说服林九如不信耶稣。该人物无论是在《五更钟》还是在原著中，都有着很重要的角色。不过，在原著中，第一次是作为"一个陌生男子"出现，第二次则是以"医生"的身份出现，最后，则作为"那个医生"出现。这几个称呼都没有特别的含义，但是《五更钟》中为其起名为"赛半仙"，意味深长。"仙"，给人神奇、神秘的感觉，一看便知或为江湖游医，或为道观仙师。不仅如此，还赛过半个神仙，字面上的暗示，能大大吊起读者的胃口，使故事情节充满吸引力。

有些人物的命名与小说思想还有关联。如原著中Pamphylius的妻子，是一个虔信基督教的寡妇之女，无名无姓，但在《五更钟》中，取名为李掌珠。掌珠，手中的宝物。在重男轻女的晚清社会，能视女儿为手中的宝物这样珍贵，实在难得。这其实是对当时重男轻女的社会风气的批判，也表达了对女性平等意识的追求。

另外，从《五更钟》有些人物的名字上还可以看出时代的标识，窥见社会一景。如"孝廉先生"，是林九如和庞凤兮小时候的老师。在原著中，这个角色用"哲学家"指代。"孝廉先生"，虽也非具体人名，但是这一称呼在中国文化中有特别意义。孝廉本是汉武帝时设立的科举考试，以选拔官员的一种科目，后来"孝廉"成为明清两朝对举人的雅称。这里出现的"孝廉先生"，其实就是地方富家的一名"家庭教师"。从中也可以看到晚清知识分子，特别是科举不中不得志的文人之生活状况。

（二）故事情节的继承与本土化改编

在情节上，比较原著和《五更钟》可以发现，陈春生在演说的过程中，尽量保持了故事的原貌。九如儿时与好友凤兮一起念书，后来分开。多年不见，两人已走上了不同的人生路程：一个过着世俗生活，一个皈依基督教。多年后重逢，讨论宗教话题，再分开，再见面。几次分分合合，交叉着人生的起起伏伏，最终结局是九如奔向朋友住所"平安村"，一起去了"葡萄园"，信奉耶稣，一起自力耕作，平安度日。

另外，原著五次召唤的"Five Calls"这一核心故事情节，在《五更钟》里也有相似显现。《五更钟》五次警示分别是：第四回书九如遇凤兮在书斋谈论基督教，此为第一次警钟。第八回书九如进一古庙，自怨自艾，深自忏悔，欲往"平安村"问道，此为第二次警钟。第十五回书九如由天津回家，独坐车中，自悔未能早在平安村问道，此为第三次警钟。第二十一回书九如得凤兮之信，又得更生女士之感触，乃立志欲往平安村问道，此为第四次警钟。第二十四回书九如独坐书斋，回想一生失败之事乃屈膝祈祷坚心归主，此为第五次警钟。

比较前文提到的原著之五次警钟，首先在整体上，保存了警钟次数的同一性，都为五次。另外，"警钟"响起的环境也基本一致。第一次都是在久别重逢后，与好友论道时，警示主人公。第二次，都是主人公在离家出走后，面对前路迷茫，自责反省时。第三次则为多年后与好友再次见面，谈论各自生活，两人又论基督教义后，主人公再次反省，深感忏悔时。不过，原著的第四次警醒和第五次警醒，在《五更钟》中根据故事情节的需要，糅合成了一个，改写成新的第四次警醒。

另一方面，陈春生对故事情节也作了很大的调整。下面是《五更钟》与原著主要内容相对应的表格：

原　著	《五更钟》	原　著	《五更钟》
第一章	第一至四回	第六章	第十六至二十一回
第二章	第五至八回	第七章	第二十二回
第三章	第九、十回	第八、九章	第二十三回
第四、五章	第十一至十三回	第十章	第二十四回

原著共十章，陈春生在译述的过程中，保存了原著的基本故事框架，又进行了大量的添加改写。正如亮乐月所嘱托的那样："先生编辑是书时，处处均须为华人立言，不得稍涉译稿窠臼，此译稿直视之为造屋之支架可，其间门窗如何位置，墙垣如何粉饰，则听君为之，慎勿为译稿所累也。"①陈春生在译述的过程中，有时是根据原著的一句话，演义出一两章，编写成一个完整的故事。如原著第一章对 Julius 与 Pamphylius 的离开与重逢，只是轻描淡写，一笔带过：

　　然而，没有什么能让 Pamphylius 留下。对彼此的友谊表达感谢之情后，Pamphylius 便离开了。之后的两年间，Julius 结束了学业，两人也未曾见面。但是有一天，Julius 偶然在街上遇到了 Pamphylius，并邀请他到自己家中做客。②

---

① 陈春生，《〈五更钟〉再版自序》，《五更钟》，《晚清四部丛刊》第 90 册，第 6 页。
② 原文为"To all admonitions to stay and continue his instruction, Pamphylius remained imperturbable and, thanking his friends for their love and their cares of them, he parted from them. Two years passed, Julius finished his studies, and during all that time he had not seen his friend. Once he met him in the street, he invited him to his house." Lyof Tolstoi 著，Leo Wiener 译，*The Complete Works Of Count Tolstoy Volume XIX Walk In The Light Whele Ye Have Light*，Dana Estes And Company，1905，p. 11.

这里,原著对二人的分离与再聚的介绍极为简单,只是寥寥数字便交代完毕。而在《五更钟》中则被译述成"怕分离长亭挥泪,喜聚首书斋言欢"一章:

逢源因见凤兮万分悲切,很为不舍,遂吩咐九如送他出城,三人转湾抹角,不一时出了城门。但见城外柳绿桃红,莺歌燕语,山明水秀,风景移人。他们却是无心赏玩,惟见路上许多男男女女,手持纸镪出城扫墓,各处坟山上的哭泣声,和那半空中的纸鸢声,呜呜号号,随风抑扬,好不凄凉人也。古人有清明诗道:

南北山头多墓田,清明祭扫各纷然,纸灰飞作白蝴蝶,泪血染成红杜鹃,

日落狐狸眠冢上,夜归儿女笑灯前,人生有酒须当醉,一滴何曾到九泉。(有道则不然)

却说二人随走随谈,不觉已到了十里长亭。凤兮便止住九如道:"送客千里终须别,多谢兄台雅意。现在天已不早,请即回去罢。"九如道:"可惜弟的缘薄,不能得着兄台同窗共砚,切磋琢磨,以成功名。"凤兮哭声答道:"弟才微知浅,多蒙令尊提拔。不幸遭家不造,半途而废,并非弟意。但愿我兄,用心读书,造就学问,不要像弟有始无终也。"九如不忍离开凤兮,送了一里又送一里。凤兮乃双手拦住九如道:"弟请就此告别,如再相送,弟就不再前行了。"九如执凤兮的手道:"我兄此去,天各一方,不知何日才能再见。惟望我兄节哀顺便,保重玉体,善事老母。"说罢泪如雨下。凤兮也是挥泪而别,九如便立在高处,直望至凤兮走进前面的树林,不能看见,纔怅怅回转。那时候已经暮烟四起,新月高悬了。①

————————
① 《五更钟》,《晚清四部丛刊》第90册,第8、9页。

文中诗歌的插入，算是译述之作《五更钟》的一大亮点。原著文字简洁，故事精悍，但必要的细节和唯美意境，是不可忽视的。儿时好友，难舍难分，不知何时方能再见，叮咛嘱咐，最后驻足目送，挥手作别。如中国古代很多离别诗一般感伤、哀婉。离别的场面，如画卷一般，在读者眼前舒展开来。与友人离别是忧伤的，然而，"城外柳绿桃红，莺歌燕语，山明水秀，风景移人"，这种用美景反衬两人离别时的忧伤、以乐景写哀的笔法，将依依不舍的情感烘托到了极致，同时也道出了两人友谊的深厚，为这对少年挚友成年后却走上了完全不同的生活道路埋下伏笔。同时，这种情景交融、营造意境的笔法，也是中国文学作品传统的审美追求，这与原著"Pamphylius便离开了"短短一句话风味迥然。这种中国本土化的译述方式，也为《五更钟》赢得了更多的中国读者。《五更钟》在写到两人重逢时：

> 一日他坐在书斋，正是翻来覆去，踌躇这事，忽见由前院大门，进来一人，一手持伞，一手持一包裹，忽忽而来。那时院中桃花盛开，遮掩来人之面，不甚看得清楚，及至到了书斋门口，九如仔细一看，认得是多年的老友庞凤兮来到，急忙起身将他迎入。二人见面之时那喜欢的光景，这也不必细表。①

此处有详细的动作描写，栩栩如生，使得人物的形象也更加生动、鲜明。并且"翻来覆去"、"急忙起身"等细节描写，颇具吸引力，与原著感觉自然很不一样。将原著的一、两句话在《五更钟》中发展成一个完整故事的例子，还有很多。如原著第六章一次奥运会电车场上的车祸，Julius身受重伤的记叙，在《五更钟》第十九回，译述成一个九如酗酒跌成重伤的故事；又如原著第六章中"Julius

---

① 《五更钟》，《晚清四部丛刊》第90册，第10页。

妻子接触了一名信耶稣基督的奴隶少女，并逐步信了上帝"一句话演说成《五更钟》第十七回，详细阐述了九如妻子杨氏如何从接触更生女生、怀女士，最终如何信教的故事。

另外，陈春生还添加了原著中没有的情节。如第六回的后半部和第七回，以及第十八、第二十回完全是添加部分，妓女李春玉的故事，如同明清世情小说，才子佳人、市井风情的情节故事，大大增加了小说的趣味性。而后面妓女李春玉改名为更生女士登场，使得故事忽然出现转折，跌宕起伏，又峰回路转，使得小说更富有吸引力了。

第十五回所写的九如媳妇与婆婆关系恶化，媳妇杨氏试图跳井自杀，九如后按王二老所教的人工呼吸法，救活妻子杨氏的场面描写，以及第二十三回赵信士一家惨遭杀害的场面描写，都是原著没有的细节。陈春生对这些直接关乎生死场面的描写细致入微，极力渲染，营造了紧张的氛围，使得文章节奏有张有弛，有起有伏，大大增加了故事的吸引力。同时，小说中类似于"人工呼吸"这样的现代科学知识，也刚好契合了当时华人向往科学知识，以求富国安民的渴望。

总之，陈春生对原著进行的大量改写，其实也是一个本土化书写的过程。在译述过程中，他并没有完全拘泥于原著，而是将原作中的人物、地名、故事背景、故事情节等改成中国读者所熟悉的表达方式，从而使得情节更加紧凑自然，使故事的发生更符合中国人情。另外一个典型的本土化译介策略，就是章回体小说模式的运用。

（三）叙事模式的本土化：章回体小说模式的运用

章回体是一种"演义"，它常常通过讲述故事，向读者传递某种思想或者训诫。传教士及其中文助手，往往秉承"文以载道"的宗旨，采用章回体译述小说，来迎合读者的阅读习惯，满足部分读者的趣味性追求。1819 年英国传教士米怜创作了第一部中文基督教小说《张远两友相论》。之后，章回体的形式不断为基督教传教所用，如郭实猎的《赎罪之道传》、杨格非的《引家归道》等。这些小说都是利用章回体制来叙述故事，但整体上来说，尚处于尝试阶段。如《张远两友相论》在整体上也采用了章回体小说的形式，但可以说还处于简单模仿阶段。该小说分回，但无回目文字。各回开头没有章回体小说的入话与开场韵文，如"且说"、"看官"等套语，末尾也没有"且听下回分解"这样的结束套语。在情节展开上，文章主要通过两个出场人物间的长篇对话和讨论展开全篇，缺乏"悬念"。另外，登场人物主要是作为传达某种思想的代言人，整体上人物性格比较单一，缺少变化。《赎罪之道传》有回目单句标题、各回前有"话说"、回末有"……如何，请听下回分解"等套语，也添加回目、篇尾诗篇，但小说多注重议论，情节缺乏曲折性；《引家归道》也缺乏套语等形式。之后一段时间，多用文言笔记体形式来书写教义与信仰生活。① 而到了清末民初，采用章回体翻译外国小说之风甚盛，《五更钟》在此背景下登场，经过近百年基督教与传统小说结合的实践，《五更钟》以成熟的章回体小说外形为世人所知，成为再版多达十六次之多的传道之利器。

　　托尔斯泰的原著主体部分共分十章，每章为附有题目，只用简单的罗马数字Ⅰ、Ⅱ、Ⅲ……标记。陈春生在译述的过程中，则完全采用了中国传统章回体的模式。《五更钟》具有章回体小说结构

---

① 纵观十九世纪的基督教小说，体制上大体有两类：章回体和笔记体。西洋传教士采取两种传教策略，其主要对象为一般大众与高官文人，因此，他们出刊中文基督教小说时，按照不同的传教对象、使用不同的言语载体，针对高官文人的作品专用典雅的文言笔记体写作如《喻道传》、《喻道要旨》、《安人车》等作品，针对平民老百姓则主要试用平易通俗的白话章回体如《张远两友相论》、《赎罪之道传》、《引家归道》等作品。吴淳邦：《传教、翻译、启蒙、小说——19 世纪中文基督教小说的创作与传播》，《中国语文论译丛刊》2011 年 第 28 期，第 198 页。

特征，包括对称的回目标题，本文中有"话说"、"且说"、"不便多表"等套语，有诗词入文，故事内容颇富文学艺术性与趣味性，情节的展开峰回路转，又高潮迭起，在通俗生动的小说与枯燥的教义宣讲讨论之间找到了平衡点。先看一下上卷回目：

第一回　吊前人千古同泪　闻噩耗阖堂惊悲
第二回　怕分离长亭挥泪　喜聚首书斋言欢
第三回　戒缠足湘臬有示　论正心儒教无功
第四回　谢神恩每饭必祷　遵天命修往咸宜
第五回　浪花消年关败露　肆淫行妓院争风
第六回　林九如悮伤盗匪　李春玉备受酷刑
第七回　素重金老鸨心毒　窃珍物慈母爱深
第八回　林九如顿生悔悟　赛半仙妄论吉凶
第九回　观气色随心毁誉　论圣教信口抑扬
第十回　闯祸关力行三事　行婚礼乐满一堂
第十一回　燕新婚九如改过　证伦理凤兮引经
第十二回　择佳耦必慎三德　遵神言谨守四端

《五更钟》每一回都用工整的七字对仗句来作为标题，简洁精辟，对该回的内容作出概述。比如在第二回当中，作者用"怕分离长亭挥泪，喜聚首书斋言欢"作题，对本回的内容进行概括，由两句话内容形成对照，这种对照很能唤起读者对本回内容的期待，可看出作者的一片良苦用心。第三回"戒缠足湘臬有示，论正心儒教无功"，第九回"观气色随心毁誉，论圣教信口抑扬"主要是一个对话讨论，只是讨论的主题有所变化，没有什么故事情节。这样设置回目，直接提出讨论内容核心，可以使读者根据自己的兴趣取向有选择性地阅读。类似的还有第十二回、第十三回、第十八回的回目。在第六回当中，作者用"林九如悮伤盗匪，李春玉备受酷刑"的句子对第六回的内容进行了概括，将"盗匪"、"春玉"这样的名词嵌入，很容易勾起读者对传统"公案小说"、"才子佳人小说"的期待，吊足了读者的胃口。总之，《五更钟》回目的设置，既概括了小说的内容，又结合中国读者的阅读习惯作了大量努力。

另外，《五更钟》对章回体套语的运用，也非简单模仿，而是对故事情节发展起到很大的作用。从叙述结构来看，章回体小说在叙述情节的安排上，有其特别之处，其中最明显的是在每一回的结尾，作者往往故意抖一个包袱，或者来一惊人之笔，以吸引读者对即将发生的故事情节产生强烈的兴趣。如第一回最后：

> 正是：人有暂时祸福，天有不测风云。欲知所为何事，且待下文分解。①

"人有暂时祸福，天有不测风云"为众人熟知的俗语，用在这里恰到好处。前面内容介绍到九如小时候与凤兮一起学习，甚为融洽，但是四年后凤兮收到父亲忽然去世的家书，这自然会激起读者怜悯之心，也诱发读者的好奇心。父亲去世，凤兮的命运将会如何呢？九如和凤兮今后的关系会如何？两人今后会走上什么样的道路呢？由"且待下文分解"引出后续情节，使全文内部结构衔接流畅。又如第十回的结尾收场：

> 正是：但见新人笑，那闻旧人哭。欲知春玉后来究竟如何，且待下回分解。②

本回结尾处，写到九如听从赛半仙之言回到家中，向父母认罪。后

---

① 《五更钟》，《晚清四部丛刊》第 90 册，第 7 页。
② 同上，第 70 页。

改过自新，并与本城良家之女成婚。新妇是绝色佳人，九如自然乐不可言。然而之前与他誓言旦旦，还巴望他拿两千两银子来赎身的妓女李春玉的命运会如何？故事该是有始有终。带着这样的悬念，读者自然会在之后的章回中寻找答案，然而千呼万唤，并未马上出来，直到第十回过后更生女士悄然登场，也没有引起读者太多的注意，而在第二十一回读到庞凤兮写给九如介绍更生女士的信时，才恍然大悟。原来她已经皈依基督教，如今四处传播福音的更生女士就是当年的李春玉。她的命运竟然如斯。故事吊足了读者胃口，又娓娓道来，让读者沉浸于故事，又收获峰回路转之美景。总之，《五更钟》每回末"欲知……如何，且待下文分解"的章回体套语，使得各回都有高潮和悬念，叙述结构上大体呈现团块结构，把各回相对独立的故事串联起来，诉说了一段传奇般的"天路历程"。

　　除此以外，《五更钟》全书开场和收尾，多以诗或词的韵文形式出现，且开场诗与收场诗井然有序，富有文学意义。托尔斯泰的原著，在小说前面有一个简单的故事作为楔子，讲的是一群基督徒与非基督徒举行一个聚会，并在聚会上讨论"幸福"的话题，并用《使徒行传》第 4 章 32—35 节的内容作为小说的引子。这一引子与后文谈论的内容有直接的关联。而陈春生在《五更钟》的书写过程中，则删去了原著聚会上关于讨论"幸福"这个话题的故事，并根据章回体小说的惯例，以诗词作为引子开启小说。第一回开头，陈春生写了如下一首词：

　　　　兔走鸟飞无休息，光阴转眼百年。功名富贵尽云烟，毕生忙碌碌，依旧捏空拳。　　　　可叹人如巢幕燕，劝君早断尘缘，回头即是埃田园，身心无罣碍，万事乐陶然。①

---

　　① 《五更钟》，《晚清四部丛刊》第 90 册，第 1 页。

这首开场词，是小说的一个引子。它并不是对章回体形式的简单模仿，而是恰到好处地道出了小说大概要揭示的主题内容，既关注一个人汲汲于功名富贵忙碌最终依旧两手空空的一生，又彰显主旨，寄寓情理，揭承小说的主题。百年转眼即逝，最后走向"埃田园"皈依耶稣，方可心无挂念，获取心灵的"平安"，引人深思，警策动人。

在小说的最后，《徽州府内地会昨非生拜题》是一组七言对仗句，是一位读者内地会昨非生为《五更钟》写的读后感，在《五更钟》首次登载于《通问报》时是没有的，在《五更钟》单行本出版时，将它作为全文的结尾。既回顾了故事的大概内容，也再次解释了小说的宗旨，就章回体格式而言，也显得更加完整。除此以外，《五更钟》还注意保存"讲说"的痕迹。如第七回中九如母亲讲到"养不教，父之过"时，小说忽然插入说书人的话语"作父亲的，请牢记此言"，使读者能在身份的转化中，更好地领会其中道理。

总之，陈春生在译述过程中，调整了原著的小说形式，让作品披上传统章回体小说的外衣，是西方宗教内容与中国白话小说体例相结合的尝试，达到了宣教目的，"让布道人和信徒感受到小说的趣味性和益处，同时也能启发非信徒对生活的新的理解"①。

结语

晚清中国出现了一些译述小说，这些小说有原著参考，但"译述者"根据本人的主观意识将其改写，使之适合中国人的风俗及语言文学习惯。1907 年出版的单行本《五更钟》就是这时期众多译

---

① 原文为 "Every preacher and reading Christian will find this story both interesting and helpful and non-Christian will discover in it an interpretation of life which will be new and invigorating." J. C. Garritt, Preface,《五更钟》,《晚清四部丛刊》第 90 册,第 88 页。

述小说中的一部。它是第一部由华人作家主导成书并公开发表出版的基督教中文小说，也是二十世纪最畅销的基督教译述小说。然而，这部小说在出版后百年的时间内，并不为人所注意。直到最近，才有学者认识到其重要价值。该小说的原著是俄罗斯作家列夫·托尔斯泰的小说 *Ходите в свете, пока есть свет. Беседы язычника и христианина*，1902 年开始经过美国传教士亮乐月和华人陈春生合作，译述成长篇章回体小说《五更钟》。

托尔斯泰的原著为中篇小说，篇幅不长，取旨宣扬基督教义，故事情节比较简单。而中文本《五更钟》在篇幅上大大增加，分上下两册，共二十四回，字数也多达十万字左右。在译述的过程中，为了"处处均须为华人立言"，使《五更钟》成为"专为传道于华人而作"的宣教小说，译述者作了大量改写、扩充工作，这使得中文本《五更钟》相比原著而言，充满了译述者大量的"创造性劳动"。

为了通过与原著的比较来探讨译述者到底是如何来改编和重构托尔斯泰的这部经典之作，笔者首先对小说《五更钟》的原著进行了考证。又对其俄语原著、英文译本进行考证，探讨了译述者可能参考的译本。并介绍了原著的主要内容及"五次警醒"这一核心故事情节。然后，论文从小说题目、主题内容、人物塑造、故事情节、叙事模式等几个方面，具体探讨了译述者在托尔斯泰经典重构改编的过程中，是如何体现其本土化译述策略的。

首先，在小说题目上，托尔斯泰原著的题目为 *Ходите в свете, пока есть свет. Беседы я зычника и христианина*，直译为"随您走向光明"，而中文本取名为"五更钟"相比"直译"的"Five Calls"浅显易懂，又揭示主题，更容易为中国读者接受，这也体现出陈春生为使作品更能让中国读者接受而作出的创造性努力。其次，对原著的主题内容作了适当调适。原著是一部纯粹的宗教小说。而《五更钟》取其传道的目的外，赋予小说新的内涵，对当时妇女"裹足"、"重男轻女"等晚清社会顽疾，借基督徒之口进行了抨击，表达了对社会现象的不满，并试图建立一种新风气，展现其"社会改良小说"的倾向。《五更钟》强调小说干预社会的功能，这是对原著的超越。

另外，《五更钟》的本土化译述策略，还体现在环境背景与人物塑造的本土化上。原著的背景设置在耶稣诞生一百年后的古罗马帝国，出场人物除了主要人物以外，无名无姓，人物的登场，完全出于故事情节的需要，其名字本身并无意义。而《五更钟》将出场人物都塑造成传统华人的面貌，并赋予人名一定内涵，让他们穿梭在从太平天国到光绪年间的晚清中国大地，还插入中国的重大历史事件，这让小说呈现出中国本土化的特色。

在故事情节上，《五更钟》延续了原著"五次召唤"这一核心故事情节，保存了与原著的一直性；同时为迎合中国读者的阅读习惯，对原著或改编，或添加，使得情节更有吸引力。在小说叙事模式上，《五更钟》采用了章回体小说模式。托尔斯泰原著为十章，每章只用简单的罗马数字Ⅰ、Ⅱ、Ⅲ……标记。陈春生则在译述过程中，完全采用了中国传统小说章回体模式，包括设置对称的回目标题，使用"话说"、"且说"、"不便多表"等套语。另外还有诗词入文，故事内容颇具文学艺术性；情节更加曲折，使通俗生动的小说与枯燥的教义宣讲讨论之间找到了平衡点。

第三编

宗教实践与翻译

汉语神学的滥觞：利玛窦的"帝天说"与上帝存在的证明*

纪建勋

一、导言

早在 1583 年利玛窦居于肇庆时，就已经感觉到传道必须首先获得中国人的尊敬，以为最善之法莫若渐以学术收揽人心，人心既附，信仰必定随之。① 个中原因，一方面是因为中华帝国历来是一自尊的民族，实践理性或实用理性较为发达的士大夫们在面对外来文明，尤其是宗教时，往往表现得敏锐多疑甚或排外成性；另一方面，崇古的退化史观，包括儒家的尊古理论，在明末士大夫群体中尚具有相当的权威性和吸引力；第三方面，异域传教，对持不同信仰的士人来讲，基督教的权威，包括《圣经》的启示及奥义，不复有太大的说服力；第四方面，也是更为重要的一个原因，就是中国宗法社会所特有的"家国一体"文化形态，"归化中国最大的困难并不是老百姓不愿接受基督信仰，他们对研究要理也无困难，而困难在他们的从属关系妨碍传教工作，上有父母、官长，直到高高在上

　*　本论文为上海高校一流学科(B类)建设计划规划项目，上海市教委科研创新项目"明末上帝论与儒家基督徒信仰进路研究"(14YS034)，上海高校青年教师培养资助计划(2013)，上海师范大学校级人文社科研究项目(2014)阶段性成果。
　①　[法]费赖之：《在华耶稣会士列传及书目》，北京：中华书局 1995 年，第 32 页。

的皇帝"①。

　　因此之故，传教士认识到中国社会的运转枢纽实为"文人"。其将传教中心放在"文人"身上，挟学术来布道行走于"上层路线"，其"间接传教""慢慢来"的适应策略以附会儒家调和儒耶，直至"利玛窦规矩"的形成甚或"礼仪之争"的兴起乃是必然之事。与此相应，推证上帝的存在进而向中国人显示上帝的真理时似乎唯余以下途径可行：一是神学上的证明。依托官方神学实际上主要是圣托马斯的五路为"骨架"来证明上帝的存在；二是"神经学"②上的证明。传教士置身神学与经学两个强大的诠释系统之中，出于适应和重释儒家思想的需求，还以奥古斯丁神学与孟子之学和宋明理学的对话为"血肉"，展开其对上帝是否存在的论证。这与按照常理所想象传教士的证明中对官方神学亦步亦趋的使用状况大相径庭；③三是"天算学"上的证明。教会通过天文、历算等实证学说，借明末改历之需与清初鼎革之机，建立数理和精神概念来证明上帝的存在④；四是在地化的证明。明末 Deus 之"大父母"说法就是在地化策略下证明天主(上帝)存在的范例。

　　对于中文语境中证明上帝存在进路的梳理，以上是就逻辑层面的分类而言。实际上明末的传教士与儒家基督徒在证明上帝的存在时，为求得较强说服力或言说上的便利，诸种推证方法往往混

　　① ［意］利玛窦：《利玛窦书信集》下册，罗渔译，台北：光启出版社、辅仁大学出版社联合发行，1986 年，第 433 页。

　　② 李天纲：《跨文化的诠释：经学与神学的相遇》，北京：新星出版社 2007 年，第1—50 页。

　　③ 纪建勋：《明末清初天主(上帝)存在证明的"良能说"：以利玛窦对孟子思想和奥古斯丁神学的运用为中心》，《北京行政学院学报》2014 年第 1 期，第 120—125 页。

　　④ 关于明末天主教上帝存在的证明及儒家基督徒信仰进路两问题的分疏，参见李天纲：《跨文化的诠释：经学与神学的相遇》，北京：新星出版社 2007 年，第 42—49 页、第 73—77 页。

搭在一起使用。① 以"大父母"说法为例：明末 Deus 的"大父母"说法是天主教当时提出的影响较为广泛的神名之一。儒家"大父母"思想肇端于易经，滥觞于理学乾父坤母的宇宙论，而天主教传统中往往强调"父"，也有崇拜圣母的传统，两者之间的契合使传教士和儒家基督徒提出"大父母"神名。这是从"神经学"角度展开的证明，也即从双方信仰和传统的应然推理出发来证明上帝的存在。另外，"大父母"说法也是一种借喻，此种"策略性"手段，耶稣会传教士们用来最为娴熟。这是在地化的证明，它是处境神学的发明，可以表明人神之间的亲密关系，也包含着令女性主义神学家们大感兴趣的价值。此外，阿奎那在论证上帝存在时使用了宇宙论证明，"大父母"神名实际上也暗含着一种宇宙论的逻辑推理：每个人都有父母，再往上推，就会有一个超越个体的共有的父母，即上帝。这又是官方神学亦即阿奎那五路证明之一种了。②

　　利玛窦提出"帝天说"③，通过诉诸《诗经》、《书经》等先秦典

------

　　① 实际上，明末对于天主教至上神存在的证明并不那么注意逻辑。在论证的方法上，《神学大全》中严密的因果逻辑推理大多被列举的例证、生动的比喻和形象的模拟所取代。此一现象关乎中西思维方式差异也即"关联性思维"与"因果性思维"说法的最初萌蘖，值得思考。详见孙尚扬：《基督教与明末儒学》，北京：东方出版社 1994 年，第70—71 页。

　　② 相关研究，请参见纪建勋：《明末天主教"Deus"之"大父母"说法考诠》，《道风：基督教文化评论》2012 年第 37 期，第 103—140 页。

　　③ 有关基督教神名问题的争论，有"译名之争"、"圣号论"、"帝天说"等概称，但三者的区分并不是十分明显。一般来讲，用"译名之争"来概括明末清初时期天主教就其神的汉语名字所引发的争议，用"圣号论"来指代基督新教在中国传教时期就神的中国名字所引发的争论；利玛窦将中国先秦典籍中的"天"和"上帝"均释作天主，试图把天主教融入中国的文化传统之中，黄一农将此一天主教儒家化的诉求策略称为"帝天说"，见黄一农：《两头蛇：明末清初的第一代天主教徒》，上海：上海古籍出版社 2006 年，第十二章。英文一般以"Term Question, or, Term Issue"统称之。这里采黄说，以强调耶稣会士融合儒耶的努力。文章的重点在于重新诠释《天主实义》中有关"帝天说"的内涵，藉以剖析利玛窦的诠解与上帝存在证明及汉语神学滥觞之间的关联。而关于"帝天说"所引致明末活跃的思想界对天学之种种互动与对话，拟另文探讨。

籍，使士大夫在复古、崇古的氛围中投向"上帝"之怀抱。长期以来，帝天说与译名之争纠缠在一起，纷讼累年①，莫之能息。实际上，关于译名的争论从基督教初入中国就已经开始，在其后的岁月中时沉时浮，但从来没有真正终止过。而且直到今天，这个问题也没有真正解决。譬如通行的和合本《圣经》中就仍然有所谓"上帝版"和"神版"两种版本。然而一般中国民众和汉语书写却已习惯了"上帝"这个说法，尽管后来因为礼仪之争，罗马教廷曾经禁止使用儒家经典中的上帝称呼天主教崇拜的唯一至上神，但今天对基督宗教稍有了解的中国人，一提到上帝，首先想到的恐怕不会是儒家经典中所说的皇天上帝，而是基督宗教共同崇拜的那个至上神。这说明，汉语中既有的言语表述与思想资源经过诠释，会获得新的神学意义。这给今天反思汉语神学的发展以很大启发。

过往，学界对于译名之争的研究，较多地关注于耶稣会士中"利玛窦派"与"龙华民派"之间的立场或派别之争。与许多学者都以"莱布尼茨之姿"为利玛窦"叫屈"并一面倒地反对龙华民不同，近期的研究则渐趋于持平地分析龙华民其人其文的意义。

钟鸣旦(Nicolas Standaert)指出两造争议的焦点在于对儒家的诠释传统也即原著和注疏间的矛盾采取了不同的响应方式：

> 龙华民的报告清楚地表明了是否可以用"上帝"和"天"的名词来表示基督教的神(God)，"天神"表示天使(Angels)，"灵魂"表示理性精神(Rational soul)的争议，开始并不是神学

① 关于包括译名之争在内的中国礼仪之争研究，请参见李天纲：《中国礼仪之争：历史、文献和意义》，上海：上海古籍出版社 1998 年，第 15—20 页、第 123—130 页。从儒耶对话尤其是从翻译角度对译名之争、圣号论等相关研究，较新的成果有：程小娟：《God 的汉译史：争论、接受与启示》，北京：社会科学文献出版社 2013 年；李炽昌编：《圣号论衡：晚清〈万国公报〉基督教"圣号论争"文献汇编》，上海：上海古籍出版社 2008 年。

的讨论，而是基于文本诠释间的冲突。争议的主要焦点在于
人们在对待常有的儒家原著和注疏间的矛盾中所应采取的态
度问题。①

刘耘华从中国士大夫的角度分析西方思想的关键语汇，如
Deus 等在进入中国文化语境后，对中文原有词汇如天、上帝、天主
之意蕴的冲击、异变以及与此相应的西方语汇与原义的疏离：

> 总体而言，西学派对于"天"儒差别是缺乏认识的，相比之
> 下，旧派专言差别，却体现了对西方词汇原义一定程度上的
> 洞察。
> 从上述考察看来，文化差异必然会导致文化误读，但文
> 化误读不一定只会导致恶果，如西学派人士对西学的接受
> 以及由此所产生的种种观念上的异变，很大程度上都是在
> 误读的情况下发生的；相反，对原义的洞察有时却偏偏成了
> 中西文化交流的障碍，如旧派人士反对、排斥西人西学即为
> 一例。②

李文潮则试图对龙华民其人及其文《论中国宗教的几个问题》
"平反"：

> 如同中国学者不能说明利玛窦对儒家经典的诠释是否符
> 合天主教教义一样，中国学者的愤怒与反抗也不能"证明"龙
> 华民的看法在神学上是错误的，充其量能够说明的，只是龙华

---

① ［比］钟鸣旦：《晚明基督徒的经学研究》，《中华文史论丛》2000 年第 64 期，第
37 页。
② 刘耘华：《中国文化语境中的"天"、"上帝"与"天主"》，《东方丛刊》1995 年第 4
期，第 100—103 页。

民的看法在实践上无法被实施的。"适应策略"的真谛只是找到了总能够使中国学者在心理上接受基督宗教信仰的方式，因为"适应策略"意在求同，而且是最低限度的同；求同导致适应，更容易导致误解。龙华民则强调差异。差异的前提是承认各自的独立性，求异并不排除误解，但差异一旦被发现，则更有价值。①

曾庆豹针对译名之争，探究在基督教直面汉语思想时，为何总是避开不了政治神学的问题：

利玛窦清楚地知道中国古代对于他们所承认或崇拜的对像是有其特定的称呼的，但是，当决定以"上帝"来翻译 Deus 时，即是表达了以"我们的概念"来"解释原作"的想法。所以，"解释原作"不是一种发现，它更多是一种发明……天主教传教士所要传播的不是"西学"而是"天学"……龙华民可能意识到"上帝与天主，特异以名"可能卷入强大的汉语诠释圈。天主教的"译名之争"恐怕永远走不出"汉语思想巨大的诠释圈"中……其中隐匿于自然神学(现代性)背后的"政治神学"，才是"译名之争"的真正问题所在。②

窃以为两派对待理学的驳斥立场并无不同，传教士们置身汉语思想巨大的诠释漩涡之中，对儒学原著与理学注疏之间巨大的

① 李文潮：《龙华民及其〈论中国宗教的几个问题〉》，《汉语基督教学术论评》2006年第1期，第168页。
② 曾庆豹：《明末天主教的译名之争与政治神学》，《道风：基督教文化评论》2013年第38期，第118—119页、第123—124页、第129页、第131页。而氏着：《汉语景教经典中的政治神学问题》，《道风：基督教文化评论》2011年第34期，第207—231页，更是指认汉语基督教第一次遭逢中国"政治神学"问题自唐代景教就已经开始。

诠释上的张力感同身受。与罗明坚、龙华民诸人仅仅批驳乃至拒斥理学不同,利玛窦不仅仅对理学持强烈批判态度,并且他还有自己的一套以亚里士多德自然哲学来解释"理",乃至以神学来重释理学的做法。要之,"不适应派"是以"驳"为"斥","适应派"是以"驳"为"立":

> "利玛窦规矩"所代表的"适应"政策适用于上层传教,而"不适应派"则大多熟稔于平民阶层布道。利玛窦、龙华民、利安当诸人不同的传教经历驱使他们选择了适合各自境遇的传教模式,是两造在各自相应环境下的应然选择。
>
> 传教对象的这种区分深植于中国自原始儒家就予以分隔的社会祭礼中礼和俗两大脉络。"其在君子,以为人道也"①对应于"利玛窦规矩"之"帝天说"与上层传教,而"其在百姓,以为鬼事也"②,所以一直以平民百姓为布道对象的利安当甚至也包括龙华民等就只能严辞拒绝接受这种宗教色彩浓厚的民间祭祀礼仪。

与上述学界对译名之争的系列新解读相应,本文即尝试对"帝天说"展开另一视角的研讨,期许获得新的启示。认为其与明末天主教 Deus 的"大父母"说法一样,已不仅是一种处境神学下的发明③,更是一种浸润在中西经学与神学诠释传统下的上帝存在的证明,是汉语神学的滥觞,而不应仅将其片面化处理成译名上的论争。

① 荀子:《荀子》,北京:中华书局1979年,第330页。
② 同上,第330页。
③ 孙尚扬:《利玛窦与汉语神学》,《中国民族报》2010年5月1日第6版;曾庆豹:《明末天主教的译名之争与政治神学》,《道风:基督教义化评论》2013年第38期,第118页。

二、汉语神学的滥觞：译名还是证明

万历三十一年（1603），利玛窦刊行《天主实义》一书，其中有曰：

> 虽然，天地为尊之说，未易解也。夫至尊无两，惟一焉耳；曰天，曰地，是二之也。吾国天主，即华言上帝，与道家所塑玄帝玉皇之像不同。彼不过一人，修居于武当山，俱亦人类耳，人恶得为天帝皇耶？
>
> 吾天主，乃古经书所称上帝也。《中庸》引孔子曰："郊社之礼，以事上帝也。"朱注曰："不言后土者，省文也。"窃意仲尼明一之以不可为二，何独省文乎？《周颂》曰："执竞武王，无竞维烈。不显成康，上帝是皇。"又曰："於皇来牟，将受厥明，明昭上帝。"《商颂》云："圣敬日跻，昭假迟迟，上帝是祗。"《雅》云："维此文王，小心翼翼，昭事上帝。"《易》曰："帝出乎震。"夫帝也者，非天之谓。苍天者，抱八方，何能出于一乎？《礼》云："五者备当，上帝其飨。"又云："天子亲耕，粢盛秬鬯，以事上帝。"《汤誓》曰："夏氏有罪，予畏上帝，不敢不正。"又曰："惟皇上帝，降衷于下民，若有恒性，克绥厥猷惟后。"《金滕》周公曰："乃命于帝庭，敷佑四方。"上帝有庭，则不以苍天为上帝可知。历观古书，而知上帝与天主特异以名也。①

在这里，利玛窦明确主张天主教最高神就是中国古经书所称上帝，是为"天主上帝同一论"的源头。然是说甫一问世，就论辩不绝。传

---

① ［意］利玛窦：《天主实义》，朱维铮编，《利玛窦中文著译集》，上海：复旦大学出版社 2001 年，第 21 页。

教士间有争议，中国士大夫间也有论争，儒家基督徒严谟甚至做了一部《帝天考》，专门回应教内各方对"帝天说"的质疑。以往学界对此的研究大多从宗教术语翻译的角度将其归为神名之争，或是从在地化的策略角度将其归结为耶稣会适应儒家的努力。前者流于偏激化，后者不免简单化。如果细加体悟，将"帝天说"看成利玛窦证明上帝存在的努力，就会从在原地打转的"译名之争"这场"错位的争论"中摆脱出来，进而获得一种新的意义。这一点，对于今天发展汉语神学也当具有重要的借鉴意义，堪称汉语神学的滥觞。下文试论之。

与前述"大父母"说法背后潜隐着上帝存在的宇宙论证明进路不同。"帝天说"的证明进程是："吾天主，乃古经书所称上帝也。"利用士人普遍存在的崇古、信古风尚与心理，借助天主教与儒家双方历史上各自足够强大的诠释系统，将古经中的上帝诠释成天主。既然西方的天主作为基督教信仰的至上神，其存在已经通过《天主实义》的书写得到了证明，并且东方的上帝在利玛窦一派传教士和儒家基督徒视阈下，两者具有不容置疑的可通约性和互相发明之处，上帝与天主"特异以名也"。因此，儒家元典中上帝的存在就暗示和保证了天主教至上神的存在。要注意，神学和儒学发展史上各自足够强大的诠释系统在其中扮演了重要角色，保证了证明过程以一种"自然理性"的方式完成。

古代的中国人无论做什么，都尽力随从理性之指导，他们说理性是上天赋予的。中国人从来没有相信，上帝及其他神明，会像我们罗马人、希腊人及埃及人等所认的，做那些坏事。因此可以希望无限慈悲的上帝，使许多按自然法生活的古人得到了救赎；那些尽力而为的人，得到了上帝惯常赐与的特殊帮助。从过去四千年的历史中，可以看出上述之希望是有根据的……①

① ［意］利玛窦：《利玛窦中国传教史》上册，刘俊余、王玉川合译，台北：光启出版社、辅仁大学出版社联合发行，1986年，第80页。

这里,利玛窦表达出中国古经中充满理性与有神论,并且古人对上帝的这种认识来源于"自然法",也就是说,因为人们被赋予理性,他们获得了一种对上帝的正确认识。利玛窦进而结合中国的历史来说明先民对上帝的认识:即完全凭借理性而不包含任何超自然的启示,这种自然神学层面的上帝论的进路所体现的理性能在中国保存那么长久的时间,关键之处在于地理或者历史原因,中国较少受到迷信的坏影响,这使得中国人在很长一段时期内保持了纯粹的理性。利玛窦的后继者们更是进一步从历史框架着手努力把中华民族的历史与《圣经》连接起来。①

　　然而华夏民族终究与犹太教不同,跟其他民族一样无法始终得到上帝的恩宠与启示,再加上人性的逐渐腐化,中国人慢慢丧失了原始的理性之光。终于走向了两个极端,要么耽于佛教之偶像崇拜,要么陷入宋儒之无神主义。② 也正是从这一个层面来讲,利玛窦通过标举"帝天说"来构建上帝论,掀起了明末关于天学的集中讨论。

　　传教士标榜这一证明实际上也是天主教自罗马帝国时期以来的诠释系统使然。在"信仰寻求理解"口号的感召下教父们运用希腊哲学及其理性思辨把希伯来人信仰中的上帝加以理性的论证,"二希"思想交汇后教父学与阿奎纳先后结合柏拉图和亚理斯多德的思想形成了中古时期的新上帝观,这才提出了上帝存在的证明问题,并依据所遵循的不同思想用各种方法证明上帝的存在。尽管希腊哲学思想中依于人的理性思辨而成的"最高理念"与"不动的推动者"等观念与希伯来人由宗教信仰所显示的上帝观本非一事,但毫无疑问这是中世纪官方神学所认可的证明,也是当时来华

----

　　① 梅谦立:《〈孔夫子〉:最初西文翻译的儒家经典》,《中山大学学报(社会科学版)》2008 年第 2 期,第 131—142 页;梅谦立、齐飞智《〈中国哲学家孔夫子〉的上帝论》,《国际汉学》2012 年第 22 期,第 25—29 页。

　　② [意] 利玛窦:《利玛窦中国传教史》上册,第 81 页。

传教士普遍的神学知识装备。

传教士除了用教会正统神学，主要是阿奎纳的五路证明，也有部分是奥古斯丁的神学，向士人证明上帝的存在外，更因中国原始的帝、天崇拜与天主教至上神信仰存有一定程度的契合，是故努力发扬上述由奥古斯丁和阿奎那所开创的对古代哲学的诠释传统，秉持修正或驳斥的立场积极展开对中国传统思想的调适与发明，通过"帝天说"提出"天主上帝同一论"来证明上帝的存在，在东西方思想的交汇下继续深入上帝存在的证明问题。所谓合儒、补儒乃至超儒，所谓汉语神学的滥觞等，皆是此一证明进路下的题中应有之意。不是这样吗？如果不认可这种证明，除非能将上述教父学诸种证明上帝存在的努力，一并否定；如果不认可这种证明，除非认为神学的发展是一潭死水，甚至也不认可《圣经》文本由旧约到新约的发展。

"帝天说"固然首先是翻译问题，但在"译名之争"中会原地打转，更何况一般民众和书写早已习惯了"上帝"这个说法！继续争论下去只会陷入偏激而不会有多大意义。相反，如果能从上帝存在的证明角度看"帝天说"所带来中西两造文化在本根处的交流与砥砺却大有前途。汉语神学，正是要接着利玛窦讲。[①] 这里，"上帝"与"天主"同一的证明，绝不仅仅是利玛窦在地化的策略下借用的一种说明，而是处境神学下的一种发明；它既涉及基督神学，也关联汉语神学，确有厘清的必要。当然，此一证明逻辑上的进路正确与否，是另一个问题。神学发展史上各种上帝存在的证明都无一例外地曾经引起过巨大的争议和批判，"帝天说"所引起的不休论争正可以作如此解读。

---

① 李天纲：《"回到经典，贴近历史"：探寻汉语神学的新进路》，《神州交流》2009年第1期，第111—130页；孙尚扬：《利玛窦与汉语神学》，甚至《道风：基督教文化评论》2010年第33期，其主题就是孙尚扬、潘凤娟担任策划之"汉语神学：接着利玛窦讲"。

利玛窦在 1604 年给耶稣会总会会长的信上说到：

> 我认为在这本书（按：指《天主实义》）中，最好不要抨击他们所说的东西，而是把它说成同上帝的概念相一致，这样我们在解释原作时就不必完全按照中国人的概念，而是使原作顺从我们的概念。①

利玛窦的话语下面漏泄而出的不仅是其尊孔崇儒，而且具有合儒益儒，进而补儒超儒，乃至于重新诠释儒家经典的雄心。这正是关于帝天论论争两造的本质区别所在。传教士们都感受到了神学与儒学之间悖立的张力，但利玛窦还在尝试运用汉语思想的诠释传统，通过证明古经中的上帝就是天主教至上神来重新整合儒耶之学。

传教士这种证明上帝存在的理路正如士人们接受这种证明的进路。譬如曾为是书作序的冯应京就将"天主实义"训为：

> 天主何？上帝也。实云者，不空也。吾国"六经"、"四子"，圣圣贤贤，曰"畏上帝"，曰"助上帝"，曰"事上帝"，曰"格上帝"，夫谁以为空？②

儒家基督徒接受这一证明是士人中普遍存在的崇古信古的心理与风尚使然，并且儒家体系自身也具有强大的诠释功能与包容性。"帝天说"激扬起了明末活跃的思想界对"儒家事天之学"、"基督教的神学"、"天文历算之实学"等天学说法之种种的讨论，最终

---

① ［意］利玛窦：《利玛窦书信集》上册，第 17 页。
② 冯应京：《〈天主实义〉序》，朱维铮编：《利玛窦中文著译集》，上海：复旦大学出版社 2001 年，第 97 页。

借"通天以通神"。此处"天"指"帝"、"天"崇拜及相应的儒家事天、敬天、畏天之学，"神"则是指天主教至上神崇拜及相应的中世纪经院哲学。

　　自今以后，若不遵利玛窦的规矩，断不准在中国住，必逐回去。

　　且中国称"天"为"上帝"，大小之人皆一样称呼，并无别说。尔西洋呼"天主"为"陡斯"，乃意达理亚国之言，别国又异。

　　西洋地方称呼天地万物之主用"斗斯"二字，此二字在中国用不成话，所以，在中国之西洋人并入天主教之人方用"天主"两字，已经日久。从今以后总不许用"天"字，亦不许用"上帝"字眼，只称呼天地万物之主。

　　览此条约，只可说得西洋人等小人，如何言得中国之大理。况西洋人等，无一人通汉书者。说言议论，令人可笑者多。今见来臣条约，竟是和尚道士，异端小教相同。彼此乱言者莫过如此。以后不必西洋人在中国行教。禁止可也。免得多事。①

以上是礼仪之争爆发前后康熙对"利玛窦规矩"、"帝天说"的谕旨批复。很能说明没有"帝天说"的证明，不承认对"天"、"上帝"的使用，中国的基督教就不复存在。帝天崇拜是原初先民最为根本的信仰，在其后数千年的中华文明的演进中一直绵延不绝、影响不衰。事实证明，这是传教士和儒家基督徒普遍认为天主教可以补儒的最重要地方。正因为"帝天说"能够证明西方的天主与东方的

---

① ［日］鱼返善雄辑：《康熙与罗马使节关系文书》，沈云龙编：《近代中国史料丛刊续编》第七辑，台北：文海出版社 1974 年，第 11 页、第 70—71 页、第 75 页、第 89 页。

上帝是同一的概念，从心理效应上可以帮助儒家基督徒小心规避
"两头蛇"①式的紧张与冲突，所以士人们才可能由儒入耶并最终
达致能够为自我及社会舆评所接纳的儒耶交融的理想境界。

问渠哪得清如许，为有源头活水来。"帝天说"关乎中西文明
本根处的两个概念是否同气连枝、同体异构的思考。要建立真正
的三自教会，终究离不了神学和经学的砥砺，离不了汉语神学的
发展。

再通过利玛窦与士人们借用儒家"大父母"说法证明上帝存在
的进路来观照"帝天说"的证明。李之藻在重刻天主实义序中总结
利玛窦所宣讲的神学时说：

> 利先生学术……其言曰：人知事其父母，而不知天主之
> 为大父母也；人知国家有正统，而不知惟帝统天之为大正统
> 也。不事亲不可为子，不识正统不可为臣，不事天主不可为
> 人。而尤勤恳于善恶之辩，祥殃之应……以庶几无获戾于皇
> 天上帝。②

李之藻的表述清楚地揭示了利玛窦的宇宙论证明进路：从
"父母"上溯到"大父母"，再上推至古经中的"皇天上帝"，最终证明
了天地万物之主"天主"的必然存在。不过考虑到儒家"大父母"说
法很大程度上是以乾父坤母为立论之基，利玛窦也辩称：

> 世有智愚，差等各别。中国虽大邦，谅有智，亦不免有愚

---

① 黄一农把身处儒耶巨大诠释漩涡中的明末清初第一代天主教徒，这种内心的挣
扎与煎熬形象地比喻为"两头蛇"，最引人遐思。见黄一农：《两头蛇：明末清初的第一
代天主教徒》上海：上海古籍出版社 2006 年。

② 李之藻：《〈天主实义〉重刻序》，朱维铮编：《利玛窦中文著译集》，上海：复旦大
学出版社 2001 年，第 99 页。

焉。以目可视为有，以目不能视为无，故但知事有色之天地，不复知有天地之主也。远方之氓，忽至长安道中，惊见皇宫殿宇巍峨嶻嶭，则施礼而拜，曰："吾拜吾君。"今所为奉敬天地，多是拜宫阙之类也。智者乃能推见至隐，视此天地高广之形，而遂知有天主主宰其间，故肃心持志，以尊无形之先天。孰指兹苍苍之天，而为钦崇乎？

　　君子如或称天地，是语法耳。譬若知府县者，以所属府县之名为己称，南昌太守称谓南昌府，南昌县大尹称谓南昌县。比此，天地之主，或称谓天地焉。非其以天地为体也，有原主在也。吾恐人误认此物之原主，而实谓之天主，不敢不辨。①

对于"天地"、"天"、"大父母"、"大君"等尊称，利氏解释成是一种借代，是一种语法上的借用，所以，"大父母"说法的产生及其广泛流播②很大程度上是一种在地化证明策略的体现，尽管其中潜隐着上帝存在的宇宙论证明，从证明类型上可以将其较为妥帖地纳入阿奎纳五路证明之中。无怪乎中士说：

　　夫父母授我以身体发肤，我固当孝；君长赐我以田里树畜，使仰事俯育，我又当尊。矧此天主之为大父母也、大君也，为众祖之所出，众君之所命，生养万物，奚可错认而忘之？③

　　而帝天说却不能说是语法上的借用与一种指代，也不是一种在地化策略上的证明，从证明类型上来看应将其纳入基督教诠释系统下的"教父学式理性思辨下的证明"。其最重要的一个表征就

---

　　① ［意］利玛窦：《天主实义》，第 22—23 页。

　　② 纪建勋：《明末天主教"Deus"之"大父母"说法考诠》，《道风：基督教文化评论》2012 年第 37 期，第 108—109 页。

　　③ ［意］利玛窦：《天主实义》，第 23 页。

是"最高理念"、"不动的推动者"、"诗书两经中的上帝"与天主教所信仰的至上神都不是一回事。正如同教父们的贡献在于借助古希腊哲学及其理性思辨所开创的天主教诠释传统，大大推进了神学的发展一样，利玛窦的做法也必将产生深远影响。所不同者是利氏身处中国，所借重的自然是以儒家的诠释传统为主。

数千年的儒家经典诠释史呈现一种经典中的普世价值与解经者身处的时空特性之间的张力，这种"普遍性"与"特殊性"之间的紧张性，又表现为解经者与经典互动时的紧张关系。朱子、王阳明对孟子学之解释皆以自己的精神体验加贯穿，别创新解。① 回到明清的语境中再来看：

> 中士曰：世人好古，惟爱古器古文，岂如先生之据古理也，善教引人复古道焉？然犹有未谙者：古书多以天为尊，是以朱注解帝为天、解天惟理也；程子更加详，曰以形体谓天，以主宰谓帝，以性情谓乾。故云奉敬天地。不识如何？②

朱熹解帝为天、解天惟理；程颐以形体谓天，以主宰谓帝；利玛窦解帝为天主，兜售"天主上帝同一论"，在这里，中士敏锐指出了利玛窦证明上帝存在的儒家诠释学立场！利玛窦明显对宋明理学关于经典的阐释采批判态度，是一种"六经注我"而非"我注六经"的方式。其本质与理学家们借集注经典之机而另辟新解，将"理"、"太极"、"上帝"、"天命"重释为形上的本原不是正好相同吗？不同之处是利玛窦将经典中的"帝"、"天"释为天主教的最高神而已，两造的诠释手段则一。理学诸子借经典著作的诠释把"上帝"看作是天

---

① 黄俊杰：《论东亚儒家经典诠释传统中的两种张力》，《台大历史学报》2001年第28期，第2—5页。

② ［意］利玛窦：《天主实义》，第21—22页。

道、天命和天理等一种无形的力量，这未必是经典的真义；正如同传教士真正关心的却是如何把中国人典籍中的"上帝"重塑为一尊人格化的、独一无二的、天地间的造物主和无所不在的神，这当然也不会是经典的原义。

雄心勃勃的利玛窦对于理学决不会仅仅满足于一驳了事，字"西泰"，时人呼之为"利子"的利玛窦，其真正目的在于重释儒典、做一名整合儒学与神学的"泰西大儒"，其野心在于"为往圣继绝学"、"为天主教在中国寻找上帝"！

三、教父神学家：造生之天还是化生之天

正如把利玛窦的"帝天说"理解为对上帝存在的一种神学与经学诠释学背景下的证明更为恰当一样，实际上，钟鸣旦甚至将儒家基督徒如严谟的《帝天考》等从经学与神学结合的角度所展开的诠释也归入教父学一类，称其为教父神学家，或者至少是神学生。[①] 通过以上的分析来看，利玛窦更有资格被称为明末第一位"教父神学家"。不是吗？因为希腊思辨哲学中的本体与犹太教的上帝本不是一回事，二希思想的融汇、中古时期新上帝观的形成，离不开教父们的决定性诠释；同样地，天主与《诗经》和《书经》中的上帝也本不是一回事。现在人们一提到上帝，却是已经很难想到先秦典籍中的上帝，而是基督教的 God。这也是拜利玛窦建立在"神经学"下的诠释立场所赐，称其为教父神学家，不算过誉。

按说利氏是"据古理"，"教引人复古道"，利玛窦对殷周以来的帝天崇拜中包含有至上神的主宰蕴涵有较为清醒的认识，在严格界分先儒/后儒、经典/注疏的前提下推演"天主上帝同一说"。且

---

① ［比］钟鸣旦：《可亲的天主》，何丽霞译，台北：光启出版社 1998 年，序言。

再看《天主实义》中对典籍的引用：

> 《中庸》引孔子曰："郊社之礼，以事上帝也。"朱注曰："不言后土者，省文也。"窃意仲尼明一之以不可为二，何独省文乎？《周颂》曰："执竞武王，无竞维烈。不显成康，上帝是皇。"又曰："於皇来牟，将受厥明，明昭上帝。"《商颂》云："圣敬日跻，昭假迟迟，上帝是祗。"《雅》云："维此文王，小心翼翼，昭事上帝。"《易》曰："帝出乎震。"夫帝也者，非天之谓。苍天者，抱八方，何能出于一乎？《礼》云："五者备当，上帝其飨。"又云："天子亲耕，粢盛秬鬯，以事上帝。"《汤誓》曰："夏氏有罪，予畏上帝，不敢不正。"又曰："惟皇上帝，降衷于下民，若有恒性，克绥厥猷惟后。"《金滕》周公曰："乃命于帝庭，敷佑四方。"①

在明末认可"帝天说"的传教士与士人们大都以诗、书两经为主，兼论及其他典籍。"畏上帝"，"助上帝"，"事上帝"，"格上帝"，②从古经中发现帝作为至上神的各方面蕴涵，此堪称"天主上帝同一论"最重要的证据。探讨古代的帝与天概念，除却考古方面的发现以外，《诗经》与《书经》无疑最为紧要。所以利玛窦及儒家基督徒在帝与天概念上的主张，经得起学术有效性角度上的考虑，与后来的"索引派"乃至利安当等的过度诠释不可一概而论。③ 利

---

① ［意］利玛窦：《天主实义》，第21页。
② 冯应京：《〈天主实义〉序》，第97页。
③ 曾庆豹：《明末天主教的译名之争与政治神学》，《道风：基督教文化评论》2013年第38期，第124页。曾氏认为我们想从龙华民对中国宗教的理解以借此认识到反对利玛窦的理由，实在是搞错了方向。"反驳龙华民"成了这场译名之争的主流观点，学界应该搁置莱布尼茨的误导，并有必要重新解释龙华民的《论中国宗教的若干问题》，以将龙华民和利安当两个的立场和观点区别开来。

玛窦在论及天、上帝、天主各概念蕴涵时曰：

> 更思之，如以天解上帝，得之矣。天者一大耳。理之不
> 可为物主宰也，昨已悉矣。上帝之称甚明，不容解，况妄解
> 之哉？苍苍有形之天，有九重之析分，乌得为一尊也？上帝
> 索之无形，又何以形之谓乎？天之形，圆也，而以九层断焉，
> 彼或东或西，无头无腹，无手无足，使与其神同为一活体，岂
> 非甚可笑讶者哉！况鬼神未尝有形，何独其最尊之神为有
> 形哉？此非特未知论人道，亦不识天文及各类之性理矣。
> 上天既未可为尊，况于下地，乃众足所踏践，污秽所归寓，安
> 有可尊之势？要惟此一天，主化生天地万物，以存养人民，
> 宇宙之间，无一物非所以育吾人者，吾宜感其天地万物之恩
> 主，加诚奉敬之，可耳。可舍此大本大原之主，而反奉其役
> 事吾者哉？[1]

利玛窦主张，"夫化生天地万物，乃大公之父也，又时主宰赡养
之，乃无上共君也"[2]。注意到利玛窦解释天地万物的始源性
是用"化生"而非"造生"之外，还体悟出利玛窦的诠释似乎也暗
含有一种理路在里面，即在其上帝与天主同一论之下，其言下
之意当然帝与天不同！也即在明末的教会看来，对天的使用其
实质是对天主教至上神的一种借喻与指代，而帝则就是天主教
的神。

　　古人尤其是宋儒认为天地万物无非一"气"，阳清为天，阴浊为
地，精气为人，大化流行，故天地人相通相感相化，构成此一天地世
界，而天主教则主张人和世界均为天主所造，实际上是否定了中国

---

① ［意］利玛窦：《天主实义》，第 22 页。
② 同上，第 92 页。

"化生"的宇宙生成观。利玛窦驳斥今儒理学、诉诸古儒古经，提出"帝天说"来证明天主教最高神的存在。

利玛窦的进路是"天主上帝同一论"，而不是"天主与天同一论"。对此，利玛窦及其后继者庞迪我等已有明确交代，天、天地等来指造物主，更多是一种"比喻"或者"指代"的证道策略。① 正如同 Deus 之"大父母"说法，其背后所体现出的一个重要的差异就是儒家的大父母强调生而化有万物，天主教的天主是从虚无中创造万物，这是儒耶"大父母"思想之最大的不同。

据傅佩荣先生的研究，周朝以前宗教观念的厘清，前提就是要先搞清楚"天"、"帝"两概念的究竟原委。对于"帝"与"天"概念"商周之变"的不同解释，傅佩荣指出论者对于帝与天关系的种种观点仅止于猜想而未能臻抵实证的层面，"这一类的假设不管如何合理，终究抵不过地下出土的一片甲骨"②。

利玛窦的观点对于"帝"与"天"两概念蕴涵演进上的解释当然至多算是一家之言，但利氏的诠释立场却从一个方面提请我们注意一个问题：古人相信天上有一位具有人格与意志的至上神，其名为帝或上帝。关于"帝"与"天"，在周朝以前两者并不等同，随着周的兴起与衰亡，天逐渐取代了帝，在以后漫长的岁月中，天概念也历经各种变化。但无论天概念其人格化与义理化蕴涵如何增减递嬗，"化生之天"是各方都能承认的。既然帝与天两概念的原委有待进一步结合"地下出土的一片甲骨"的实证，那么对于"造生之天"的说法就始终存疑。从此一角度考虑，利玛窦始终抓住帝之至上神特征，发明"天主上帝同一论"，提出上帝创造天地、化生万物的观点就很值得借鉴。

---

① 纪建勋：《明末天主教"Deus"之"大父母"说法考诠》，《道风：基督教文化评论》2012 年第 37 期，第 124 页。

② 傅佩荣：《儒道天论发微》，北京：中华书局 2010 年，第 1 页。

一"化"一"造"，"化生之天"、"造生之天"还是"造生之帝"的问题，正是在此角度上把利玛窦的"帝天说"与项、傅两位先生的往复辩论①这两个表面上不相干的问题联系在一起，使它们具有了可比性，值得深入思考。

"郊社之礼，所以事上帝也"，敬天就是敬"上帝"，但是无论如何，创造论层面的天，在中国传统的天论里面绝对算不上主流。从周朝以德配天开始，孔孟更是进一步将伦理道德的根源上挂到天上。尽管仪式活动一直得以延续，但是"天"的蕴含却可谓变迁至巨，自东汉王充以来，又经魏晋名教与自然的双重荡涤洗刷，至宋代理学兴，"天"的人格、意志化的内涵已经很淡漠了。

利玛窦的"帝天说"主张"化生之天"，而不是"造生之天"，究其原因或许是后者凸显了"自虚无中创造"之意，这一点圣人们并不加以特意的关注，或至少是存而不论；而更要紧的是利玛窦还主张"上帝降生万品，有物有则，无徒物，无空则"，"天主始制创天地，化生人物"。② 在这里，天与地的产生用"制创"，人与物的产生用"化生"，再根据其上帝与天主同一的理论，似乎可以推出是上帝在一次性造好了天地之后，就一劳永逸了，剩下的工作就是由天地化生万物，交代给"自然之天"和"义理之天"接管了。上帝能制创天地，

---

① 项退结：《〈儒道天论发微〉书评》，《哲学与文化》1987 年第 2 期，第 143—144 页。傅佩荣《为〈儒道天论发微〉澄清几点疑义》，《儒家哲学新论》，北京：中华书局 2010 年，附录一，第 212—225 页。按对于古人指称超越界的代表性概念"天"，傅佩荣认为论者多以自然之天、主宰之天、命运之天、物质之天、义理之天来归纳"天"的五种意义，指出这种做法没有顾及天概念的起源与演变，也没有注意到这一概念与各派哲学思想在立论与发展上的密切关系。其《儒道天论发微》一书，另辟蹊径，另由主宰之天、造生之天、载行之天、启示之天、审判之天这五种性格的演变来统摄先秦的天概念。项退结则敏锐指出，"这些名词至少部分取自西方哲学"，"有基督宗教所赋予的含义"。尤其是，"造生者"在古籍中仅言"生"，加上"造"字易滋误会，也许可称"生发者"，这一评语最称有力。也引发傅氏对此一书尤其是关于"造生者"的长篇回应。
② ［意］利玛窦：《天主实义》，第 30 页、第 94 页。

天地能化生人物，这种进路能够很好地避免古代的帝、天概念与上帝论相矛盾的地方，已经很接近自然神论的观点了。士人汪汝淳也说："利先生悯焉，乃著为《天主实义》。夫上帝降衷，厥性有恒，时行物生，天道莫非至教，舍伦常物则之外，又安所庸其缮修？此吾儒大中至正之理，不券而符者也。"①

结语

　　然而"上帝"确有天主的全部属性吗？② 当然不会。利玛窦对天主存在的"大父母"说法和"帝天说"证明就是两个典型的例子。"大父母"是一种至上神存在的证明，有宇宙论的证明在里面，但是"生"表示的是父母与子女的关系；同样地，其"帝天说"主张上帝创造天地、化生人物，其视阈中帝与天本不同，天仍然是化生之天，帝则被诠释成了天主教的造物主，其本质是发扬由奥古斯丁和阿奎纳所开创的对古代哲学的诠释传统，运用自然神学与历史框架来构建明末的上帝论。

　　利玛窦的努力带来了明末的敬天风潮。自晚明开始，"天"的蕴含又出现了人格、意志化的倾向。至清初，这个倾向益发得到扩散、蔓延，这时的中国出现了一种与宋明理学不同的"敬天"的做法。而学界对这股风潮的研究则明显关注不够。具体的呈现方式虽各有差异，但其实质则有内在相通之处：都自觉将先秦典籍中的"天"予以人格意志化的重释，这是一种因为相信天的意志主宰

---

　　① 汪汝淳：《重刻〈天主实义〉跋》，朱维铮编，《利玛窦中文著译集》，上海：复旦大学出版社 2001 年，第 101 页。

　　② 沈定平：《明清之际中西文化交流史：明季：趋同与辨异》，北京：商务印书馆 2012 年，第 73—102 页；刘耘华：《利安当〈天儒印〉对〈四书〉的索隐式理解》，《世界宗教研究》2006 第 1 期，第 85—89 页；刘耘华：《中国文化语境中的"天"、"上帝"与"天主"》，《东方丛刊》1995 年第 4 期，第 94—103 页。

质量而形成的信仰进路；"敬天仪式"的承担者也不复是帝王，而是
各种身份的士大夫。它在各地传播流衍，相应地催生出了各种各
样的"他律"色彩的道德实践形式。① 儒家道德践履中自律与他律
的问题、古人帝天崇拜中可畏与可亲的问题、"礼仪之争"所涉及的
诸多问题都是此中应有之意，汉语神学正是要接着利玛窦讲。利
玛窦的做法还有利于进行中国的上帝与西方的天主两基源性概念
的"异中求同"与"同中求异"，这些本根性概念砥砺所揭示的是中
西文化的同一性与差异性，其背后更是中国现代化进程信仰建构
的重大问题。

　　利玛窦对天主存在的"帝天说"证明是一种依托在中西神学与
经学强大诠释传统下的证明，其证明不可避免地带来了对儒学的
双向诠释与化用。利玛窦的证明是以阿奎那的自然神学证明作为
骨架，又借奥古斯丁普遍认可的论证与本体论证明来与孟子的良
知良能说互相诠释。这也带来了一些问题。譬如：

　　　　吾古之儒者，明察天地万物本性皆善，俱有宏理，不可更
　　易，以为物有巨微，其性一体，则曰天主上帝，即在各物之内，
　　而与物为一。故劝人勿为恶以玷己之本善焉；勿违义以犯己
　　之本理焉；勿害物以侮其内心之上帝焉。②

　　士大夫所认可的"天主上帝同一论"，也即"天理"或"内心之上

────────

① 相关研究，请参见刘耘华：《清初宁波文人的西学观：以黄宗羲为中心来考察》，
《史林》2009 年第 3 期，第 54—61 页；《依"天"立义：许三礼的敬天思想再探》，《汉语基
督教学术论评》2009 年第 8 期，第 113—146 页；《清初"程山之学"与西学：以谢文洊为
中心》，《史林》2011 年第 1 期，第 74—85 页；《清代前中期东吴文人与西学》（上、下），
《基督教文化学刊》2013 年第 1 期，第 127—159 页，第 2 期；第 94—115 页等一系列质量
极高的论文。
② ［意］利玛窦：《天主实义》，第 40 页。

帝"，实际上就是孟子的良知良能，这就涉及了利玛窦提出的对天主（上帝）存在的第一种证明"良能说"。该证明也带有较为浓厚的奥古斯丁思想的色彩，与一般论者认为利玛窦证明上帝的存在主要是依据阿奎那神学的观点并不一致。在自奥古斯丁以来的基督教传统里面，许多神学家们致力于透过人类之良心而证明上帝存在。也有论者指出人间之良知良能是基督教和儒教的思维之共同出发点，开拓基督教和儒教之间的更有深度的对话的新地平线就应该探索人的良知良能。① 关于利玛窦证明上帝存在的"良能说"进路及其意义的进一步研究，所涉重大，囿于篇幅，拟另文探讨之。

---

① 宋荣培：《利玛窦的〈天主实义〉与儒学的融合和困境》，《世界宗教研究》1999 年第 1 期，第 55 页。

"书中有舌,如获面谈":明清耶稣会士的汉语白话书写

郑海娟

一、引子:从方豪谈起

天主教史家方豪在其所著《中国天主教史人物传》中,曾经谈到过自己的一个观察:

> 自明末以迄清初顺康时期,教中人才辈出,所有撰译,可以说都是高文典册;雍正以后,教中文风渐衰,非如此不足以应需要。所以此书亦成了天主教文风转换时期的代表作。其原因则为敬孔祭祖之禁令既颁,教中人如欲恪守教规,即不能入学,以入学须朔望叩拜孔子和天地君亲师的牌位,而秀才等又必须诣孔庙祭祀,这一切都是当时所不容许的。①

文中提到天主教文风转换的重要问题,值得我们注意。他认为,受礼仪之争冲击,在华天主教文风自雍正年间由盛转衰,以往"高文典册"式的文言书写已不再适应时代环境的需要。1715 年,罗马教宗克莱门十一世(Clement XI, 1649—1721)针对中国教区颁布

---

① 方豪:《中国天主教史人物传》(中卷),北京:中华书局 1988 年,第 310 页。

"自登基之日"（Ex Illa Die）诏书，其中明文规定："凡入天主教之官员或进士、举人、生员等，于每月初一日十五日不许入孔子庙行礼。或由新上任之官，并新得进士，新得举人、生员者亦俱不许入孔子庙行礼。"①方豪的推论应本于这道诏书。礼仪之争最初起自明末分属不同教派的在华传教士之间的摩擦，具体表现为耶稣会与方济会、道明会等欧洲老修会在中国教徒尊孔祭祖仪式一事上的不同立场，此后罗马教廷与康熙皇帝先后牵涉其中，致使争端在康熙末年达到白热化。1704 年 11 月，教宗克莱门十一世发布敕谕，为"礼仪之争"定调，将中国礼仪判为异端，命主教多罗（Charles-Thomas Maillard de Tournon，1668—1710）赴华宣令，但由于种种原因，这道敕谕并未被全体在华教士遵守，康熙不满于教廷的态度，于 1706 年底推行领票制度，传教士必须领票才能在华留居。1715 年，教宗颁行上述"自登基之日"诏谕，重申 1704 年禁令，对违抗者处以绝罚。1720 年底，教宗再遣特使嘉乐（Carlo Ambrosius Mezzabarba）来华，康熙首次目睹译成中文的教宗谕令，龙颜震怒，批示："以后不必西洋人在中国行教，禁止可也，免得多事。"②1742 年，教宗本笃十二世颁布《自从上主圣意》（Ex quo singulari）通谕，重申 1715 年禁令；清廷方面，雍正、乾隆、嘉庆三朝采取严格的禁教策略，虽然容许传教士凭一技之长在朝当差，但却严禁其传教。③

　　方豪敏锐地体察到明清传教士书写方式从文言到白话的转变，指出传教士书写方式之变，与礼仪之争后天主教在华传教由地上转为地下的轨迹重合。尽管从整个社会语言文化的大气候上

---

① 陈垣辑：《康熙与罗马使节关系文书》，《中国史学丛书》（第 23 册），台北：学生书局 1973 年，第 96 页。

② 同上。

③ 关于中国礼仪之争的研究，参见李天纲：《中国礼仪之争》，上海：上海古籍出版社 1998 年。黄一农：《两头蛇：明末清初的第一代天主教徒》，上海：上海古籍出版社 2006 年。

看，清代桐城派古文运动其时方兴未艾，文言文仍然稳固位于书面语系统的中心地位。但具体到天主教传教士中文书写的小圈子，雍、乾、嘉三朝在华传教士的中文著述及翻译作品数量均较前锐减，且一般不用高古或优雅的文言，而代之以通俗的浅文言或白话，明末耶稣会士阳玛诺（Manuel Dias Junior，1574—1659）追模上古"谟诰体"翻译《轻世金书》、《圣经直解》的书写方式，早已不复存焉。

方豪注意到天主教内文风一度由盛转衰，并认为这一变化的节点与礼仪之争关系密切，所论固然有理，但同时应该注意到，远在此前，在华耶稣会已开始采用白话文著译，就付印出版的白话天主教文献来看，最早可以上溯到比利玛窦（Matteo Ricci，1552—1610）稍晚来华的葡萄牙传教士罗儒望（或译罗如望，João da Rocha，1565—1623）。

二、明末清初耶稣会白话文献溯源

罗儒望 1591 年到达澳门，1594 年圣保禄书院成立，他有幸成为最早一批毕业生。1598 年，他被利玛窦召到内地，接替利氏在南京传教多年，后前往江西建昌及福建传教，并一度担任在华耶稣会会长。罗儒望与利玛窦一样，同样结交公卿名士，曾亲自为徐光启（1562—1633）及瞿太素（1549—1612）施洗。他同样身体力行，"以书布道"，但就现存材料来看，他的全部著译有三——《天主圣像略说》、《天主圣教启蒙》以及《诵念珠规程》，而三部著作均用白话写成。其中，《天主圣像略说》成书最早，初刊于 1609 年，现藏法国国家图书馆，署名是"罗儒望"，该书别名《造物主垂像略说》，是对天主教入门知识的概要介绍。现存 1615 年刻本，署名"吴淞徐光启述"。由此可推，该书应由罗儒望口述或编写初稿，徐光启润饰而成，这种合作撰写的方式常常贯穿于当时传教士著译过程中。

1617 年，罗儒望付印《诵念珠规程》（又名《念珠规程》），此书以耶稣会创会始祖罗耀拉（Ignacio de Loyola，1491—1556）的首批门徒、耶稣会版画家内达尔（Jerome Nadal，1507—1580）编专的《福音故事图像》为蓝本，版画部分据威克里斯兄弟所作铜版画绘制。《诵念珠规程》采用图文结合的方式，详细记述了诵念《玫瑰经》（*Rosarium*）的方法，并且首次把《玫瑰经》翻译成中文。罗儒望1619 年刊刻的《天主圣教启蒙》采用师生问答的方式，展开关于具体教义和神学的探讨与讲解。该书译自同会会士乔治（Marcos Jorge，1524—1571）的葡萄牙文教理书《教理启蒙》（*Cartilha*），原书专为年轻人和乡村中的慕道友而写，曾以《金书》（*The Golden Book*）之名在葡萄牙管辖的东方殖民地使用。

这批文献的成书时间早于礼仪之争一百余年，就明清天主教出版物而言，是在华天主教采用白话文书写的肇始之源，开启了耶稣会士在华白话书写传统。不过，若不以是否出版为限，这一源头还可以继续向前追溯。早在罗儒望之前，意大利耶稣会士罗明坚（Michele Ruggleri，1543—1607）、利玛窦来华之初，为了更好地学习汉语（特别是当时上层阶层通用的南京官话），还曾专门编撰过一部《葡汉辞典》。《葡汉辞典》在明清时期并未出版，长期以手稿存世，直到 1934 年，德礼贤（Pasquale M. d' Elia）在罗马耶稣会档案馆与它邂逅，才令其重见天日。辞典正文共 108 页，第一栏是葡萄牙文，第二栏为罗马注音，第三栏是汉字释义（常常不止一个），魏若望（John W. Witek）通过分析手稿所用墨水并对照笔迹，指出前面两栏罗马字应是罗明坚手笔，后面的汉字小楷则应多出自本地中国人之手①。

---

① 魏若望：《序言》，见 Michele Ruggieri and Matteo Ricci, *Dicionário Português-Chinês*. John W. Witek, S.J., et al. (eds.), Lisbon and San Francisco: University of San Francisco, 2001, p. 87 - 89. 杨福绵：《罗明坚和利玛窦的葡汉辞典（历史语言学导论）》。

　　《葡汉辞典》很有可能是第一部"欧洲语言—汉语官话"双语词典，其中对应葡萄牙语的汉语部分每每首选官话词汇与句子，如"约定那一日"①、"天要亮了"②、"烂赌钱的"、"会弹的"、"会打鼓的"、"会吹的"③，等等。在官话用法之后，有时还附有对应的文言表达，以"约定那一日"为例，紧跟其后是两行字迹较小的汉字，应为后日补写——"期定何日""预期甚日"④，句法就明显更接近文言。更重要的是，在辞典正文之前，还有罗明坚手书，纯用罗马字记音写成的一篇对话录——pin ciù ven tà ssì gnì（《宾主问答辞义》）⑤，讲述一个中国文人初次拜访一位传教士，客（che）主（ciù）双方就传教士的生活等主题一问一答，展开谈话，是一篇典型的教义问答（catechism）。Catechism 一词最初专指口头教导，自 1357 年起方用来指成册的书籍，尤其是供望教者或初入教者阅读的入门性读物，面对的读者群体多为普通大众，故此通常语言浅显，句子简单，借一问一答的形式推演教义。自中世纪以来，教义问答的创作及翻译众多，早已在西方宗教文化中形成了漫长的传统⑥。教义问答中的"答"通常以正确答案的方式呈现，形同真理，因此在劝说望教者皈依、坚定初入教者信仰方面独具魅力。

---

　①　Michele Ruggieri and Matteo Ricci, *Dicionário Português-Chinês*. p. 83.

　②　同上，第 117 页。

　③　同上，第 147 页。

　④　同上。

　⑤　德礼贤认为此一罗马字标题对应的汉语应为"平常问答词意"，杨福绵经过细致推敲注音，提出"宾主问答辞义"一说，认为对话录的内容本为"主"（ciu）"客"（che）之间围绕天主教士生活的问答，笔者认为杨神父的分析更为可信，宾主问答的形式在明清天主教教理著作中颇为常见，尽管如此，这类问答在明末的语境下却绝非"平常问答"，罗明坚来华传教，更不可能自道平常。参见杨福绵：《罗明坚和利玛窦的葡汉辞典（历史语言学导论）》，收入 Michele Ruggieri and Matteo Ricci, *Dicionário Português-Chinês*. pp. 106 - 107.

　⑥　Berard L. Marthaler, *The Catechism Yesterday and Today*. Collegeville: Liturgical Press, 1995, p. 42.

　　明清之际以中文译写的教义问答大多采用白话文，罗儒望的《天主圣教启蒙》就是一例，而罗明坚的《宾主问答辞意》早在万历年间便以罗马字记音的方式，开启了汉语天主教教义问答的白话源头。与文言文相比，白话文记音的特征明显，因此常被称作"语体文"。罗儒望用罗马字记音的方式书写宾主之间的口语对谈，所用罗马字虽然与白话文不同，但在记音的功能上，二者却完全一致。罗马字记音可以视为白话文的一种变体。其时罗明坚抵华仅两年①，汉语写作能力有限，但基本的听说应已无虞，故用罗马字记音的方式完成此书，也为后来初涉中国的传教士练习汉语听说提供了方便。

　　1588 年，罗明坚动身返欧，利玛窦不久移居韶州，后转至南昌、南京，最终在 1601 年初北上抵达北京。利氏北上后，郭居静（Lazare Cattaneo，1560—1581）、苏如望（Jean Soerio，1566—1584）、罗儒望（João da Rocha，1565—1623）等人在江南活动，新的传教中心如上海、杭州得以开辟。此后亦有龙华民（Nicolas Longobardi，1559—1654）赴山东、高一志赴山西、艾儒略赴福建开教，耶稣会士在中华大地上的足迹渐广。1601 年到 1630 年代，来华耶稣会士数量增长较快。② 新来教士除在澳门期间于圣保禄学院学习汉语外，进入内陆后仍需跟随前辈会士学习。南京教案期间，一批传教士蛰伏在杭州杨廷筠府上学习汉语。1621 年嘉定传教中心确立后，更成为新来会士学习中文的驻点。③

　　编撰于这一时期的《拜客训示》白话文献汇编客观上起到了协

---

① 杨福绵通过分析《宾主问答辞意》内文，指出此篇应作于 1585 年。参见杨福绵：《罗明坚和利玛窦的葡汉辞典（历史语言学导论）》，第 107 页。

② 据费赖之《明清间在华耶稣会士列传》统计（华籍修士不计入内），从 1580 年罗明坚抵达澳门算起，1580 至 1590 年间共有 6 位耶稣会士来华，1591 至 1600 年 5 位，1601 至 1610 年 11 位，1611 至 1620 年 6 位，1621 至 1629 年 15 位，1630 至 1639 年 21 位。

③ 邓恩著，余三乐、石蓉译：《从利玛窦到汤若望：晚明的耶稣会传教士》，上海：上海古籍出版社 2003 年，第 13，132—133 页。

助传教士学习官话口语、提高谈吐能力的作用。① 该书应为明末北京及江南地区传教士集体创作，内容包括十个部分，呈现了在华传教士与仆人日常对话、与中国士人交往拜会的场景。② 文中的白话相当娴熟，读来亲切自然，但其中偶尔夹杂欧化痕迹，如"欧逻巴"（Europa）等音译词，以及依据意译产生新词，如《拜客问答》部分使用偏正结构的"死念"一词，对应于"memoria mortis"，意即人应常怀死候之念。行文时不尽合乎汉语文法，如西士说黑人国："国人所用之物没有这样全备如中国"③，采用"A＋否定谓词＋形容词＋连词＋B"的欧化比较句结构，造就出一种夹生的翻译腔。

《葡汉辞典》、《宾主问答辞义》、《拜客训示》等耶稣会早期白话文献多为会士学习汉语的笔记或类教科书材料。这批文献当时大多未能付梓刊行，不过，其中部分文献（如《拜客问答》）抄本不止一部，反映出其在教会内部具有一定流通性。这批材料成文于耶稣会入华之初，记录了最早一批来华传教士学习汉语的情形，开启了在华天主教会最初的白话书写实践，其意义不容忽视。

---

① 《拜客训示》研究参见李毓中、张巍译：《洋"老爷"的一天：从〈拜客训示〉看明末耶稣会士在中国》，《清华学报》2016 年 46 卷 1 期，第 77—119 页。《拜客训示》校注本及版本情况见李毓中、张正谚等：《〈拜客训示〉点校并加注》，《季风亚洲研究》2015 年 1 卷 1 期，第 133—167 页。

② 《拜客问答》为《拜客训示》十个部分之一，主要记述了西士与到访的中士之间的对谈，内容相对独立，另有单行抄本存世，这一部分的撰述者很可能是利玛窦。相关研究参见 R. Po-Chia Hsia, *A Jesuit in the Forbidden City*, *Matteo Ricci 1552 - 1619*. Oxford: Oxford University Press, 2012, p. 212. 另见李庆：《利玛窦〈拜客问答〉及其流变考》，载《第三届"利玛窦与中西文化交流"国际学术研讨会论文集》，广州：中山大学出版社 2015 年，第 193—203 页；郑海娟：《明末耶稣会稀见文献〈拜客问答〉研究》，《北京社会科学》2015 年第 8 期，第 62—72 页。

③ 该句有异文，此处依法国国家图书馆藏本，参见匿名：《释客问答》，巴黎：法国国家图书馆 Chinois7024，第 16—17 页。西班牙藏本更符合汉语习惯，作"用之物没有这样全备"，参见《拜客训示》点校并加注，第 158 页。

　　罗儒望之后，在华传教士的白话书写源源不断。而在中国传统中，白话文更常见于小说叙事，较少用于说理，天主教的白话书写为白话文用于说理开辟了新的空间。不过，明清之际的耶稣会士也会反过来借重中国既有的文化形态，用白话文撰写天主教小说，希望凭借小说移风易俗的力量，令圣教广衍。马若瑟（Joseph Henry Marie de Prémare，1666 - 1736）仿照中国古典章回体小说撰写的《儒交信》讲述了举人李光受同乡进士司马慎影响皈依天主教的故事，全书共六回，分回标目，首尾完整，每一回目均以一首词开篇，结尾则缀以联句以及"且听下回分解"等套语，几乎完全嵌套进章回小说的形式框架。在具体叙述中，马若瑟巧妙铺设情节，在文中加入辩教、护教的内容，又杂糅进所谓"极西耶稣会士阳玛诺述"的《信经直解》，甚至还有西士测试初入教女童的教义问答等大段文本，为后来新教传教士米怜（William Milne，1785—1822）、麦都思（Walter Henry Medhurst，1796—1857）郭实猎（或译郭实腊、郭士立等，Karl Frederich August Gutzlaff，1803—1851）继出的《张远两友相论》（1819）、《兄弟叙谈》（1828）、《赎罪之道传》（1834）等传教士小说谱下先声。

　　明清之际，与占主流的文言书写相比，白话书写仍旧只是支流末节，对明末来华的传教士而言，阅读并模仿儒家经典，是学习汉语的必经之路。① 为了扩大影响，利玛窦等耶稣会士采取"合儒"的政策，广泛结交明朝上层社会的文人与士大夫，而在当时特定的情境之下，士大夫之间相互往来，常常彼此酬唱、以文会友。利玛窦等明末耶稣会士以"西儒"自命，选用文言书写，实为势所必然。通过与士大夫结交，明末耶稣会士获得了必要的政治庇护与经济支持，成功塑造了他们的社会身份与形象。但

① Liam Brockey, *Journey to the East: The Jesuit Mission to China* （1579—1724）. Cambridge：Belknap Press of Harvard University Press, 2007, pp. 265 - 268.

是,耶稣会士很快发现,在士大夫阶层中培养信徒实际上存在诸多障碍。例如耶稣会士坚持要求中国天主教徒必须采取一夫一妻制,但在当时的中国,纳妾之风盛行,妻妾成群甚至被视为显赫身份与地位的象征,单是这一条戒律已足以把很多上流社会的潜在信徒拒诸天主门外,就连一直对天主教青眼有加的徐光启,在入教之先也不禁向罗儒望抱怨:"十诫无难守,独不娶妾一款为难。"①

　　明朝受洗入教的中国天主教徒中,名公巨卿屈指可数,一般的官员、士大夫也寥寥无几,绝大多数教徒仍然是社会底层的普通民众。举例来说,根据耶稣会士的报告,1609 年南昌领洗的天主教徒总数 58 人,其中仅有一名是秀才或生员②。吸收各个阶层的中国人加入天主教,是早期在华耶稣会士传教的目标,结交士大夫与向平民传教实际上从一开始就是耶稣会士并行不悖的两条路线。以往的研究常常着力突出其精英路线,忽视面向平民传教的趋向,致使我们对明末在华耶稣会士的传教策略印象单一而刻板。实际上,《葡汉辞典》、《天主圣教启蒙》等早期白话文献证明,在华耶稣会从一开始就未曾忽视传教的平民化路线,借重白话书写向更为广泛的读者群体普及教义。与精英化与平民化两条传教路线相对应,明末传教士的中文著述也采取文言与白话两种方式,在文言书写的主流之外,白话书写的支流汩汩不绝。礼仪之争后,传教士更是划分为两类,一类在宫廷当差,结交达官,另一类在北京以外的地区从事地下传教。在这种特殊的形势下,白话著译成为这一时期耶稣会著译的重要组成部分。

---

① 黄一农:《两头蛇:明末清初的第一代天主教徒》,上海:上海古籍出版社 2006 年,第 76 页。

② Liam Brockey, *Journey to the East: The Jesuit Mission to China* (1579—1724). Cambridge:Belknap Press of Harvard University Press, 2007, p. 48.

三、礼仪之争后的白话耶稣会文献：《盛世刍荛》与《古新圣经》

本文开篇援引了方豪的一段论述，文中所谓"中国天主教文风转折时期的代表作"，指的便是法国耶稣会士冯秉正（Joseph-Francois-Marie-Anne de Moyriac de Mailla，1669—1748）口述、中国教友杨多默笔录的教理书《盛世刍荛》。"盛世刍荛"字面之意为盛世微草，拉丁文译名为 *Saeculo aureo humilis tractatus*，意谓"黄金时代之卑论"；另译作 *Sententiae hominis rudis ad litteratos*，意谓"愚蒙人对文人学士的浅说"。方豪对《盛世刍荛》赞誉有加，认为它不但是明清白话天主教书籍的典范，更"开白话运动的先声"，称其语言与晚清白话小说《老残游记》、《儒林外史》相比亦毫无愧色。① 徐宗泽同样慧眼识珠，称赞《盛世刍荛》"俗而雅，浅而显，说理畅达，是一部语体文之好书"②。

《盛世刍荛》开卷的"仁爱引言"篇幅不长，但却阐述了白话书写的因由，值得细读。该文起首述及明代万历年间利玛窦进京，徐光启、李之藻、杨廷筠等领洗入教，一时之间，教中人士"昌言伟论，著述如林"。作者针对此一现象，反问："谁家爨婢，尽属文人？既难应对亲朋，何以兼通雅俗？"进而申论："若欲得心应口，必须俗语常言。"③

尽管礼仪之争后，清廷禁教令雷厉风行，但《盛世刍荛》禁而不绝，于1733年（雍正十一年）、1796年（嘉庆元年）、1818年（嘉庆二十三年）屡次在京刊印。这也从另一个侧面说明，即使在高压之下，传教活动并未销声匿迹，而是以地下方式继续进行。倘若这一

---

① 方豪：《中国天主教史人物传》（中卷），北京：中华书局1988年，第311页。
② 徐宗泽：《明清间耶稣会士译著提要》，台北：中华书局1958年，第82页。
③ 本段引文见冯秉正、杨多默：《盛世刍荛》，收入吴相湘编：《天主教东传文献续编》（第3册），台北：学生书局1966年，第1419页。

时期耶稣会士仍不忘此前的"书教"传统，必然明白当下适用于"书教"的利器已经不是文言，而是变为白话了。关于白话文体之妙，《盛世刍荛》篇首引言中亦曾予以发微：

> 况穷乡僻壤，安得人人而口授之？得此一编，个人自己披阅，即与听讲无异。若系不识字之人或妇人女子，或衰老病躯，欲闻圣道而无人能讲，只需一个识字之亲友，看书朗诵，又与讲道无异。正所谓书中有舌，如获面谈也。谨不避粗疏，公诸同好。于仁爱之业，不无小补云。①

这篇引文颇能反映冯秉正、杨多默等耶稣会中人在禁教时期的应对策略。选用语体文书写，"引言"中写明的原因是"穷乡僻壤"之地不便"人人口授"，但闭口不谈的原因恐怕仍是公开传教已被禁止，传教士很少有机会面向民众讲道，刊刻书籍虽然受到限制，但尚未禁绝，仍可暗中流出。② 在这种情况下，白话文能够代替口头宣讲的优势始得以发挥，正所谓"书中有舌，如获面谈"，借助言文合一的白话书写，以阅读代替听讲，以朗诵代替讲道，天主教的思想方可禁而不绝，飞入寻常百姓家。对此，《盛世刍荛》正

---

① 本段引文见冯秉正、杨多默：《盛世刍荛》，收入吴相湘编：《天主教东传文献续编》（第3册），台北：学生书局1966年，第1420—1421页。

② 清廷曾多次颁谕禁止传教士私刻书籍，但多道禁令正可反映出天主教书籍屡禁不绝。一系列禁令中，嘉庆朝于1805年5月16日（嘉庆十年四月十八日）所颁"着提督衙部门等将坊肆西洋人私刊书籍一体查销"上谕犹见严厉，内文提到："各堂西洋人每与内地民人往来讲习，并有刊刻书籍私自流传之事，在该国习俗相沿，信奉天主教。伊等自行讲论立说成书，原所不禁，至内地刊刻书籍，私与民人传习，向来本定有例，禁令奉行，日久未免懈弛，其中一二好事之徒创其异说，妄思传播，而愚民无知，往往易为所惑，不可不申明旧例，以杜歧趋。""如有西洋人私刊书籍，即行查出销毁，并随时谕知在京之西洋人等务当安分学艺，不得与内地民人往来交结。"参见中国第一历史档案馆编：《清中前期西洋天主教在华活动档案史料》（第2册），北京：中华书局2003年，第838页。

文首段一语道破，论及"广大精微之理，都在平常日用之中，故夫妇之愚，可以与知"①，为后文的白话文书写正名。

白话文用于传教的益处，早在冯秉正之前，时任福建巡抚的佟国器已有论及。佟氏为何大化（António de Gouvea，1592—1677）白话的教义问答《天主圣教引蒙要览》（1655）作序时，专门阐述白话文的好处在于"毋论士农工商，……一举目而皆豁然也"，而且"未进教者见之，迅于贯通；已进教者习之，便于传说兹录"②。冯秉正之后，成书于清朝中期的白话教义问答《天堂直路·圣教要理》（1781）序言中亦有类似论述，特别强调"道理恒一""惟文有异"③，论者甚至标举耶稣、圣保禄为榜样，宣称以前贤为效，不贵"言词之秀巧"，"以其圣训用更易的方法，传与列昆。使诸幼童妇女，及未读书人，个个通透其意。"并进一步论说："倘后读书人家，因见此书文墨浅淡，故而藐视之，乃自愿不尚主训之真实，而徒以虚文炫世。"④

以上几篇序文反映出，传教士白话书写针对的目标群体偏向普通大众，而这是传教士为应对禁教政策采取的变通之计。耶稣会的精英路线确曾帮助他们打开了中国的大门，但传教的实绩主要依赖于对平民的劝化。从《盛世刍荛》的引言中，不难看出冯、杨采用白话书写的两点意图：一是写作针对对象不再是士大夫阶层，而是中下层的民众，甚至包括目不识丁的灶下婢；二是书写的形式弃用文言文，改用通俗的语体文，原因是语体文可以代替口头宣讲，更有利于传播。口头布道本来是传教不可缺少的重要内容，

① 冯秉正、杨多默：《盛世刍荛》，第 1424 页。
② ［比］钟鸣旦、［比］杜鼎克编：《法国国家图书馆明清天主教文献》（第 23 册），台北利氏学社 2009 年，第 471 页。
③ 同上。
④ ［比］钟鸣旦、［比］杜鼎克编：《法国国家图书馆明清天主教文献》（第 24 册），台北利氏学社 2009 年，第 388—389 页。

但在禁教时期，传教士很少有机会面向民众讲道，白话文能代替口头宣讲的优势这时就体现了出来。

礼仪之争令耶稣会在华传教受阻，十八世纪中期，耶稣会又受宗教政治的影响，在欧洲倍受排挤，终至 1773 年教宗克雷芒十四世（Pope Clement XIV, 1705—1774）发布敕令（Dominus ac Redemptor），耶稣会惨遭解散。自 1782 年起，耶稣会在华传教事务由遣使会（Congregation of Priests of the Mission，又称拉匝禄会）接管。1813 年，最后一位在华老耶稣会士，法籍贺清泰神父（Louis de Poirot, 1735—1813）黯然辞世，未能等到次年耶稣会复会的消息。

作为末代在华老耶稣会士，贺清泰将明清耶稣会士的白话著译推上了新的高峰，他用白话翻译、注释《古新圣经》，成书 36 卷，共一百四十万言余。《古新圣经》根据哲罗姆（St. Jerome, 347—420）的拉丁文武加大《圣经》译成，是现存最早的白话《圣经》译本，在《圣经》汉译史、明清天主教文献史上均占重要地位。《圣经》是基督宗教的唯一经典，为保证《圣经》在汉语书写系统中的地位，大多数《圣经》译者在动手翻译时，往往优先考虑将《圣经》对应于汉语文献中的经典体式，明末阳玛诺用《尚书》"谟诰体"节录翻译《新约》经文，即希望借此塑造《圣经》汉译本在汉语典籍中的经典地位。在文言占据绝对主流的时代，贺清泰独独选用白话翻译《圣经》，这一行为本身已值得关注。

《天堂直路》与《古新圣经》成书时间接近，该书序言中提及的"道理恒一""惟文有异"等观念，与贺清泰在序言中基本论点相当。《古新圣经》开篇，贺清泰即趁作序之机，援引西方典故，举出哲罗姆翻译通俗拉丁文《圣经》的例子，宣称自己也要效法西方圣贤，用俗语、平常话译经，让愚蒙的人和读书人一样读懂天主的意思①，

① 贺清泰：《化成之经》，《古新圣经》（第 1 卷），上海：徐家汇藏书楼清抄本，第 1—4 页。

从而为自身白话译经的行为正名。

贺清泰与阳玛诺相去近二百年，在这期间，明清鼎革早已完结，社会文化形态虽然并未发生巨大变化，文言文也仍旧占据书面语的正统地位，但是耶稣会本身却劫难重重，先因礼仪之争而传教受阻，后来又因教派排挤惨遭解散。当其时，清廷禁教之令日趋严厉①，士大夫阶层与朝廷同其声气，向他们布道并争取信徒的可能性微乎其微。相对而言，平民百姓对朝廷的风向敏感度低，生活上的窘迫也促使他们对信仰有所依赖，传教士劝服他们信仰天主的机会反而更大。据估计，十八世纪初，中国约有 30 万天主教徒，②到了十九世纪初，信教人数锐减，但仍有大约 20 万天主教徒，③其中平民占据了绝大部分。方之《尚书》体，白话体或俚俗之语无疑是与这类读者沟通的最佳工具。考虑到这个特殊的时代背景，贺清泰的选择就变得不那么难以理解了：白话也可以用来翻译《圣经》了。

依照汉语书写的传统体例，即便正文采用白话，跋语、序言之类副文本（paratexts）也理应采用文言，《天堂直路·圣教要理》、《天主圣教引蒙要览》乃至《盛世刍荛》的序言均沿袭这一惯例，序言与正文一文一白，泾渭分明。《古新圣经》却与之不同，两篇序言全用白话写成，显示出贺清泰的白话观念比先前的传教士更为彻底。《古新圣经》洋洋百万余言，单就规模而言，它在这批白话天主教文献中早已独占鳌头。除此之外，就译法或写法而言，与大多数传教士的白话文献相比，《古新圣经》正文部分偏于直译，字里行间

---

　　① 乾隆朝于 1746 年、1784 年，嘉庆朝于 1805 年、1811 年屡次发布严查天主教的禁令。参见中国第一历史档案馆编，《清中前期西洋天主教在华活动档案史料》（第 1 册），北京：中华书局 2003 年，第 104—105 页，第 377 页，第 403 页；同书（第 2 册），第 433—436 页，第 545—546 页，第 852—855 页，第 925 页。

　　② 晏可佳：《中国天主教简史》，北京：宗教文化出版社 2001 年，第 93 页。

　　③ 杨靖筠：《北京天主教史》，北京：宗教文化出版社 2009 年，第 85 页。

呈现为较明显的欧化特征，音译词和拉丁句法经常出现，译者惯以拉丁语法格义连类，改变并重塑汉语的面貌，这也令《古新圣经》的文体呈现出不同于中国传统白话文的异化特征。

余论：明清耶稣会白话文献的流传与影响

汉语"言文分离"的传统为传教士的中国文体三分说开启了方便之门。自秦始皇统一文字后，"语相异，书同文"的现象便在华夏大地上绵延不绝，两千余年赓续不歇。明末耶稣会士素以"书教"闻世，其中固然难脱基督宗教素来重视印刷出版的传统——最显著的一个例子是，1452 年古腾堡发明活字印刷术后，第一批付印的图书便是拉丁文《圣经》——但汉语"言文分离"的现象更是促使在华耶稣会士致力书教的重要原因。① 就汉语书面语而言，即便是形诸笔端的白纸黑字，也有文言文与白话文的区别。文言文长期在汉语书面语系统独霸天下，从唐代变文开始，经过宋元话本的演练，以及明清长篇章回小说的推波助澜，白话方才逐渐在书面语中扎稳了阵脚。明清耶稣会著译的白话文献为白话文的运用开辟了新的疆域，其中不但有文学性较强的汉译《圣经》、传教士小说，也更常见说理性的教义问答、教理与圣礼书等等。语言系统本身是一个吐故纳新的有机体，文学语言与非文学语言在其中相互影响、相互渗透，二者之间并没有天然的分界，阐释说理与状物抒情，都是语言具有的功能。传统书写形式中，白话文用于说理的例子似乎仅见《圣谕广训》白话讲解本与《朱子语类》等少数文本材料，明清耶稣会白话文献一反汉语书写传统中白话文局限于小说叙事的现象，为白话文用于说理提供了更丰富的表现形式和实践经验。

另一方面，在华耶稣会的著译实践不仅为白话文的运用提

---

① 李奭学：《中国晚明与欧洲中世纪文学》，北京：三联书店 2010 年，第 7—24 页。

供了丰富经验，也通过音译、意译等不同方式为汉语书面语系统
铸造了大批新词汇、引入了新句法，并为这些新鲜的元素与旧有
白话文体的融合作出了最初尝试。应该说，大多数传教士的白
话书写与中国传统的白话文存在质的区别，其中时时流露出的
欧化元素赋予其新的特质，使其更接近于现代白话文，即便是经
由中国教友徐光启、杨多默等代笔的白话文献，语法西化痕迹虽
不明显，但仍夹杂有大量音译词（耶稣、玛利亚等）以及根据天主
教观念新造的词汇（圣徒、乐园等），这些内容镶嵌在通俗浅白的
古体白话文中，构造出一种中西交汇的杂糅文体，与近代梁启超
等人提倡的"新文体"隔开两三百年的时间长河，遥相呼应。从
这个意义上说，现代白话文的创生并非起自五四或晚清，晚明的
传教士笔下的白话文已经具有了一种相对传统白话文而言且新
且异的"现代"特质。

　　根据笔者目前对所见资料的梳理，这个时期的来华耶稣会士
白话天主教书籍大致可以归纳为如下几类：

　　　　《圣经》：《古新圣经》、《四史合编》等
　　　　《圣经》故事及圣人故事：《衫松行实》等
　　　　传教士小说：《儒交信》等
　　　　教义问答：《天主圣教启蒙》、《古新圣经问答》（1862）、
　　《天主圣教启蒙要览》、《天神会课问》（1661）、《天神会课》
　　（1673）等
　　　　教理书籍：《天主圣像略说》、《盛世刍荛》、《朋来集说》
　　（1730）等
　　　　圣事问答：《圣事要理》（含《领洗问答》、《告解问答》、《圣
　　体问答》、《坚振问答》等）
　　　　祈祷书：《诵念珠规程》等
　　　　语言学习教材：《葡汉辞典》、《拜客训示》等

白话韵文：《天主圣教四字经文》(1642)、《天主十诫说约》等

这些白话书籍虽然数量上尚不及文言书籍，但在内容篇幅与影响力上，其价值仍不可小觑。尤其是其中部分书籍一版再版，重印次数惊人，拿冯秉正的《盛世刍荛》来看，它初版于 1733 年，而截至清朝末年，该书目前可以统计的翻刻次数就达二十次之多。清代中后期的教案记录中，官方执行禁教谕令，从教徒家中查抄出的天主教书籍中，常常可见《盛世刍荛》一名在案，反映出此书流传之广。迨至民国，雷鸣远(Vincent Lebbe, 1877—1940)立足天津创办《益世报》，在 1921 年 5 月 4 日到 7 月 24 日之间，还曾将《盛世刍荛》分章，于"宗教丛谈"栏目每天或隔天刊出。《益世报》曾与《大公报》、《申报》、《民国日报》并称民国四大报刊，无论教内教外，在当时都是一份相当重要的刊物。机缘巧合，成书于清代中叶的《盛世刍荛》遂借助报纸这一现代媒介载体，成倍放大了其对信教群体、对市民社会的影响力。

再如《圣事要理》以白话问答讲解天主教圣礼，该书初刻于北京，后多次重印，法国耶稣会士晁俊秀（François Bourgeois, 1723—1792)1781 年信札中云："是编获益无穷，余曾印刷五万册，传布几遍北京。"[1]1867 年至 1927 年间，该书在土山湾时有翻印，版本繁多，湖广等地亦有刻本。官话本之外，另有上海方言本，又有罗马字及西文、朝鲜语等译本。再如艾儒略以白话韵文撰写的《天主圣教四字经文》，从明末至民国重印次数在十五次以上，可谓经久不衰。

此外，部分耶稣会白话文献未获刊行，以抄本存世，但它们在耶稣会乃至基督教会中亦有传抄，以直接或间接的方式影响后世。

① 费赖之著，冯承钧译：《在华耶稣会士列传及书目》，北京：中华书局1995年，第 957 页。

例如《古新圣经》虽未付梓，但它对后世的《圣经》译本，如新教马礼逊（Robert Morrison，1782—1834）的《神天圣书》，天主教权威汉语译本思高《圣经》（1968）等，都曾产生影响。①

耶稣会于 1814 年复会，其后不久，个别会士已潜回中国，开始在江苏、安徽及直隶东南部传教。② 1840 年，教皇下令派遣南格禄（Gotteland）、李秀芳（Brueyre）、艾方济（Esteve）三位耶稣会士赴华，三人最终于 1842 年到达上海，将总部设在上海徐家汇，重启在华传教的工作。耶稣会再度返华后，广兴学校，大力培植中国籍会士。本土神父在汉语书写方面的优势显著，他们采用白话书写的书籍特别值得我们关注，耶稣会士李问渔（1840—1911）的《弥撒小言》，同会中人沈容斋的《答客乩言》（1881）、《新史像解》（189?）、《古史像解》（1892）等都是这类白话天主教书籍的代表，其中《弥散小言》属于教理书，《答客乩言》有人物情节，颇类天主教小说，《古史像解》、《新史像解》每页均附有插图，以问答方式演说《圣经》内容。

与此同时，随着白话文在汉语书面语系统中的地位逐渐上升，明清耶稣会士的文言著述这一时期纷纷出现白话文译本，令这些渐趋沉寂的老耶稣会文献重获新生。明末庞迪我（Diego de Pantoja，1571—1618）的《七克》陈说七宗罪，1856 年由遣使会士顾方济（François-Xavier Danicourt，1806—1860）修订改写为官话版《七克真训》，其后不断重印、如 1904 年在土山湾慈母堂活板铅印，并于 1928 年 10 月 7 日（no.4459）到 12 月 2 日（no.4512）期间在《益世报》"公教丛谈"栏目逐期连载，体现出晚清社会以白话文重写明末清初耶稣会经典文献的努力。明末阳玛诺所译《轻世金

①　李奭学，郑海娟：《导论》，载《古新圣经残稿》，北京，中华书局 2014 年，第 86—89 页。

②　王治心：《中国基督教史纲》，上海：上海古籍出版社 2007 年，第 144 页。

书》是在教内地位仅次于《圣经》的重要文献,但因用语古奥,曾令马若瑟在《儒交信》中借人物之口婉转批评,称其"不免文奥了些"①,及至晚清,相应的白话译本纷纷涌现,版本不下十种,其中《轻世金书便览》(1848)、《遵主圣范》(1874)、《师主篇》(1904)《遵主圣范新编》(1905)、《轻世金书直解》(1907)等都用白话文写成②,可以视为《轻世金书》的白话衍生文本。

此外,李问渔主编的《圣心报》是耶稣会机关刊物,创办于1887年,报上发表的文章及刊登的读者来信不时采用白话书写,丰富而生动地再现了白话文在十九世纪末、二十世纪初蓬勃兴起的盛况。《圣心报》在二十世纪初还曾专门编辑出版系列白话书籍系列,如1902年出版的《领圣体须知》用白话写成,而且文中使用了大量口语中常见的叹词;1906年的《勤领圣体说》则用极其流畅的白话翻译了法国赛渠尔大司铎所作教理书,延续并发扬了在华耶稣会的白话书写传统。

综上所述,从晚明到晚清,在华耶稣会采用白话书写的线脉始于细微,后借禁教之机而壮大,至晚清则重获生机,终于与新教传教士的白话书写、近代白话文运动、五四白话文运动合流,颠覆了书面语系统固有的"中心、一边缘"结构白话文终于取代文言文,成为书面语的正统。追根溯源,明清耶稣会的白话文实践在这一变革当中的地位值得我们重视,它很早便对文言文的中心地位提出挑战,并在锻造新词汇、新句法方面进行了卓有成效的实验,为后世的白话文书写提供了丰富的语汇资源和实践经验,是近代中国书面文字文白之变这一重大变革中不可缺少的一环。

---

① 马若瑟:《儒交信》,见郑安德《明末清初耶稣会思想文献汇编》第四册,北京:北京大学宗教研究所2003年,第240页。

② 周作人、陈垣、张亦谷、方豪都曾撰文论述《轻世金书》系列衍生文本的版本问题,参见周作人的《遵主圣范》,陈垣的《再论遵主圣范译本》,张亦谷的《三论遵主圣范》以及方豪的《四论遵主圣范译本》。

为了真正的解读：美国黑人
灵歌的翻译与研究

李蓓蕾

  作为一种宗教歌曲，黑人灵歌是美国非裔珍贵的文化遗产和伟大艺术创造，具有丰富的社会、文化、宗教与艺术价值。它的历史可以追溯到美国奴隶制早期，十八世纪至十九世纪是其主要创作时期。自二十世纪初以来，黑人灵歌的影响力已从美国扩展到了法国、德国等欧洲和拉美国家。然而，由于长期受到主流社会的忽视和贬低，其多方面的价值仍有待客观评估和充分发掘。黑人灵歌不仅讲述美国非裔族群史诗般的生命历程、凝缩其生活的记忆，表达其宗教信仰与情感；同时传承该族群的文化与精神特质、展现其纯善高贵的灵魂世界，并彰显其艺术创作的天赋和能力。它是宗教仪式、民间艺术与非裔族群的生命体验的完美融合，既包含美国非裔对《圣经》的独特阐释，也包含对生命、正义、自由、尊严等人类核心价值的解读，不仅是美国非裔艺术家们的生命之歌，更是整个族群的历史之歌。今天，它成为人们了解美国黑人历史与其文化，以及美国种族关系的一扇重要窗口。

  黑人灵歌风格质朴、富含隐喻、凝缩情感，其戏剧性所产生的艺术张力极大地拓展了文本的阐释空间。本文以黑人灵歌的文本（歌词）为研究对象，选自二十世纪最重要的美国非裔作家之一——詹姆斯·韦尔登·约翰逊（James Weldon Johnson）与其作曲家兄弟詹姆斯·罗塞蒙德·约翰逊(James Rosamond Johnson)合编的《美国尼格鲁灵歌集》(*The Book of American Negro Spirituals*, 1925),探讨在翻译和研究黑人灵歌时应注意的三个主要方面——生命、信仰与族群意识是灵歌的重要主题;行路者是灵歌的中心意象;以及灵歌中艺术与宗教的有机互动。把握这三个方面将有助于我们真正地解读黑人灵歌。

一、黑人灵歌的重要主题：生命、信仰与族群意识

"黑人灵歌"作为一个术语是在内战后才出现的,"源自《歌罗西书》3：16 里的常用表达'灵歌'(spiritual song)······因为最早的黑人灵歌没有留下书面的记录,因此在奴隶制晚期就已丢失。独立的黑人教堂的出现与发展、秘密聚会(如野营会和祈祷会)都是黑人灵歌形成和发展的催化剂"①。"托马斯·温特沃思·希金斯(Thomas Wentworth Higgins)是最早注意到黑人灵歌的学者之一。他将灵歌称之为开在黑色土壤的惊人/鲜艳之花。运用这个比喻,我们会想到这朵花像美国黑人一样,是一个混血儿"②。的确如此,黑人灵歌是美国黑人以《圣经》为基础文本,融合自身的政治斗争、文化传统与生活体验发展而成的一项艺术。它的具体形式始终不乏发展与变化,如今,黑人灵歌具有在形式上传统与创新并存,在歌唱场合和听众方面世俗化趋势加强的特点。

听过黑人灵歌的人都会被它质朴动人的歌词和优美的旋律震撼,联想到美国黑人的历史,深深地感受到来自美国黑人灵魂深处的力量。这也是黑人灵歌虽为美国黑人的艺术,却能风靡世界的

---

① Bruno Chenu. The Trouble I've Seen: the Big Book of Negro Spirituals. Judson Press, 2003, pp. 96 - 97.

② Sterling Brown. "Negro Folk Expression: Spirituals, Seculars, Ballads and Work Songs". *Phylon*, Vol. 14, No. 1 (1st Qtr., 1953), pp. 45 - 61: 45.

原因所在。要理解灵歌，先要理解美国种族主义残暴的丑行和黑人鲜活的生命经历。在美国黑人争取废奴和平等、完整的公民权的历程中，黑人灵歌不仅提供了一条抗议种族偏见，缓和精神危机和表达宗教信仰的重要渠道，而且表现了它的精神特质和创造力。黑人灵歌是美国黑人融合自身的政治斗争、文化传统与生活体验发展而成的一项艺术。这项艺术既有美国黑人对圣经的独特阐释，也包含他对生命、自由、尊严等人类核心价值的解读。

　　黑人在灵歌中对生命的探讨大多以对苦难和死亡的言说来实现，这是一个很值得思考的问题。奴隶主的鞭笞、白人种族主义者的谩骂、袭击、陷害和私刑总让黑人心中死亡的阴影挥之不去。黑人总是能真切地感受到死亡的临近。因此，上帝、耶稣基督和圣经中其他的一些英雄人物成为他生存的精神支柱。他们在基督、摩西、但以理、约拿等也曾遭遇偏见，受尽磨难的人物身上找到了慰藉。黑人存的符号是苦难和希望，希望生命在一系列的考验中取得胜利。在《耶稣，降临吧！》中黑人对死亡的迷恋和向往是渴望解脱困境的表现，他相信只要自己坚持忍耐，就能获得新生，进入上帝的应允之地——那个流淌着牛奶和蜂蜜的地方。

Give Me Jesus①　　　　　　　　耶稣，降临吧！

〔Oh, when I come to die,　　　〔哦，当我即将死去，
Dark midnight was my cry,〕　　漆黑的午夜是我的哭诉，〕
〔Oh, when I come to die,　　　〔哦，当我即将死去，
Dark midnight was my cry,〕　　漆黑的午夜是我的哭诉，〕
〔Oh, when I come to die,　　　〔哦，当我即将死去，

---

　　① James W. Johnson & James R. Johnson ed. *The Book of American Negro Spirituals*. Kessinger Publishing, 1925, pp. 160 - 161. 全文所用的灵歌译文均出自笔者。

Dark midnight was my cry,}　　漆黑的午夜是我的哭诉,}
{Give me Jesus.　　　　　　{耶稣,降临吧!

Give me Jesus.}　　　　　　耶稣,降临吧!}
{In dat mornin' when I rise,　{那天早晨我一起床,
I heard a mourner say,}　　　就听见一位哀悼者说,}
{Dat mornin' when I rise;　　{那天早晨我一起床;
I heard a mourner say,}　　　就听见一位哀悼者说,}
{In dat mornin' when I rise,　{那天早晨我一起床,
I heard a mourner say,}　　　就听见一位哀悼者说,}
{Give me Jesus.　　　　　　{耶稣,降临吧!

Give me Jesus.}　　　　　　耶稣,降临吧!}
Give me Jesus,　　　　　　耶稣,降临吧!
Give me Jesus,　　　　　　耶稣,降临吧!
You may have all dis worl',　今世都归你,
give me Jesus,　　　　　　耶稣,降临吧,
Oh, Give me Jesus,　　　　啊! 耶稣,降临吧,
give me Jesus,　　　　　　耶稣,降临吧,
You may have all dis worl'　今世都归你,耶稣,降临吧!
　given me Jesus.

　　但是,黑人灵歌中也有从正面讴歌生命和尊严的作品,例如
《你有权利》:

You got a Right[①]　　　　你有权利

You got a right,　　　　　你有权利,

_____

① James W. Johnson &James R. Johnson ed. *The Book of American Negro Spirituals*. Kessinger Publishing, 1925, pp. 183 - 184.

I got a right,	我也有权利，
We all got a right,	我们都有权利，
to the tree of life.	来到生命树。
Yes, tree of life.	是的，生命树。
De very time I thought 　I was los'	当我感到自己迷失的时候
De dungeon shuck an' 　de chain fell off.	地牢崩塌，锁链掉落。
You may hinder me here	你可以在这里阻挡我
But you cannot dere,	但在那里你阻挡不了我，
'Cause God in de heav'n 　gwinter answer prayer	因为天堂里的上帝会回应 　祈祷者
{O bretheren	哦，兄弟们
O sisteren}	哦，姐妹们
You got a right,	你有权利，
I got a right,	我也有权利，
We all got a right,	我们都有权利，
to de tree of life.	来到生命树。
Yes, tree of life.	是的，生命树。

这首灵歌中的生命树有两层含义，一是《圣经》中的《创世纪》和《启示录》中提到的生命树原型——伊甸园中其果实能使人得到永远不朽的生命之树，象征永生和上帝的荣耀，一是具体的物质形态的生命，在现世存在的生命。非洲人向来肯定生命的尊严和价值，每个人都有着不可剥夺的生命权，而以坚韧和智慧克服困难、化险为夷的生活态度更是很多美国非裔民间故事中的核心思想。黑人的历史不正是如此吗？ 既是身体被奴役，灵魂也是自由的，因为信仰生命的尊严和上帝的荣耀，抗争到底便会有新的名字！

　　灵歌是美国黑人表达宗教信仰和情感的最充分和最强烈的方式之一。他与生俱来的热情奔放的性格也体现在宗教生活。他们非常虔诚，希望通过唱灵歌的仪式与上帝对话，并取得上帝的认同。《我主啊，这样一个早晨》回顾了《圣经》中的审判日，包括星辰、号角、罪人、基督徒、上帝的右手这几个重要意象，表达黑人对审判日的期盼，他将正义之剑交给了上帝，一切皆有判决。

My Lord, What a Mornin'①	我主啊，这样一个早晨
My lord, what a mornin',	我主啊，这样一个早晨
My lord, what a mornin',	我主啊，这样一个早晨，
My lord, what a mornin',	我主啊，这样一个早晨，
When de stars begin to fall.	当星辰开始隐退。
My lord, what a mornin',	我主啊，这样一个早晨，
My lord, what a mornin',	我主啊，这样一个早晨，
My lord, what a mornin',	我主啊，这样一个早晨，
When de stars begin to fall.	当星辰开始隐退。
{① You'll hear de trumpet sound,	① 你会听见号角响起，
② You'll hear de sinner moan,	② 你会听见罪人呻吟，
③ You'll hear de Christians shout,}	③ 你会听见基督徒呼喊，
To wake de nations under ground,	叫醒地下的子民，
Look in' to my God's right hand,	注视着我主的右手，
When de stars begin to fall.	当星辰开始隐退。
My lord, what a morn-in',	我主啊，这样一个早晨，
My lord, what a morn-in',	我主啊，这样一个早晨，
My lord, what a morn-in',	我主啊，这样一个早晨，

---

① James W. Johnson & James R. Johnson ed. *The Book of American Negro Spirituals*. Kessinger Publishing, 1925, pp. 162 - 163.

When de stars begin to fall.	当星辰开始隐退。
When de stars begin to fall.	当星辰开始隐退。
②③You'll	②③你会

在这首灵歌中，美国黑人追赶时间，催促着审判日的到来。正是有了上帝审判的保证，黑人便有了投身斗争的勇气和动力，因为自由与正义终将到来。《去吧，摩西》是第一首以乐谱形式发表的黑人灵歌（1861），它通过描绘上帝对践踏自由者施行的严厉惩罚，辛辣地批判了奴隶制的罪恶。

Go Down Moses①	去吧，摩西
Go down, Moses	去吧，摩西
Way down in Egypt land,	去到埃及的领土，
Tell ole pharaoh,	告诉老朽的法老，
To let my people go.	让我的子民走。
Go down, Moses,	去吧，摩西，
Way down in Egypt land,	去到埃及的领土，
Tell ole pharaoh,	告诉老朽的法老，
To let my people go.	让我的子民走。
{When Israel was in Egypts land;	{只要以色列还在埃及；
Spoke the Lord, bold Moses said;}	上帝宣告，英勇的摩西说道;}
{Let my people go,	{让我的子民走，
Let my people go,}	让我的子民走,}

---

① James W. Johnson & James R. Johnson ed. *The Book of American Negro Spirituals*. Kessinger Publishing, 1925, pp. 51–53.

{Oppressed so hard they
　　could not stand，
If not I'll smite your first
　　born dead，}
{Let my people go，
Let my people}
Thus go.
Go down，Moses，
Way down in Egypt land，
Tell ole Pharaoh，
To let my people go.
O，let my people go.

{被压迫得如此深重　他们
　　无力承受，
如果不，我就扼杀你一
　　切的头胎生物，}
{让我的子民走，
让我的子民}
这就走。
去吧，摩西，
去到埃及的领土，
告诉老朽的法老，
让我的子民走，
啊！让我的子民走！

摩西是上帝的代言人，他用"扼杀生物的投胎"的隐喻，传达这样的信息：践踏生命，剥夺他人自由者必将受到严惩。与黑人的经历相联系，埃及象征南方，法老是奴隶主，以色列人是黑人奴隶，摩西是他们的领袖，如哈里特·塔布曼、亚伯拉罕·林肯、布克·华盛顿、马库斯·加维和马丁·路德·金。黑人摩西能够带领黑人同胞获得自由和平等。自由是《圣经》传递的一个核心信息。黑人灵歌中的"自由"一般有三层含义，从原罪中获得救赎、摆脱身体的奴役和打碎精神的镣铐。具有讽刺意味的是，自由同样是来到北美的第一批殖民者（乘坐"五月花号"来到北美的清教徒）的信念。然而，追求自由者竟然是剥夺他人之自由者！黑人不仅对《圣经》作了富有创造性的解读，而且结合自身的历史和感悟丰富了其中的一些重要信条，包括自由、救赎、考验、正义等，他将宗教信仰与生活体验紧紧地融合在了一起。

黑人灵歌不仅时黑人个体与上帝的对话，也是呼唤人性、团结同胞，增强集体凝聚力的重要媒介，它对种族意识的强调十分明显。由于美国黑人特殊的历史和异常的现实处境，他们在生活中思考的问题绝大部分是整个族群集体面对的，这反映到灵歌中，就造成了它强调种族意识和追求集体拯救的特点。正如雷·费舍尔所言，"灵歌是整个族群沉痛悲切的哭诉"[1]。黑人在残酷的现实生活中遇到了许多难以理解和克服的问题——生活为什么是这样的？黑人为何生来便要做奴隶？如何继续生存？生存的意义是什么？如何脱离苦难？等等，他们焦虑地想要找寻这些问题答案。但是，他们面临的生存课题实在是太艰巨了。他们悲伤、愤怒、痛苦，但拒绝被完全禁锢在恐怖和悲惨的现实生活，放任自己的灵魂萎缩，这不得不说是美国黑人族群的精神强力的表现。这也是为什么大多数黑人灵歌都包含一个情感的升华过程，并往往以副歌的重复将整首歌曲推向恢宏气势的原因所在。具有史诗般气势的《谁会是我主的见证》选取但以理、参孙和玛土撒拉三人的典故激励黑人同胞像三位先圣一样保持坚如磐石、无法击倒的灵魂。三位先圣都是有着高贵的品德，坚强的意志并最终获得上帝荣耀的英雄人物。其中，但以理更是"可以用自己的公义救自己的人之一"（《以西结书》14 章）。副歌的反复加强了气势，使歌曲呈现平缓与起伏交织的结构，歌唱者往往能感受到内心力量的递增，而听众则会被强烈地感染，加入到歌唱中来。

Who'll be a Witness for My Lord[2]	谁会是我主的见证？
My soul is a witness for my	我的灵魂是我主的见证，

---

[1]　Ray Allen Fisher, *Negro Slave Songs in the United States*, Cornell University Press, 1953, p. 25.

[2]　James W. Johnson & James R. Johnson ed., *The Book of American Negro Spirituals*, Kessinger Publishing, 1925, pp. 130 - 133.

Lord,

My soul is a witness for my
Lord,

我的灵魂是我主的见证，

My soul is a witness for my
Lord,

我的灵魂是我主的见证，

My soul is a witness for my
Lord.

我的灵魂是我主的见证。

You read in de Bible an'
you understan',

你诵读圣经，就会知道，

Me thu-se-lah was de old-
es' man,

玛土撒拉最为长寿，

He lived nine hundred an'
sixty nine,

他活了 969 岁，

He died an' went to heaven,
Lord,

他死后进了天堂，主啊，

in a due time.

在适当的时间。

O, Me thu-se-lah was a
witness for my Lord,

啊！玛土撒拉是我主的
见证，

Me thu-se-lah was a witness
for my Lord,

玛土撒拉是我主的见证，

Me thu-se-lah was a witness
for my Lord,

玛土撒拉是我主的见证，

Me thu-se-lah was a witness
for my Lord.

玛土撒拉是我主的见证。

You read in de Bible an'
you understan',

你诵读圣经，就会知道，

Samson was de strongest man;

参孙最为强大。

Samson went out at -a one

一次参孙出门，

time,	
An' he killed about a thous-	便击杀了一千个非利士人，
an' of de Phil-is tine.	
De-li-lah fooled Samson,	大利拉迷惑了他，
dis-a we know,	这些我们都知道，
For de Holy Bible tells us so,	因为圣经告诉我们，
She shaved off his head jus'	剃光了他的头发，
as clean as yo'han,	
An' his strength became de	他的力量便与凡人无异。
same as any natch' al	
man.	
O, Samson was a witness for	啊！参孙是我主的见证，
my Lord,	
O, Samson was a witness for	啊！参孙是我主的见证，
my Lord,	
O, Samson was a witness for	啊！参孙是我主的见证，
my Lord,	
O, Samson was a witness for	啊！参孙是我主的见证，
my Lord,	
Now Daniel was a Hebrew	现在，但以理是希伯来
child,	子孙，
He went to pray to his God a	他刚向他的上帝祈祷了
while,	一会，
De king at once for Daniel	巴比伦王立刻就追上了但
did sen',	以理，
An' he put him right down in	他将他扔进了狮子坑；
de lion-s' den;	
God sent His angles de lions	上帝派天使封住狮子

for to keep,	的口，
An' Daniel laid down an' went to sleep.	但以理躺下睡着。
Now Daniel was a witness for my Lord,	现在但以理是我主的见证，
Now Daniel was a witness for my Lord.	现在但以理是我主的见证。
Now Daniel was a witness for my Lord,	现在但以理是我主的见证，
Now Daniel was a witness for my Lord.	现在但以理是我主的见证。
O, who'll be a witness for my Lord?	啊，谁会是我主的见证？
O, who'll be a witness for my Lord?	啊，谁会是我主的见证？
My soul is a witness for my Lord,	我的灵魂是我主的见证，
My soul is a witness for my Lord.	我的灵魂是我主的见证。

　　在翻译黑人灵歌时，需考虑到比起一般的宗教灵歌，它的"词句比较松散，韵律的统摄作用稍弱，重音出乎意料地转换，更自由地运用叠句或副歌，意象更加简洁鲜明"[1]，相应地，译文的语言也应简练质朴，避免过于华丽的辞藻，结合歌曲的基调，注意突出作品中传达的真情实感，选用词语尽可能表现原作的重音和节奏，从

---

[1] Sterling Brown. *"Negro Folk Expression: Spirituals, Seculars, Ballads and Work Songs"*. Phylon, Vol. 14, No. 1 (1st Qtr., 1953), pp. 45 - 61: 45.

而达到气势磅礴或意境悠远等效果。

二、黑人灵歌的中心意象：疲惫的行路者

黑人灵歌凝缩了美国黑人的历史记忆。杰出的黑人领袖弗雷德里克·道格拉斯告诉我们："有时，我想只是听听这些歌曲就会使一些人对奴隶制的可怕情形印象深刻，比阅读一整卷同主题的哲学书更有作用。"①黑人灵歌是"一个民族的悲伤、绝望与希望的真实表达"②。在灵歌中，有一个中心意象将黑人民族的悲伤、绝望和希望串联起来——行路者。

疲惫的行路者是贯穿黑人灵歌的一个中心意象，或隐形或出场。他是披荆斩棘、向着天堂朝圣的行路者；是坚毅地通过考验，笃信上帝荣耀的信徒；也是不忘祈祷，渴望上帝拯救的平凡子民；还是为获得圣洁将自己作为献祭的英雄。他激励自己，为自己欢呼，决心走完这场至今还未到达目的地的旅程。疲惫的行路者这一意象是美国黑人奋斗历程的象征符号，也是美国黑人形象的生动刻画。灵歌《疲惫的行路者》集中地展现了这一中心意象的特点。

Weary Traveler③　　　　　　疲惫的行路者

Let us cheer the weary traveler,　让我们为疲惫的行路者
　　　　　　　　　　　　　　　　　　欢呼，

---

① Frederick Douglass. *Narrative of the Life of Frederick Douglass*. Boston: The Anti-Slavery Office, 1845. Reprint, New York: Dover Publications, 1995, p. 36.

② W. E. B. DuBois. *The Souls of Black Folk*. 1903, reprint, New York and Toronto: Signet, 1969, p. 212.

③ James W. Johnson & James R. Johnson ed., *The Book of American Negro Spirituals*. Kessinger Publishing, 1925, pp. 184 - 187.

Cheer the weary traveler;	为疲惫的行路者欢呼；
Let us cheer the weary traveler,	让我们为疲惫的行路者欢呼，
Along the heavenly way O,	啊！沿着天堂之路，
let us cheer the weary traveler,	让我们为疲惫的行路者欢呼，
Cheer the weary traveler;	为疲惫的行路者欢呼；
Let us cheer the weary traveler,	让我们为疲惫的行路者欢呼，
Along the heavenly way.	沿着天堂之路，
{I'll take my gospel trumpet,	{我将带上福音小号，
If you meet with crosses,}	如果你遭遇苦难，}
{An' I'll begin to blow,	{我将开始吹奏，
An' trials on the way,}	一路重重考验，}
{An' if my Saviour helps me,	{如果我的救世主助我，
Just keep your trust in Jesus,}	相信耶稣，}
{I'll blow wherever I go;	{我走到哪里都会吹奏；同胞们
An' brothers	
An' don't forget to pray,}	别忘了祈祷，}
Let us cheer the weary traveler,	让我们为疲惫的行路者欢呼，
Cheer the weary traveler;	为疲惫的行路者欢呼；
Let us cheer the weary traveler,	让我们为疲惫的行路者欢呼，
Along the heavenly way.	沿着天堂之路。

其实，"行路者"的形象在《圣经》中屡见不鲜，如亚伯拉罕。美国黑人是疲惫却坚定的行路者，向着自由、尊严和上帝朝圣，也追求完

整美好的生活。黑人是美国主流白人社会的局外人，在一个不友善的、充满敌意的世界里意图依照自己的价值观和个性生活。其朝圣似乎更加艰辛，因为不仅要争取生的权利，还要争取有尊严地生存的权利，更要争取精神的圣洁与高贵。美国黑人的精神韧性是让人赞叹的。詹姆斯·约翰逊这样描述他来到佐治亚的偏远乡村时，见到的美国乡村黑人："我意识到他们身上最优秀的特质，令我想要靠近一些，个人自命不凡的膨胀似乎是可笑的。我看见他们被偏见，狭隘和残暴阻碍了几个世纪；他们自身的无知、贫穷和无助使其步履蹒跚；然而，他们始终英勇无畏，从不屈服。"①而在灵歌中，黑人虽然悲伤、痛苦、愤慨，却依然英勇无畏。

　　"疲惫是现实生活中痛苦叠加的结果。"②奴隶制、种族隔离、种族偏见、私刑、恶劣的物质生活条件以及狼狈不堪的生活方式都是这些痛苦地表现。奴隶制的奴役使暴力与专制不断传递，杰斐逊曾在《弗吉尼亚州笔记》中指出，"每一对奴隶主与奴隶之间的关系都是最暴力情感的持续发挥，一方面是不加抑制的专制，另一方面是有辱人格的屈服。我们的孩子都看到了，并学着做同样的事情"③。如今，虽然奴隶制已被废除，但专制、暴力、侮辱仍然存在，植根于人们心中的歧视和偏见的种子还没有被根除。庆幸的是，美国宪法的宗旨还在，世界人民追求民主和平等的理想还在，所以黑人有信心能够达到旅途的目的地。他通过灵歌激励自己，在为自己欢呼，以决心继续这次旅程。在跋涉的过程中，他满怀希望，渴望理解。

---

　　① James W. Johnson, *Along This Way: The Autobiography of James Weldon Johnson*, New York: The Viking Press. 1933, p. 120.

　　② Onaje Woodbine, Pauline Jennett, and Darryl Clay, "*Spirituals as God's Revelation to the African Slave in America*". 2004, p. 22.

　　③ Thomas Jefferson, *Notes on the State of Virginia*, Chapel Hill: University of North Carolina Press, 1955, pp. 162–63.

三、黑人灵歌中艺术与宗教的有机互动

虽然黑人被贩卖到美国后，与非洲家庭和部落的联系被割断，但关于非洲的记忆仍然代代相传，非洲的传统文化在北美还是得到了一定程度的延续。对于非洲人而言，宗教是所有意义和一切生存成就的来源。它可以加强族群内部的凝聚力，是表达人的一系列情感的渠道①。对美国黑人而言，宗教也是日常生活中的一个重要部分，而且宗教"实际上是孕育美国非裔文化的子宫。"②黑人对基督教的信仰以及黑人灵歌的产生都是美国黑人文化适应的表现。然而，黑人在适应新的文化环境的同时也充分发挥了主观能动性，不但以自己的方式学习和适应现有文化，而且解读和改造现有文化。黑人灵歌就是黑人的这种文化适应的一个产物，它是艺术与宗教有机互动的果实，既是"美国黑人对世界基督教所作的主要贡献"③，也是美国黑人的一项艺术成就，为更多的艺术创作提供了基础和素材。

实际上，美国黑人的宗教生活与艺术都脱离不开他的政治斗争。他在宗教领域同样在为争取自由平等与公民权作斗争，他反对奴隶制的神圣化。灵歌就是这种斗争的一个例证，它成为黑人抗争种族主义和种族偏见的一支利器。奴隶主和种族主义者通过对圣经的阐释来为奴隶制辩护，那么黑人同样以对圣经的解码来谴责奴隶制和种族偏见，以子之矛，攻子之盾。这与其说是对《圣经》阐释的较量，不如说是黑人在以勇气和智慧揭开种族偏见的丑陋嘴脸，本着真诚的态度呼唤平等友好的种族关系。

---

① Bruno Chenu, *The Trouble I've Seen: the Big Book of Negro Spirituals*, Judson Press, 2003, p. 31.

② Ibid., p. 78.

③ Ibid., p. 87.

　　宗教与艺术之间的一个共同点是两者都能够潜移默化地改变人的自我意识。黑人灵歌体现了这一点。美国黑人运用宗教与艺术表达自我和探索生活，降低了他精神崩溃、自我毁灭和暴力冲突的概率，维护了精神的健全，同时重新定义着自己的身份——非裔美国人。而他创作和唱灵歌的行为作为一种文化仪式，则标记着他的存在。

结语

　　著名的美国非裔文学评论家阿兰·洛克毫不掩饰他对黑人灵歌的热爱：

　　　黑人灵歌经受住了时间的洗礼，其力量也越来越打动我们。灵歌比创造它们的那一代人和孕育它们的环境都长存；它们生存下来了，经历了奴隶主们的轻蔑，正规宗教冰冷的惯例，清教主义的艺术压抑，感伤崇拜的廉价腐朽，第二代（黑人）为了体面而表现出的忽略和蔑视，以及如今锡盘巷（Tin Pan Alley）和我们的音乐市场的各式盘剥。它们逃脱了险境和民间艺术的脆弱媒介，稳稳地受到技艺高超的民族学家的庇护，有点晚了，但还不是太晚，让他去捕捉它们的一些正在褪去的原初之美。唯有经典才能经受住那一切。①

是的，黑人灵歌在一定程度上超越了种族与阶级，探讨的是人类共同的命题，包括人性，因此无论是作为音乐还是作为文学，它都具

---

　　① Alain Locke, "*Spirituals*", In *75 Years of Freedom*; *Commemoration of the 75th Anniversary of the Thirteenth Ammendment to the Constitution*, Washington, D. C.: Government Printing Office, 1943.

有非凡的魅力和重要的文化价值。

　　黑人灵歌的翻译和研究应该基于充分和深刻理解它的基础之上，把握灵歌的重要主题、中心意象及其艺术与宗教有机互动的特质将有助于我们真正地读懂它。同时，鉴于今天美国黑人的生活已发生了很大的变化，但种族问题并未彻底解决。正如美国总统奥巴马在马丁·路德·金纪念碑揭幕典礼上的讲话中指出的，"马丁·路德·金看到自己的使命不只是将美国黑人从歧视的枷锁中解放出来，而且也是将众多的美国人从自己的偏见中解放出来……说我们同是一个国家的人民，息息相关，必须努力认同和理解彼此，并不是主张一种虚伪的统一性，掩饰我们之间的差异和认可不公正的现状，没有正义的和平绝非和平；要使现实与我们的理想一致，往往就需要说出令人不快的真相，需要有非暴力抗议带来的富于创造性的压力。……只要锲而不舍，变化就会来临"①。那么，在美国黑人继续争取平等权利的事业中，黑人灵歌将会继续发挥什么样的作用？其内容和形式又会有怎样的创新呢？这自然为这一领域的研究带来了新的课题。

---

　　① Obama H. Barack, *Remarks at The Martin Luther King*, *Jr. Memorial Dedication*, The National Mall, Washington, D. C, October 16, 2011.

隐喻亦实际：《圣经》"身体"
隐喻的解析

郭韵璇　欧秀慧　周复初

一、前言

　　"隐喻"有传统修辞学的定义，也有认知语言学的定义。修辞学的"隐喻"是"譬喻"辞格的一种，属于"借彼喻此"的修辞法，是增强言辞或文句效果的艺术手法。凡两件或两件以上的事物中有类似之点，说话作文时运用那件有类似点的事物来比方说明这件事物的，就叫譬喻。其特点是以易懂说明难知，以具体说明抽象。譬喻是由"本体"（或谓"喻体"）、"喻体"（或谓"喻依"）、"喻词"三者配合而成的。所谓"本体"，是所要说明的事物主体；所谓"喻体"，是用比方说明此一主体的另一事物；所谓"喻词"，是连接本体和喻体的语词（"像"、"似"、"如"、"好比"）。"隐喻"则是直接把"喻体"说成"本体"的比喻方法，其喻词由系词如"是"、"为"等替代。

　　认知语言学看隐喻，认为它是一种认知策略，透过语言与思维来进行，而语言与思维都具有隐喻的本质。语言文字本身就是"近取诸身，远取诸物"（《易经·系辞下》）的隐喻系统，在人和宇宙万物之间建立了最原始的关联域。所以就认知层面而言，隐喻的本质，就是使用以一个既存的概念，来认识、理解另外一个新的概念，两个概念间必须具备相似性，透过模拟，以想象的方式将新旧概念连结而达到理解。隐喻的英文为"metaphor","metaphor"来自希腊语,其中"meta"代表"across",为"跨越"的意思,"phor"意同"carry",为"运送"的意思,因此"metaphor"隐含着隐喻涉及两种事物,且此两种事物间的关系为"跨越"、"运送"的单向关系。这两个不同概念间的关系,也就是使用旧概念来说明新概念的单向投射,实际上就是将喻体的经验映射到本体,从而达到重新认识本体特征的目的。

　　本文乃是按照当前认知语言学的界定,即雷可夫和约翰逊在1980年发表的 *Metaphors We Live By* 一书中所陈述的观点:"隐喻的实质是借由一类事物去理解并体验另一类事物。"[①]借由一类事物(来源域)去理解另一类事物(目标域),修辞学中的明喻如此,隐喻如此,比拟如此,有寄托意义的寓言如此,在表象之下藏有特殊讯息的象征也是如此,都是让阅听人以"以此知彼"的认知路径,用来获得目标域的讯息。故本文将修辞学中的隐喻、比喻、比拟、寓意、寓言和象征等方式,统称为"隐喻"(metaphor),因为这些都是吾人认知目标域事物的凭借,只是表现的手法不同。

　　"概念的厘定是学术研究的第一步。"[②]本文所谓的"隐喻"不是指文学或修辞学的隐喻,而是认知语言学视为认知事物和表达概念之有效的工具、凭借、方法,是由熟悉的、已知的,理解并体验陌生的、未知的,其来源域和目标域的两类事物都可能是具体或抽象的。本文所指《圣经》的"隐喻"皆以此厘定。

二、隐喻与认知

　　传统语言学对隐喻的研究有两个基本认识:(一)隐喻是

---

　　① [美]雷可夫、詹森(George Lakoff & Mark Johnson)著,周世箴译注:《我们赖以生存的譬喻》,台北:联经出版公司1993年,第12页。

　　② 季广茂:《隐喻理论与文学传统》,北京:北京师范大学出版社2002年,第11页。

语言中的非正式现象；（二）作为一种语言现象，隐喻是可有可无的，如果说话人选择隐喻，那仅是为了制造特殊的修辞或交际效果。然而这样的看法，在七十年代末期，以雷可夫（George Lakoff）和约翰逊（Mark Johnson）为首的认知语言学兴起后，受到了颠覆性的挑战。真正将"隐喻"确立在"认知"地位的著作，就是雷可夫和约翰逊于 1980 年合著的 *Metaphors We Live By*。这本书开辟了一条从认知角度研究隐喻的全新途径。仔细检核周遭生活语言的使用后，我们不得不认同，隐喻其实并不只是为润饰而存在，它大量地存在于人类言谈及思想中，甚至我们习以为常的语言，都是背后隐喻机制运作的结果。

　　隐喻总是使用模拟。保罗·利科（Paul Ricoeur）[①]在所著《活的隐喻》书中认为隐喻是为了指向真理，是比科学语言更深的层次，科学只是事情的表面，隐喻的功能在于发现更高的层次。"活的隐喻"是一种活的、全新的经验，而由于"活的真理"会衍生出"活的隐喻"，所以利科认为要恢复真理便要回到隐喻。由于隐喻牵涉本体与喻体的"关系"，所以《圣经》有许多关乎神和人之间的关系的隐喻。因此可知，隐喻是可取的神学应用，从读者自身的经验出发而应用。

　　所以隐喻不再被视为一种修辞形式或只是一种言说的事物，而是一种思想的内容，是一种认知工具，植根于语言、思维和文化中，是概念的、思想的、有系统性与融贯性，更是我们了解世界的一种基本方式。雷可夫和约翰逊所提出的隐喻概念，即隐喻不仅是语言现象，而且是一种作为人类的基本认知活动。所建构的不只

---

　　① 法国学者保罗·利科（Paul Ricoeur，1913—2005），代表作为 1975 年出版的 *La métaphore vive*，汪堂家译：《活的隐喻》，上海：上海译文出版社 2004 年。

是语言,也包括思想、态度和行为,并且都以我们的"肉身经验"①为基础。

雷可夫在讨论隐喻的本质时指出:隐喻是我们理解抽象概念及表现抽象理由的主要机制②,并认为人类概念系统基本上是隐喻性的,许多我们所思考的方式、所经验的事物和对我们的心智活动造成的影响,其实都是具隐喻性的。③ 然而,隐喻虽然可以使我们透过从新的角度来理解事物,但它同时也可能将该事物的另外一些特征掩盖起来。也就是说,透过隐喻思考,我们只能了解到该事物的部分特质,其原因在于隐喻的表达只针对来源范畴(喻体)的部分特质,并不完全等同于来源范畴(喻体)所代表的整体。

隐喻是由熟悉的心智领域映射到较陌生的领域的一种手法,而且是跨概念域的映射。"映射"一词为周世箴采用之译词。因为隐喻是概念映像,不只是语言表达问题,也是思想认知结构问题。④"隐喻映射"(metaphorical mapping)主要针对的是语言背后的知识概念的对应。隐喻映像可以将相关知识的细节从来源域传送到目标域。这样的传送称之为"隐喻蕴涵(metaphorical entailment)功能"。人类用这样的方式不断地认识新的事物,接触外在的世界,扩建自己的知识领域。李怡严先生在《当代》杂志第 177、178期中发表《隐喻——心智的得力工具》一文介绍莱科夫(即 George Lafkoff)的认知隐喻观,他的题目就将"隐喻"说成"工具"⑤,胡壮

---

① 雷可夫、约翰逊著,周世箴译注:《我们赖以生存的譬喻》,第 69 页。
② 同上,第 63 页,此书所谓"譬喻"的概念,都为本文的"隐喻"。
③ 同上,第 9—10 页。
④ 周世箴:《语言学与诗歌诠释》,台中:晨星出版有限公司 2003 年,第 81—82 页。
⑤ 李怡严:《隐喻——心智的得力工具》,《当代》2002 年第 177 期,第 56—65 页;《当代》2002 年第 178 期,第 120—141 页。

麟先生认为"隐喻在语言和认知之间起到重要的桥梁作用"①,不论是"工具"、"桥梁"或"阶梯",都是将"隐喻"视为具象的实物,也都是一种隐喻的用法,借此说明隐喻在认知与传递讯息的实用性。

隐喻的现象正因语言具有高度弹性,所以能阐述人类行为与思想状态的许多层面。隐喻本身也是一个相当具启发性的语言现象,不但反映了我们对事物的看法,而且又反过来影响我们对事物的看法。比如中国人说的"作育英才",就是把教养下一代视同栽种、培育有用的树木:

> 作父母的一定要好好"栽培"自己的孩子。
> 孩子将来才能成"材"。
> 希望将来能成为国家的"栋梁"。
> 十年树木,百年"树人"。

这些话不但反映了中国父母对养育儿女的看法;反过来看,中国父母也被这样的话界定了教养儿女的价值观,就是要把孩子栽培成"有用"的人。

因为隐喻的表达只针对来源域与目标域部分相似的特质作映射,既不完全等同来源域所拥有的整体概念,也不能将目标域完全说尽。所以,能映像到的,是这系列隐喻所凸显的;反之,未映射到的相异特质,也在这套隐喻作用中被藏隐了。至此,语言、隐喻和认知的关系已然显著,胡壮麟有一段话可作为这段的结论:

> 就语言与认知的关系来说,它是人们感知世界的一个手

---

① 胡壮麟:《认知隐喻学》,北京:北京大学出版社 2004 年,第 3 页。

段,而且是最重要的手段;它也是人们累积知识的手段,而且是最重要的手段……如何开拓语言和认知的深度和广度? 隐喻起了我们过去未充分认识到的重要作用。隐喻的作用是在人们用语言思考所感知的物质世界和精神世界时,能从原先互不相关的不同事物、概念和语言表达中发现相似点,建立想象及其丰富的联系。①

三、《圣经》中的身体隐喻思维

基督徒相信《圣经》是神用人的语言来对祂子民所说的话,因而成为历代圣徒的经典。《圣经》如何用人类有限的语言,让历世历代千千万万的信徒归服于神的呢? 信徒要如何透过《圣经》的话来感受祂的真实,进而认识祂、亲近祂、为祂效忠,甚至为祂殉道呢? 原来是隐喻。隐喻正是吾人从《圣经》获得信仰要素的认知工具。《圣经》的语言充满隐喻,诸如把盘石、活水、父亲、好牧人、栽培的人等隐喻为神,还有旧约中各样的表号与预表,以及新约中大大小小的事例与人事物的隐喻。《圣经》中的隐喻,不仅是文学的表达,更是神学的传达。透过多方的隐喻,使读者能按图索骥,进而深刻地认知并领受造物主所流露出来的讯息,进而得以从隐喻中寻得信仰的真谛。

《圣经》使用的隐喻非常广泛,并非纯粹文字美学上的作用,主要目的还是为了表达难以直接形容的东西。认知语言学也认为隐喻是言语重要的部分,是具创意性的想象。隐喻其实是想象的理性或具理性的想象力,让人借想象力认知复杂的世界。

---

① 胡壮麟:《认知隐喻学》,北京:北京大学出版社 2004 年,第 12—13 页。

　　华人神学家倪柝声①说："话语的后面有某种事物，把话语打开，如同打开舞台的幔子，看见后面的事物，这是启示，这叫作解释。不解释，对你对别人都没有多大用处；要读《圣经》必须解释，不能懒惰，必须寻求里面的意思。"②

　　人要把《圣经》的话语打开，只有透过隐喻了。所以，《圣经》中的隐喻主要目的还是为了表白神自己，为了陈明真理。所以隐喻是为了指向比科学语言更深层次的真理，更积极的功能是在于发现比人类思想更高的层次。隐喻不仅是语词层次上的修辞学概念，也是句子层次上的语义学概念，其所指涉的，更可以是语义学之上层的概念。在意义的说明与解释活动中，隐喻和文本之间存在着诠释学的关联。从隐喻的语义到隐喻的诠释，这是阅读上寻求真理的过渡。

　　利科试图在《活的隐喻》中给我们阐述一个基本的观念：隐喻不仅提供信息，而且传达真理；隐喻不但有修辞作用，而且能表达真理。因此，利科提出了"隐喻的真理"概念，他认为，只要人抽象地思想，只要人以形象性的语言去表达非形象性的观念，人就进入了隐喻。③ 所以，"活的隐喻"是一种活的、全新的经验，"活的真理"会衍生出"活的隐喻"，所以要恢复真理便要回到隐喻，关键就是"神的话语"（指《圣经》），因为人们需要借神的话语来解读隐喻。

　　由于《圣经》的语言充满隐喻，隐喻又常牵涉到"关系"，所以我

　　① 倪柝声（Watchman Nee，1903 年 11 月 4 日—1972 年 6 月 1 日），杨牧谷指出，假如我们要找一个从当代到后代，对中国教会和外国信徒都有影响力的中国基督徒，相信没有比倪柝声更合条件的了。他于 20 世纪初建立的教会，到 20 世纪末仍然健在；他写的书稳占基督教书局一个位置。参见杨牧谷主编：《当代神学辞典》，台北：校园书房出版社 1997 年，第 803 页。
　　② 倪柝声：《马太福音透视》，香港：活道出版社 1989 年，第 1 页。
　　③ 汪堂家：《读保罗·利科〈活的隐喻〉》，《文汇读书周报》2004 年 12 月 3 日。

们可以透过隐喻认知解读《圣经》的话,领会神和人之间的关系,进一步再透过与神的关系来明白神的隐喻。本文以雷可夫和约翰逊的理论框架,即映射理论和融合理论,作文本分析的实践,这是"理论和实践"并重的解读方式。一来证明隐喻正是吾人从《圣经》获得信仰要素的认知工具;二来,对于一般读者或初信者面临读不懂《圣经》的困境时,可以提供具体简便又容易实践的认知途径。同时,由于《圣经》原文是希伯来文和希腊文,这也会是一种跨文化的研究,借此检视各文化中异中有同的跨文化的"普遍隐喻"(universal metaphors)。

　　本文即以近代隐喻概念的理论为基础,分析《圣经》中关于"身体"的隐喻,以探讨《圣经》所阐述的神与人的关系。透过隐喻系统,《圣经》阅读者皆能被引导进入神人关系的体验中,借以主观经历并认识其中隐喻的核心,同时也能使用这些隐喻模式,解析并传递信徒信仰的内涵。其中"身体隐喻思维"是"具体性思维方式"的一种表现,"具体性思维方式"也是中国文化中很常见的一种思维方式。如孟子说:"四体不言而喻。"(《孟子·尽心上》)孔子说:"能近取譬,可谓仁之方也已。"(《论语·雍也》)身体是自我与世界之间关系的接触点与聚合点,是人的存在中最具体的事物。

　　"身体思维"是指从人的身体出发,以身体的方式对世界进行思考的一种思维方式,它与不占空间的纯逻辑式的思维方式完全不同。吴光明教授在其《庄子的身体思维》一文中对"身体思维"提出一个非常明确的定义①:

　　　　"身体思维"乃是身体情况中的思维,也就是透过身体来

---

　　① 吴光明:《庄子的身体思维》,收入杨儒宾编:《中国古代思想的气论与身体观》,台北:巨流图书公司1993年,第393—441页。

思想。身体体现的思维与身体联结；在这种情况下，思想活出
了身体，而身体也活出了思维。身体思维是弥漫于身体中的
思想，它与自无何有之处的思处的思考完全不同。这种所谓
出自无何有之乡的思考方式，是一种无关身体的、数理逻辑
式、不占空间的、缺乏历史而具有普遍性的思考方式。所谓用
身体的方式思想，就是借由身体的观点和样态来思想，也就是
由身体所活出的思维，它和理念型思考者的理论思考截然
不同。

　　"身体思维"既是身体体现的思维，又是用身体的方式
进行的，这两项特征密切地互相渗透，使得身体及其思维构
成一完整整体，以至于我们无法分别什么时候这种思想是
身体体现的，什么时候则是用身体方式进行的。身体思维
乃是锁定在体内重心的思维，它和那种无关身体的抽象思
想正好相反。

所谓"身体思维"具有两项特质：一，身体思维是具体的而不是抽
象的思维方式；二，身体思维透过身体而进行。《圣经》中的隐喻也
会透过"身体思维"进行"隐喻思维"（metaphorical thinking）方式。
这里所谓"隐喻的"（metaphorical）是与"如实的"（literal）一词相对
而言，"隐喻"的运用就是以具体的事物作为"隐喻"，来承载外显的
或内涵的意义，以求达到论证的效果。

四、《圣经》身体隐喻分析

　　《圣经》中提到的身体，除去依上下文得知是指文中人物的
身体部位者，隐喻性的身体有两类，一类是为了加强表达效果
的修辞性身体隐喻的语意延伸，一类是为陈明神学意涵的真理
论述。

(一) 语意延伸者

多为修辞性的表达,在延伸出来的语义上,也是意象上的象征。兹举几个身体部位如下:

1. "手"的语意延伸

出　处	经　文	隐喻延伸
创 30:33	以后你来查看我的工价,凡在我手里的山羊不是有点有斑的,绵羊不是黑色的,那就算是我偷的;这样便可证出我的公义。	牧放看守
创 37:27	我们不如将他卖给以实玛利人,不可下手害他;因为他是我们的弟弟,我们的骨肉。众弟兄就听从了他。	行动、行为
创 39:8	约瑟不肯,对他主人的妻子说,看哪,有我在,家里一切事务我主人都不管;他把所有的都交在我手里。	管理、职掌
创 39:23	凡在约瑟手下的事,狱长一概不察,因为耶和华与约瑟同在;耶和华使他所作的尽都顺利。	掌管、处理
创 43:9	我为他作保,你可以从我手中追讨。我若不带他回来交在你面前,我就永远在你面前担罪。	指当事人
创 47:29	以色列的死期临近了,他就叫了他儿子约瑟来,说,我若在你眼前蒙恩,请你把手放在我大腿下起誓;用恩慈和诚信待我,请你不要将我葬在埃及。	意为起誓
出 6:1	耶和华对摩西说,现在你必看见我向法老所要行的事;他必因我大能的手,让以色列人去,并因我大能的手,把他们赶出他的地。	施行拯救的大能力
出 9:3	耶和华的手要加在你田间的牲畜上,就是在马、驴、骆驼、牛群、羊群上,必有极重的瘟疫。	施行惩处的行为
出 15:6	耶和华阿,你的右手施展能力,显出荣耀;耶和华阿,你的右手摔碎仇敌。	施展能力、作为

续　表

出　处	经　　　文	隐喻延伸
出 18：10	叶忒罗说，耶和华是当受颂赞的；祂拯救了你们脱离埃及人和法老的手，将这百姓从埃及人的手下拯救出来。	掌控
出 24：11	祂不伸手加害以色列人的尊贵者。他们观看神，并且又吃又喝。	行动、动作
利 25：35	你的弟兄在你那里若渐渐贫穷，手中缺乏，你就要帮补他，像对外人和寄居的一样，使他可以在你那里生活。	指财物的使用
民 11：23	耶和华对摩西说，耶和华的手臂岂是缩短了么？现在你要看我的话向你应验不应验。	指耶和华的能力
得 1：13	你们岂能等着他们长大呢？你们岂能为他们守身不嫁人呢？我女儿们哪，不要这样。我比你们更是愁苦，因为耶和华伸手攻击我。	指耶和华兴起环境，使人受灾祸、苦难
王上 18：46	耶和华的手临到伊莱贾身上，他就束上腰，奔在亚哈前头，直到耶斯列的入口。	指耶和华的灵
伯 4：3	看哪，你素来教导许多人，又坚固软弱的手。	指软弱的人
伯 5：12	祂破坏狡猾人的计谋，使他们的手无所成就。	指工作
伯 22：30	人非无辜，神尚且搭救他；因你手中清洁，你必蒙拯救。	指行为
诗 80：17	愿你的手护庇你右边的人，就是你为自己所坚固的人子。	指权能
箴 10：4	闲懒的手，造成贫穷；殷勤的手，使人富足。	指工作、行为
赛 36：6	看哪，你倚靠埃及，乃是倚靠压伤的苇杖，人若靠这杖，这杖必刺透他的手；埃及王法老向一切倚靠他的人正是这样。	指关键的主要的能力
路 1：66	凡听见的人，都将这事放在心里，说，这个孩子将来会怎么样？因为主的手与他同在。	就是主自己
徒 11：21	主的手与他们同在，信而转向主的人为数甚多。	指圣灵的工作

2."脚"的语意延伸

出　处	经　文	隐喻延伸
创 3：15	我又要叫你和女人彼此为仇,你的后裔和女人的后裔也彼此为仇;女人的后裔要伤你的头,你要伤他的脚跟。	指耶稣的脚在钉在十字架时伤了脚跟。①
创 30：30	我未来之前,你所有的很少,现今却发达增多,耶和华随我的脚步赐福与你。如今,我甚么时候也为自己的家作些事呢?	指行程、行动
创 49：10	令牌必不离犹大,王杖必不离他两脚之间,直到细罗来到,万民都必归顺。	两脚之间,指繁殖后代子孙的部位。故指后裔。
出 21：24	以眼还眼,以牙还牙,以手还手,以脚还脚,	指报复的行为
申 32：35	他们失脚的时候,伸冤报应在我;因他们遭灾的日子近了;那注定要临到他们的,必速速来到。	指跌倒
撒下 22：34	祂使我的脚快如母鹿的蹄,又使我在高处站稳;	行动、作为
撒下 22：39	我灭绝他们,击溃他们,使他们不能起来;他们都倒在我的脚下。	倒在脚下,指失败
伯 29：15	我成了瞎子的眼,瘸子的脚。	行动无能力
哀 3：34	人将地上一切被囚的,都压在脚下,	指被践踏
徒 2：35	等我使你的仇敌作你的脚凳。	指被踩踏
弗 1：22	将万有服在祂的脚下,并使祂向着召会作万有的头;	指万有归服

---

　　① 女人的后裔伤蛇的头,乃是借着主耶稣在十字架上的死,毁坏那掌死权的撒旦。(来 2：14 与注 1,约一 3：8。)主在十字架上毁坏蛇的时候,蛇也伤了祂的脚跟,意思是说,借着把祂的脚钉在十字架上而伤了祂。(诗 22：16。)见李常受:《旧约圣经恢复本》,台北:台湾福音书房 1999 年台湾十版,创世记三章 15 节及其批注。

出　处	经　　文	隐喻延伸
弗 6：15	且以和平福音的稳固根基,当作鞋穿在脚上;	指争战的行动
来 12：13	也要为自己的脚把路径修直了,使瘸子不至脱臼,反得医治。	指实行真理
启 1：15	脚好像在炉中锻炼过明亮的铜,声音如同众水的声音。	指行事为人
启 10：1	我又看见另一位大力的天使,从天降下,披着云彩,头上有虹,脸面像日头,两脚像火柱,	指圣别坚定地执行工作
启 10：2	手里拿着展开的小书卷,右脚踏在海上,左脚踏在地上,	意为占据、占领

3. "头"的语意延伸

出　处	经　　文	隐喻延伸
创 3：15	我又要叫你和女人彼此为仇,你的后裔和女人的后裔也彼此为仇;女人的后裔要伤你的头,你要伤他的脚跟。	指要害
弗 5：23	因为丈夫是妻子的头。	表征基督是教会的头
启 1：14	祂的头与发皆白、如白羊毛、如雪,眼目如同火焰,	指高龄

4. "舌"的语意延伸

出　处	经　　文	隐喻延伸
出 6：30	但摩西在耶和华面前说,看哪,我是拙口笨舌的人,法老怎肯听我呢?	指不擅言辞

续　表

出　处	经　文	隐喻延伸
伯 5：21	你必被隐藏，不受口舌之害；毁灭临到，你也不惧怕。	指说话
伯 29：10	领袖静默无声，舌头贴住上腔。	哑口不能言
诗 78：36	他们却用口谄媚祂，用舌向祂说谎。	指说谎
诗 119：172	愿我的舌头歌唱你的话，因你一切的诫命尽是公义。	指唱歌
诗 139：4	我的话还未到舌头上，耶和华阿，你已完全知晓。	指说出话来
箴 6：24	能保守你远离恶妇，远离外女油滑的舌头。	指花言巧语
箴 15：4	安慰人的舌是生命树；乖谬人的嘴使灵忧伤。	指话语
赛 28：11	申言者说，不然，主要藉异邦人的嘴唇，和外邦人的舌头，对这百姓说话；	指外语方言
赛 50：4	主耶和华赐我受教者的舌头，使我知道怎样用言语扶助疲乏的人。主每早晨唤醒我；祂唤醒我的耳朵，使我能听，像受教者一样。	指像仆人领受教诲，应答指令
雅 3：6	舌头就是火，在我们百体中，是个不义的世界，污秽全身，也把生命的轮子点起来，且是给火坑的火点着的。	指污秽的话像具有杀伤力
雅 3：8	惟独舌头没有人能制伏，是不止息的恶物，满了致死的毒气。	舌头散布邪恶和死亡，污秽并毒害全人类
约一 3：18	孩子们，我们相爱，不要只在言语和舌头上，总要在行为和真诚上。	舌头指玩弄虚空的谈论

5."发"的语意延伸

出　处	经　文	隐喻延伸
利 19：32	在白发的人面前,你要站起来,也要尊敬老年人;又要敬畏你的神;我是耶和华。	白发指老年人
利 14：9	第七天,他要再剃去所有的毛发,把头发、胡须、眉毛、并全身的毛都剃了;又要洗衣服,用水洗身,就洁净了。	头发,表征人自我炫耀的荣耀;胡须,表征人自居的尊贵;眉毛,表征来自人天然出生的优点、长处和美德;全身的毛发,表征人天然的力量和才能。①
民 5：18	祭司要使那妇人站在耶和华面前,叫她蓬头散发,又要把思念的素祭,就是疑忌的素祭,放在她手中;祭司要手里拿着招致咒诅的苦水,	蓬头散发,表明没有服从作头的权柄。
民 6：5	在他许愿分别出来的一切日子,不可用剃刀剃头。他要成为圣别,直到他将自己分别出来归耶和华的日子满了;他要任由发绺长长。	拿细耳人留长头发,意为以神自己作他的权柄,遮盖他的头。
歌 1：10	你的两腮,因发辫的妆饰而秀美;你的颈项,因珠串而美丽。	表示因服从而秀美
歌 5：11	他的头像至精的金子;他的头发鬈曲,黑如乌鸦。	表示他对神的服从旺盛(鬈曲)且有力(黑)
结 44：20	他们不可剃头,也不可任由发绺长长,只可剪发。	头发表征服从神作头的权柄。男人留长发表征自我荣耀,有野心要作带头者。

---

① 李常受:《旧约圣经恢复本》,利未记十四章 9 节及其批注。

续　表

出　　处	经　　文	隐喻延伸
林前 11：15	而女人有长头发,乃是她的荣耀么? 因为这长头发是给她作盖头的。	女人有长头发盖头表征顺服,是一种荣耀。
彼前 3：3	你们的妆饰,不要重于外面的辫头发、戴金饰、穿衣服	《圣经》要女人以头发作她们的荣耀和服从的表记。

(二) 真理论述者

内涵神学的意涵与信仰的精神,特别是在神与人的关系,和信徒之间的关系。《圣经》中阐明神和人的关系也是多方面的,可以是头和身体,可以是夫妻,可以是父子,也可以是结果丰盛的葡萄树和枝子,更是旷野中尽职的牧羊人和无忧无虑的羊。透过多方的隐喻,能使我们轻易深刻地认知并领受造物主散发出来源源不绝的爱和恩典。因为神很大,所以跟人的关系有很多方面。其中身体的隐喻,最能超越文化、知识的差异,而为众信徒所领略。因为我们的身体是一个"经验完形"的重要源头,我们很容易认识身体,并熟悉身体的感知。将身体的认识与感知投射到外界,对了解、传递或经历另一事件,是很自然且便利的。而且对大多数人而言,身体的经验在意义的理解上很容易理解而引起共鸣。

相对于人的身体,那"是灵的神"则是看不见、摸不着的抽象概念。神与人虽有极密切的关系,却也因神的抽象性,神人"关系"便显得空灵虚无而奥秘。《圣经》以具象的身体隐喻,启示出的神人关系简易而丰富。提到"神与人(团体的信徒)"如同"头与身体",基督是教会的头,头是权柄的事。基督在复活里是首生者,是身体的头,在教会,神的新造(林后 5：17,加 6：15)里居首位。基督是教会的头,教会是基督的身体,信徒彼此之间如同"肢体",并且彼此作肢体。

1. 基督是头

关于"基督是头"的隐喻概念，如下列经节。恢复本《圣经》都将"教会"改为"召会"，本文为尊重版本，引用经文时按恢复本用"召会"，文中叙述则采通用的"教会"一词。

① 但如今神照着自己的意思，把肢体俱各安置在身体上了。（林前 12：18）

② 惟在爱里持守着真实，我们就得以在一切事上长到祂，就是元首基督里面。（弗 4：15）

③ 因为丈夫是妻子的头，如同基督是召会的头；祂自己乃是身体的救主。（弗 5：23）

④ 丈夫也当照样爱自己的妻子，如同爱自己的身体；爱自己妻子的，便是爱自己了。从来没有人恨恶自己的身体，总是保养顾惜，正像基督待召会一样。（弗 5：28—29）

⑤ 祂也是召会身体的头；祂是元始，是从死人中复活的首生者，使祂可以在万有中居首位。（西 1：18）

隐喻说明：基督是头（身体隐喻），即以基督为元首、领袖、领导人、首脑，凡事由祂起始的"首位"。见表1：

表1 基督是教会(信徒)的头

来源域：人的头	隐喻概念	目标域：基督之于教会
映像语言：基督是召会的头。（弗 5：23）	一个人只有一个头	基督是教会唯一的头
	是身体的头	是教会的元首
	头与身体乃同一生命	教会与基督亦同一生命
	头是意志指挥中心	是凡事由所从的主
	头爱自己的身体	爱教会
	头保养顾惜身体	保养顾惜教会
	身上的肢体都按着头的意思	信徒都按着基督的意思

2. 蒙召的会众(教会)是基督的身体

教会乃是"蒙召的会众",即蒙召之信徒的集合。关于"教会是身体"的隐喻概念,如下列经节:

(1)"扫罗行路,将近大马色,忽然有光从天上四面照着他,他就仆倒在地,听见有声音对他说,扫罗,扫罗,你为甚么逼迫我?他说,主阿,你是谁?主说,我就是你所逼迫的耶稣。"(徒九 9:3—5)

(2)因着只有一个饼,我们虽多,还是一个身体,因我们都分受这一个饼。(林前 10:17)

(3)因为我们不拘是犹太人或希利尼人,是为奴的或自主的,都已经在一位灵里受浸,成了一个身体,且都得以喝一位灵。(林前 12:13)

(4)你们就是基督的身体,并且各自作肢体。(林前 12:27)

(5)召会是祂的身体,是那在万有中充满万有者的丰满。(弗 1:23)

(6)既用十字架除灭了仇恨,便借这十字架,使两下在一个身体里与神和好了。(弗 2:16)

(7)就是外邦人在基督耶稣里,借着福音得以同为后嗣,同为一个身体,并同为应许的分享者。(弗 3:6)

(8)一个身体和一位灵,正如你们蒙召,也是在一个盼望中蒙召的。(弗 4:4)

(9)为要成全圣徒,目的是为着职事的工作,为着建造基督的身体。(弗 4:12)

(10)本于祂,全身借着每一丰富供应的节,并借着每一部分依其度量而有的功用,得以联络在一起,并结合在一起,便叫身体渐渐长大,以致在爱里把自己建造起来。

（弗 4：16）

（11）因为丈夫是妻子的头，如同基督是召会的头；祂自己乃是身体的救主。（弗 5：23）

（12）丈夫也当照样爱自己的妻子，如同爱自己的身体；爱自己妻子的，便是爱自己了。（弗 5：28）

（13）从来没有人恨恶自己的身体，总是保养顾惜，正像基督待召会一样，因为我们是祂身体上的肢体。（弗 5：29—30）

（14）祂也是召会身体的头；祂是元始，是从死人中复活的首生者，使祂可以在万有中居首位。（西 1：18）

（15）现在我因着为你们所受的苦难喜乐，并且为基督的身体，就是为召会，在我一面，在我肉身上补满基督患难的缺欠。（西 1：24）

隐喻说明：教会是身体（身体隐喻），即以教会为基督的身体，是基督的具体表现与彰显。并以来源域、目标域，及两者概念有对应关系的映像语言，见表 2。

表 2　教会是祂的身体

来源域：人的身体	隐喻概念	目标域：教会之于基督
映像语言：召会是祂的身体，是那在万有中充满万有者的丰满。（弗 1：23）	一个人只有一个身体。	信徒虽多，还是一个身体。
	身体会长大。	信徒人数增加、生命成熟、功用显出，借着每一部分的功用，联络、结合一起，便叫身体渐渐长大。
	身体是同一生命的共同体。	与基督一样的生命。
	身体是人的丰满与彰显。	教会是基督的丰满与彰显。

续　表

来源域:人的身体	隐喻概念	目标域:教会之于基督
映像语言:召会是祂的身体,是那在万有中充满万有者的丰满。(弗1:23)	身体就是人的位格,伤害身体就是伤害这人。	逼迫信徒即逼迫教会(基督的身体),逼迫教会即逼迫基督耶稣。
	为这身体就是为这人。	为教会受苦即为基督受苦。
	爱这人就会爱这人的身体。	爱基督就会爱教会。

3. 信徒是基督的肢体,并且在一个身体里互相作肢体

教会是基督的身体,教会的众信徒则是身体上的肢体,并且彼此互相作肢体,经节如下:

(1) 正如我们一个身体上有好些肢体,但肢体不都有一样的功用。(罗12:4)

(2) 我们这许多人,在基督里是一个身体,并且各个互相作肢体,也是如此。(罗12:5)

(3) 岂不知你们的身体是基督的肢体么? 我可以把基督的肢体作成娼妓的肢体么? 绝对不可!(林前6:15)

(4) 就如身体是一个,却有许多肢体,而且身体上一切的肢体虽多,仍是一个身体,基督也是这样。因为我们不拘是犹太人或希利尼人,是为奴的或自主的,都已经在一位灵里受浸,成了一个身体,且都得以喝一位灵。身体原不是一个肢体,乃是许多肢体。倘若脚说,我不是手,所以不属于身体,牠不能因此就不属于身体。倘若耳说,我不是眼,所以不属于身体,牠也不能因此就不属于身体。若全身是眼,听觉在那里? 若全身是听觉,嗅觉在那里? 但如今神照着自己的意思,把肢体俱各安置在身体上了。若都是一个肢体,身体在那里? 但如今肢体是多的,身体却是一个。眼不能对手说,我不需要你;头也不能对脚说,我不需要你。不但如此,身上肢体似乎较为软弱的,更是不可少的;身上肢体我们以为比较不体面的,就给牠加上更丰盈的体面;我们不俊美的肢体,就得着更丰盈的俊美;至于我们俊美的肢体,就不需要了。但神将这身体调和在一起,把更丰盈的体面加给那有缺欠的肢体,免得身体上有了分裂,总要肢体彼此同样相顾。若一个肢体受苦,所有的肢体就一同受苦;若一个肢体得荣耀,所有的肢体就一同欢乐。你们就是基督的身体,并且各自作肢体。(林前 12:12—27)

(5) 本于牠,全身借着每一丰富供应的节,并借着每一部分依其度量而有的功用,得以联络在一起,并结合在一起,便叫身体渐渐长大,以致在爱里把自己建造起来。(弗 4:16)

(6) 所以你们既已脱去谎言,各人就要与邻舍说实话,因为我们是互相为肢体。(弗 4:25)

(7) 因为我们是牠身体上的肢体。(弗 5:30)

隐喻说明:教会是基督的身体(身体隐喻),而教会为信基督的众信徒组成,则全体信徒是一个身体,单个信徒是身体的一部分(肢体),信徒之间则是肢体与肢体的关系。见表3:

表3　信徒是牠身体上的肢体

来源域:身体上的肢体	隐 喻 概 念	目标域:教会里的信徒
映像语言:我们是牠身体上的肢体。(弗五30)	一个身体上有好些肢体。	教会有许多信徒。
	肢体流通相同的血液(生命)。	信徒在同一生命里交通。
	肢体不都有一样的功用。	个别信徒在教会(身体)中有不同的功用。

来源域:身体上的肢体	隐　喻　概　念	目标域:教会里的信徒
映像语言:我们是祂身体上的肢体。(弗五30)	各自作肢体。	每个信徒有他自己的功用,不一而同。
	各个互相作肢体;眼不能对手说,我不需要你倘若脚说,我不是手,所以不属于身体,它不能因此就不属于身体。	信徒功用不同,却非彼此分离,更不能自外于身体,而是互相需要他人的功用与帮补,彼此需要,互相配搭供应。
	肢体虽多,仍是一个身体。	信徒虽多,仍是一个完整、不能分裂的身体。
	较为软弱的,更是不可少的。	软弱者更不可少,恐怕使身体有缺陷。
	比较不体面的,就给祂加上更丰盈的体面。	出自神的调和,信众应顾到软弱、不体面的信徒。
	肢体彼此同样相顾。	信徒在教会中该得着同样的照顾。
	肢体同苦、同欢乐。	信徒之间有同命同感的生机联结。

　　此项隐喻以头和身体的隐喻分开映射如表 1、表 2、表 3 的认知简表。整个身体与头的隐喻认知则以二域认知图呈现,如图 1。从上述基督、教会、信徒三方面的隐喻,我们可以发现《圣经》中身体隐喻概念的系统性。"基督是教会的头"说明基督的元首性;"教会是祂的身体"不但说明了基督没有教会不行,也表达了教会是基督的丰满与彰显;"我们(信徒)是祂身体上的肢体"是在信徒与基督的关系上,进一步延伸到信徒与信徒和基督的三面生机的联系。所以"基督是教会的头"和"教会是祂的身体"这两类是同一组隐喻概念的两面描述,而"我们(信徒)是祂身体上的肢体"则是"教会是祂的身体"的转喻,对身体上各部分的特写,即以部分代全体的

表述。

依上述三项映射关系,其身体隐喻的认知层面如下：

身体隐喻的认知层面

> **隐喻映射：**
> ① 基督是头② 众信徒是身体③ 信徒各个互相作肢体
> ④ 本于头的指令乃是要身体渐渐长大,以致得着建造

来源域：人的身体 → **目标域：神人关系**

角度摄取：外在样式　　　　　　**角度摄取：生机功能**

> **认知概念："头与身体"**
> 1. 一个身体只有一个头
> 2. 身体有许多肢体
> 3. 若只有一个肢体,就没有身体
> 4. 肢体俱各安置在身体上
> 5. 身体会渐渐长大
> 6. 丰满的身体是头的彰显

> **认知概念："头与身体"**
> 1. 头与身体乃同一生命
> 2. 头为着身体,身体也为着头,且身体都接受头的指挥
> 3. 肢体不都有一样的功用
> 4. 各自作肢体
> 5. 各个互相作肢体
> 6. 肢体虽多,仍是一个身体
> 7. 不能自外于身体
> 8. 肢体彼此需要
> 9. 较为软弱的肢体,更是不可少的
> 10. 身体会生机地调和,以顾到不体面、不俊美的肢体
> 11. 肢体在身体里同受苦、同欢乐

视觉观察　肉身经验感受

身体感知

图1　二域模式隐喻认知图——身体隐喻的认知

五、身体隐喻的隐显与实际

身体隐喻从我们赖以生存的身体出发,透过实际肉身的经验

与共同的认知,在传递概念系统时,更容易显得"感同身受"而得到心智与心灵活动的讯息。但是,当我们使用某一概念系统的隐喻作为思考工具时,往往也只能了解到该事项的某一部分特质而已。因为隐喻的表达只针对来源域(source domain)与目标域(target domain)之部分相似特质作映射,既不完全等同来源域所拥有的整体概念,也不能将目标域完全说尽。所以,在映像范畴内的,正是这系列隐喻所凸显的;反之,未映射到的相异特质,也在这套隐喻作用中被藏隐了。

(一) 凸显与隐藏

"基督是教会的头"说明基督的元首性、领导性、代表性,是教会行动之唯一意旨来源,同时,头对身体是极其保养顾惜的。"教会是祂的身体"则说明了基督与教会的一体性、完整性,是绝对不能"身首异处"的,所以基督没有教会就不能完整,祂需要教会作为具体表现,而渐渐长大的教会,也才是包罗万有之基督的丰满与彰显。

"我们(信徒)是祂身体上的肢体"则更详细地描写信徒彼此间在身体(教会)上的生存意义与功能,特别是同有一个生命、同在身体里生活,却有不同的功用,所以信徒之间有很大的差异性,这是正常的情形,不能要求或划一成同一肢体,"若都是一个肢体,身体在哪里? ……若都是一个肢体,身体在哪里?"(林前12:17、19)这许多的肢体,即便有的显出且常用,有的安静无声不显眼,有的特别劳动而常疲劳,但在基督的调和下,都是不可少、不能取代并彼此需要的,而且各个肢体所发挥的功用,都不是为着该肢体自己,而是为着全身体,为着全身体也就是为着其他的肢体,看起来好像都是顾到别人、服事别人,至终也使身体上所有的肢体得着益处而长大。在实际经历中,若有肢体觉得未被顾惜,即可检验出是肢体间的交通不够,否则在身体循环系统正常的情形下,一个肢体受苦,所有的肢体就会一同受苦。

这一点,也许有人会疑惑,初信者才刚进入信仰的领域,这样的肢体何能尽功用,服事其他肢体。或信徒自认为未有足够的分量以尽肢体的功用、让身体长大。殊不知孩童的肢体机能也未长成,照着头的意思而想要吃饭、取物、走路的动作也不熟练,但就在一次一次的习练中,跟着身体一起长大,肢体的功用也愈发显得练达。以上都是《圣经》借由身体隐喻所阐述之神与人、信徒与信徒的关系,此即身体隐喻概念所要凸显的特性。

至于身体隐喻概念所隐藏的,也可从实际身体的经验检视出来：

1. 我们身体上的肢体也常有不受头指挥的,身体上许多生理机能的运作也都不是头的意识所能控制的,如消化系统、循环系统、神经系统、淋巴系统等等。

2. 身上肢体常操劳过度、发出警讯时,往往头没感觉或不能理解,以致无从对肢体施以保养顾惜。

3. 身体的隐喻对个别信徒能与基督之间情深、个人、私密的交通的重要特色,因强调肢体间的互动而弱隐了。

4. 肢体的隐喻强调信徒要顾到别人,但对于已是软弱、生病的肢体,概念系统中没有能立即处理的映像层。

身体隐喻概念所有隐藏,是因为有所凸显。但这不是批判这套隐喻系统,因为每个系统都有它的限制。神与人的关系关涉灵、魂、体各方面,要了解神人关系自不能局限在一套隐喻认知系统中,所以《圣经》关于神人关系的隐喻系统很多,其阐明神和人的关系,有父子、夫妻、兄弟,也有元帅和军队,有头和身体,也有旷野中尽职的牧羊人和单纯跟随的羊,更有结实累累的葡萄树和枝子。透过多方的隐喻,才使我们领略神的奥秘,才能够深刻的认知并领受神所分赐源源不绝的爱和恩典。

(二) 真实与实际

身体隐喻中,基督究竟是不是教会(身体)的"头",基督与团体信徒的身体关系是否在身体感官之外是存在的?

"头与身体"的身体隐喻概念主导信徒的思维,引导信徒的感受,也带领信徒在信仰上的经历。一面主导信徒"得以在一切事上长到祂,就是元首基督里面",另一面也平衡信徒与其他信徒的肢体关系,不但是"各自作肢体",也是"互相为肢体";是有着相同生命的"手足"(弟兄姊妹),也是彼此需要、谁也不可或缺、无法取代的肢体。所以信徒在内里生命一面,与基督有主观抽象的交通联结;在具体实行上,也要与其他信徒有生命交通与事奉上和谐搭配的体会。尤其,单个信徒(肢体)是否与基督(头)有交通,没有人知道,但能否与其他肢体为着教会(身体)的益处和需要,和谐配搭、联络结合在一起,却很容易得知的。因为天然人是不会与其他肢体联络结合在一起的,除非一起享受基督的生命极其丰富,才能从天然的生命变化成属灵的生命,进一步实行身体的生活以建造基督的身体。至终基督的身体渐渐长大,成为那"在万有中充满万有者的丰满",使基督得着满足与彰显,完成祂心头的愿望,实现祂永远的经纶。

完整系统的概念建构我们的感知、活动与人际沟通等管道,概念系统则充当一个确认我们日常现实的中心角色。如果我们所谓的"概念系统基本上为隐喻性"这一假设正确的话,那么,我们的思维方式、信仰经历、日常所为等也多半是隐喻性的。所以,隐喻不只是语言问题或语词问题,甚至人类的思维过程(thought processes)多半属隐喻性的。当《圣经》说到"基督是教会的头"、"教会是祂的身体"、"我们是祂身体上的肢体"这样的隐喻时,其实已是完整体系的"隐喻概念"(metaphorical concept),它既是人类语言的比喻说法,也是神圣范围里的实际。例如,以弗所书一章二十三节说，"教会是祂的身体"，杰米生等人（R. Jamieson *et al.*）的圣经注释就特别强调：这并非字面的身体，而是祂的奥秘的和属灵的身体。但是，这不仅仅是修辞性的和隐喻性的，祂是真实的，虽然是属灵的，教会的头。祂的生命是她的生命，她分享祂的钉死和随之而来的荣耀。①

　　事实上，柏拉图在《理想国》第七卷的"地穴寓言"就指向一个感官能力之外之实际的存在。我们像囚徒被捆绑在地穴中，面朝洞穴后壁，身后靠近洞口有火光，将经过它的图像投影到洞穴墙上。在缺乏其他知识的情况下，我们把这些影子当作实际。哲学之努力的目的就是从洞穴的监禁逃离，越过图像和火，向上看到光。实际是在我们之外。② 肯尼（Kenney）在论柏拉图的神学时也指出，在哲学的层面上，神圣（divine）就等于真正的"存有"（being）。③ 我们习惯以存在（existence）的方式来思考"存有"：某物存在或是不存在。但对希腊人来说"存有"是有语境（视情况而定）的。东西不仅仅是存在；它们以某种特定的方式存在。"存有"于是和价值判断绑在一起，使希腊人得以理解存有的等级（degrees of being），或是说实际的等级（degrees of reality）。最真实的就是绝对的神圣。相反地，凡是在"存有"上有所不足的（亦即实际上的层次较低的），就是在某些方面缺乏

　　① Jamieson, R., A. R. Fausset, and D. Brown, *A Commentary*, *Critical*, *Experimental and Practical*, *on the Old and New Testaments*, Grand Rapids, Eerdmans publishing co., 1945. "His mystical and spiritual, not literal, body. Not, however, merely figurative, or metaphorical. He is really, though spiritually, the Church's Head. His life is her life. She shares His crucifixion and His consequent glory."

　　② Norman Russell, *Fellow Workers with God*, St Vladimir's Seminary Press, 2009, p. 115.

　　③ Kenny, J. P., *Mystical Monotheism: A Study in Ancient Platonic Theology*, Hanover and London: Brown University Press. 1991, xvii-xviii, pp. 3 - 32.

神圣性。①

　　"基督是教会的头"、"教会是祂的身体"、"我们是祂身体上的肢体"的身体隐喻概念,在现实感官中看似修辞性的隐喻,但在神圣的范围(divine realm)里,却是实际、真实的,甚至比现实感官所经验的更是实际。

结论

　　人类心理,尤其信仰的心灵,活动更为活跃、无远弗届,所有透过语言从事的心灵活动与交流,也可视为隐喻的活动,即"语言本身就是一个大隐喻",人们在传递概念时,巧妙地发挥了语言符号的多义性和创造性。

　　基督徒深信,《圣经》是神以人的语言来启示祂自己,但人类有限的语言如何能表述抽象至极的神,乃是大量且系统性地使用了隐喻。保罗·利科认为:隐喻不仅提供信息,而且传达真理。只要人以形象性的语言去表达非形象性的观念,人就进入了隐喻。《圣经》的隐喻阅读,就是透过阅读寻找神。遍布《圣经》的隐喻,就是指向真理的表达方式,是给读者认知神的工具。使用隐喻并非纯粹文字美学上的作用,主要目的还是为了表达难以直接形容的东西。

　　约翰·希克在《上帝道成肉身的隐喻》书中,所探讨的就是"字而真理"或"比喻的真理"。这样,到底《圣经》里的隐喻是一个修辞?是一个比喻说法?还是实际?还是有时既是人类语言的比喻说法,也是神圣范围里的实际?《圣经》多方多面启示神与人的关系,其中以具象的"身体"为隐喻,启示出的神人关系最为简易而丰

---

　　① Norman Russell, *The Doctrine of Deification in the Greek Patristic Tradition*, Oxford University Press, 2004, p. 35.

富，而且为众信徒所领略，因为我们的身体是一个"经验完形"的重要源头。本文认为，《圣经》中的身体隐喻，若以身体部位作隐喻者，多为象征意义，透过隐喻的语意延伸作修辞的表达；但以"基督是召会的头"、"召会是基督的身体"的隐喻概念而言，既是人类语言的比喻说法，也是神圣范围里的实际。

第四编

宗教、翻译与社会的现代转型

从《罗慕拉》到《乱世女豪》：传教士译本的基督教化研究

宋莉华

《罗慕拉》(*Romola*)是英国女作家乔治·艾略特(George Eliot, 1819—1880)在 1862—1863 年间发表的一部历史小说。这是乔治·艾略特最为宏大的一部作品,也是其作品中相对独立的一部。该书自问世以来批评之声就不绝于耳:小说被认为叙述了太多的历史事实而显得过于学究气,在将宏大的历史画面与人物复杂的经历结合时,处理得又不那么理想。同时,作者对社会政治、宗教及爱等主题的表现,缺乏之前作品的游刃有余,结构上则没能达到之后的《米德尔马契》(*Middlemarch*)的艺术成熟。① 1917 年美国美以美会传教士亮乐月(Laura M. White, 1867—1937)首次将该书译介到中国,题为《乱世女豪》,由广学会出版。这一早期传教士的中译本尽管同样备受冷落②,却具有独特的学术研究价值。译者亮乐月用基督教神学对这部历史小说重新进行了诠释,使其带有明显的基督教色彩和政治

① 马建军:《乔治·艾略特研究》,武汉:武汉大学出版社 2007 年,第 23—24 页。
② 该译本长期以来罕有人提及,乔修峰于《外国文学评论》2005 年第 2 期发表《〈罗慕拉〉:出走的重复与责任概念的重建》一文,曾含糊地提到"早在上世纪二三十年代,《罗慕拉》就有了中译本《乱世女豪》"。作者根据的是北京图书馆编《民国时期总书目·外国文学卷》,此外并无更多的信息和论述。

诉求，是研究近代来华传教士翻译文学及其跨语际实践的不可多得的范本。

一、从历史小说到基督教小说的改写

1860 年 8 月，艾略特致信友人：“我们在佛罗伦萨的时候，我的头脑里燃起了一个念头，想写一本历史小说——背景：佛罗伦萨；时间：十五世纪末，其标志是萨伏纳罗拉的事业和殉教。”[1]大约两年之后，小说《罗慕拉》问世，作品以 15 世纪末的佛罗伦萨为背景，描写了 1494—1498 年佛罗伦萨的主要历史事件，反映了当时的宗教改革以及在创立基督教共和国过程中当地剧烈的社会动荡。小说中的宗教改革领袖萨弗罗（Girolamo Savonarola，1452—1498）[2]在历史上实有其人。他原为多明我会会士，1481 年奉派到佛罗伦萨圣马可修道院任牧职。他在传道时抨击教皇和教会的腐败，揭露佛罗伦萨的统治者罗仁叟·麦德西（Lorenzo Medici）家族的残暴统治，反对富人骄奢淫逸，主张重建社会道德，提倡虔诚修行生活。他的言行得到平民的拥护，1491 年，萨弗罗任圣马可修道院院长。1494 年法国查尔斯八世入侵佛罗伦萨，罗仁叟·麦德西被流放，萨弗罗成为城市平民起义的精神领袖，宣布推翻旧政府，建立一个新的民主、平等、自由的基督教共和国。小说将这一段宏大的历史叙事融入虚构的人物故事中，从而赋予作品以一种凝重、恢弘的历史感。

1917 年，美以美会传教士亮乐月将小说译成官话，题为《乱世

---

① ［英］乔治·艾略特：《仇与情》“前言”，王央乐译，北京：人民文学出版社 1988 年，第 1 页。《仇与情》是《罗慕拉》的又一中译本。

② 为叙述方便，本文对涉及的人名一律采用了《乱世女豪》中的译名。

女豪》。① 亮乐月的传教士身份对于《乱世女豪》的翻译构成了直接的干预,她淡化了原著的历史描写,强化了其中的基督教色彩与道德训诫意图,将《罗慕拉》由历史小说转变成一部基督教小说在中国流传。在序言中,亮乐月首先强调了这一段历史的核心人物萨弗罗进行改革的基督教宗旨:

> 这本小说,是一名女乔治爱那特所做的。那时城中首领,为意大利各城中著名的长官,很保护这些美术,他名为麦德西罗仁叟(Lorenzo de medizi)。只因那时罗仁叟新死,佛连色城奢华太甚,教士萨弗罗特为出而传道,要用他的灵性,改变全城风俗,所以他一生愿为教会受苦,甚至牺牲生命,亦所不惜。他的宗旨,无非要把基督传遍佛连色城,成一真正上帝的天国。②

为了凸显全书的基督教视角,亮乐月在翻译时,进行了大量删节。艾略特原著共分 72 章,还有一个尾声,可谓鸿篇巨制。亮乐月译介的《乱世女豪》仅 20 章,并仿照中国章回小说的体例,每一章都标以回目,如第一章为"佛连色首领去世,梅提多书记安身"。这样,既在一定程度上弥补了原著颇受人诟病的某些艺术缺陷,如结构松散、人物描写不够集中等,而且小说的主旨与人物也重新得到了诠释。在原著《罗慕拉》的开篇,艾略特特别安排了一篇序言,想象一位代表历史小说家的"黎明天使"在三个多世纪前的 1492 年的春天,在飞越欧洲的土地时所看到的佛

---

① 亮乐月 1887 年来华,在南京创办汇文女校,受李提摩太(Timothy Richard, 1845—1919)邀请于 1912—1929 年期间担任《女铎报》第一任主笔,1931 年因健康原因回美国。在华期间,亮乐月热衷于文学翻译,译有近 20 种小说。参见拙文《美以美会传教士亮乐月的小说创作与翻译》,《上海师范大学学报》2012 年第 3 期。
② [美] 亮乐月:《乱世女豪》"序",上海:广学会 1917 年,第 1 页。

罗伦萨的城市景象。序言体现了艾略特本人对于历史小说的理解，即历史小说家应该对特定时代和社会的习俗、思想与制度演变进行翔实的描绘，同时更要努力揭示人类在自身发展的转折时刻所表现出的一些共同特点、矛盾、困境和理想。① 这篇意味深长的序言在《乱世女豪》中悉数遭到删削，译者悄然将创作的中心由历史转移到宗教。

对原著中宏大的历史叙事，亮乐月只进行了粗枝大叶的概述。由于纷繁的历史头绪被简化处理，过多的史实被省略，以至于这一段历史在译著中显得面目模糊不清。尽管艾略特放弃自己熟悉的英国乡村生活，去描写遥远的意大利的历史和人物，这一度被视为她写作策略上的一个失误，但毫无疑问，《罗慕拉》提供的翔实的历史文献实现了作者所期望的在创作题材的深度与广度上的突破，充分表现了艾略特执着的艺术追求和卓尔不群的个性。然而，亮乐月在翻译中，却站在基督教的立场上不断质疑原文的历史描写，一旦文本偏离其观点，便着手对原文进行干预和改写。历史上，萨弗罗在取得政权后对持不同政见者以及不同教派的人士大肆镇压和屠杀，译著则试图通过删削掩盖这一段历史。《乱世女豪》将之改写成萨弗罗听任革命党人绞杀保守派人士，没有积极进行营救，但他本人对屠杀行动并不负有直接责任。这样，萨弗罗最后被烧死，在译著中就带上了殉教的色彩，而不是由于政治冲突以及他曾犯下的罪行。同时，亮乐月把书中代表罗马教皇、天主教与贵族利益的联盟亚拉伯党人写得十分不堪，赌博、抢劫，无恶不作，暗含了译者本人的新教立场，也反衬出萨弗罗进行基督教改革的正义性。

译者还"将原书中一切不合于中国人情的地方一概删去不

---

① 毛亮：《历史与伦理：乔治·艾略特的〈罗慕拉〉》，《外国文学评论》2008 年第 2 期，第 97 页。

译,俾使中国青年女子多多得益也"①。该书的译介,是要成为中国青年成长的教科书,为他们提供生命的方向、精神原动力以及宗教信仰原型。为了更加接近中国读者的文化视野,赢得读者对译者的认同,译者有意无意地采用了"误译"的策略。在书中,亮乐月用"民国"指称萨弗罗建立的基督教共和国,用"革命党"称呼萨弗罗代表的改革派,从翻译的角度来看显然不准确,译者主要是从折射中国现实、便于中国读者理解的角度出发的。亮乐月强调译介此书的目的在于教育中国青年,特别是为女性青年提供榜样:

　　书中情节,正合此时中国社会现状。中国当此时代改变之际,一般好古的学士,专崇拜一切古时书籍和美术,见新文化的运动,觉得非常悲惨。此种人正与书中巴多略略相似。我知此种人死后,那些新学家必不能继续他们的位置和工作。不但如此,中国最大危险,就是许多青年新人物,虽受过很多的教育,各抱莫大志愿,然往往不肯牺牲一己,为国家谋公益,反要牺牲国家,为个人得权利。此种人与书中的梅提多又很相同。所以这提多结果,应当给一般青年人做一面镜子,并使他们见了提多妻子罗麦娜,知道一国的女子,若都有道德,都是强壮的,其国家必不致演出衰败及将要灭亡的景象。

　　我今最大盼望,就是在我们中国女同胞的道德及强壮,故命二三女弟子共将此书译出,贡献全中国各界青年妇女。所望诸位读了以后,能够仿效这罗麦娜为人,如此,就可对我们的家对我们的国对我们的社会对我们的上帝了。此书是英文文学中极有价值之作;但其中有许多事实,不合中国社会情

---

① 《广学会图书目录》目录分类第十九"故事",上海:广学会 1938 年,第 9 页。

形，故有几处删去，几处节短，还望阅者参考原本，有以
教之。①

《乱世女豪》将基督徒的爱和虔敬作为解决各种社会矛盾、斗争，
应对自然灾害，抚平家庭、个人创伤的工具，以罗麦娜这样一个
弱小女子的微不足道的行为，来象征性地完成拯救整个社会的
伟大事业。② 译者在罗麦娜身上所寄予的浪漫主义的宗教理想，
也是她所期待的中国社会变革未来的出路，显然与历史史实是
不相符的。

晚清以来，小说被赋予了额外沉重的使命，小说不再只是表述
私人精神空间的想象性创造，而是上升为一种公共性的"国家"的
知识，成为普及、奠定社会伦理、价值观、实现知识转型的重要工
具，是一种重要的现代性组织形式。翻译小说作为速成手段之一，
成为社会改革大潮的一个重要组成部分。《乱世女豪》译介于
1917 年，一个中国社会、文化剧变的特殊年份。毋庸置疑，这一历
史文化背景制约了该书的翻译。亮乐月也注意到了当时的新文化
运动，她认为书中的情形与中国的社会现状很接近，因而希望以此
书教育中国的青年。"新文化运动"需要培养和造就"新人"，而这
类"新人"首先以文学形象被塑造出来，通过文学中的新人反映出
历史的发展趋向和人们心理上去旧图新的变化。亮乐月在序言中
也流露出了上述意图，然而她所期待的"新人"与新文化运动的目
标实际上大相径庭，是笃信基督教并能象罗麦娜那样以宗教信仰
恢复社会秩序的人。乱世女豪就是亮乐月借助翻译，依据基督教
文化构筑理想新人的产物。对照原著客观展现历史面貌的创作宗
旨，亮乐月翻译的重点发生了偏移，侧重于表现罗麦娜如何建立基

① ［美］亮乐月：《乱世女豪》"序"，第 1—2 页。
② 马建军：《乔治·艾略特研究》，第 19—20 页。

督教信仰，凭借上帝的恩典救民于乱世的传奇。这种偏移是翻译
的政治在宗教领域内的表现，它不仅损害了原著作为历史小说描
绘社会生活的广度和力度，而且抹杀了艾略特关于基督教信仰思
考的深度。

二、乱世女豪的天路历程

艾略特在《罗慕拉》中对社会剧变时期的信仰缺失表现出了忧
虑，小说通过罗麦娜和梅提多的婚姻爱情故事提出了一个严肃的
命题，即在历史转折关头，当旧的社会制度行将被取代，而新的体
制又不够完善的时候，个人应该作何选择？而经过亮乐月的翻译，
这一命题被转换成：乱世之人去往天堂的路要怎么走？

这两个不同的命题实际上指向的是译者与原作者不同的宗教
观。对于基督教，艾略特的态度非常复杂。在批判宗教神学及其
形式的过程中，她形成了自己的人文主义宗教观。艾略特曾翻译
施特劳斯（David Strauss，1808—1874）的《耶稣传》（*Das Leben
Jesu*，*kritisch bearbeitet*，1835）和费尔巴哈（Ludwig Andreas
Feuerbach，1804—1872）的《基督教的本质》（*Das Wesen des
Christentums*）等著作，使她逐渐确立了人文主义宗教观，摒弃了
神学意义上的上帝。在基督教传统中，人既应当爱神，也应当彼此
相爱。从某种意义上说，艾略特是认同这种宗教思想的。所不同
的是，她认为爱神的表现不仅体现为宗教仪式，并非只是给神贡献
祭品、唱赞歌、添香火，更重要的是廉洁、宽厚、仁慈地对待芸芸众
生。也就是说，爱神只不过是表面现象，而爱他人才是爱的实质所
在，才是对神真正的爱。在她看来，上帝仍然是不可缺少的存在，
只不过上帝的概念和宗教信仰的实质已发生变化，是由她自身的
认识感知到的上帝，而非神学意义的上帝。

艾略特的宗教观折射出十九世纪英国宗教所面临的困境，

即科学理性对宗教产生了巨大的压力，造成了信仰的不确定性，宗教的旧有形式已经很成问题，需要在新的基础上确立基督信仰的有效性。孔德（Auguste Comte，1798—1857）的实证主义，达尔文的进化论等等，在对宇宙和上帝除魅的同时，也在瓦解人们原有的信念，把人们置于精神变革的浪尖。十五世纪的佛罗伦萨，政治和哲学思想混乱，道德伦理观念模糊，历史文化传统沦丧，与十九世纪处于改革中的英国正如出一辙。隐藏在这部小说的大量历史文献背后的正是作者本人对维多利亚时期的信仰缺失的忧虑。

　　然而，对于身为传教士的亮乐月而言，对上帝的任何一点哪怕是最微小的质疑都是不可接受的。与艾略特对宗教表现出的理性态度相反，亮乐月竭力鼓吹的是从基督教神学获得超验价值以获得宗教的救赎。这决定了她势必要对故事内容和人物重新进行演绎与诠释，因而导致译著悖离原著的宗教思想和作者本人的宗教观。《乱世女豪》重点强化了基督教信仰，通过展现罗麦娜皈依基督教的天路历程，试图把她塑造成一个类似于《出埃及记》中的摩西式的英雄，表现她如何带领民众脱离苦难，以此彰显基督教信仰的神圣力量。摩西带领以色列人摆脱了被奴役的悲惨命运，使他们学会遵守摩西十诫，并成为首个信仰唯一神宗教的民族，实现了立教、立法的理想。同样，基督教信仰使罗麦娜在乱世中成长为女英雄，正是她使混乱中的佛罗伦萨变得有序，使苦难的城中百姓得到拯救。

　　罗麦娜的天路历程，在译著中表现为她逐渐摆脱希腊古典哲学的影响转而信仰基督教的过程，这一转变是在两次出走中实现的。罗麦娜第一次出走是在父亲去世后不久。丈夫梅提多贪婪、谄媚的嘴脸暴露无遗，令她深感痛苦迷茫，只想快点逃离家庭。罗麦娜装扮成修女的模样，路遇萨弗罗，结果被识破。萨弗罗为她指点迷津说：

罗麦娜阿,世界最高尚的生活,惟有舍去自己的嗜好,来服役社会。现在你以为服役二字很难做到,那知这就是得智慧,自由,福气的门径。你难道忘了你项上的小十字架么? 这小十字架,乃是立身的基础。你自小受宗教的栽培,也读过犹太人耶稣的史传,且受过这番困苦,还不肯舍己救你的同胞么? 你这样逃跑,虽生犹死。你还道是无上妙策么? 要知国家有事,凡人皆当负责,现在佛连色城的再造,社会的和平,于你不相干涉么?①

在萨弗罗点拨下,麦罗娜受到了感化,觉得"心中勇气倍加,正如淘金人辛苦多年,忽得金矿,觉得心中满有上帝的恩宠"②。从此,她经常去听萨弗罗讲道,热心于慈善事业,在佛罗伦萨城里善名远播。

然而,萨弗罗在佛罗伦萨的宗教改革失败了,这让罗麦娜又一次陷入迷茫。城内骚乱四起,罗麦拉第二次决定坐船离开佛罗伦萨。她漂到一座岛上,这里正流行瘟疫,全村只有二十多人活下来,也都奄奄一息。罗麦娜立刻着手救助,照顾婴儿和孩子,救治病人,掩埋死者。"有一十余岁男孩,也来打水,见罗一手抱孩,一手打水,好似玛利亚来看护百姓。"③村民们也视她为"圣母",并为她树了一座纪念碑。罗麦娜感到内心获得了力量,更加坚定了信仰:"上帝与耶稣是真实的。我现在活着,定要帮助软弱的人。这就是我的宗旨。"④疫情过去之后,罗麦娜觉得佛罗伦萨还有更多的人需要救助,因此决定回城。罗麦娜对佛罗伦萨的拯救主要是象征意义上的,表现为使他们重新确立对上帝的爱,以上帝的恩典

①《乱世女豪》,第 69、74 页。
② 同上,第 77 页。
③ 同上,第 129 页。
④《乱世女豪》,第 131 页。

引导人们重建和谐的、爱的社会秩序。希腊古典哲学没能使罗麦娜摆脱痛苦，是上帝帮助她成长为信仰坚定的、博爱的、帮助弱者的圣母般的女性。她是乱世女豪，是佛罗伦萨的希望和守护者。中译本题为"乱世女豪"，显然是想突出女主人公作为基督徒的示范性价值。

　　值得一提的是，在描绘罗麦娜的天路历程时，《乱世女豪》显示出宗教寓言小说《天路历程》对它的影响，特别是凸显了梦境在结构全书中起的作用。《天路历程》可以说是由梦境构成的一部书，其全称是《从今生到来世的天路历程：借由梦境的展示》（The Pilgrim's Progress From This World to That Which Is to Come: Delivered Under the Similitude of Dream）。《乱世女豪》中梦境也是促使罗麦娜信仰上帝，成为基督徒的关键因素。发梦者是罗麦娜的哥哥狄罗，他早年与父亲决裂，当了一名传教士。狄罗病重之际，罗麦娜去探望他，他迫切地跟妹妹讲起梦到的可怕异兆，以此阐明神谕：

　　　　我妹妹阿，有一天深夜，我方睡醒，似见父亲在书房内，你坐在他面前，脸色淡白，门口站立一人，不见他面貌。后你牵父手出门，那人与你同走，到圣十字架礼拜堂台前，行了婚礼。那证婚的神父着殓服，结婚后出礼拜堂，随行的人，亦都着殓服，只因汝等走的快，他们追赶不上，就各回坟墓去。汝等走到一处旷野，既无树木，又无青草，只有石子满地，与古时希腊铜像而已。那时父因甚渴，晕倒地上，与你携手的人见这情形，就离你去了。此时我才见他的面，真是世上一个最诡诈的人。那时你手忙脚乱，到处找水，终没找到。后见石墩上某铜像持水一杯，你即将杯取下，正送近父亲嘴边，忽然杯子变为皮纸，石墩与铜像，亦皆变为魔鬼。鬼从汝手中将父擒去，皮纸亦皱拢一堆。此时遍地流血，荧荧然很可怕。过了一刻，都

> 隐没不见，只汝一人立在旷野。如此默示，我已得过三次。因
> 这信是上帝特降异兆于我，乃要我警告汝拒绝汝的婚姻。①

这一段异兆，在罗麦娜的婚礼上以及她父亲去世后多次应验。译者刻意在梦境与现实世界之间建构起对应关系，表现了罗麦娜通过梦境的应验领悟到上帝的存在与神性之真，由此确立基督教信仰的过程。与原著相比，译著对梦境的描写带有更多的宗教寓言性质。译著引导人们对现实产生新的、更深层次的理解，并将对现实的思考引入到对天国的思考上来。译著强化了梦境中的圣十字架、坟墓、旷野、古希腊铜像、杯子、皮纸（即羊皮纸）等意象，使其带有强烈的隐喻和象征意义。实际上，原著并没有特别指出是古希腊铜像，只泛泛提到青铜的、大理石的人像，译者在这里将古希腊哲学视为与基督教相排斥的异教邪说，因而，突出了古希腊铜像、羊皮纸的邪恶性，铜像在梦中突然变成魔鬼，水杯变成了羊皮纸，之后皱成一团。译者还自行加入了狄罗对妹妹直截了当的传教士式的劝告："快将你生命交与基督，当舍弃你希腊虚空的哲学。"②其次，译文突出了罗麦娜独立旷野的意象，这是《天路历程》中基督徒最为典型的形象。实际上，艾略特在原著中只提及这是一个"多石的地方"（stony place），译者却刻意使用了"旷野"一词，使读者自然地联想到《天路历程》中在旷野茕茕独行的基督徒，并从基督教的角度来思考梦境的含意。

三、佛罗伦萨的双城记：尘世之城与上帝之城

《罗慕拉》反映了文艺复兴时期欧洲社会从中世纪的宗教、政

---

① 《乱世女豪》，第34—35页。
② 同上，第35页。

治秩序到人文主义兴起过程中的社会阵痛。小说描写了当时的佛罗伦萨尽管文学艺术获得高度发展，政治和商业发展达到巅峰，但也面临巨大危机，即世俗化的思想侵蚀了中世纪基督教社会的基本信仰和社会秩序，风气败坏，传统道德受到挑战，对世俗幸福和个人自由的关注与追求消解了人的内在精神及价值维度。面对这种状况，萨弗罗以极端的激情强制推行宗教改革，试图恢复中世纪的神权政治，结果以失败告终。艾略特通过小说表明，无论是彻底否定现代性和个人自由的宗教狂热，还是无视道德价值的权力理性，都无法解决这一时代难题。同时，她也以此隐喻了十九世纪维多利亚时期的英国社会现实。维多利亚时期的文学批评家赫顿（Richard Hutton）指出："这个故事背后宏大的艺术构思所要揭示的，是一个以个人自由为基础的文化与一个已经使我们感到陌生的时代中充满激情的基督教秩序之间的冲突；这与我们当下的处境有着如此之多的相似之处。"①《罗慕拉》的意义就在于深刻而客观地反映了这种困境，不过艾略特在书中并没有提供破解困境的良策。

　　亮乐月翻译《乱世女豪》一书却有着强烈的现实指向性，译者以古喻今，欲借该书为中国社会指点出路的意图十分明显。《乱世女豪》中隐含着佛罗伦萨的双城意象，它作为上帝之城和尘世之城的意象在书中不可分割地交织在一起，形成明显反差。这里的"城"既是在一般地理学和社会学意义上使用的概念，指佛罗伦萨，同时又是在超验的、神学的意义上使用的概念。译者将上帝之城视为理想社会的代表，"上帝之城"就是凭借上帝的恩典创造的安宁、良善、和谐、有序的社会，是信仰和希望之所在；"尘世之城"则代表了轻蔑上帝，与魔鬼为伍的罪恶、腐化、失序的世界。这一双城概念，源自古罗马天主教思想家和主教奥古斯丁（Aurelius

---

① 毛亮：《历史与伦理：乔治·艾略特的〈罗慕拉〉》，第96—98页。

Augustinus，354—430），他在护教巨著《上帝之城》中提出了自己的政治社会理论，以尘世之城的现实与天国之城的理想形成对比。奥古斯丁基于哲学层面的对基督教的思考超越了宗教派别和时代局限，成为西方文明的源泉。他认为基督教对社会和政治生活具有积极的作用，它传授的是真正的道德，对国家的道德完善有所贡献，具有净化社会的作用，基督教的影响可以带来新文化。这一认识被西方社会普遍接受，《乱世女豪》中也体现了这一思想影响的痕迹。

　　《乱世女豪》首先着力展现了佛罗伦萨作为尘世之城的罪恶。小说开篇，佛罗伦萨正处于一个关键的历史时刻，"那时城中首领，为意大利各城中著名的长官……他名为麦德西罗仁叟。只因那时罗仁叟新死，佛连色城奢华太甚。"①与原著相比，《乱世女豪》在翻译时，通过删节其他描写的方式，突出和放大了佛罗伦萨的黑暗。它是基督徒眼中的罪恶之城，充满死亡、欺骗、压迫、苦难和不洁，道德伦理和宗教信仰被欲望的放纵和庸俗的趣味所代替，奢侈、贪婪、淫逸之风盛行，它亟须上帝的拯救和基督教的治理。罗麦娜的丈夫梅提多就是尘世之城中罪人的代表。艾略特在小说中其实对这一人物的人性有着相当复杂深入的刻画，但在《乱世女豪》中，他却被简单地贴上了恶的标签。梅提多有着希腊雕塑般的外形，但其俊美的外表与罪恶的行为之间形成了巨大反差。在激烈的政治和宗教斗争中，梅提多自私、贪婪、狠毒的本性日益显露。他既是自身欲望、各种非理性刺激的奴隶，同时又受制于权力及欲望的支配，听命于权贵，成为他人的奴隶。梅提多不念义父鲍德山的养育之恩，不仅违背诺言，放弃营救，反而为了私吞财物，屡次欲陷义父于死地，最终死于义父复仇的双手。为了升官，他摆出一副谄媚的

_____
① ［美］亮乐月：《乱世女豪》"序"，上海：广学会1917年，第1页。

嘴脸，与亚拉伯党①首领斯平哩（Spici）设计暗杀萨弗罗，并亲自出马诱萨弗罗出城。社会的基本伦理道德被梅提多一一否定，其意志和欲望都已腐蚀败坏，这正是"尘世之城"的特征。译者以删节其他描写的方式，用漫画式的夸张笔墨凸显了这一人物作为恶的象征意义，以此表明致罪的不是肉体，而是灵魂，他的死亡正是罪的后果和惩罚。梅提多与罗麦娜的不同结局，也应验了奥古斯丁所说的："他人的福祉，乃因他们亲近上帝；而叛逆者的悲苦，必与之恰相反对。"②

　　与尘世之城相对的，是代表着理想之国的上帝之城。但是超验的"上帝之城"的概念，如果不能运用于现实社会，对于改革者而言就是一个毫无意义的概念。奥古斯丁的真正意图，是将有福社会的图景，看作人类社会可能性的范式。他在《上帝之城》中的目的，是要表明"朝圣途中的上帝之城"，朝圣路上的那些人如何与天上的城相关联："这座城的一部分，也就是我们这一部分，乃是在朝圣的途中；另一部分，也就是天上那一部分，给予我们途中的帮助。"③如果说奥古斯丁在《上帝之城》中回答的是罗马之劫的问题，那么亮乐月通过佛罗伦萨的双城记，要解决的则是中国社会该往何处去的问题。《乱世女豪》包含了这样一个基本判断，即佛罗伦萨要摆脱罪恶，惟有重建基督教信仰。在亮乐月看来，这也正是中国社会的出路所在，因而译著着力表现了萨弗罗宗教改革的成果以及罗麦娜皈依基督教后的救赎。在译著中，萨弗罗试图通过恢复中世纪基督教的神权政治，把它打造成一座上帝之城。他坚持《圣经》的绝对真实性和权威性，频繁使用超自然的神示及预言

---

　　① 书中的亚拉伯党是代表贵族与天主教利益的同盟。
　　② ［古罗马］奥古斯丁：《上帝之城》XII，1：22—24，罗明嘉：《奥古斯丁〈上帝之城〉中的社会生活神学》，张晓梅译，北京：中国社会科学出版社 2008 年，第 62 页。
　　③ ［古罗马］奥古斯丁：《上帝之城》X，7：6—9，罗明嘉：《奥古斯丁〈上帝之城〉中的社会生活神学》，第 104 页。

直接干预世俗政治。他的名言是："耶稣基督是一切世俗统治的典范。"①萨弗罗号召佛罗伦萨人取缔恶行，消除污秽的行为，放弃奢侈的生活，不穿戴猥亵的服装、粗俗的装饰品，不追求轻浮、享受，而使自己虔诚地信仰上帝，并按上帝的意志行事。据说，在 1495年到 1497 年，佛罗伦萨社会生活的变化象的确出现了奇迹，"这座城市的面貌全部改观了。人们抛开华丽的服饰与珠宝；街上妇女的穿着都很朴素；从前用来购买饰品以炫耀自己的钱，现在则用以接济穷人；戏院和酒馆空无一人；纸牌和骰子业已绝迹；教堂挤满了人；救济穷人的捐款箱装得满满的；商人和钱庄将不义之财退还原主，思想纯洁，头脑清楚和富于正义感在这个城市里蔚然成风"②。甚至连佛罗伦萨的议会都给教皇写信说："萨弗罗作如何希奇的圣工。本城风俗，因他讲道的感化，已渐改良，如小孩顺从父母，妇女作热心的基督徒，都是从前没有的。他的圣诗和祷文，实能胜过平常非礼的歌曲，妓女的行为，以及赌博等事。"③上帝之城的象征意义在尘世中的基督徒身上得到了具体体现，借有信仰的圣徒散布在尘世之中。

　　然而，讽刺的是，萨弗罗的改革最终以失败告终，他被指控为异教，推上断头台。在艾略特看来，萨弗罗彻底否定个人自由的道德感及宗教狂热，是解决不了佛罗伦萨的现实政治困境的。亮乐月当然不能认同这是基督教神权政治的失败，但是，对此她又如何解释呢？《乱世女豪》中，萨弗罗失败的根源主要在于他陷入了政治权力结构中，沦为政治的动物。一旦进入政治权力结构，就会有

---

　　① J. G. A. Pocock, *The Machiavellian Moment: Florentine Political Thought and the Atlantic Republican Traditin*, Princeton and London: Princeton University Press, p. 111.

　　② ［美］乔·奥·赫茨勒：《乌托邦思想史》，张兆麟译，北京：商务印书馆 1990年，第 97 页。

　　③《乱世女豪》，第 118—119 页。

不平等、强制和暴力，这是违背上帝意旨的。罗麦娜的寄父李罗在佛罗伦萨的党派之争中成为牺牲品，即将被行刑，罗麦娜恳求萨弗罗解救寄父。但萨弗罗囿于党派利益，贪恋权力，唯求自保，拒绝插手此事。他的权力欲和统治欲使他变得冷酷无情，失去了信靠上帝的心，也丧失了民心，为日后的失败埋下种子。在亮乐月看来，萨弗罗对上帝之城的构想并没有错，只是在实践中发生了偏离。她仍寄希望于基督教，希望把基督教传遍中国，使其成为一个理想的上帝之国。

结论

在《乱世女豪》的翻译中，译者亮乐月的宗教视野限制了她对这一段历史的客观认识以及对文本本身的解读。亮乐月作为美以美会的传教士，宗教立场鲜明，她的文学翻译首先是以宗教为旨归的："引领中国在家庭、在学校、在社会之各阶级女子，归向基督，与基督之嘉言懿行潜移默化，俾各知奋勉，造就人格。"[①]《乱世女豪》将奥古斯丁的上帝之城与尘世之城的构想融入其中，为中国社会提出了基督教化的路径。然而，奥古斯丁在《上帝之城》中提出的社会政治理论，带有过于浓厚的神学色彩，其对国家起源、功能等的分析，不能等同于近代以语言、种族、民族等为分界的具体国家。《乱世女豪》将之作为社会发展的理想，表明在译者的观念中，缺乏对历史和国家本质的思考，显然是不可行的。基督教化的实质是建立国家依赖于教会的神权政治，它对于西欧中古社会的发展曾经发挥巨大的作用，使处于严重分裂状态下的西欧各地区、国家、阶层、人群，通过宗教信仰的一致获得了社会发展和精神生活的整

---

① 李冠芳：《女铎月刊二十周年纪念之回顾》，《女铎报》1931 年 6 月 1 日卷 20 第 1 期，第 7 页。

体性。但是，基督教社会秩序在文艺复兴时期就已经难以维系，对于正值新文化运动之际、高举"民主"和"科学"旗帜的中国，显得更加不合时宜。这注定了该书难以达到译者预期的社会目标，《乱世女豪》译介之后一直寂寂无声，也从侧面佐证了这一点。但是这一译本所采取的基督教化的翻译策略，却反映了近代中国社会，政治、宗教对文学翻译的干预，来自异质文化的翻译主体对于文本意义的重新建构及其本土回应，因而具有学术样本的价值。

《意拾喻言》:《伊索寓言》从证道喻言到童蒙读物

宋莉华

寓言是一种古老的、变化自如的艺术形式。这一文学体裁并非儿童专属,耶稣会士最早翻译以《伊索寓言》为代表的西方寓言时,主要并非针对儿童。但自晚清以来,寓言越来越成为儿童文学的重要组成部分。《伊索寓言》在中国的传播,经历了一个由明末清初的证道喻言逐渐演变为童蒙读物的过程,而《意拾喻言》是这一重要转变中的关键一环。

一、《意拾喻言》的译者及版本

《伊索寓言》之流传中国,传教士是始作俑者。早在明代万历、天启年间,耶稣会士就用文言译述了部分欧洲寓言和轶事小说,其中也包括《伊索寓言》。明万历三十六年(1608)意大利耶稣会士利玛窦(Matteo Ricci, 1552—1610)《畸人十篇》在北京刊行,该书首次提到阨所伯(即伊索)轶事,译介了四则伊索寓言及其他西方传说。明万历四十二年(1614),西班牙耶稣会士庞迪我(Didaeus de Pantoja, 1571—1618)的《七克》在北京刊行,该书第一次将伊索故事以"寓言"名之。明天启五年(1625),法国耶稣会士金尼阁(Nicholas Trigault, 1577—1628)译、福建泉州中国传教士张赓笔述的《伊索寓言》单行本《况义》在西安问世,其中选译了二十二则伊索寓言,每篇的结构大致分为两部分:前为"况",即翻译故事,后为"义",即揭示由故事引申的寓意。时人谢懋明"跋"谓:"况者,比也;义者,宜也,意也。"清顺治二年(1645),意大利耶稣会士艾儒略(Giulio Aleni, 1582—1649)《五十余言》刻于福建,书中译介了《冬蝉求粮》、《鹰狐》、《农夫议刈》三则伊索寓言及西方历史、格言等。清顺治十八年(1661)意大利传教士卫匡国(Martin Martini, 1614—1661)的《逑友篇》刊刻出版,全书旨在论交友之道,但书中引用了十余则寓言、轶事及古史,包括《犬入牛槽》、《母猴夸子》、《狼求水》三则《伊索寓言》。意大利耶稣会士高一志(Alfonso Vagnoni, 1566—1640)所著《则圣十篇》、《童幼教育》、《齐家西学》、《达道纪言》、《譬学》等书中,也可散见一些寓言片段,不过较之他书,描写要简略得多。① 耶稣会士对伊索故事的原貌往往予以保留,或仅稍加变动,但在寓意上,主要作为证道之用。最早来华的新教传教士之一米怜(William Milne, 1785—1822)创办了第一份中文期刊《察世俗每月统记传》,其中也曾刊载《贪犬失肉》、《负恩之蛇》、《蛤蟆吹牛》、《驴之喻》、《群羊过桥》五则故事。与早期传教士翻译《伊索寓言》主要用作证道故事相比,由罗伯聃(Robert Thom, 1807—1846)翻译的《意拾喻言》(*Esop's Fables*),似乎更应该被视为纯粹的文学译本,尽管此书编纂的初衷是作为汉语教材使用的。罗伯聃,出生于英格兰,1834 年来华,是英国驻宁波的第一任领事。他编纂过《华英通用杂话》(*Chinese and English Vocabulary*, 1843)《正音撮要》(*The Chinese Speaker*, 1846)等多种汉语教材。《正音撮要》1846 年在宁波出版,该书节

---

① 颜瑞芳:《论明末清初传华的欧洲寓言》,林明煌:《明末清初伊索寓言传华大事记》,见《长河一脉:不尽奔流华夏情——2007 海峡两岸华语文学术研讨会论文集》,台湾:万能科技大学创意艺术中心出版社 2007 年,第 24 页。

选《红楼梦》的第六回片段，是较早的《红楼梦》译著。《意拾喻言》实际上也是他编纂的汉语教材之一。清道光十七年（1837），罗伯聘任职广州怡和洋行（又称渣甸洋行）期间，把《伊索寓言》中的故事讲给他的中文老师"蒙昧先生"（Mun Mooy Seen-Shang）听，并加以笔录成册，先交由教会书局出版。1838 年《中国丛报》（*The Chinese Repository*）上的一篇书讯曾介绍此译本，称当时已印行三卷，题为《意识秘传》。文章指出该书依据的原文是罗杰爵士（Sir Roger L'Estrange，1616—1704）的 *Fables of Aesop and other Eminent Mythologists* 一书。这一十七世纪末的《伊索寓言》英译本被认为比较自由，追求在文辞和意义上提升《伊索寓言》。不少寓言故事描写比较细腻，寓意后面还附有译者冗长的思考。[①] 1840 年罗伯聘的汉译本在澳门由《广州周报》（*Canton Press Office*）[②]再版，题为《意拾喻言》，由"懒惰生"（Sloth）即罗伯聘译，蒙昧先生述，全书共 81 篇。本文的论述根据的即是这一版本。

《意拾喻言》"叙"云：

> 余作是书，非以笔墨取长。盖吾大英及诸外国欲习汉文者，苦于不得其门而入。即如先儒马礼逊所作《华英字典》，固属最要之书，然亦仅通字义而已，至于词章句读，并无可考之书。故凡文字到手，多属疑难，安可望其执笔成文哉！余故特为此者，俾学者预先知其情节，然后持此细心玩索，渐次可通，犹胜傅师当前过耳之学，终不能心领而神会也。学者以此长置案头，不时玩习，未有不浩然而自得者，诚为汉道之梯航也。

---

① 王辉：《伊索寓言的中国化——论其汉译本〈意拾喻言〉》，2008 年《外语研究》第 3 期，第 80 页。

② 《广州周报》社因中英关系紧张，于 1839 年从广州迁至澳门。

勿以浅陋见弃为望。——知名不具①

很明显,编译者的目的侧重于汉语学习,尽管如此,由于《意拾喻言》译文的生动活泼,引起了中国教育工作者和学者的重视,并将之引入学校作为教材使用。周作人在谈到《伊索寓言》的中译本时,对这个译本的偏爱和重视是显而易见的,曾经屡次提及此书,后来还亲自操觚翻译《伊索寓言》。不过周氏提到的书名是"《意拾蒙引》",称自己曾在日本的上野图书馆见过此书,共 40则,显然与《意拾喻言》的版本大相径庭,可能是该书早期的版本之一。②

　　近年来,《意拾喻言》——这一《伊索寓言》的早期中译本,也逐渐受到研究者关注。日本学者内田庆市发表《谈〈遐迩贯珍〉中的伊索寓言——伊索寓言汉译小史》,戈宝权在《中外文学因缘》一书中也进行了简要的论述。此外,发表的相关论文有刘树森《西方传教士与中国近代的外国寓言翻译》、鲍延毅《〈意拾寓言〉二题》、《〈意拾喻言(伊索寓言)〉问世的意义及影响》、王辉《伊索寓言的中国化——论其汉译本〈意拾喻言〉》、《翻译即改写——〈伊索寓言〉的三个晚清译本》、张林华《中西之"梯航"——论〈意拾喻言〉的编译目的及其在中西文化交流中的作用》等。特别值得注意的是,台湾学者颜瑞芳编著的《清代伊索寓言汉译三种》,其中不仅收录了《意拾喻言》一书,而且在"导论"中对该书进行了细致的研究,对笔者多所启发。

―――――――――――

　　① 《意识喻言》"叙",*The Canton Press Office*(1840),第1—2页。
　　② 目前学界所论及的版本都是1840年广州出版的《意拾喻言》,但从前面的英文序言来看,该书的确存在更早的版本,是否当时题为《意拾蒙引》,希望就教于方家。1838年分三卷刊印的《意拾秘传》,其第三卷藏于荷兰莱顿大学,台湾学者颜瑞芳编著的《清代伊索寓言汉译三种》收录了该书书影及插图。

二、易明易记，用以启蒙

《意识喻言》在"小引"中首先对伊索其人其书进行了介绍：

> "意拾"者，二千五百年前，记厓士国一奴仆也，背佗而貌
> 丑，惟具天聪。国人怜其聪敏，为之赎身，举为大师，故说此譬
> 喻以治其国。国人日近理性，尊之为圣。后奉命至他国，他国
> 之人妒其才，推坠危崖而死。其书传于后世，如英吉利、俄罗
> 斯、佛兰西、吕宋、西洋诸国，莫不译以国语，用以启蒙，要其易
> 明而易记也。

这段介绍虽然不长，但较之于其他人的介绍，突出了伊索个人遭遇
的传奇色彩，颇为吸引人。而 1888 年张赤山辑《海国妙喻》，则把
介绍的重点放在该书的写作特点上，对伊索语焉不详：

> 昔希腊国有文士，名伊所布，博雅宏通，才高心细。其人
> 貌不扬而善于词令，出语新而隽，奇而警，令人易于领会且终
> 身不致遗忘。其所著《寓言》一书，多至千百余篇，借物比拟，
> 叙述如绘，言近指远，即粗见精，苦口婆心，叮咛曲喻，能发人
> 记性，能生人悟性，读之者赏心快目，触类旁通，所谓："道得世
> 情透，便是好文章。"

《意拾喻言》强调了该书用以启蒙、易明易记的特点。同时，从
译文来看，《意拾喻言》的翻译更注重故事性和趣味性。文字亦庄
亦谐，文白相间。语言的口语化色彩突出，文字浅显生动。试比较
下面两段译文：

《况义》：

南北风争论空中。北风曰:"阴不胜阳,柔不胜刚。叶焦花萎,百物腐生,职汝之繇。我气健固,收敛归藏,万命自根,尔无与焉!"南风答曰:"阴阳二气,各有其分,备阴偏阳,两不能成。若必觭胜,我乃南面,不朝不让,是谓乱常。"

南言未毕,北号怒曰:"勿用虚辨,且与斗力。"乃从空俯地,曰:"幸有行人,交吹其衣,不能脱者,当拜下风。"南风不辞。

北风发飏,气可动山。行人增凛,紧束衣裳,竟不能脱。于是,南风转和,温煦热蒸,道行者汗浃,争择荫而解衣矣。北风语塞,怅恚而去。①

义曰:治人以刑,无如用德。

《意拾喻言》中译为《日风相赌》:

日与风互争强弱,两不相让,甚欲一较高下。忽见路上行人,穿着外套,忙奔而来。日曰:"妙哉妙哉!你我各自称大,未能分别。今来人身穿外套,你我各施法术,能使行人脱衣者,为胜。"于是相赌。其风则先行作法,大飓突起,几将行人外套吹落。行人以手护持得免。风法既无可施,及至日作法。云净天空,照耀猛烈,行人汗流两颊,热气难当,只得脱下外套,是以日为胜耳。知世人徒恃血气之勇多致有失,反不如温柔量力,始得无虞。②

从语言形态来看,虽然二者都采用文言,《况义》的译文简洁传神,

①〔法〕金尼阁:《况义》,《法国国家图书馆明清天主教文献》(第四册),台北利氏学社 2009 年,第 310—311 页。

②《意拾喻言》,第 64—65 页。

但《意拾喻言》也有其特点，使用的是较为浅显的文言，即传教士所谓的"浅文理"。从形象塑造以及审美风格来看，《况义》中，北风、南风如同两个辩士，特别是开篇北风与南风争论的话题，说理意味很重，充满思辨性。而《意拾喻言》的内容则简单得多，直接就切入日与风的较量当中。其译文不是以发人深省见长，而以浅显生动，趣味横生取胜。译者在序言中提到，他坚持让合作者蒙昧先生用浅显的文字表达，以至于蒙昧先生感到为难，因为这种风格在中国属于"杂录"、"文字之末"，在这位中国文士看来是不登大雅之堂的。正是这种风格，使得学生阅读《意拾喻言》时，如同阅读当时的通俗小说一般毫无困难。①

罗伯聘对《意拾喻言》的期待，并不止于让它停留在一部汉语教材上，而是希望它能成为"汉道之梯航"，即读者了解中国文化的通道。相应的，在翻译时，他采用了归化的翻译策略，对故事背景的描述、故事人物的描写上，都做了许多中国化的处理。《意拾喻言》对故事的时间、空间、背景，采用了中国化的设置。如《豺烹羊》："盘古初，鸟兽皆能言"；《狮熊争食》："《山海经》载：狮子与人熊同争一小羊"；《牛狗同群》："大荒山外，狗坐青草中"；《瓦铁缸同行》："昔大禹治水，泗淮腾涌，被水冲出瓦铁二缸，漂流无主"；《鸟误靠鱼》："大禹未治水之先，飞禽、走兽两不相和"。同时，希腊神话中的神在《意拾喻言》中化身为中国的神祉：《车夫求佛》中，将希腊神话中的大力士赫拉克勒斯（Hercules）译为"阿弥陀佛"；《蛤求北帝》将希腊神话中的主神朱庇特（Jupiter）译成北帝。《老人悔死》中将死神（Death）译成阎王。《愚夫痴爱》中，写一个人"家畜一猫，视如珍宝，常祝于月里嫦娥曰：'安得嫦娥将我家猫，见换去形骸，变一美人，是余之所愿也。'"②这里的"嫦娥"原是维纳斯

---

① 《意拾喻言》"叙"。
② 《意拾喻言》，第80页。

(Venus)。此外,译者对中国的习语、俗语、俚语可谓信手拈来,比比皆是,而且通常是在故事结束后,总结寓意时使用,这样故事的寓意也在某种程度上中国化了——当然寓言中包含的道理是具有普世性的,但这样至少便于中国读者理解。《愚夫痴爱》中变成姑娘的猫看到老鼠,忍不住猫性大发去逮老鼠,于是嫦娥又把它变回了猫。篇末:"俗云:青山易改,品性难移,正此谓也。"①对照罗杰爵士的英文版:

The extravagant transports of Love, and the wonderful force of nature, are unaccountable. The one carries us out of our selves, and the other brings us back again.②

译得十分贴切,又拉进了与中国读者的距离。《鸦狐》中狐狸恭维乌鸦"闻先生有霓裳羽衣之妙,特来一聆仙曲"。《报恩鼠》中,小老鼠曾是狮子爪下的猎物,狮子觉得区区小鼠,抓住了也没什么用,一念之间就放了它。后狮子落入猎人的网中动弹不得,老鼠念当初爪下之恩,咬破网,狮子得救。故事此处引用了一句粤语俗语:"如世所谓十二条梁,唔知边条得力。又云:得放手时须放手,得饶人处且饶人。"③《鸡斗》一篇,两只雄鸡相斗,获胜者站在高处,扬扬自啼,一下子被经过的老鹰抓去,斗败者反而平安无事。"可知两雄不并立,世事岂能预料。朝暮宜自慎,荣辱不足忧。所谓'螳螂捕蝉不知黄雀在后'。'得意须防失意时',即此之谓

① 《意拾喻言》,第81页。
② Fables of Aesop and other Eminent Mythologists, London: Printed for R. Sare, T. Sawbridge, B. Took, M. Gillyflower, A. & F. Churchil, and F. Hindmarsh, 1692, p. 61.
③ 《意拾喻言》,第55页。

也。"①短短一个故事，却包含了深刻的道理，并用中国习语加以总结，妥帖而自然。

与后来的林纾译本相比，《意拾喻言》在文学性、趣味性、生动性方面，显然更胜一筹。1902年，林纾翻译的《伊索寓言》风靡一时，并引发了二十世纪初期的寓言热。尽管林译本被认为是清代译本中最忠于原著的，没有对故事背景或情节添油加醋。但是，林译本的一个特点是，在每则寓言的后面都附了译者识语——"畏庐曰"，将伊索笔下"草木禽兽之相酬答"的故事，引入到对晚清政治时局的评论中，借动物世界的弱肉强食、尔虞我诈，来声讨列强瓜分、宰割中国的行径，鼓吹爱国。比如在讲了猪龙与鲸鱼斗，小鱼来劝架却人微言轻，燕子在巢中下的蛋被蛇尽食，大哭却无处申理这两则故事后，译者不由联想到中国的处境，有感而发：

> 畏庐曰：不入公法之国，以强国之威凌之，何施不可？此眼前见象也。但以檀香山之事观之，华人之冤，黑无天日，美为文明之国，行之不以为忤，列强坐观不以为虐，彼殆以处禽兽者处华人耳。故无国度之惨，虽贤不录，虽富不齿，名曰贱种，践踏凌竞，公道不能稍伸，其哀甚于九幽之狱。吾同胞犹梦梦焉，吾死不瞑目矣！②

一棵大橡树，匠人用斧头劈不开，于是以橡树的旁支作为桤杙插入裂缝，结果橡树一下子就裂开了。橡树哀叹自己不是败在敌人手里，而是败给了自己的旁枝：

> 畏庐曰：嗟夫！威海英人之招华军，岂信华军之可用哉？

---

① 《意拾喻言》，第19页。
② 《伊索寓言》，林纾、严培南、严璩译，上海：商务印书馆1913年，第21页。

亦用为椓杌耳。欧洲种人,从无助他种而攻其同种者,支那独否,庚子以后,愚民之媚洋者尤力矣!①

这些借题发挥的议论,打上了明显的时代烙印,在当时固然有其社会价值,但就内容而言,与故事本身很难说有内在联系,甚至完全是割裂的,因而削弱了作品的完整性与文学性。

三、《意拾喻言》的影响

周作人在谈到《意拾喻言》一书时,认为该书在当时的影响可能被高估了。他在 1926 年 3 月《语丝》第 69 期上发表文章《再关于伊索》:

> 以前在讲明译《伊索寓言》这一条里说起在一八四〇年出版的《意拾蒙引》,近阅英国约瑟雅各(Joseph Jacobs)的《伊索寓言小史》,知道关于那本《蒙引》还有一件小故事。据他引摩理斯(R. Morris)在《现代评论》(*Contemporary Review*)第三十九卷中发表的文章,云《意拾蒙引》出版后风行一时,大家都津津乐道,后来为一个大官所知,他说道:"这里是一定说着我们!"遂命令将这部寓言列入违碍书目中。这个故事颇有趣味,虽然看去好象不是事实。《意拾蒙引》是一本中英(?)合璧的洋装小册,总是什么教会的附属机关发行,我们参照现在广学会的那种推销法,可以想见他的销行一定不会很广的,因此也就不容易为大官所知道,倘若不是由著者自己送上去,如凯乐思博士(Paul Carus)之进呈《支那哲学》一样。至于说官吏都爱读《意拾蒙引》,更是不能相信。西洋人看中国,总当他

---

① 《意拾喻言》,林纾、严培南、严璩译,第 39 页。

> 是《天方夜谈》中的一角土地，所以有时看得太寓奇了。但这
> 件故事里最重要的还是《意拾蒙引》曾否真被禁止这一节，可
> 惜我们现在无从去查考。①

其实，这里摩理斯提到的小插曲，出自 1840 年 5 月 15 日罗伯聃自己写的英文序言。他说 1837—1838 年该书首次印行时，受到中国读者的欢迎，在坊间不胫而走。直到被一位中国官员看到，认为该书有违当地习俗。他坚持认为，书中著录的《鹅生金蛋》故事的含义，表明英国在对中国进行挑衅，遂下令查禁此书。不过这件事情的真实性，无从查考，也不排除编译者假以自重的意图。

然而，《意拾喻言》的影响力确实不容忽视，至少在 1902 年林纾译本问世之前，该书是流传时间最久、传播面最广的《伊索寓言》中译本。无论是否曾确实遭到过查禁，可以确定的是，该书曾以多种渠道流传。事实上，《意拾喻言》面世不久就受到了传教士的关注。1838 年，《东西洋考每月统记传》(*Eastern Western Monthly Magazine*)就刊载了该书的四则译文。该刊 1833 年 6 月由德国传教士郭实猎(Karl Gützlaff, 1803—1851)在广州创办。戊戌 (1838)九月《东西洋考每月统记传》在"广州府"新闻中就介绍了这本书：

> 省城某人氏，文风甚盛，为翰墨诗书之名儒，将希腊国古贤人之比喻，翻语译华言，已撰二卷。正撰者称为"意拾秘"。周贞定王年间兴也，聪明英敏过人，风流灵巧，名声扬及四海。异王风闻，召之常侍左右，快论微言国政人物，如此甚邀之恩。只恐直言触耳，故择比喻，致力劝世，变愚迁智成人也。因读

---

① 王泉根：《周作人与儿童文学》，杭州：浙江少年儿童出版社 1984 年，第 122 页。

者为看其喻,余取其最要者而言之。①

《东西洋考每月统记传》抄录了其中的四则:《豺烹羊》、《狮熊争食》、《狼受犬骗》、《鹰猫猪同居》。

1850 年前后,上海的教会医院施医院,删除《意拾喻言》中的《愚夫求财》、《老人悔死》、《蛤求北帝》、《车夫求佛》、《愚夫痴爱》、《人狮论理》、《驴不自量》、《鳅鲈皆亡》、《真神见像》九则故事,改换书名,并删去原来的英文及标音对照,加以重印,题为《伊娑菩喻言》出版。这个版本的特别之处在于,该书在《鹅生金蛋》、《日风相赌》等八则故事旁附有插图,是《伊索寓意》最早的带有插图的版本。1853 年 8 月,伦敦差会传教士麦都思(Walter Henry Medhurst, 1796—1857)在香港创办中文期刊《遐迩贯珍》(The Chinese Serial),从第一期开始即设"喻言一则",而喻言故事均出自《意拾喻言》一书。而在中国影响深远的教会期刊《万国公报》,从第 499 期到第 517 期,每期也曾刊载喻言数则,内容同样来自《意拾喻言》。②

1888 年天津时报馆代印的《海国妙喻》,也是《伊索寓言》重要的汉译本之一。该书序言称:"近岁经西人翻以汉文,列于报章者甚夥,虽由译改而成,尚不失本来意味。惜未汇辑成书,余恐日久散佚,因竭意搜罗,得七十二篇,爰手抄付梓,以供诸君子茶余酒后之谈。"因而,《海国妙喻》实际上是由张赤山辑录而成,并非新的译本。该书 70 篇译文中竟有 36 篇来自《意拾喻言》③。《海国妙喻》的销路似乎相当好,曾经两度重印,商务印书馆天津分馆也曾代

---

① 黄时鉴整理影印《东西洋考每月统记传》北京:中华书局 1997 年,第 17 页。

② 颜瑞芳:《清代伊索寓言汉译三种》"导论",台湾:五南图书出版股份有限公司 2011 年,第 6—7 页。颜瑞芳的研究十分深入,本文多有参考、引用,在此致谢。

③ 关于来自《意拾喻言》36 篇的具体篇目,可参见鲍欣:《伊索寓言的第三个汉译本〈海国妙喻〉》,1999 年《湖南教育学院学报》第 4 期。

售。光绪二十四年(1898)，裘毓芳又用白话文将其中的二十五则
改写成章回小说，更扩大了该书的影响，由此也间接地传播了《意
拾喻言》一书。

> 　　自来圣贤之教，经史之传，庠序学校之设。《圣谕广训》之
> 讲，皆所以化民成俗，功在劝惩，无如人间正言法语，辄奄奄欲
> 睡，听如不听，亦人之恒情。曷若以笑语俗言，警怵之，激励
> 之，能中其偏私曚昧贪痴之病，则庶乎知惭改悔，为善良矣。
> 昔希腊国有文士，名伊所布，博雅宏通，才高心细。其人貌不
> 扬而善于词令，出语新而隽，奇而警，令人易于领会且终身不
> 致遗忘。其所著《寓言》一书，多至千百余篇，借物比拟，叙述
> 如绘，言近指远，即粗见精，苦口婆心，叮咛曲喻，能发人记性，
> 能生人悟性，读之者赏心快目，触类旁通，所谓："道得世情透，
> 便是好文章。"……其义欲人改过而迁善，欲世反璞而还真，悉
> 贞淫正变之旨，以助文教之不逮，足使庸夫倾耳，顽石点头，不
> 啻警世之木铎，破梦之晨钟也！①

这里值得注意的是，辑录者赤山畸士张焘，似乎有意使此书成为学
校的教材，教育子弟，来弥补学校教育的不足。这种将《伊索寓言》
作为儿童读物，开启儿童智慧的意图，到林纾翻译此书时变得更为
明确：

> 　　伊索为书，不能盈寸，其中悉寓言。夫寓言之妙，莫吾蒙
> 庄若也。特其书精深，于蒙学实未有裨。尝谓天下不易之理，
> 即人心之公律。吾私悬一理，以证天下之事，莫禁其无所出入
> 者，吾学不由阅历而得也。其得之阅历，则言足以证事矣，虽

---

① 《海国妙喻》"序"，天津时报馆代印本，光绪戊子年即 1888 年。

欲背驰错出,其归宿也,于吾律亦莫有所遁。伊索氏之书,阅历有得之书也,言多诡托草木禽兽之相酬答,味之弥有至理。欧人启蒙,类多摭拾其说,以益童慧。自余来京师数月,严君潜、伯玉兄弟,适同舍,审余独嗜西籍,遂出此书,日举数则,余即笔之于牍,经月书成。有或病其书齐谐小说者,余曰:小说克自成家者,无若刘纳言之《谐谑录》、徐慥之《谈笑录》、吕居仁之《轩渠录》、元怀之《拊掌录》、东坡之《艾子杂说》然,专尚风趣,适资以侑酒,任为发蒙,则莫逮也。余非黜华仲欧,盖欲求寓言之专作,能使童蒙闻而笑乐,渐悟乎人心之变幻,物理之歧出,实未有如伊索氏者也。①

其中对庄子寓言的评价,对《伊索寓言》的评价,都是从有益童蒙的角度出发。由此,《伊索寓言》开始作为儿童读物登堂入室,被全社会接受,并成为学校教材。光绪二十四年(1898),钟天纬(1840—1900)②在南桂墅里的三等公学自编《读书乐》课本12册,以改变以往只背诵不求理解的陈旧传统教学方法,参酌家塾与教会学堂进行新教授法教学。为扩大阅读面,《读书乐》中收录了《伊索寓言》。光绪二十六年江南书局印行的学生课外读物《中西异闻益智录》卷十一辑录了19则寓言故事,其中《二鼠过活》、《驴寄狮皮》、《鸦受狐骗》、《狐与山羊》、《雁鹤同网》、《野鹿照水》、《鸟误考鱼》、《驯犬野狼》、《浪断羊案》、《狮驴争气》都是《伊索寓言》中的故事,而且是根据《意拾喻言》改编的,甚至篇名都基本照录。此后,光绪二十七年出版的教科书《蒙学课本》、光绪三十年出版的教科

---

① 林纾:《伊索寓言》“序”,《伊索寓言》,林纾、严培南、严璩译。

② 钟天纬(1840—1900),字鹤笙,亭林镇人。清同治四年(1865)秀才,曾在亭林设馆授徒二年。同治十一年(1872)入上海广方言馆,师从林乐知攻读英语,为该校第一期学生。毕业后,从事教育工作,与同学合作创办上海三等公学,并任教职。他采用新法施教,并自己动手编写教材。

书《绘图蒙学课本》及《启蒙课本初稿》，都选入了中西寓言。① 光
绪三十一年由蒋维乔编写、商务印书馆出版的初等小学用《最新国
语文教科书》中，其中多篇改写自《伊索寓言》。光绪三十四年上海
中国图书公司编印的《初等小学修身课本》，也采用《伊索寓言》作
为修身教材，如其中收录了《犬衔肉》一篇。此后还有 1909 年《通
问报》主笔陈春生翻译的《伊朔译评》和 1910 年济南高等师范学校
的周梦贤教授(Prof. M. E. Tsur)编译的《伊氏寓言选译》。辛亥
革命以后，《伊索寓言》入选教材，作为儿童启蒙读物的情形更是司
空见惯，同时寓言这一文体则普遍成为儿童读物。

---

① 胡从经：《晚清儿童文学钩沉》，上海：少年儿童出版社 1982 年，第 74—76 页。

《清末时新小说集》与中西文学关系个案研究：以《道德除害传》为中心①

姬艳芳

目前,国内外对传教士小说的研究主要是集中于对十九世纪西方传教士创作或翻译的小说研究以及五四以来的中国作家所创作的基督教文学作品的研究,相对于清末这个特殊的社会背景,华人对基督教小说的创作几乎是个空白点,刚刚出土的《清末时新小说集》弥补了这一学术史上的空白。《清末时新小说集》是 1895 年 5 月傅兰雅所发起的"新小说"竞赛后所收集的参赛作品,作品的主要内容是揭露妨碍进步的"三弊"——鸦片、时文和缠足,并相应地论述救治良方。但是这批小说随着傅兰雅离开中国,其手稿全部离奇地迭失,直到 2006 年,在美国加州大学伯克利分校的东亚图书馆被发现,并于 2011 年回归上海出版。该小说集中有三分之一的作品是华人基督徒作家所作,目前,对时新小说的研究主要有韩国崇实大学吴淳邦的《新发现的傅兰雅征文小说〈梦治三癫小

① 本文为 2014 年 6 月上海师范大学比较文学与世界文学研究中心召开的"经典的重构：宗教视域中的翻译文学研究国际学术研讨会"的参会伦文,后将文中部分内容修改,以"基督教文学在中国近代时新小说中的转生——以李景山的《道德除害传》(1895)为例"为题发表于《圣经文学研究》2018 年秋第 17 辑。

说〉》①，他认为《梦治三瘫小说》的构思与内容的展开都以基督教教义与《圣经》故事来推动，从头到尾，一直以基督教的观点叙写，可以称得上为首部华人作者的基督教创作小说之一②。香港中文大学黎子鹏的清末时新小说〈驱魔传〉③中鬼魔的宗教原型及社会意涵》，他认为《驱魔传》体现了《圣经》与中国宗教、文学之间富有创意的视域交融，对当时晚清社会的改革运动有一定的推波助澜的作用④。北京大学的潘建国在《小说征文与晚清小说观念的演进》一文中对傅兰雅小说征文活动的影响给出了评价，他认为征文活动直接推动了当时的小说创作实践，傅兰雅将小说视为社会革新工具的观念，奠定了梁启超"小说界革命"的理论基础⑤。在晚清西学东渐的这一特殊的历史时期，要进一步挖掘这批征文小说对晚清新小说的影响，必须结合文本分析，发现中西方文学与宗教对这批小说的影响，从而拓展"新小说"的研究视维与深度。在时新小说集中，不论从叙事诗学和体例特征，还是从内容上来看，小说《道德除害传》都是较有代表性的基督教小说。本文以小说《道德除害传》⑥作为个案分析，研究《清末时新小说集》与中西文学与宗教的关系。《道德除害传》成稿于光绪二十一年七月十三日，是

---

① 钟清源：《梦治三瘫小说》，周欣平主编《清末时新小说集》（第十册），上海：上海古籍出版社 2011 年，第 211—264 页。

② 吴淳邦：《新发现的傅兰雅（John Fryer）征文小说〈梦治三瘫小说〉》，载于蔡忠道主编：《第三届中国小说戏曲国际学术研讨会论文集》，台北：里仁书局 2008，第 177—178 页。

③ 郭子符：《驱魔传》，周欣平主编《清末时新小说集》（第九册），第 379—432 页。

④ 黎子鹏：清末时新小说〈驱魔传〉中鬼魔的宗教原型及社会意涵》，《中国现代文学研究丛刊》2013 年第 11 期，第 173—189 页。

⑤ 潘建国：《小说征文与晚清小说观念的演进》，《文学评论》2001 年第 6 期，第 86—94 页。

⑥ 李景山：《道德除害传》，周欣平主编《清末时新小说集》（第七册），第 145—260 页。

由来自直隶永平府滦州王盼庄唐山耶稣教会圣道堂的李景山所创作。作为晚清的华人基督徒作家，李景山不但具备中国传统文学知识和宗教背景，同时又接受了外来的基督宗教，其身份的复杂性决定了其创作的作品呈现了中西文学与宗教混合斑驳的叙事特征与文学色彩，对其作品进一步分析，为研究中西文化文学的关系，提供新的个案研究。

一、《道德除害传》的中西叙事诗学

1895 年 6 月，傅兰雅在《教务杂志》（*The Chinese Recorder*）6 月号上同时刊登了中英文征文广告，中英文的表达不同之处主要体现在英文中，他说道："希望学生、教师和与在华传教士机构有关的牧师都能看到附带的广告，并受到鼓励来参加这次竞赛……用基督教语气而不单单用伦理语气写作的小说将会产生……"①《道德除害传》是由基督徒作家李景山所创作，他是直隶永平府滦州王盼庄唐山耶稣教会圣道堂的学生，其身份是傅兰雅鼓励参加征文对象；小说以"三国"分别被鸦片、时文和缠足所害，揭露社会弊端，并提出以"基督教道德革新"为最佳救国方案，其在内容上也符合征文的要求。基督教汉学的研究包括明末清初天主教著述，十九世纪来华新教传教士的著述与译作，同时也包括了晚清基督徒作家及现代基督徒作家或者非基督徒作家所创作的与基督教相关的著述，李景山作为晚清的华人基督徒，其作品《道德除害传》属于基督教汉学研究的一部分。在基督教汉学研究的大系中，传教士汉文小说占据了大部分的篇章，

---

① 《中国记事》1895 年 6 月号。又参见 Patrick Hanan *Chinese Fiction of the Nineteenth and Early Twentieth Centuries*，New York Columbia University Press，2004，pp. 131 - 132.

其主要体现了来华的西方传教士为传播宗教而采取的文化适应策略，在某种程度上，可以视为西方传教士在中国文化语境中对《圣经》的改写和阐释。① 其文化适应策略主要体现在传教士借助中国传统章回体的形式，灌输进西方基督教文化的因素，从而达到其传教的目的。

　　华人基督徒小说是秉承西传教士文化适应策略文学创作的延续。《道德除害传》是一部用白话创作的寓言章回体小说，具有中国传统章回体小说的特征。书前有作者写的《序》，序后是目录，全书分为二十一回，每回均标以回目②。全书采用小说的套语。比如"话说；要知魔王回国如何报仇，且听下回分解；要知三人办事如何下回分解"。全书以"三国"与"混世魔王"的战争导入，主要讲述了"三国"（金银国、才人国、才女国）国力强盛，在魔王犯境时，打败魔王使其逃之夭夭。魔王不甘心失败，施诡计攻陷"三国"。"三国"自知不敌魔王，求助于天国太子"道德"先生。道德先生献出奇书（《圣经》），使"三国"国富民强，兵猛将勇，一举成为天下无敌的大国，混世魔王一听到道德先生的名字，再也不敢犯境。最后，道德驾云升天，并嘱咐"三国"人们勤读《圣经》做光明国度的圣洁人。从全书的叙事结构来看，创作方式具有明显的传统章回体小说的特征。在《清末时新小说集》中，基督教小说多采用传统的章回体小说的体例，比如，在前五册的获奖的基督教小说中有望国新所著

---

　　① 宋莉华：《传教士汉文小说研究》，上海古籍出版社 2010 年，第 2 页。
　　② 第一回《三国大胜混世王》；第二回《魔王用计害三国》；第三回《鸦片去害金银国》；第四回《鸦片回国遭大难》；第五回《鸦片得胜立奇功》；第六回《金银国人受穷》；第七回《魔王平服金银国》；第八回《时文去害才人国》；第九回《时文得用废实学》；第十回《明理上殿参时文》；第十一回《恶鬼大胜才人国》；第十二回《缠足去害才女国》；第十三回《缠足巧定铅粉计》；第十四回《通国妇女全受苦》；第十五回《老人求王去缠足》；第十六回《魔王又得才女国》；第十七回《驸马无情害公主》；第十八回《三国合兵搅魔王》；第十九回《魔王大胜三国兵》；第二十回《道德出去三大害》；第二十一回《一国守道乐升平》。

的《时新小说》①，全书分为四卷四十回，在书前有作者所作的
"序"；青州府临淄县教末胡晋修的《时新小说》②，全书分为五卷十
回，书前有其作的"序"；广东新安李莳传道院罗懋兴著的《醒世时
新小说石琇全传》③，全书分为上下卷九回。在这三部小说中，每
回均标以回目，作者们均采用说书人的套语比如"话说"、"却说"、
"单说"、"欲知后事如何，且听下回分解"，等等。

　　除了上述章回体小说特征以外，全书以"寓言"形式讲述故事
情节。陈蒲清认为寓言必须具备两个基本要素：第一是有故事情
节；第二是有比喻寄托，言在此而意在彼。④《道德除害传》不论从
故事情节还是寓意来说，都具有明显的寓言故事特征。小说以寓
言的形式讲述了"鸦片、时文、缠足"对中国的戕害，并依次提出理
想的救治方法，具有很深刻的宗教救国的寓意。故事中的国家名，
人名均是根据寓意而"幻设"，例如，国家名有"金银国、才人国、才
女国"，分别指魔王三夫婿"鸦片、时文、缠足"所害的对象；人名有
魔王的三个女儿分别叫"罂粟花、白纸、金莲"；金银国的提督叫"吴
能"（无能），宰相叫"能言"等等。以寓言的形式，通过虚设的人物与
故事情节揭露社会"三弊"，在时新小说集中，不乏基督教寓言小说，
比如：依爱子的《救时三要录》⑤、赵怀真的《鸦片时文缠足小说》⑥、

---

　　① 望国新：《时新小说》，周欣平主编《清末时新小说集》（第二册），第 187—
498 页。

　　② 胡晋修：《时新小说》，载于周欣平主编的《清末时新小说集》（第三册），上海古
籍出版社 2011 年，第 1—152 页。

　　③ 罗懋兴：《醒世时新小说石琇全传》，周欣平主编《清末时新小说集》（第五册），
第 1—154 页。

　　④ 陈蒲清：《中国古代寓言史》，长沙：湖南教育出版社 1983 年，第 2—3 页。

　　⑤ 依爱子：《救时三要录》，周欣平主编《清末时新小说集》（第七册），第 451—
482 页。

　　⑥ 赵怀真：《鸦片时文缠足小说》，周欣平主编《清末时新小说集》（第七册），第
483—501 页。

宋永泉的《启蒙志要》①均具有寓言故事的特征。

《道德除害传》不但兼具中国传统章回体的小说和寓言故事的特征，又不无《圣经》中运用隐喻的痕迹。弗莱（Northrop Frye）认为《圣经》可以被看作是"神圣的喜剧"，包含一个 U 型的喜剧故事结构：在《创世记》之初，人类失去了生命树和生命水；到《启示录》结尾处重新获得了它们；在首尾之间是以色列人的故事。U 型故事结构即随着叙事的推进，原先幸福状态被破坏，灾难降临；最终叙事主体通过抗争或在外力的帮助下度过劫难，重获安稳平和的状态。②《道德除害传》整个故事发展的情节遵循了《圣经》的 U 型叙事结构，是由乐园到失乐园，再由救赎到复乐园。在故事的开始，"三国"的国王治国有方，百姓安居乐业，使犯境的混世魔王逃之夭夭，这是一种国家的良态，是乐园，犹如《圣经》中的伊甸园一样。但是随着魔王用计，"三国"皆因国民遍染陋习，民风败坏，道德沦丧而亡国。其中，金银国国民被鸦片恶习所困，人才国被时文所迷惑而无真才实学，才女国因缠足而导致身体残疾，从而使国家在面临大军压城，手足无措，被魔王依次被攻陷，导致百姓流离失所，国王损兵折将，整个故事情节的发展滑向了 U 型的低谷，这一点如人类的始祖亚当与夏娃在吃禁果以后，被上帝逐出伊甸园，承受着"痛失乐园"之苦。当"三国"在国恨民愁中，争取脱离魔王的奴役，决议向魔王报仇时，"明道"先生请天国王子"道德"先生帮助复国，整个故事的发展呈现出从低谷向上发展的趋势，这里如同《圣经》中一世纪的犹太人在盼望弥赛亚救赎他们脱离罗马人及外族人对他们的奴役，帮助他们复国一样。直到故事的最后，"道德"先生献"奇书"救赎"三国"，"三国"又恢复到了国富民强的状态，联

---

① 宋永泉：《启蒙志要》，周欣平主编《清末时新小说集》（第八册），第 1—164 页。

② Northrop Frye：*The Great Code：the Bible and Literature*，New York：Harcourt Brace Jovanovich，1982，p. 169.

兵打败魔王,最终复得"乐园",犹如《圣经》的"我必从万民中招聚你们,从分散的列国内聚集你们,又要将以色列地赐给你们"。① 直到历史上的 1948 年以色列的复国一样。在《清末时新小说集》中,不乏运用《圣经》的 U 型的叙事结构的,比如胡晋修所著的获奖基督教小说《时新小说》②。

　　综上所述,《道德除害传》所呈现的是中西合璧的文学叙事特征,体例上采用了传统的中国章回体小说,叙事结构方面以《圣经》的 U 型叙事结构来主导整个故事的发展,内容上以揭露社会现实的"三弊"为主,小说突出了"宗教救国"的主旨。从某种意义上来说,小说是在中国语境中对基督教教义的改写,宣扬基督教救国的思潮,具有中西文学合璧的特色,是中国文学与西方基督教文学的互动与融合。

二、《道德除害传》与中西文化文学的交融

　　中西宗教文化的交融与文学的互涉是这批基督教时新小说的一个重要特征。文学与文学之间以及文学与宗教之间存在着许多

① 《圣经》和合本,以西结书 11：17。
② 该小说讲的是主人公南岗聪明过人,娶得贤妻,家庭和谐美满,这是一种良态,是"乐园"。但是却因为南岗寻花问柳,吸食鸦片,与父母关系失和,夫妻关系紧张,使"乐园"的良态逐渐被破坏,U 型的结构逐渐下滑。在一次与妻子口角时,误伤了临家的孩子,孩子死亡。南岗为了躲避人命案,慌忙离家逃走。在逃亡的过程中,他又身患奇症,医生束手无策,其性命攸关,有家又不能回,整个故事的发展滑向了 U 型的低谷。后来,他被一白须老者所医,病得痊愈。多次到海边听英国教士传道,又偶遇邻居黄杰,向其讲解所误杀的孩子没有死,只是晕厥而已,妻子盼其回家,整个故事的 U 型结构开始由低谷逐渐上升。在回家途中,南岗遇到一和尚向他传耶稣道理,他决心改过自新,归信耶稣。回家后,其妻发现他戒掉了烟,悔心改过,也信了耶稣,只是父母已经去世。后来他获知向其讲耶稣道理的和尚就是他与多年前走失的弟弟,与弟弟相认团圆。其弟又娶一尼姑,也归信耶稣教,全家幸福和谐,故事情节的发展又回到了最初的"乐园"状态。参见胡晋修《时新小说》,周欣平主编《清末时新小说集》(第三册),第 1—152 页。

与渊源、影响有关系的类似现象，一位本土作家吸收外来宗教作品中的因素，以及其借助于吸收改造后的因素对本族文学中的宗教因素的改造，大多体现在其作品中。弗莱认为原型是文学中可以独立交际的单位，它可以是意象主题、象征、人物、情节，也可以是结构单位，是"一种典型的、反复出现的意象"①。由于原型在不同的作品中反复出现，既可以是贯穿文学作品中的人物，又可以是情节和背景的发展过程。从小说《道德除害传》中，不仅可以找到代表西方基督教文化经典的《圣经》中原型，也可以找到中国民间宗教文化与文学中的原型，通过对作品中中西宗教文化相关的原型分析，以期发现，早期华人基督徒作家在中西方文化交流的浪潮下，其作品所体现的中西文化之间的互渗与影响。晚清新小说的萌芽，无疑会受到西方文化与文学的濡染和影响。《圣经》作为影响西方文明的宗教经典，在传入中国以后，为"新小说"的创作注进了新的创作元素。在小说《道德除害传》中可以找到凸显《圣经》教义的原型。本文以"混世魔王"和"三国"的原型为例进一步阐明作者在进行文学创作时，在中国语境中对《圣经》中原型的改写，进一步论证基督教文化以及中国本土宗教文化对小说《道德除害传》创作的影响。

　　"混世魔王"在中国文学中多比喻扰乱世界，给人们带来严重灾难的人；也指不学无术，惹是生非，富贵人家的纨绔子弟。在中国的文学作品中也颇有渊源，比如：《西游记》中指妖怪②，《红楼

---

　　①［加］N. 弗莱：《作为原型的象征》，载叶舒宪选编：《神话—原型批评》，西安：陕西师范大学出版社1987年，第151页。

　　②《西游记》第二回《悟彻菩提真妙理》中，混世魔王指的是妖怪："悟空急睁睛观看，只见那魔王：头戴乌金盔，映日光明；身挂皂罗袍，迎风飘荡。下穿着黑铁甲，紧勒皮条；足踏着花褶靴，雄如上将。腰广十围，身高三丈。手执一口刀，锋刃多明亮。成为混世魔，磊落凶模样。"参见吴承恩：《西游记》，北京：人民文学出版社1980年，第24页。

梦》中指贾宝玉①,《水浒传》指樊瑞②。但是在该部小说中,混世魔
王指代的却是《圣经》中的"撒旦",如原文所述,

> 在三国的边界上有一个最大的国名叫坑人国,这国的王
> 子是混世魔王,名叫撒旦,他生的是个怪像,面貌醒丑的顶不
> 好看,身体顶大的个儿,说话嗓子顶大的利害,他的国里顶穷
> 的不是样儿,没有一点出项,竟仗着打枪人的东西度生,以坑
> 人是他的本分,他常带领兵丁去抢金银养活他的百姓……魔
> 王长的模样不济,心里更由坏道儿,他想了三个顶恶的
> 诡计。③

在该部分的描述中,作者不仅给予"混世魔王"了"撒旦"的称号,同
时又指出其本性是"用诡计坑人",正如《圣经》所述"要穿戴神所赐
的全副军装,就能抵挡魔鬼的诡计"④。由此可见,在作者李景山
的笔下,《圣经》中"撒旦"就是混世魔王原型。

李景山作为晚清士人,其创作背景深受中国本土宗教文化
的影响。在《圣经》中,撒旦的国度是由撒旦所统帅,为其服役效

---

① 《红楼梦》第三回《贾雨村夤缘复旧职 林黛玉抛父进京都》,王夫人向林黛玉介
绍贾宝玉时说道"我有一个孽根祸胎,是家里的'混世魔王',今日因庙里还愿去了,尚未
回来,晚间你看见便知了。"参见曹雪芹著,高鹗续:《红楼梦》,北京:人民文学出版社
1982年,第46页。

② 《水浒传》第六十回《公孙胜芒砀山降魔 晁天王曾头市中箭》:"芒砀山的好汉樊
瑞,祖籍濮州人氏,幼年学作全真先生,江湖上学得一身好武艺,马上惯使一个流星锤,
神出鬼没,暂将拳旗,人不敢近,绰号作混世魔王。怎见得樊瑞英雄? 有《西江月》为证:
'头散青丝细发,身穿绒绣皂袍。连环铁甲晃寒宵,惯使铜锤更妙。　好似北方真武,
世间伏怪除妖。云游江海把名标,混世魔王绰号。'"参见施耐庵、罗贯中著:《水浒传》,
北京:人民文学出版社2005年,第790页。

③ 李景山:《道德除害传》,第163—164页。

④ 《圣经》和合本,以弗所书6:11。

劳的坠落的天使所构成，但是当撒旦的形象被移植到时新小说
《道德除害传》中，却具有了中国神话中的神魔形象，形成了一个
中西合璧的"撒旦"形象。在小说中，撒旦的国度是由魔王统帅，
家族中有魔王的妻子即魔王国母，三个女儿分别是罂粟花、白
纸、金莲，手下将领有提督恶魁，还有百万雄兵。李景山在此描
写了这个和凡间异样的国度，与其受中国的传统宗教文化的熏
陶是分不开的。这个国度中魔王和魔王的妻子，还有其三个女
儿均可以在中国的民间宗教中找到其原型。道教称天界最高主
宰之神为玉皇大帝，犹如人间的皇帝，掌管一切神、佛、仙、圣和
人间、地府之事。西王母亦称王母娘娘，是中国古代神话中的女
神。在中国的文学作品中多处描写二神是夫妻关系，并且育有
多个女儿。比如在吴承恩的《西游记》第七回中的仙界家族①，玉
皇大帝和王母娘娘是夫妻关系；《神仙传》记载了玉帝和王母育
有二十四个女儿；在《中国仙话》一书中，不但描述了玉皇大帝和
王母娘娘是夫妻关系，而且还分别描写了其育有十仙女，其中，
七仙女因为与人间凡夫结为夫妻，西王母最不能容忍的是仙凡
之恋，遂拆散他们②。在小说中，当魔王国母听闻与"凡人"结亲的
大女儿和二女儿都因"负心汉鸦片与时文"而惨死，小女儿又差点
因"负心汉缠足"丧命时，而大哭气绝身亡。魔王妻子的死使魔王
气的"咬牙流血，气冲斗牛，若不杀尽三国，再不为人"③，于是，御
驾亲征，决心打败三国，但是最后，在天国太子道德先生的帮助
下，魔王最终被打败。由此可见，魔王妻子的去世是魔王失败的
前奏曲。弗莱认为文学一方面可以使神话朝着人的方向置换变
形，另一方面又不同于现实主义，而是朝着理想化的方向使内容

---

① 吴承恩：《西游记》，北京：人民文学出版社 1980 年，第 50—60 页。
② 郑土有、陈晓勤：《中国仙话》，上海：上海文艺出版社 1990 年，第 35—48 页。
③ 李景山：《道德除害传》，第 238 页。

程序化①。李景山对中国神话的重写，尤其是魔王妻子的死，即传统神话中的王母娘娘的死，也暗指他对中国民间宗教"道教"的否定，是为了使神话朝着自己的写作目的而置换变形。由此可见，作为基督徒，作者在不同程度上表现了对中国的民间宗教的否定，同时，魔王的惨败，在道德先生帮助下的"三国"的胜利，也指基督教在实现救国方面比其他宗教更为优胜。

　　基督教小说家包括来华传教士和中国本土的基督教小说家，在其著述中，宗教之间的对话与较量比比皆是，比如米怜的《张远两友相论》、郭实猎的《赎罪之道传》、叶纳清的《庙祝问答》等，传教士作者总是借助于小说人物之间的对话，赋予基督徒以强势话语权，排斥儒道释的拜偶像迷信之风②。在时新小说集中，基督教作家不同程度地表现了对中国民间宗教的抵触与反感，比如望国新在《时新小说》中，认为"各国圣贤皆天降，耶稣之教超万圣"，并借着喜故之口说："弟亦夷视耶稣之道，以为不入耳之谈等，诸杨墨老佛之道，后来听其道，读其书，审其理，又察奉教之人品，方知非杨墨老佛可比较。"③以此来表明自己的宗教立场，也贬低了道教与佛教。胡晋修在《时新小说》中以和尚与尼姑的归信而彻底颠覆了佛教信仰。作为首批的华人基督教小说家，他们与传教士对中国民间宗教信仰的态度是一脉相承的。

　　这些首批华人基督教小说家一方面是为了响应小说竞赛征文的要求，另一方面，也被信仰的热忱所激励，以此作书提倡"基督教道德革新除社会流弊"，但是，其在叙事方面深受中国传统文学的影响。"三国"虽说在文中指代的是金银国、才人国和才女国，但是

---

　　① ［加］N. 弗莱：《原型批评：神话理论》，叶舒宪选编：《神话—原型批评》，西安：陕西师范大学出版社1987年，第176页。

　　② 宋莉华：《十九世纪传教士小说的文化解读》，《文学评论》（2005年1期，第81—88页）。

　　③ 望国新：《时新小说》，周欣平主编《清末时新小说集》（第二册），第420页。

作者描写的是"三国"，不是多国，作者在这里独选"三国"，不但与他创作的中心"三弊"有关系，而且他本人深受《圣经》与中国文学的影响的。正如其开篇的描述，"这三大国的人统是一个人的后代，自一人成了一家，自一家成了大族，自一族成了大族，自大族成了小邦，小邦联合成了大国，这三国的礼仪制度是一样的，衣服言语是一样的，三纲五常、五伦大道是一样的"①。小说对"三国"描述可以从《圣经·创世记》中找到其原型，"挪亚的儿子闪，含，雅弗的后代，记在下面……各随他们的宗族，方言，所住的地土，邦国。这些都是挪亚三个儿子的宗族，各随他们的支派立国"②。除此之外，在《圣经》中，上帝对亚伯拉罕的应许也是如此的，耶和华对亚伯拉罕说："我必叫你成为大国，我必赐福给你。"③由此可见，作者选择的"三国"并不是偶然的，"三国"源自一个人的后裔，也不是凭空想象的，而是根据《圣经》中的原型而改编的。

除此之外，作者也受传统小说《三国演义》的影响。《三国演义》中的"三国魏蜀吴"同源于炎黄子孙，统一于汉朝，于汉末分裂成三国鼎立的局面，其礼仪制度，三纲五常也是一样的，这与小说中对"三国"的描述是一样的。在《道德除害传》中，"三国"即"三弊"，其主要反映了晚清政府在面临诸多的不平等条约，割地赔款的社会大变革时期的社会病态现象。三国时期是中国历史上的多事之秋，与晚清一样，是中国在领土与政权上的大分裂时期。晚清面临着列强的侵略，政权与领土均受到了威胁，国家亟须统一，其社会背景有一定的相似之处。除此之外，在人物塑造上也多有相似之处，在小说中，李景山塑造了"魔王""鸦片""时文""缠足"等人物形象，他并没有在一个章回里将主人公写尽，而是通过多回的互

---

① 李景山：《道德除害传》，第 160 页。
② 《圣经》和合本，创世纪 10：1—32。
③ 《圣经》和合本，创世纪 12：1—2。

见,把该人物塑造得丰满和生动,比如魔王的狠毒,鸦片、时文与缠足的诡计多端,使故事显得更加具体生动。更令人叹为观止地运用了虚构的寓言故事,使小说更符合绝大多数中国人的审美视野和期待。在《三国演义》中,罗贯中也是通过人物形象来推动魏吞汉室晋吞曹的故事情节的发展,比如作者对于曹操的论断,就主要是通过曹操本人的言行描述,使主要人物逐渐地给读者留下深刻印象。由此看来,李景山借用了中国人所熟悉的传统小说《三国演义》的"三国"的框架,砌入了晚清社会"三弊"的内容,更能激起读者的兴趣,同时也是在中国传统文学与基督教文学的交融,是基督教文化在中国文学中的转生。在时新小说集中,不乏即受《圣经》文学的影响,又受中国传统小说影响的小说,比如郭子符所著的《驱魔传》中,人名、地名等大都取自中国的通俗小说、戏曲,其故事的场景设置以读者熟悉的文学作品或神话故事入手,例如《红楼梦》、《西游记》、《金瓶梅》等①。无名氏所著的《时新小说二篇》②引用了《封神演义》中的人名比如妲己,比干等,并套用了其故事情节,总之,这批基督教小说是中西文学的交流的互动成果。

　　综上所述,时新小说《道德除害传》中所塑造的"混世魔王"形象与"三国"形象和基督教教义与中国的传统文学有着密切关系的。不仅李景山,这批基督教时新小说的作者们生活在晚清西学东渐的主要时期,其作品深受西方基督教文化的影响,从某种程度上来说,该部时新小说是基督教文化与中国文学之间在中国民间交流后互动的成果,也反映了晚清大众对待基督教文化接受程度,是中西文学文化交流的另类结晶。

---

　　① 黎子鹏：清末时新小说《驱魔传》中鬼魔的宗教原型及社会意涵》,《中国现代文学研究丛刊》2013年第11期,第173—189页。

　　② 无名氏：《时新小说二篇》,周欣平主编《清末时新小说集》(第十册),第47—162页。

三、《道德除害传》在近代小说史上的意义

阿英在《晚清小说史》一书中，认为最早强调小说的重要性的报刊是天津《国闻报》，创刊于 1897 年，由严复与夏穗卿合作《本馆附印说部缘起》，长万余言，是阐明小说价值的第一篇文字。然后才是 1898 年梁启超译印的政治小说序，《论小说与群治之关系》(1902)载在新小说的创刊号，影响最大①。从这个时间的先后顺序来看，阿英忽略了 1895 年傅兰雅所倡导的时新小说征文的比赛，在征文比赛的广告中，傅兰雅就提出了小说的重要性，"一个写得好的故事会对大众的心灵发挥永久而巨大的影响，这方面的例子很多，但可能没有一部能与《汤姆叔叔的小屋》……在唤起人们反抗奴隶制度方面相媲美"②，"窃以感动人心，变易风俗，莫如小说。推行广速，传之不久辄能家喻户晓，气息不难为之一变"③。可见，傅兰雅早在 1895 年就在强调小说的社会作用及价值，并不是阿英所认为的由严复与夏穗卿强调的小说价值是最早的文字。在小说《道德除害传》的序言，李景山也强调了小说的社会价值，正如他在序言中所述，"著述道德除害传小说，言多浅薄，愿我华人阅此小说自尊至卑，自老达幼，妇人女子，心为感动，力为革除三弊之害，使中国勃然大兴，国富民强，驾乎诸国之上与泰西各国并立，废乎我华人不为别人轻视，为国之幸，亦余人之幸也是为序"④。因此，傅兰雅是可以被视为最早强调小说价值的人，其主要体现在所发起的时新小说竞赛的作品中。

---

① 阿英：《晚清小说史》，香港：中华书局 1973 年，第 1—2 页。
② Patrick Hanan：*Chinese Fiction of the Nineteenth and Early Twentieth Centuries*，New York Columbia University Press，2004，p. 130.
③ Ibid，p. 131.
④ 李景山：《道德除害传》，第 153—154 页。

　　除了上文中所论述的小说的价值，时新小说《道德除害传》具有明显的谴责小说特征，是谴责小说的先驱。谴责小说的命名源于鲁迅①：

　　　　光绪庚子，谴责小说之出特盛。盖嘉庆以来，虽屡平内乱，亦屡挫于外敌，细民暗昧，尚啜茗听平逆武功，有识者则已翻然改革，凭敌忾之心，呼维新与爱国，而于"富强"尤致意焉。戊戌变政既不成，越二年即庚子岁而有义和团之变，群乃知政府不足与图治，顿有掊击之意矣。其在小说，则揭发伏藏，显其弊恶，而于时政，严加纠弹，或更扩充，并及风俗。虽命意在于匡世，似与讽刺小说同伦，而辞气浮露，笔无藏锋，甚且过甚其辞，以合时人嗜好，则其度量技术之相去亦远矣，故别为之谴责小说②。

依照鲁迅的看法与批评，谴责小说是以揭露社会的弊端与丑恶为主要特征的。韩南认为，傅兰雅关于小说揭露当前社会弊端并提出良方的概念接近晚清谴责小说的特征③。谴责小说的开山之作是《官场现形记》，该小说写的大多是清朝的真人真事，只是名字换了而已，该小说将形形色色官僚们的各种恶性、丑态暴露在光天化日之下，慈禧曾经按图索骥，照着小说所影射的官员进行"反腐败"④。时新小说《道德除害传》不但揭露了

---

① 1920年，鲁迅在北京大学讲授中国小说史，用"谴责小说"这个概念指称晚清小说中成就最高，富于现实批判精神的小说，他列举了李伯元的《官场现形记》、吴研人的《二十年目睹之怪现状》、刘鹗的《老残游记》和曾朴的《孽海花》为这类小说的代表。

② 《鲁迅全集》第九卷，北京：人民文学出版社2005年，第291页。

③ Patrick Hanan: *Chinese Fiction of the Nineteenth and Early Twentieth Centuries*, New York: Columbia University Press, 2004, p. 139.

④ 郭龙：《慈禧太后的"反腐指南"》，《知识窗》2012年4月，第60页。

鸦片、时文、缠足弊端，而且还痛斥官场的黑暗，从某种程度上具有历史的写实性与晚清社会丑态的投射性，具有谴责小说的特征。

小说在讲到鸦片的害处时，鸦片使金银国穷困潦倒，百姓身体病弱，国王觉醒而禁烟，"金银国的大王一见通国的人上下都爱鸦片，唯恐将来与国不利，这是我国一害，若不急除，将来必成大患，旨意下，把鸦片黑土逐出境外，永不许再来"①。这件事情的描述投射了1838年道光帝认识到鸦片的危害，召林则徐入京议禁烟。1839年，林则徐的"虎门销烟"事件沉重打击了英商在华的鸦片贸易，成为鸦片战争的导火索。但是在"禁烟"以后，由于官员的腐败，鸦片仍能在内地流行：

> 话说英人鸦片黑土从印度坐船直奔金银国，到了金银国的南界，下船登岸，到了广府，守府不叫他们进城，并不许他们进内地，英人和鸦片无法可使，无可奈何，只好暂且在海边上隐藏，再等机会，待时而动，见机而作，在海边上藏了半年有余，以后英人看破了此地方的官人都爱银钱，因此英人用金银买转了人心，就把这个大关口打破了。②

这充分影响了鸦片战争后国库空虚，官员贪污成风，徇私枉法，中饱私囊的历史事实。从鸦片战争到1895年的甲午中日战争的战败，清政府的国库空虚，军务废弛，国防虚弱，在外侵兵临城下时，不断投降讲和签约，小说影射了这样的历史事实，比如：

> 在魔王兵临城下，战事迫在眉睫时，金银国是叫鸦片坑的

---

① 李景山：《道德除害传》，第171页。
② 李景山：《道德除害传》，第176—177页。

成了花子国,上下的人穷的了不得了。国王穷的无法就卖官
儿,谁有银钱就做官,不管他是个什么人,只要给钱就中,得了
钱好过日子,文官穷的卖私,谁有钱就打上等官司,不管他有
理无理,只要有钱就行,武官穷的卖炮药,把炮药包打开,把药
弄出来,再装上碎碳面、红高粱绿豆,再包上卖,军装卖火药得
银子,好过日子,百姓无可卖的竟卖谎,以撒谎得钱好过日子,
一国人你哄骗我,我哄骗你,不知不觉,魔王发来无数雄兵来
平金银国,大兵一到界上,金银国的国王命军机处大臣、派提
督吴能帅倾国人马迎敌,两军对战……吴能阵亡……魔王领
兵攻打京城,国王善人无法,派宰相能言出城投降、臣服魔王,
魔王大喜,带鸦片回国。①

这反映了晚清在继鸦片战争之后的多场战争中不断战败,讲和签
订条约,引起士人的强烈不满,在小说中,作者用虚拟的人物来代
替历史现实中的人物来表现社会的黑暗与腐败,这里的"能言"有
可能指代李鸿章。总之,时新小说《道德除害传》具有了谴责小说
"揭发伏藏,显其弊恶"的特征,虽说曾被历史的浪潮所淹没,但是
不能否定该部时新小说接近谴责小说,它比晚清四大谴责小说早
了八年。

北京大学的潘建国在评价傅兰雅征文小说的影响时说道:"将
梁启超写于 1897 年的《变法通议》与傅兰雅征文启事两相对阅,其
间之联系自不言而喻。他认为严复、夏曾佑的《本馆附印说部缘
起》(1897)、梁启超《蒙学报演义报合序》(1897)、梁启超《译印政治
小说序》(1898)、邱炜爰《小说与民智关系》(1901)、梁启超《论小说
与群治之关系》(1902)等文,反复阐述了小说对于增长民智、革新
社会的巨大作用,虽然,各文语辞的夸饰程度不一,但均将小说视

---

① 李景山:《道德除害传》,第 186—187 页。

作社会政治革命的工具，其中晃动着颇为清晰的傅兰雅之影子。"①从时新小说《道德除害传》中，我们不难看到，该部小说在呼吁废除科举，揭露科举的弊端的论述方面，与1896年梁启超发表的《变法通议·论科举》②有很大的默契之处。作者李景山描写才人国的现状：

> 现今在王左右的人，都是时文门下客，个个都是登金榜中高魁的大手，学贯天下之名士，笔参造化之大儒，观其文章，真似天花乱坠，查其辞句，纸上谈兵，真能笔扫千军，怎么未见他们有一人出头筹一个奇谋画一个妙策荡平了海寇，臣服我王。③

> 变了实学为文章，书院不过空设，虚用故事与国家无一点益处，无非是白白耗费国帑，教官不过空食俸禄而已，因他在院不讲有益于国计民生之实学，无非说点无用的虚文，而且自以时文取仕，弊端日多一日，在场里卖秀才，卖举人，雇枪手顶名冒替，后来也能出任做官，用这样的做官，怎么不祸国殃民。④

将该描述与梁启超在1896年发表的《变法通议·论科举》对阅，

---

① 潘建国：《小说征文与晚清小说观念的演进》，《文学评论》2001年第6期，第86—94页。

② 《变法通议》是梁启超担任上海《时务报》主笔时发表的早期政论文章的结集，发表的起止日期为1896年至1899年。《变法通议》共有14篇，其中，《自序》、《论不变法之害》、《论变法不知本原之害》、《学校总论》、《论科举》、《论学会》、《论师范》、《论女学》、《论幼学》、《学校余论》、《论译书》、《论金银涨落》12篇，刊于1896年至1898年的《时务报》，《论变法必自平满汉之界始》、《论变法后安置守旧大臣之法》2篇，刊于1898年底至1899年初的《清议报》。

③ 李景山：《道德除害传》，第200页。

④ 同上，第204页。

"世卿之弊，世家之子，不必读书，不必知学，虽呆愚淫佚，亦循例入政。则求读书求知学者不少，如是故上无才。齐民之裔，虽复读书，虽复知学，而格于品第。未从得官，则求读书求知学者亦少，如是故下无才。上下无才，国之大患也"①，可以看出，该部时新小说与梁启超对"科举"弊端的揭露具有异曲同工之妙。所不同的是，梁启超是把呼吁废除"科举"的言论放在论文中表述，以开启民智，达到醒世的目的；但是把废除科举的呼吁放到文学作品中，以"新小说"形式加以痛斥，以达到革除社会弊端的手段，傅兰雅所倡导的"时新小说"征文很有先见性，在其征文号召下的作品《道德除害传》比后来的"新小说"有一定的文学超前性。时新小说的创作皆是响应傅兰雅的征文要求揭露"三弊"即鸦片、时文、缠足，并以此提出救治良方：比如杨抡杰的《时新小说》②、方中魁的《游亚记》③、周文源的《富强传》④，这批基督教时新小说都从不同程度上痛斥了这三大流弊的害处，并结合社会现实反映了晚清政府的腐败与无能，并提出了宗教救国的良方。

　　从小说归类来看，时新小说《道德除害传》属于中国传统的"神魔小说"范畴。鲁迅在《中国小说史略》中首次提出"神魔小说"的概念，他说："且历来三教之争，都无解决，互相容受，乃曰'同源'，所谓义利邪正善恶是非真妄诸端，皆混而又析之，统于二元，虽无专名，谓之神魔，盖可赅括矣。"⑤后来，在《中国小说的历史的变迁》中，他又进一步指出："当时的思想，是极模糊的。在小说中所写的邪正，

---

　　① 梁启超著，何光宇注：《变法通议·论科举》，北京：华夏出版社 2002 年，第 47 页。

　　② 杨抡杰：《时新小说》，周欣平主编《清末时新小说集》(第七册)，第 261—312 页。

　　③ 方中魁：《游亚记》，周欣平主编《清末时新小说集》(第九册)，第 55—88 页。

　　④ 周文源：《富强传》，周欣平主编《清末时新小说集》(第十一册)，第 1—52 页。

　　⑤ 鲁迅《鲁迅全集》第九卷，北京：人民文学出版社 2005 年，第 160 页。

非儒和佛，或道和佛，或儒释道和白莲教，单不过是含糊的彼此之争，我就总结起来给他们一个名目，叫神魔小说。"[1]《道德除害传》受到基督教与中国民间宗教的影响，从小说内容上来看，是外来宗教与中国本土魔的"恶势力"下的"社会三弊"相争，"三国"与混世魔王相争，以"人力"对"魔力"而失败，借助于天国太子道德先生的"神力"与混世魔王的"魔力"相争，以基督教的"神力"而得胜。小说中的"神"道德先生与混世魔王的相争，是基督教与一种含糊中国民间宗教的相争，属于中国传统的神魔小说的范畴。在时新小说集中，与《道德除害传》同属于"神魔小说"的还有《驱魔传》，这两部小说与传统神魔小说所不同的是，这两部小说是用通俗易懂、生动的白话所创作的，内容上有异于传统的儒道释三教相争，取而代之的是西方宗教与中国民间宗教的相争，为中国的传统的神魔小说注进了新的元素，可以说是现代白话神魔新小说的先驱。

结语

　　傅兰雅所倡导的小说征文《清末时新小说集》的重新发现，对于考察晚清社会西学东渐这一特殊时期的中西文学与文化的交融提供了很好的研究原材。由于傅兰雅征文的要求是"用基督教的语气而不单单用伦理语气创作"[2]，李景山作为基督徒，其创作的语气与内容完全符合傅兰雅的要求，具有明显的宗教特征，考察其作品，对于考察晚清社会中西宗教文化的交流具有很大的意义。从文学角度看，其在体例上具备了传统章回体小说的特征；叙事结构上以《圣经》的 U 型叙事结构为主；叙事语言具备了寓言故事白话创作的"通俗易懂"新小说的特征；在内容上体现了中西宗教文

---

① 鲁迅《中国小说的历史变迁》，香港：今代图书公司出版 1965 年，第 27 页。
② 1895 年 6 月《万国公报》第 77 期，第 31 页。

化交流在晚清民间的影响。《道德除害传》对社会问题"三弊"的痛斥，比起同时期的论著与新小说有着更大的超前性。作为长久被埋藏的文学作品，虽说在中国近代文学史上被忽略，但是当我们重新正视这批文本时，才发现其比中国近代新小说以及清末谴责小说的兴起，有着一定的文学超前性。傅兰雅小说所倡导的革除时弊、提出改革的文学革命是后来文学救国的先驱，其征文对后来的社会改良文学起到了不可或缺的基础作用。重新发掘时新小说集的文学意义，对于寻找失落的文学遗产，发现中西文学与文化的交流与影响有着重要的意义。

附录：

分　册	著　作	作　者
第二册	《时新小说》	望国新
第三册	《时新小说》	胡晋修（青州府临淄县）
第五册	《醒世时新小说石琇全传》	罗懋兴（广东新安李蓢传道书院）
第七册	《道德除害传》	李景山（唐山耶稣教会圣道堂）
	《时新小说》	杨抡杰（山东青州府益都县）
	《救时三要录》	依爱子（山东沂州府沂水县）
	《鸦片时文缠足小说》	赵怀真（湖北孝感县）
第八册	《启蒙志要》	宋永泉（兴化府培元书院）
第九册	《游亚记》	方中魁
	《驱魔传》	郭子符（山东琅玡）
第十册	《时新小说二篇》	无名氏
	《梦治三癫小说》	钟清源（广东长乐巴色会）
第十一册	《富强传》	周文源

《圣经》故事类图书在华出版状况
研究(1999—2014)

侯朝阳

作为一部内容极为丰富的宗教文化典籍,《圣经》数百年间以各种形式在中国流传开来。其传播途径概有四端:其一,直接翻译,出现了各种译本,尤以 1919 年的官话和合本最为知名;其二,经由文艺作家重写以文学、艺术再创造的形式传播,如鲁迅的《野草·复仇(其二)》、茅盾的《耶稣之死》(1942)、端木蕻良的《复活》(1946)以及各种相关影视作品(包括国外引进的)等;其三,专家们撰写和翻译的各种介绍、解读类的相关书籍也成为解《圣经》的重要渠道;其四,新近出现的出版发行《圣经》故事类图书的热潮。学界对前三种传播方式关注较多,而对最后一种情况关注较少;本文主要探究近 1999 年至 2014 年间《圣经》故事类图书在华出版状况,以补相关研究的不足。

一、《圣经》故事类图书出版盛况

自 1999 年以来,《圣经》故事类图书在中国非常流行。据不完全统计,坊间出现了至少 60 种相关著作。现将出版信息汇总整理如下:

表 1　房龙《圣经的故事》汉译出版情况一览表
（共计 28 种）(1999—2013)

出版年份	译者	出版社	首印数	其他相关信息
1999	雷菊霞、博文	北京出版社		2002 年第 3 次印刷,总量至 2 万册;2004 年重印;2011 年推出新版,收入"典藏房龙"丛书
1999	李申等	社会科学文献出版社		"房龙故事丛书"之一
2000	乔菲、刘学政	北京燕山出版社		分别于 2001、2002、2005（2版）、2006、2007（3 版）、2010、2011 年重印
2001	张稷	河北教育出版社		"房龙的书"(12 卷)系列之一,2004、2005 年重印;2010 年在鹭江出版社、2013 年在中华书局出版
2002	王伟、刘国鹏	陕西师范大学出版社	1 月首印 5 千册	收入"发现世界丛书"(凡 32册,房龙 6 册),10 月再印 5 千册,2007、2010 年再印,插入168 幅名画和 255 种博物馆馆藏艺术品
2004	李胜愚	吉林文史出版社		《圣经故事插图本》,收入"十元本随身书库"
2004	周英富	东方出版社	5 千册	2005 年重印
2004	王锐、王阳光	大象出版社		2008 年吉林出版集团有限责任公司、2010 年重庆出版社再版
2006	张蕾芳、王立新	人民文学出版社	10 千册	收入"20 世纪外国名家精品"丛书
2006	丁朝阳（编译）	中国广播电视出版社		"房龙作品阅读系列"(9 卷本)之一

续　表

出版年份	译者	出 版 社	首印数	其他相关信息
2006	秦立彦	广西师范大学出版社		中英双语本；2008 年第 4 次重印
2008	刘乃亚、纪飞（编译）	清华大学出版社		
2008	喻天舒、杨海若	中国国际广播出版社		英汉对照本
2008	晏榕	陕西人民出版社		2010 年光明日报出版社、中国华侨出版社
2009	戴欢	当代世界出版社		
2011	谢炳文	译林出版社		1939 年世界书局发行本重印
2011	黄悦	北京三联书店		
2011	程庆华、黄厚文	中央编译出版社		
2011	孟陶宁主编	北方妇女儿童出版社		
2012	和彩霞	武汉出版社		配以 300 多幅世界名画和文物照片
2012	徐昌强	中国城市出版社		英汉对照
2012	梁志坚、黄婷婷	中国书籍出版社		
2012	田然	安徽人民出版社		
2012	冯道如	江苏文艺出版社		
2012	肖遥	电子工业出版社		
2012	逸凡	立信会计出版社		

续 表

出版年份	译者	出 版 社	首印数	其他相关信息
2012	光明	湖南文艺出版社		《圣经故事》(全译插图典藏版),收入"语文新课标必读丛书"
2012	王强春改编	天地出版社		《听房龙讲圣经故事》,"听大师讲经典"
2013	朱振武等	上海译文出版社		
2013	庆学先	安徽文艺出版社		收入"理想图文藏书·房龙作品"

表2 海外《圣经》故事汉译情况一览表(房龙除外)(1999—2013)

出版年份	书 名	著 者	译(编著)者	出版社	其他信息
2000	《圣经故事》	[英]玛丽·巴切勒	文洁若	华夏出版社	
2004	《50经典圣经故事》	[德]克里斯蒂安·埃克尔	黄冰源	上海人民出版社	只有《旧约》中故事
2004	《圣经故事》	[奥]福森奈格编写	焦庸鉴	中国青年出版社	[波]格拉宾斯基绘图,首印7千册
2005	《圣经史话:讲给孩子听的故事》	[荷]冯罗敦希尔	圣经史话翻译小组	北京大学出版社	
2005	《圣经故事》	[美]约瑟·马克斯威尔	杨佑方等	上海译文出版社	首印5.1千册
2007	《圣经故事(多雷插图本)》	[法]古斯塔夫·多雷	俞萍编著	吉林出版集团有限责任公司	

续　表

出版年份	书　名	著　者	译(编著)者	出版社	其他信息
2007	《100 名画：新约》	［法］雷吉斯·德布雷	张延风	广西师范大学出版社	首印 6 千册
2007	《写给年轻人的圣经故事》	［西班牙］金尼斯	魏兰、罗峰	百花洲文艺出版社	2010 年以《写给大家看的圣经故事》为名由南京大学出版社出版
2009	《圣经里的故事》	［荷］G·英沃森夫人	陈凤等	云南人民出版社	首印 30 千册
2013	《漫画圣经故事》(分旧约、新约 2 册)	［美］道格·莫斯	何理璐	世界图书出版公司北京公司	面向读者对象：7—10 岁

表 3　国人自编(著)《圣经》故事类图书一览表(1999—2013)

出版年份	书　名	著　者	出版社	其他信息
2000	《圣经故事·上册：旧约》	廖诗忠编著	中国民族摄影艺术出版社	
2000	《圣经故事》	李华平编译	内蒙古文化出版社	
2000	《走向神圣：耶稣传》	孙善玲著	中国社会科学出版社	首印 5 千册
2000	《圣经故事全编》	施正康等编译	学林出版社	2000 年首印 5 千册,2001 年再印 3 千册,2009 年重印

续　表

出版年份	书　名	著　者	出版社	其他信息
2001	《圣经故事(插图本)》	支点文化工作室编写	四川文艺出版社	4月出版,6月重印
2002	《耶稣》	金辉著	团结出版社	首印5千册
2002	《圣经的故事》	张文竹、张竞之改编	上海人民美术出版社	3次再版,入"世界文学名著宝库·青少版"
2003	《漫话圣经》	余日昌、叶青	广西师范大学出版社	首印8千册
2003	《圣经的故事》	王幸编译	时事出版社	共27章,以《旧约》为主
2005	《圣经故事新编》	王忠祥、贺秋芙编著	长江文艺出版社	2010年再版,世界文学经典文库(青少版)
2007	《图说圣经故事》	马荣道	宗教文化出版社	首印12千册
2007	《圣经文画:一条穿越西方艺术之林的小路》	舒艳红	学林出版社	
2008	《圣经故事(名画全彩版)》	洪佩奇、洪叶编著	译林出版社	
2008	《图解圣经故事 旧约》	傅宏基编著	陕西师范大学出版社	知识性强、有图示
2008	《圣经故事(英汉对照)》	刘意青、冯国忠、白晓冬选译	中国对外翻译出版公司	该书是对《圣经》的直译,取100个故事

续　表

出版年份	书　名	著　者	出版社	其他信息
2008	《圣经故事》	段琦	译林出版社	2010 年再版
2009	《书中之书：艺术中的圣经故事》	陆家齐主编、程鹿峰编译	中国时代经济出版社	
2010	《圣经故事赏析》	董晓波等	对外经贸大学出版社	"面向广大中学生和大学低年级学生"
2011	《圣经》故事名篇译注	刘意青、李小鹿编著	中国人民大学出版社	
2011	《圣经故事大全集》	王峥嵘编著	中国华侨出版社	配图 100 余幅

这些图书中翻译（含编译）出版的约占三分之二：其中房龙的《圣经的故事》在中国最为畅销，出现了 30 个译本；另有 10 种译自英国、法国、德国、西班牙等不同国别作家。国内学者直接改写和翻译的《圣经》故事只有 20 部（左右）。总的来看，《圣经》故事类图书的出版发行可谓盛况空前：版本多，印制数量大，各类出版社皆有发行，有不同背景和层次的译者参与译事。问题是：近 15 年来在华出版发行的《圣经》故事类图书有无一些明显的特点呢？为何《圣经》故事类图书会如此热销？

二、主要特征

译房（龙）之风盛行是近 15 年来《圣经》故事类出版发行最为明显的特征。如图一所示，房龙《圣经的故事》出现了近三十种中文译本，且常常一版再版，多次重印，出版数量也极为可观。究其因,主要有两点。

其一,这是二十世纪八十年代房龙风刮进中国后产生巨大声势的余响。房龙的《宽容》一书于 1985 年 9 月由连卫、靳翠微翻译在北京三联书店出版,首印 7 200 册,"七个月后第二次印刷,猛增至五万余册"①。到 1987 年 2 月第 4 次印刷时印刷总量已达 25.88 万册。其后,包括《宽容》在内的房龙作品开始热销。"至 1998 年,此书连续印刷 11 次,成为三联书店评选的'二十年来对中国影响最大的百本图书'之一。紧随其后,房龙《人类的故事》和《漫话圣经》也热闹上市,掀起了难得一见的'房龙热'。"②《宽容》一书甚至被认为"一度成为 20 世纪 80 年代中国的思想启蒙时代知识界人手一册的精神福音"③,作家房龙也被贴上了"启蒙思想家"的标签。2001 年 12 月 6 日的《中国教育报》刊文称:"在各出版社推出的众多房龙作品译本中,最引人注目的还是北京出版社分别于 1999 年和 2001 年出版的两批共 14 册(收入 17 种著作)的《房龙文集》,这两批书将房龙一生的著书都囊括在内……"④房龙为中国读者奉上了"人文主义的盛宴"。

正是在这样的大背景下,房龙《圣经的故事》一书开始走俏。有至少 5 种译本是收入房龙书系同房龙其他作品一同出版的。再加上出版社的精心策划与逐利行为,译房之风几乎是势不可挡。

其二,房龙《圣经的故事》在中国能够获得巨大成功的另一个原因,与他讲故事通俗易懂、明白晓畅有关,更重要者还在于他所持的基本立场:他认为对《圣经》的理解应破除"迷信"而呈现出真

---

① 见：http://reader.gmw.cn/2011-05/28/content_2019065.html
② 房龙:《宽容·房龙小引》,连卫、靳翠微译,北京:三联书店,2008 年,第 1 页。
③ 房龙:《圣经的故事》,王伟、刘国鹏译,西安:陕西师范大学出版社 2002 年,第 273 页。
④ 转引自丁朝阳编译:《房龙讲述圣经的故事·附录》,北京:中国广播电视出版社 2006 年,第 235 页。

实的历史,应表现人类的理性和宽容精神,因此他将耶稣描述为一个具有崇高道德感的悲剧英雄,完全过滤掉了他所行的所有神迹奇事。这一立场同受过无神论教育的中国读者的知识结构和道德诉求有着内在的契合,尤其同中国走出了"文革"阴霾后呼吁理性精神的思想氛围同气相求。诸多译者和学者对房龙的评价可以证明这一点。如王伟在译后记中评论说:房龙"虽是以《圣经》为蓝本讲述故事,但却并不拘泥于原典,而是将所谓的神迹、民族传说、历史故事与近代以来的历史、考古发现相观照,以一种客观、冷静的视野探本溯源,时时让你感觉到那种摒弃无知、偏执,倡导宽容、善良的健全理性……80 年代,房龙的主要作品重译出版,其中包括列入三联版文化史译著系列的《圣经的故事》,在读书界引起了对房龙的'重新发现'。那个时候一个知识分子如果没读过房龙的书而被人发现,会是很没面子的事情。"①这里所谓的"面子",其实是恐怕被人贴上不够"宽容"的标签。钱满素在《致读者》中表示,应该赞扬房龙关于民主、理性和宽容的主张,他"绝不是西方中心论者"应该像他那样"向无知与偏执挑战"②。

　　当然,房龙及其《圣经的故事》最近也遭致了一些质疑,主要是批评他的研究不够严谨,过于主观随意,认为他歪曲了《圣经》文本的原初意义。如王立新一方面肯定其价值在于"通俗易懂地向人们讲述着关于人类历史的进程……捍卫人性的尊严和权利……呼唤理性和宽容精神",另方面又指出,"正如房龙同时代的学院派学者对他诟病的那样,由于作品中强烈的主观色彩核对历史细节准确性的忽视,他并不能被称作一个严谨的历史学家。正如当代读者从他的作品中所感受到的那样,他也不能被认为是一个具有独

---

① 房龙:《圣经的故事》,王伟、刘国鹏译,西安:陕西师范大学出版社 2002 年,第 273 页。
② 钱满素:《圣经的故事·致读者》,收于房龙:《圣经的故事》雷菊霞、博文译,北京:北京出版社 1999 年,第 2 页。

特思想体系的思想家"①。更有学者认为房龙的态度并不诚实："房龙去掉了几乎所有的神迹奇事,这是对《圣经》最大的和极其随意的篡改……比如马利亚的圣灵感孕,房龙不仅只字不提《圣经》的记载,反而篡改《圣经》,说马利亚去见以利沙白之前没有怀孕,回来后和约瑟结婚,然后怀了孕。'旷野试探'则完全删掉了。再举例,如保罗在大马色路上奇妙的归正,也被浓缩成一句'保罗走在路上,忽然就醒悟了'。这已不是一种改写,而是欠缺了最基本的诚实。"②该学者提出,《圣经》是"心灵之书",应以虔诚和敬畏之心去从中听到"灵性的声音"。

在华出版的这些圣经故事类图书的第二个特征,是它们都采取了极为灵活和富有特色的"本土化"策略。对于基督信仰入华后如何融入本土的传统和文化,学者们使用了"本色化"、"本土化"、"处境化"等多个概念去界定,争议不断。然而虽然概念不同,实质却是一致的,都意谓传统上被视为外来的基督教信仰为融入传统的中国文化而采用的适应策略;这已逐渐成为学者的共识。如,文庸说,"我们认为'本色化'、'本土化'、'处境化'等都是同义词"③。段琦指出,"实际上人们在进行'处境化'研究时,很少考虑到它与本色化之间的区别,因此也许可以把它是为'本色化'在当今的替代物"④。对于《圣经》的传播者而言,不论是翻译还是依《圣经》来编写故事都是对《圣经》文本的重新阐释,这一过程编者和译者都

① 房龙:《圣经的故事·前言》,张蕾芳、王立新译,北京:人民文学出版社 2006年,第 6 页。
② [英]G·英沃森夫人:《圣经里的故事·序一》,陈凤等译,昆明:云南人民出版社 2009 年,第 1—2 页。
③ 段琦:《奋进的历程:中国基督教的本色化·序》,北京:商务印书馆 2004 年,第 3 页。
④ 段琦:《奋进的历程:中国基督教的本色化》,北京:商务印书馆 2004 年,第 558 页。

必然考虑所使用语言及阅读受众问题。而对大多数中国读者来说，《圣经》毕竟是具有异域色彩和"陌生性"的读本。因此，中国学者在编写《圣经》故事时极尽可能地实现了"本土化"的陈述方式。其"本土化"策略主要是：在保持《圣经》原意的基础上加入中国文化元素，为适应国人精神需要而对《圣经》加以适当改造。

　　其中最为独特的是马荣道编著的《图说圣经故事》，它融合了中国传统文化的因素，采用了近于宋元话本特点的表达方式，并在每页文字下方配以相应的白描画。试举一例：

　　　　此后，耶稣就往各城各乡去做游行布道的工作。可惜人们竟不肯悔改，耶稣就为他们祷告，又恳切地教训他们说："凡劳苦担负重担的人，到我这里来，我就使你们得安息……"诸位！耶稣说这重担，并不是负着重东西，乃是指人的罪恶很多，终日被罪压制了、捆绑了，这样比担重担还要痛苦呢！幸亏有耶稣凭着爱心一再地招呼我们到他面前，好叫我们得脱去那罪的重担，我们不要失去这机会呀！①

这段话明显包含着"说话人"试图唤起听者兴趣、希冀产生共鸣的努力，产生了极强的现场感。书中比比皆是的"话说"、"再说"、"那时"、"当时"、"一日"、"又一日"等词，更是"说话人"为营造画面感、增强故事性而常用之辞。该书中的白描插图也别有意味。每一幅插图必有三部分：图画、文字说明和相关经文出处。作为整体，它们既与插图外的故事讲述在意义上相适切，又因自身带有简短的说明文字可谓自成一体，特别是经文出处的标注非常类似于作画者的签名。而细究画面，无论是人物、衣饰、实物、房舍店铺，皆似宋人生活场景，且制作非常精细。譬如，耶稣和他的门徒都头戴方

---

　　① 马荣道：《图说圣经故事》，北京：宗教文化出版社 2007 年，第 66 页。

巾、衣着简朴,法利赛人则披戴冠冕、衣服华丽;身份地位高下之分一见便可通晓。

　　王忠祥、贺秋芙编著的《圣经故事新编》也打上了明显的传统文化的烙印,这最主要地体现在他为各篇章的题名上。如"开天辟地创万物 亚当夏娃失乐园"、"该隐杀弟受诅咒 洪水滔滔漂方舟"、"以扫出卖长子权 雅各冒名获鸿福"、"英雄难过美人关 高歌悲壮参孙亡"……①这些标题完全是明代章回体小说的特色。

　　近年来在华出版的《圣经》故事类图书还有一个重要特征,即从历史的视角而非信仰的视角来理解和阐释《圣经》故事。这一立场几乎成为中国学者自己编写的《圣经》故事的传统,这在他们廓清"历史的耶稣"的努力中表现得尤其明显。譬如,文庸认为:"从历史资料出发不涉及信仰地研究历史上的耶稣,试图从理性思维的角度来探索耶稣的本来面貌。这类研究著作在国外虽早已硕果累累,但在国内却几乎还是一块空白。近十年来,我在国内一些高等院校里向同学们介绍基督教文化时,其中一个重要内容就是'耶稣其人'。在教学中,我一直试图对《福音书》中耶稣的言行寻求一种合乎一般逻辑的解释,对一些只有从信仰出发才能理解与接受的内容则尽力回避或不作解释。据反映,这种做法既没有伤害信徒们的宗教感情,又使非信徒大体上能够接受或至少能够听得下去。本书的目的就是想在这方面做一点尝试。"所以,"我不想走'从信仰到信仰'的老路",而是要"把信仰中的基督复原为历史的'人间的耶稣'"②。文庸的这些话虽是讲于1994年,却代表着《圣经》故事类作者的共同心声。

　　孙善玲在《走向神圣:耶稣传》一书的前言中说,该书"是作者

---

① 参见王忠祥、贺秋芙编著:《圣经故事新编》,武汉:长江文艺出版社2005年。
② 文庸:《人间的耶稣·自序》,北京:今日中国出版社1995年,第2页。

尝试以当代中国人的观点和情趣写耶稣基督的结果。作者缺乏信仰的实践和神学的训练，只能从历史的角度探索耶稣其人其事的存在和意义"①。作者也意识到区分历史的耶稣和信仰的基督的困难，但"只想以中国人的感情去认识耶稣，以中国人的方式去思考'耶稣为什么是基督'这个既古老又永远新鲜的问题"②。故而在解释耶稣治病赶鬼等神迹奇事时，孙善玲指出，这是福音书作者为了证明耶稣是基督而提供的证据，且是古代多个民族的共性思维模式："在古代人看来，人生病是因为行为不端遭到神的惩罚；人们同时又认为许多疾病是因为鬼或者邪灵进入人体内作祟的结果，因此降神驱鬼是治病的一种重要手段。这不仅是以色列人的认识也是其他很多民族包括中国人的认识。"③"他们使用的是那个时代的特定解释方式。按我们今天所受到的教育和科学的普通知识，我们不可能认为这些超自然的神迹可能发生。然而，我们在读福音书时，仍强烈地感受到耶稣济世救人的伟大胸怀。作为一位伟大的宗教领袖，每到一处耶稣总是用慈悲和怜悯之心去治愈人们心理上和生理上的病痛创伤，赢得人们的信仰。基督教继承了这一传统，治病救人成为传教工作的重要方式和内容。"④这样，耶稣基督的神性就被消解了，他只成为仁爱道德的典范、中国式"圣人"的化身。在孙善玲看来，这毫不奇怪，因为"中国文化有倡导'仁爱'的悠久传统，因此能充分理解、吸收耶稣的爱的教导"⑤。她还注意到，从历史的角度"直探耶稣"，已成为中国人阅读《圣经》和了解基督教的主要方式："中国人从自己的角度去认识与理解耶

---

① 孙善玲：《走向神圣：耶稣传·前言》，北京：中国社会科学出版社 2000 年，第 3 页。

② 同上，第 3 页。

③ 同上，第 110 页。

④ 同上，第 111 页。

⑤ 孙善玲：《走向神圣：耶稣传》，北京：中国社会科学出版社 2000 年，第 132 页。

稣,这是再自然不过的事了……基督教是世界宗教,不同的民族从不同的传统去认识耶稣,极大地丰富了神学对耶稣的理解……中国文化缺少对唯一神上帝信仰的传统,这也许是中国基督教神学思想普遍以'直探耶稣'为出发点的原因。'直探耶稣'的神学更为重视耶稣作为一个完全的人对我们现实人生的指引,历史研究耶稣无疑对耶稣的思想、信仰、教导等提供更多的信息。中国人对接受一位历史的耶稣,应该是没有问题的。"[1]

这反映出一个重要现象,即《圣经》吸引这些学者之处,不在于信仰而在于伦理训导、道德教诲、"圣人"理想。焦庸鉴在译后记中的表述显示了他从事《圣经故事》翻译的内在动机:"将信仰上帝这一层放下不论,将基督耶稣那无边的法力这一层放下不论,《圣经故事》里一再形象地讲述的那些道理,以仁爱之心待人,以宽恕之道容人,以睿智和敏锐察人,以坚定的信念百折不挠地追求自己的理想,是我们今天的这个世道多么需要的品质啊。"[2]这一态度是很普遍的。

三、余论:兴盛原因及发展趋向

近15年来《圣经》故事类图书在华出版热是多重因素造成的。表面看,这似乎与出版社的逐利行为有关,但背后却是整个大环境的作用。以下几点是有力地促发其兴盛的主要因素。

1. 与对外开放格局逐步形成,国人了解和学习西方文化的热情高涨有关。同五四时期的仓促和极端相比,这次学习西方是国人更为自觉的文化选择,心态进入九十年代也更为平和。国人将

---

① 孙善玲:《走向神圣:耶稣传》,北京:中国社会科学出版社2000年,第245页。
② [奥]福森奈格编写:《圣经故事》,焦庸鉴译,北京:中国青年出版社2004年,第382页。

《圣经》视为内塑西方文化的宗教典籍，急切地想通过这个窗口读懂西方。

2. 与宗教政策有关。当前《圣经》的出版、印制、传播有其局限性，而鉴于基督教在西方历史文化中的重要地位，教俗两界都有了解和学习《圣经》的巨大需求。所以，《圣经》故事类图书在某种程度上就作为《圣经》的替代品"大行其道"。

3. 同《圣经》文本的"陌生性"和当前的"消费文化"环境有关。对大部分读者而言，《圣经》文本是一个完全陌生的世界，阅读《圣经》是个很大的挑战。而坊间流行的这些《圣经》故事大都注重趣味性，几乎全都配以插图，且有目的地针对不同层次的读者对象编著，因此能够受到读者的青睐。另外，中国当代文化也逐渐具有"消费文化"的一些特征，出现了以追求快餐化、休闲化、娱乐化为主的阅读行为，商家往往迎合甚至促发这种趋向。在《圣经》故事类图书出版火爆的背后，有"消费文化"的因素存在。

4. 英语热的推波助澜。近二三十年，举国上下重视英语、学英语的热潮有目共睹。在这一背景下，英文对照版的房龙的《圣经的故事》和其他改编或直译的《圣经》故事应运而生。

5. 近年来的出版热也有八十、九十年代的基础。八十、九十年代张久宣编写的《圣经故事》（中国社会科学出版社，1982 年）于1982 年出版后多次印刷、并于 1987 年、1994 年、1996 年三次再版，印数客观。其他诸如波兰作家柯西多夫斯基所著的《圣经故事》（刁传基、顾蕴璞译，天津人民出版社，1981 年；张会森、陈启民译，新华出版社，1981 年）、朱维之主编的《圣经文学故事选》（北京出版社，1983 年）和吴国瑞选注的《圣经故事》（外语教学与研究出版社，1980 年）等书都是一再翻印。

6. 其他《圣经》类图书的推动。除了上文三表所列书籍之外，各种《圣经》解读、介绍、辞典类书籍中也常常涉及《圣经》故事的编写。譬如,陆扬、潘朝伟所著《〈圣经〉的文化解读》①一书虽是从文化视角解读《圣经》,涉及神话、历史观念、民俗、艺术、美学思想等等,但也着意讲述了大卫、扫罗、约伯、底波拉、路得、以斯帖和耶稣等人故事。这类书籍的书目也是非常巨大,成为《圣经》故事类图书发行的背景和必要的预备。而学术界关于基督宗教的翻译、研究类图书的出版,文艺界基督教文艺的发展以及教会内外属灵书籍的发行,逐渐使得基督宗教"脱敏"并受到更为广泛的关注,这为《圣经》故事类图书的出版营造了良好的氛围。

　　7. 基督徒数量的增加。对于中国信徒的总数,各方分歧很大,我们无从得知。而基督教新教信众人数在近 20 年快速增长是一个可以确证的事实。1997 年,有官方文件称基督徒(新教)有 1 000 万。2004 年,"中国基督教协会会长曾圣洁在《瞭望时代周刊》上称基督教徒有 1 600 万"。2010 年,据中国社会科学院世界宗教研究所发布的年度《宗教蓝皮书·中国宗教报告》②称,截至 2009 年 4 月 30 日,中国基督教新教的信众约占全国人口总数的 1.8%,总体估值为 2 305 万人。虽然不能确定有多少基督徒读过《圣经》故事类的出版物,但从该类图书的巨大销量来推断,二者之间可能会有复杂的关系。

　　那么,《圣经》故事类图书的未来趋向如何? 回答这一问题还应通观该类出版物的发行现状和影响。我们看到,虽然发行数目巨大,参与的出版社很多,但是在质量上良莠不齐,甚至有侵权发表的事件发生③。因此可以设想,未来的相关图书必然更为注重质量上的提高。还有一个事实是,《圣经》故事类图书开始作为讲

---

　　① 陆扬、潘朝伟:《〈圣经〉的文化解读》,上海:复旦大学出版社 2008 年。

　　② 金泽、邱永辉主编:《宗教蓝皮书·中国宗教报告》,北京:中国社会科学文献出版社 2010 年。

　　③ 张辉:《出版社须与作者特别约定才能取得图书的专有出版权——简析侵犯〈圣经的故事〉等图书专有出版权案》,《科技与出版》2006 年第 2 期。

义进入大学课堂。一方面，这引发和满足了大学生对于基督教文化、历史和神学的兴趣，有可能祛除大学生对基督教作为"鸦片"或"迷信"的偏见；另一方面，可能会有更多的读者在好感中走近或进入信仰的层面，并通过更深层次的阅读强化其新的认识和理解。在这一背景以及整体上信徒人数增多、信众人群知识结构发生变化的前提下，或许《圣经》仅仅作为文化和宗教经典被接纳的状况将会有所改变。而《圣经》故事类图书的编辑出版也有可能做相应调整，更加突出《圣经》在信仰方面的价值和意义。

图书在版编目(CIP)数据

经典的重构：宗教视阈中的翻译文学研究 / 宋莉华
主编. —上海：上海古籍出版社，2019.5
（中西文学文化关系研究丛书）
ISBN 978‑7‑5325‑9155‑8

Ⅰ.①经… Ⅱ.①宋… Ⅲ.①宗教－影响－文学翻译
－国际学术会议－文集 Ⅳ.①I046‑53

中国版本图书馆 CIP 数据核字(2019)第 048833 号

中西文学文化关系研究丛书
经典的重构：宗教视阈中的翻译文学研究
宋莉华 主编
上海古籍出版社出版发行
（上海瑞金二路 272 号 邮政编码 200020）
（1）网址：www.guji.com.cn
（2）E‑mail：guji1@guji.com.cn
（3）易文网网址：www.ewen.co
上海商务联西印刷有限公司印刷
开本 890×1240 1/32 印张 11.375 插页 2 字数 286,000
2019 年 5 月第 1 版 2019 年 5 月第 1 次印刷
ISBN 978‑7‑5325‑9155‑8
Ⅰ·3364 定价：52.00 元
如有质量问题，请与承印公司联系